#PARTIU VIDA NOVA

LEILA REGO

#PARTIU VIDA NOVA

1ª edição
1ª reimpressão

Copyright © 2015 Leila Rego
Copyright © 2015 Editora Gutenberg

Todos os direitos reservados pela Editora Gutenberg. Nenhuma parte desta publicação poderá ser reproduzida, seja por meios mecânicos, eletrônicos, seja cópia xerográfica, sem autorização prévia da Editora.

EDITORA RESPONSÁVEL
Silvia Tocci Masini

ASSISTENTES EDITORIAIS
Carol Christo
Felipe Castilho

REVISÃO
Monique D'Orazio

CAPA
Diogo Droschi

DIAGRAMAÇÃO
Christiane Morais
Andresa Vidal

Dados Internacionais de Catalogação na Publicação (CIP)
Câmara Brasileira do Livro, SP, Brasil

Rego, Leila
  #Partiu vida nova / Leila Rego. -- 1. ed. ; 1. reimp. -- Belo Horizonte : Editora Gutenberg, 2015.

  ISBN 978-85-8235-315-8

  1. Ficção brasileira I. Título.

15-06472   CDD-869.3

Índices para catálogo sistemático:
1. Ficção : Literatura brasileira 869.3

A **GUTENBERG** É UMA EDITORA DO **GRUPO AUTÊNTICA**

São Paulo
Av. Paulista, 2.073,
Conjunto Nacional, Horsa I
23º andar . Conj. 2301 .
Cerqueira César . 01311-940
São Paulo . SP
Tel.: (55 11) 3034 4468

Televendas: 0800 283 13 22
www.editoragutenberg.com.br

Belo Horizonte
Rua Aimorés, 981, 8º andar
Funcionários . 30140-071
Belo Horizonte . MG
Tel.: (55 31) 3214 5700

Rio de Janeiro
Rua Debret, 23, sala 401
Centro . 20030-080
Rio de Janeiro . RJ
Tel.: (55 21) 3179 1975

Para Gui

Agradecimentos

Ser escritora se tornou um sonho a partir deste livro. Mariana, com certeza, foi um presente divino que transformou minha vida profissional em algo absurdamente divertido. Por isso, agradeço a Deus por essa profissão.

Sem o incentivo e apoio do meu marido, Guilherme, talvez eu ainda estivesse no mundo corporativo, e a história da Mariana e Edu, em algum lugar da minha imaginação. Obrigada por ter acreditado em mim, por me compreender em meus momentos de isolamento, pelas revisões e pitacos. Aos meus filhos, Lucas e Luíza, por saberem me dividir com as personagens e pelo amor, apoio e companhia em tantos eventos literários Brasil afora.

À minha mãe que, sem perceber, me guiou para o mundo da literatura ao comprar diversos livros na infância. Ler é um dos meus grandes vícios. Ao meu pai, em seu silencioso apoio de olhar amoroso. Aos meus irmãos, Aloísio e Kau, presentes em corpo ou alma.

Não posso deixar de agradecer às centenas de blogueiros(as) literários(as) que leram, resenharam e indicaram meus livros a tantos leitores. Sem vocês eu não teria conseguido iniciar minha caminhada nessa jornada.

Um obrigada gigantesco à equipe da Gutenberg, sempre tão carinhosa comigo. Meu agradecimento especial à Alessandra Ruiz, minha editora, por ter recebido a Mari tão bem e pelo apoio, entusiasmo, visão, paciência e confiança.

Meu agradecimento especial aos escritores Enderson Rafael, Fernanda França, Patrícia Barbosa e Tammy Luciano pelo apoio, risadas, dicas e companhia em tantas aventuras quando do Novas Letras.

Por fim, mas com igual importância, agradeço demais a todos aqueles que me ajudaram durante o processo de escrita desde o início: Glaucia Tremura, Karina Andrade, Priscila Braga, Luiz Gouveia, Jeh Asato, Carla Fernanda (pela revisão e sugestões), Erika Lück (pela revisão dos trechos em espanhol), Janda Montenegro, Paola Patrício, Bruno Borges, Carolina, Ana, Laís, Marina e José. E a todos os amigos que disseram que tudo daria certo.

E aos leitores, obrigada por lerem minhas histórias! Sem vocês, eu não estaria aqui.

Prólogo

Olhei para o vazio daquele cômodo e não consegui entender por que estava triste.

Era para eu estar feliz, não era? Quer dizer, eu planejei aquilo. Eu quis muito que tudo acontecesse, e agora, que estava prestes a dar o primeiro passo para a minha tão planejada vida nova, eu estava chorando?

Era bem patético da minha parte, eu sei. Mas, por mais que a gente se prepare para o grande momento da nossa vida, quando ele finalmente chega, às vezes descobrimos que não estamos preparados o suficiente. Deve acontecer assim com outras pessoas também. Por isso, não sequei a lágrima que rolou pelo canto do meu olho. Deixei que ela fizesse seu percurso até pousar no chão.

Tornei a olhar à minha volta. Me despedi em pensamento da mobília e dos momentos que passei ali.

Era chegada a hora de recomeçar. Você sabe, de seguir adiante, de virar a página...

Tinha mesmo de ir? Será que não podia simplesmente desistir de tudo e ficar ali, no conforto do meu quarto, com minha vidinha simples de sempre? Seria tão mais fácil...

De repente, me lembrei do Edu e de suas palavras: *Mariana, você sempre me surpreende. Eu sei que você ainda vai conquistar o mundo.*

Edu... O meu Dudo.

Ai!

Parte Um

Um

Palavras duras em voz de veludo.
E tudo muda, adeus velho mundo.
Há um segundo tudo estava em paz.
"Cuide bem do seu amor", Paralamas do Sucesso

– Como assim "não vou mais me casar com você"? – perguntei, rindo e sem entender aquela louca afirmação.

Por um segundo, achei que fosse uma brincadeira ou uma piada fora de contexto. Edu não era um cara brincalhão. Às vezes, ele fazia uma brincadeira ou outra, mas, no geral, era sério. Não de um jeito chato. Só era na dele, por causa da timidez. Raramente fazia brincadeiras desagradáveis. Por isso, fiquei em dúvida.

Ouvi dizer, ou li, já não me lembro mais, que as pessoas costumam fazer brincadeiras divertidas, surpresas ou coisas inusitadas no dia do seu casamento. Talvez esse fosse o caso. Afinal, casamento não precisa ser algo formal e chato. O nosso, pelo menos, eu não queria que fosse.

Edu, no entanto, seguia me olhando sem dizer nada, enquanto eu aguardava com bastante expectativa o momento em que ele diria: "Rá! Te peguei! Era uma brincadeirinha para descontrair. Agora já vou indo. Não se atrase muito e trate de ficar bem linda pra mim".

Nada, porém, aconteceu, e eu resolvi quebrar o silêncio:

– Você está brincando, não está, Edu?

Ele me encarou, parecendo estar angustiado. Sua expressão aflita me deixou ainda mais nervosa. Eu estava em pé no meu quarto, vestindo um roupão branco que comprei especialmente para a ocasião, tensa de tanta ansiedade. Tudo isso porque era o grande dia. O dia do nosso casamento. E as coisas estavam correndo bem, dentro da programação, até Edu aparecer em casa e acabar com meu cronograma. E, podia não parecer, mas Edu era *sim* o noivo.

– Venha aqui – pediu, me pegando pelo braço e me conduzindo para a minha velha cama de solteiro. Empurrou meu vestido de noiva para o lado e se sentou. – Precisamos muito conversar, Mariana.

Mariana? Ele me chamou de Mariana? Caraca! A coisa era mais grave do que imaginei, pensei, chocada com seu tom de voz ao ouvir meu nome ser pronunciado por inteiro.

– Dudo, para de me olhar desse jeito sério. Hoje é o dia do nosso casamento, ou seja, um dia péssimo para gracinhas. Por que você está aqui? Por que não está na sua casa, se arrumando, como o protocolo da cerimonialista determinou?

Sim, eu tinha uma cerimonialista: eu mesma! Fiz questão de cuidar de tudo pessoalmente para que as coisas acontecessem dentro do planejado e do que eu idealizei para meu casamento. Na verdade, quase surtei, mas o resultado valeria a pena (na minha cabeça).

Quer dizer, já não sabia mais. Se Edu continuasse me olhando com aquela cara de quem morreu e se esqueceu de deitar, acho que o resultado final estaria correndo sério risco de ser a piada do ano.

– Eu não sei por onde começar – ele disse, sem me olhar nos olhos.

– Eu sei! Dê meia-volta, pegue seu carro e vá voando para sua casa. Daqui a pouco, estarão todos lá na igreja esperando por nós. Quem se atrasa é a noiva, não o noivo, lembra? Além do mais, preciso terminar de me vestir e, com você aqui no meio do meu quarto, não vai ser possível...

– Para de falar, Mariana! Presta atenção em mim, pelo menos uma vez. Eu preciso conversar com você! – exclamou, com um tom de voz alterado demais para o padrão Eduardo Garcia, e levantou da cama.

Edu *nunca* gritou comigo. Nos seis anos de namoro que tivemos, ele *nunca* alterou a voz, nem nas nossas brigas mais feias. O que será que deu nele?

– Não sei como falar isso de uma forma delicada, então vou direto ao ponto – começou, passando as mãos pelos cabelos desgrenhados, deixando transparecer toda sua angústia. – Eu passei a noite em claro pensando sobre nosso relacionamento e cheguei à conclusão de que não estou preparado para me casar agora, e tenho certeza de que você também não está. – Fiz menção de falar algo em minha defesa, mas ele levantou a mão, me pedindo para esperar, e continuou com seu discurso surreal: – Acho que nos precipitamos, não conversamos direito sobre casamento; aliás, ultimamente, nós não temos conversado mais. – Ele riu de um jeito esquisito do próprio comentário. Eu sorri em resposta, mas só porque estava nervosa. – A coisa foi acontecendo, você foi providenciando tudo para o casamento, mas nunca sentamos para conversar se isso é o que realmente queremos para nossas vidas. Algum dia você refletiu se é isso mesmo o que quer, Mariana? – perguntou Edu, encostado na porta do quarto, com os braços cruzados sobre o peito, com um olhar cansado e triste.

Meu estômago se contraiu e eu engoli em seco. Senti que meu coração queria escapar pela boca. O problema de misturar pânico com medo e nervosismo é que eles tomam conta do seu sistema emocional. Em um instante, eu estava calma, pensando que tudo não passava de uma brincadeira, mas no outro eu já estava histérica e completamente fora de controle:

– Edu, o que é isso agora? Explica melhor, porque não estou entendendo nada – pedi, arrancando o lenço que cobria meu cabelo. Que se danasse o penteado impecável que o cabeleireiro levou horas para fazer. Eu queria dar um fim naquela conversa maluca, terminar de me arrumar e entrar na igreja com meu vestido de noiva. E, de preferência, com Edu me esperando no altar.

Engoli em seco de novo e continuei no mesmo tom de voz:

– Como assim não conversamos sobre casamento? Namoramos há seis anos, noivamos e, neste último ano que passou, falamos sobre o casamento todos os dias. E sim, eu estou muito segura do que quero! – afirmei categórica, olhando fundo em seus olhos, à espera de uma resposta plausível ou de algo que me fizesse entender o que estava acontecendo naquele quarto.

Em vez de responder às minhas perguntas e pôr um fim no meu suplício, Edu seguiu calado. Seus olhos estavam focados em um ponto qualquer da porta do meu armário, em um silêncio que me pareceu durar um século, mas que, na verdade, não passou de uns quinze ou vinte segundos. O que, convenhamos, era uma eternidade para uma mulher à beira de um ataque de nervos.

– Eu estou segura. Amo você e tudo o que mais quero é me casar hoje, sair em lua de mel, morar no nosso apartamento e envelhecer ao seu lado. Você não sente o mesmo?

Edu não respondeu de imediato. Preferiu me encarar com um olhar ansioso, o que me deixou ainda mais angustiada. Céus, a situação toda era enervante.

Então, de repente, tudo ficou claro para mim!

– Já sei, já sei. – Por Deus, como não pensei nisso antes? – Seus amigos fizeram uma despedida de solteiro e você foi sem me consultar, bebeu todas, curtiu até amanhecer com eles e sabe-se lá com quem mais, né, Eduardo Garcia? – Rá! Também sei usar o nome completo quando estou furiosa! – E agora você está aqui, com essa cara de remorso, falando todas essas coisas, me deixando zonza, só para eu não brigar com você. É isso, não é?

Eduardo me encarou sem dizer nada.

– Eu sabia! Você fez uma despedida de solteiro e não me avisou. Bem, não tem importância. A gente começa a lua de mel com mais uma de nossas "DRs". Está tudo bem, ok? Eu não quero nem saber o que aconteceu nessa farra com seus amigos. – Mentira. Eu queria muito, mas não agora. Ele que me aguardasse. – Eu te perdoo, tá? Não vou brigar com você, não vou fazer greve de sexo, nem nada disso. Prometo esquecer tudo. Pronto, está resolvido? Agora vai logo se arrumar porque você está me deixando irritada – pedi, ao mesmo tempo em que o empurrava para fora. Enfim, quando consegui, me encostei atrás da porta para recuperar o fôlego, de tanta força que fiz para tirá-lo de dentro do meu quarto.

– Meu Deus, com essa juro que não contava – disse, conferindo meu penteado no espelho da porta do armário. Uns fios saíram do lugar. Fora isso, nada grave. O penteado continuava fabuloso.

Estava começando a sair do estágio pânico-medo-nervosismo para o seriamente-apavorada-completamente-aterrorizada. Mas tudo bem. O importante era que eu tinha conseguido fazer com que ele voltasse para sua casa e se arrumasse para a cerimônia. Nada poderia dar errado nem sair do controle. Planejei meu casamento nos mínimos detalhes e nada neste mundo me impediria de atravessar a nave da igreja ao som da marcha nupcial, usando meu vestido que, meus sais, era lindo de morrer, com minhas sandálias maravilhosas, e dizer "sim" para o Edu.

Nada!

Nem mesmo o noivo, que resolveu surtar horas antes do casamento. É isso! Agora, onde eu estava mesmo...?

– MARIANA, ABRA A PORTA! PRECISAMOS CONVERSAR! – berrou Edu, esmurrando a porta do lado de fora do quarto e me dando um susto daqueles.

AhmeuDeus! Ele não tinha ido embora coisa nenhuma. Ele ainda insistia naquela história absurda de querer conversar. Eu queria me casar e não conversar, caramba! Será que era tão difícil de ele entender?

– Eu não vou sair daqui enquanto não falar com você.

Permaneci em pé, sem reação, no meio do quarto, implorando à Santa das Noivas Desesperadas que me tirasse daquela: *Minha Santa, peça para o Edu ir embora. Faça com que ele vá para casa tomar banho, se barbear, vestir o fraque, pegar o carro e ir para a igreja feliz e contente, porque hoje é nosso grande dia. Prometo ser uma garota boazinha e tudo o mais. Por favor, por favor!*

O silêncio pairava do lado de fora. Inspirei fundo e segurei o ar nos pulmões até que eles começassem a queimar e, então, fui expirando devagar. Esperei que mais alguns segundos se passassem... Pronto. Acho que ele se foi. Eu poderia voltar para o que estava...

– ABRA A DROGA DA PORTA! – Edu tornou a esmurrar a porta feito um maluco.

Eu quase tive um treco.

– Edu, se acalme. – Ouvi a voz da minha mãe, que chegava para, provavelmente, tentar apaziguar a situação. – O que você está fazendo?

– Dona Thelma, eu preciso conversar com a Mariana e não vou sair daqui enquanto ela não me ouvir.

– Aconteceu alguma coisa, Edu? Meu Deus, acabei de chegar do cabeleireiro e ouvi seus gritos lá fora. O que está acontecendo? Eu posso te ajudar?

– Eu preciso terminar minha conversa com a Mariana, só que ela não me ouve! É muito importante.

– Tem que ser agora? Você não pode conversar com ela amanhã? O que aconteceu, afinal?

Ouvi Edu tomando fôlego antes de responder:

– Dona Thelma, não vou me casar e é isso o que eu quero explicar para a Mariana.

– Como assim? – ela perguntou, num guincho que mais parecia uma freada de ônibus. – O que aconteceu, Edu? Eu não estou entendendo. Gente, que loucura é essa?

A voz estridente e carregada de horror da minha mãe só me assustou ainda mais. Minha vontade era de chorar, mas acredito que a hora não fosse apropriada.

– Primeiro, preciso falar com a Mari e explicar tudo. Depois, gostaria de conversar com a senhora e com o senhor José. Peça para ela abrir a porta, por favor?

– Eduardo, por tudo o que é mais sagrado, explica de uma vez o que está acontecendo? Hoje é o casamento de vocês! Gente...!

Edu emudeceu. Mamãe se lamentava e o enchia de perguntas, cobrando satisfações. Nesse instante, para completar o caos do cenário que se tornou o meu "grande dia", meu pai chegou e se juntou ao interrogatório.

Virei-me para o espelho e encarei minha imagem refletida. Analisei o penteado, a maquiagem perfeita, os cílios postiços... Eu era *quase* uma noiva. Quase.

Isso não está acontecendo. Não pode acontecer comigo. Eu não o namorei esses anos todos para acabarmos assim, aos 46 minutos do segundo tempo. Que droga, Edu! O que deu em você?

Por um tempo, que não soube dizer quanto foi, fiquei ali parada, apenas olhando para o espelho, segurando as lágrimas e tentando não me contaminar com a tensão da conversa que se travava do lado de fora.

Minutos depois, a voz da minha mãe me tirou dos meus devaneios.

– Mari, abra a porta, minha filha. Edu quer conversar com você.

Meu sexto sentido me mandou um sinal de que aquela conversa não ia terminar bem.

– Abra a porta, filha!

O que eu faço? *Pensa, Mariana, pensa!*

Certo, não importava o que ele tinha a me dizer. Eu só precisava ouvi-lo com calma, usar bons argumentos e convencê-lo de que tudo ia dar certo. Nada de pânico. Nem de chiliques. Eu era adulta, não era? Podia encarar um noivo surtado e resolver o problema. O que eu devia fazer era usar de toda a minha psicologia, acalmar Edu e mostrar que eu era a pessoa certa com quem ele deveria passar o resto de sua vida. E mandá-lo de uma vez por todas para o altar! Basicamente isso. Deveria ser o contrário, mas o que importava?

– Entra – avisei, abrindo a porta e deixando-o passar.

– Calma, Mari – pediu mamãe, com a preocupação estampada em seu olhar. – Tentem resolver essa situação conversando civilizadamente. Por favor, se entendam para que tudo fique bem.

– Não se preocupe, mãe. Vai terminar de se arrumar que eu resolvo com o Edu. Fique tranquila – assegurei.

Na verdade, não fazia ideia de como resolver aquela situação. Papai me encarava em silêncio. Sua expressão era de angústia e aflição. *Meu Deus!*, pensei, desejando estar em um pesadelo e não na vida real. Em seguida, fechei a porta e me virei para Edu, que havia entrado e se posicionado ao lado do meu guarda-roupa. Seu corpo estava rígido. Os braços cruzados, em defesa, mostravam o quanto ele estava tenso.

Ignorei tudo aquilo, porque eu estava mais tensa que ele, com certeza.

– Que parte do "você está nervoso e está me deixando surtada" você ainda não entendeu? É isso o que você quer? Que eu fique histérica antes de entrar na igreja? Pelo amor de Deus! – Eu me sentei na cama. – Não estou te entendendo, Edu. Juro que não.

Ele, então, se sentou ao meu lado, abaixou a cabeça e a segurou com as mãos, ficando em completo silêncio.

– Fala alguma coisa – implorei, me abaixando em frente a ele, segurando seus braços. Naquele momento, pude ver o quanto ele estava acabado. Tinha olheiras, barba por fazer, cabelos desalinhados, roupa toda amarrotada... Parecia outra pessoa.

– Eu acho que não te amo mais – contou, com os olhos cheios de lágrimas.

O quê?, pensei sem entender.

Depois de um longo suspiro, livrou-se de minhas mãos, levantou-se e caminhou em direção à porta do quarto.

– Siga o seu caminho, Mariana. Siga o seu caminho.

Senti um soco no estômago.

Acha que não me ama? Meu caminho? Que caminho, meu filho? Será que você não sabe que o único caminho que eu quero é o do altar?, quis gritar, mas não saiu nada.

Edu me encarava com a mão na maçaneta, pronto para girá-la e sair. Então era isso? Esse era o *grand finale*?

Antes de ele sair, recuperei-me do choque e despejei:

– Você acha que não me ama? O que mudou, afinal? Até ontem, você ainda me amava e estava tudo bem. Por que hoje você não me ama mais?

– As coisas mudaram. Você mudou muito. Eu estou inseguro, Mari.

Respirei fundo para controlar o mar de sentimentos revoltos que me invadia feito maré cheia.

– Inseguro? Por quê? O que aconteceu de tão grave assim para você vir aqui dizer que não quer mais se casar comigo? – perguntei desesperada, sem conseguir processar todas aquelas informações. – Você me pediu em casamento, deveria saber o que estava fazendo. Depois de um ano de preparativos, só hoje você se dá conta de que não me ama? Está um pouco em cima da hora, não acha? E não venha me dizer que você conheceu... – Encarei o chão, ouvindo os ecos da minha ficha caindo. – Ah, meu Deus!

Fitei Edu, e senti meu coração bater muito acelerado.

Desde quando? Quem é ela? Como ele teve coragem? Não pode ser!, pensei, querendo uivar de dor. Tudo ainda estava muito confuso, mas uma coisa era muito clara: havia outra mulher nessa história.

– Você conheceu alguém, não é?

– Conheci outra pessoa sim, Mariana, mas não é do jeito que você está pensando.

Senti outro soco no estômago. Daquela vez, foi mais forte e certeiro.

– Quem é ela? Desde quando você está me traindo? Me diz! Desde quando?

– Não é nada disso, Mariana. Eu não estou te traindo. Tenho conversado muito com ela nos últimos dias, e foi o suficiente para perceber que você e eu nos tornamos pessoas diferentes, com interesses e prioridades diferentes.

Fiquei cega de ódio, de ciúmes, e ensandecida de dor.

– Quem é essa garota? Eu conheço? Aposto que é uma das suas pacientes – falei agitando os braços, e minha cabeça não parava de pensar em tudo. – Meu Deus, esse tempo todo, enquanto eu preparava *nosso* casamento, *nossa* casa e *nossa* viagem de lua de mel você estava me traindo? – Eu o encarei com os olhos chispando de raiva. Edu não me devolveu o olhar. Por vergonha ou sei lá o quê, ele preferiu encarar o piso do quarto coberto de tacos velhos e desgastados.

– Eu não estava te traindo com ninguém – afirmou, no mesmo instante em que uma lágrima escorreu por seu rosto.

Meu coração se espremeu todo, mas não me deixei abalar com aquela única e mísera lágrima. Ele estava mentindo!

– Não? Você conheceu outra garota, conversou com ela, e vem aqui terminar comigo no dia do nosso casamento, e isso significa o quê? – gritei, transtornada de ódio.

– Que você não é mais a mesma, Mari. – Ele abriu os braços, em um gesto desolado. – O que aconteceu é que você se tornou outra pessoa. Alguém fútil, para ser mais sincero.

– Como é? – indaguei, sentindo agora meus olhos arderem.

Agora não é hora de chorar, Mariana. Foco na conversa!, alertou minha consciência.

– Eu sou fútil? – Sorri nervosa.

– E egoísta também. Já reparou como você só consegue enxergar seu próprio umbigo? Nunca mais me perguntou se estou bem, o que acho das coisas, como está meu trabalho, se concordo com suas decisões, qual minha opinião sobre os assuntos. Tudo é você, seu mundinho, essa droga de sociedade, e suas amigas, que você passou a prezar de uns anos para cá. Parece que não há nada mais importante na vida além disso.

Esse não era o Edu que eu conhecia. Ele estava possuído. Ou será que ele bebeu todas e não sabia o que estava dizendo? Por via das dúvidas, cheguei mais perto dele para sentir o cheiro de álcool, mas ele me parecia sóbrio. Até demais.

– Eu não sei o que aconteceu com você, por que você ficou assim. Só sei que não gosto dessa Mariana e não quero me casar com ela.

Tornei a fuzilar Edu com outro olhar de indignação. Não acreditei em nenhuma palavra daquela conversa. Primeiro, ele me disse que conheceu outra; agora, está colocando a culpa em mim para não querer se casar comigo? Ah, comigo não! Mas não mesmo.

– SEU INGRATO! – explodi aos berros. – Dediquei anos da minha vida para agora você vir com essa de que sou egoísta? Seu filho da mãe! Você tem outra e não quer assumir. Covarde! Cafajeste! Isso é coisa da sua mãe. Claaaro! – exclamei, assim que me dei conta da realidade. – Aquela bruxa velha, jararaca recalcada. Só pode ser coisa dela. Finalmente, ela conseguiu. Mande meus parabéns e diga que foi uma vitória e tanto. Como não percebi que a jararaca ia atacar bem no dia do meu casamento? – perguntei, mais para mim mesma do que para o Edu. – Peçonhenta, víbora! EU ODEIO A BRUXA DA SUA MÃE! – gritei, liberando toda a minha raiva.

De repente, o rosto do Edu ficou vermelho de raiva.

– Do que você chamou a minha mãe?

– Que isso, gente? O que está acontecendo com vocês? Por que estão gritando desse jeito? – Minha mãe irrompeu no quarto.

– Saia do meu quarto! – ordenei totalmente descontrolada. – Sai daqui, seu moleque! Pelo menos, assuma que tem outra pessoa. Não vem com essa de que sou egoísta, fútil... Seja homem e assume logo que tem outra, seu covarde! Que ódio que eu estou de você, Eduardo. Vai embora daqui. Desaparece da minha vida!

– Não vou assumir, porque não tenho ninguém. Juro, Dona Thelma, eu não traí a Mari.

O quê? Mas que cara de pau!

– Essa pessoa apenas me mostrou um lado seu que eu não estava vendo, me fez enxergar que você se transformou em um ser humano vazio, sem conteúdo, sem valores. Você não era assim. Não era.

– Gente, por favor, calma – minha mãe implorava, se posicionando entre o Edu e eu. – Eduardo, por favor, agora não é hora de conversar sobre isso. Tente ser sensato. Gente, hoje é o casamento de vocês!

– Eu não vou me casar – avisou ele, encarando minha mãe com um olhar de ressentimento. – Me desculpe, Dona Thelma! Eu não queria que as coisas tivessem chegado a esse ponto, mas não consigo entrar na igreja com meu coração contrariado. Acho melhor terminar agora do que anular o casamento na semana que vem. Não vou encenar um papel só por causa dos outros.

Mas ele era um fingido! A cara de Madalena arrependida dele me tirou completamente do sério.

– Aaaaah! Chega! Vai embora! – Apontei o dedo para a porta. – Pelo menos seja homem de ir até a igreja e avisar aos convidados que não vai ter porcaria de casamento nenhum – pedi, vendo mamãe empurrar Edu para fora. – Não quero te ver nunca mais. Some daqui. Some daqui agora! – E bati a porta do quarto com toda a força que me restava.

Dois

Quando eu acordei e não te vi.
Eu pensei em tanta coisa. Tive medo.
Ah, como eu chorei, eu sofri em segredo.
"Hoje cedo", Emicida

Estava prontinha para entrar na igreja. Eu e meu pai estávamos do lado de fora, fitando a grande porta de madeira, em completo silêncio, esperando o momento em que o trombeteiro faria sua parte e alguém abriria as portas, que daria entrada para minha nova vida ao lado do Edu.

Ah! Minha tão sonhada vida nova.

Segurei firme o braço do meu pai, tentando não demonstrar meu nervosismo. Definitivamente, aquele era o melhor e mais esperado dia dos últimos tempos. Eu ia me tornar uma Garcia. Mariana Louveira Garcia.

– Acho que chegou nossa hora – avisou papai, com um semblante apavorado. Ele me deu um beijo na testa, me desejando boa sorte.

– Vai dar tudo certo – disse, com uma voz fraca, e eu respondi com um aceno de cabeça, emocionada demais para falar qualquer coisa. Existem momentos em que as palavras podem ser dispensadas.

Só sei que por dentro ele estava mais nervoso que eu, já que odiava eventos sociais pomposos, e eu o achava um fofo só por estar ao meu lado, mesmo sabendo que ele daria tudo para estar em nossa casa naquele exato momento, e não no meio daquela gente emperiquitada, que ele mal conhecia.

Decidi dar a última olhada no vestido, no buquê e nas sandálias. A porta finalmente se abriu, entramos lentamente e... Peraí, cadê a música? Apavorada, olhei para o lado esquerdo do altar, onde deveria estar o coral que contratei com meses de antecedência. Não havia ninguém lá!

Gente, mas não era possível! Será que eles ainda estavam afinando os instrumentos? Se atrasaram? Erraram de igreja ou o quê? Aquilo não estava acontecendo comigo no dia do meu casamento. Eu não estava acreditando que eles simplesmente não tinham vindo. Paguei uma fortuna por seus serviços. Tínhamos um acordo, um contrato assinado. Como eles me davam o cano assim?

Ai, céus!

Sabia que eu deveria estar em todos os lugares ao mesmo tempo, cuidando de todos os detalhes. Enfim, deu nisso. O coral não veio. O que fazer agora?

Respirei fundo, me esforçando para controlar a raiva e a vontade de pegar o celular, que ficou no carro, e ligar para a maestrina cobrando satisfações.

Calma! Não era hora de dar chilique. O jeito era seguir em frente, como se nada de errado estivesse acontecendo. E, pelo amor de Deus, sorrindo!, pensei.

Certo. Ergui meu queixo e continuei com a marcha, tentando deslizar como pratiquei inúmeras vezes em frente ao espelho. Ao avançar alguns passos, percebi que os convidados estavam rindo. Não de um jeito emocionado, por me verem vestida de noiva, mas de um jeito engraçado, quase às gargalhadas.

Mas, então, qual era o motivo da graça? Eles continuavam a rir, uns apontavam o dedo para mim, me deixando aflita por não saber qual era o motivo de tantas risadas.

Me virei para papai em busca de socorro e... Meu Deus, o que era aquilo? Larguei o braço em um gesto rápido e me afastei com medo. Não era mais meu pai. Aquele lá era o... Chucky, o boneco assassino! E ele também estava gargalhando e apontando o dedo para mim com aqueles olhos malignos.

– Olhe só para você! Está ridícula – ele disse, se contorcendo de tanto rir. – Sua ridícula!

Apavorada, olhei em volta e para mim mesma... Socorro! O que fizeram com meu Valentino? Eu juro que há segundos eu estava com ele, mas agora estava usando essa coisa bufante que mais parecia um vestido jeca tipo anos 1980.

Ei, peraí! Uma das convidadas estava usando meu Valentino. O. Meu. Vestido. Fabuloso. Quanta audácia! Como ela pegou o meu vestido sem minha autorização?

– Volte aqui, sua ladra de vestidos! – exclamei, apontando o dedo diretamente para ela. – Devolve meu vestido agora! – Ela me encarou em desafio.

– Seu vestido não. *Meu* vestido – devolveu rindo ironicamente. Em seguida, correu para o fundo da igreja, em direção ao altar.

– Volte aqui. Não foge não. Volte aquiiiiii...

– Mari? Mariana? Filha, acorda. – A voz da minha mãe surgiu, de repente, na história. – Acorda, Mari.

Sentei-me na cama ofegante e cansada. Olhei para os lados, tentando me situar.

Mas como? O que está acontecendo? Esfreguei os olhos. Pisquei várias vezes e tentei focar o olhar no rosto preocupado de mamãe, sentada ao meu lado na cama.

– Mãe? O que você está fazendo aqui? Roubaram meu Valentino. Roubaram meu vestido – avisei, apavorada ao me dar conta do que realmente aconteceu.

– Do que você está falando? Acho que você teve um pesadelo, filha. Eu acordei com sua voz e vim ver o que estava acontecendo.

– Tenho certeza de que roubaram meu vestido. Eu vi – afirmei, ainda assustada.

– Filha, são quase 5 horas da manhã. Olha seu vestido aqui – disse ela, abrindo a tampa da caixa. Então, vi que meu precioso vestido estava a salvo e soltei um suspiro de alívio. – Você teve um pesadelo. Foi isso.

– Nossa, mas foi tão real que me deu até medo. Ainda bem que foi só um pesadelo. Hoje é o dia do meu casamento, não é?

Minha mãe acariciou meu rosto, depois ajeitou o cinto do seu roupão e perguntou com certa cautela:

– Mari, você não se lembra do que aconteceu ontem?

Fechei os olhos e mergulhei nas lembranças do dia fatídico. O divertido "dia de noiva" no salão de beleza com minhas amigas, a maquiagem perfeita, minha alegria e expectativas fervilhantes. Edu entrando no meu quarto... Eu arrancando o lenço da minha cabeça, expondo meu penteado fabuloso... O Eduardo terminando comigo... O meu Dudo. Ah, Deus! E, por último, a garrafa inteira de vodca que tomei, xingando até a quinta geração dos Garcia e chorando até ficar desidratada.

– Lembro – sussurrei, mal suportando o peso das recordações em meus ombros. – Ai, mãe, está doendo tanto! – contei, abraçando-a e deixando as lágrimas escorrerem novamente.

– Eu sei, eu sei. Mas vai passar. Eu juro.

– O que eu vou fazer da minha vida agora?

– Realmente não há nada que você possa fazer pro Edu voltar atrás na decisão? O que aconteceu, afinal?

– Ele não me ama mais – solucei, engolindo o choro. – Conheceu outra garota.

– Tem certeza, filha?

– Sim, mãe. Edu, o certinho, conheceu outra garota e me trocou por ela.

– Ai, Mari, é difícil de acreditar. Vocês namoraram por tantos anos, ele frequentou nossa casa quase diariamente. Eu sei que tipo de pessoa ele é.

– Achei que ele fosse diferente, que me amava e que queria se casar comigo. Bem, eu já não sei mais quem o Eduardo é.

E não sabia mesmo... Durante nosso namoro, eu achava que ele seria incapaz de me magoar como me magoou. No entanto, olhe só o que aconteceu.

– Ele falou ontem que conheceu outra pessoa. Com todas as palavras. Não deixou nenhuma dúvida. – Voltei a chorar, com raiva das lembranças da noite anterior. – Estou tão arrasada. Não sei o que vou fazer da minha vida, mãe. Não sei.

– Não queira fazer nada agora. Deixe o tempo passar e as coisas vão, aos poucos, se ajeitando sozinhas. O tempo é um remédio milagroso.

– Não tem remédio nenhum que cure o que estou sentindo. Dói muito.

– Você não vai conseguir perceber agora, filha. Ainda é muito recente – disse, enxugando minhas lágrimas. – Mas você vai ver, os dias vão passar e a vida vai voltar ao normal.

– Normal? O que você acha que é normal? E que vida eu vou ter daqui pra frente? – questionei meio irritada por mamãe não conseguir enxergar o óbvio. – As pessoas jamais vão esquecer que fui abandonada praticamente no altar. Ninguém vai querer saber de mim, ninguém vai me convidar para mais nada nesta cidade. Será que você não entende?

– Filha, esquece essa coisa de "o que as pessoas vão pensar". Não se preocupe com isso. Trate de refazer sua vida e ser feliz. Deixe que pensem o que quiserem. Você não deve nada a ninguém.

– Como eu posso ser feliz? Edu me traiu; perdi o homem que eu amo; fui abandonada na porta da igreja; e minha imagem pessoal foi para o espaço. Como eu vou ser feliz carregando esse passado?

– Aprendendo com seus erros – disse, com sua calma habitual. – Até mesmo as tragédias têm seu lado bom. E é isso o que você precisa descobrir.

– Como será que o Edu está? – indaguei, perdida em meus pensamentos. – Será que ele está arrependido? Arrasado, triste ou feliz nos braços da outra?

– Imagino que esteja sofrendo, assim como você. Não pense que está sendo fácil para ele. E duvido que esteja com outra moça.

– Você está defendendo ele? – perguntei, chocada.

– Não se trata de defender. Eu só imagino que não deve estar sendo fácil para ele também, ou você acha que ele está dando uma festa neste momento? – perguntou, irônica.

Tentei imaginar Edu dançando em uma dessas festas regadas a muita bebida, música eletrônica e drogas, mas não consegui. Realmente, não fazia o estilo dele.

– Eduardo é um bom rapaz. Educado, de bom caráter, sabe respeitar as pessoas – disse mamãe, segurando minhas mãos. – Ter tomado a decisão de não se casar, seja lá qual for o real motivo, e ter vindo aqui conversar com você, é uma demonstração do respeito que ele tem por nós. Muitos nem fariam isso. Só não apareceriam na igreja e deixariam a noiva plantada à sua espera, sem satisfações.

– Mas por que ele não conversou comigo antes? É só isso que eu não consigo entender.

– Será que ele não tentou, filha? Será que ele não deu sinais de que estava insatisfeito ou incomodado com alguma coisa e você não percebeu?

Olhei para o teto do quarto, tentando me lembrar das minhas últimas semanas com Edu.

– Ninguém dá sinais. Se não estiver bem, chega e fala. É assim que se resolve um problema.

– Nem todo mundo é tão prático como você. De repente ele não sabia como abordar esse assunto contigo.

– Pensando bem, algumas vezes ele falou que queria conversar sobre casamento, responsabilidades, filhos... – Tentei me lembrar de mais detalhes, mas não consegui pensar em nada. – O problema é que ele queria conversar sobre isso quando eu precisava discutir detalhes da cerimônia. Era tanta coisa para cuidar sozinha, tanto detalhezinho.

– Está vendo? Ele estava sinalizando que algo estava errado. Se estivesse tudo bem, ele não pediria para conversar, certo?

– Ele estava mesmo distante nas últimas semanas – completei, pensativa. – Quase não me ligava... Eu achava que era alguma coisa do trabalho, nunca imaginei que ele estaria saindo com outra mulher.

– Você estava tão envolvida com os preparativos do casamento que não enxergava mais o Eduardo, filha. Percebi que vocês mal se viram nas últimas semanas, mas não podia falar nada que você já se estressava. Estava uma pilha de nervos.

– Também não era pra menos, né, mãe? Tudo ficou nas minhas costas – me defendi. – Mas eu reclamei com o Edu. Disse que parecia até que eu estava me casando sozinha, que ele não se oferecia pra me ajudar, que não dava a mínima se a decoração da igreja seria amarelo com laranja e vermelho, ou lilás com verde.

– E o que ele respondia?

– Dizia algo como *"precisamos conversar, Mari"*.

– E você, não quis conversar?

– Eu tinha milhões de problemas para resolver. Além do casamento, também tinha o apartamento e a viagem. Fora a papelada de cartório, que foi uma burocracia danada.

– Essas coisas não eram mais importantes do que a relação de vocês, Mari. Primeiro vem o relacionamento do casal, depois vem o resto – falou, com a experiência de 32 anos de casada.

– Para mim estava tudo bem, mãe. Como eu poderia imaginar que para o Edu não estava, se ele simplesmente não abria a boca para me falar?

E realmente não estava. Era verdade que nas últimas semanas, antes do casamento, Edu e eu mal nos falamos. Mas era porque eu tinha muitas coisas para cuidar, confirmar, gente para ligar. Eu organizei o casamento sozinha. Não imaginava que daria o trabalhão que me deu. Achei que seria divertido escolher vestido, flores, bolos, doces. Achei que faria isso tomando champanhe, rindo com minhas amigas e tirando fotos para postar nas redes sociais. Só que não foi tão divertido. Foi estressante, complicado e cheio de detalhes que só eu poderia resolver. Então, quando senti a corda no pescoço, era tarde demais para pedir arrego para minha sogra ou para minhas amigas. Meu orgulho não me deixou e eu aguentei o tranco. Estressada, nervosa, dando chiliques, mas aguentei. E daria tudo certo se o Edu não tivesse estragado tudo.

– Ele tentou conversar, mas você não deu atenção – disse mamãe, me deixando com um sentimento de culpa enorme.

Espere um segundo... Quer dizer que minha mãe estava do lado do Eduardo?

– Pelo jeito você acha que a culpa é minha por Edu ter me abandonado?

Não estava entendendo a minha mãe. Mãe não fica do lado dos filhos, não importando o que eles fazem?

– Não estou dizendo nada disso. E ficar insistindo nesse assunto não vai te levar a lugar algum. Acho que você precisa refletir muito sobre tudo o que aconteceu. Quem sabe vocês não voltam a conversar e, de repente, até se acertam novamente?

– Você acha que isso é possível? – perguntei, cheia de esperança.

– Quem é que sabe do nosso destino, filha?

Engoli em seco. Destino... Eu tinha um combinado com o Sr. Destino e ele falhou.

– Quer comer alguma coisa? Desde ontem você não coloca nada na boca.

Meu estômago embrulhou só de ouvir a palavra "comida".

– Não quero, mãe. Mas aceito um copo de água e um remédio para dor de cabeça.

– Eu pego.

– Obrigada.

Observei ela desaparecer corredor afora. Peguei meu celular e chequei as últimas notificações. Com exceção de algumas mensagens (três delas *spam* e uma da minha tia Albertina), não havia mais nada. Será que Edu ia me ligar? Será que ele estava arrependido? E se eu ligasse para saber como ele estava? Isso iria demonstrar que eu me preocupava com ele, o que era verdade.

Me sentindo um tiquinho mais animada, e ignorando o fato de ser apenas 6h30 da manhã, disquei para o número dele. Caiu direto na caixa postal. Ele *desligou* o celular. Por quê?

Ouvi o familiar som da voz dele dizendo: *"Oi, você ligou para Eduardo Garcia. Deixe seu recado depois do sinal. Valeu"*.

Sua voz me atingiu feito uma adaga afiada, e me encolhi na cama, já prevendo mais uma sessão de lágrimas. Mais que isso. O simples fato de que seu celular estava desligado me dizia que ele não queria falar comigo. Que não estava arrependido. Que não ia voltar atrás.

Uma dor lancinante tomou conta do meu peito. Engoli o choro, no momento em que mamãe voltou com a água e o comprimido, mas assim que ela fechou a porta, não consegui mais segurar. Simplesmente voltei a chorar descontroladamente.

Edu me abandonou horas antes do nosso casamento. Ele me trocou por outra garota. Outra. Garota.

Por quanto tempo ele me traiu? Será que foi só com ela?

Como poderia ter sido tão ingênua? Como fui perdê-lo para outra sem nem ao menos saber quem exatamente era essa mulher?

Meia hora depois, eu ainda estava fungando. Por sorte, encontrei uma barra de Twix, escondida no fundo da gaveta do armário para casos de emergência, e a devorei sem culpa. Os efeitos do chocolate, no entanto, não me fizeram sentir melhor.

Consultei as horas e decidi mandar uma mensagem de texto para minhas amigas. Precisava do apoio delas. Precisava conversar com quem sabia o que me dizer para me confortar. Aliás, só agora me dei conta: ninguém me ligou desde ontem, quando mamãe mandou avisar nossos convidados na igreja que o casamento tinha sido cancelado. Deviam estar em estado de choque, assim como eu. Completamente compreensível.

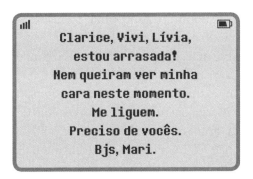

Esperei dez minutos. Quinze minutos. Meia hora. Uma hora. Metade do dia se foi e ninguém respondeu minha mensagem.

Eu entendia perfeitamente o fato de o Edu ter desligado o telefone para não ter que atender minhas ligações, mas não entendi por que nenhuma das minhas amigas me respondeu ou ligou perguntando como eu estava depois de tudo o que aconteceu.

O que eu fiz, afinal, para merecer isso?

Três

Agora, que faço eu da vida sem você?
Você não me ensinou a te esquecer.
Você só me ensinou a te querer.
"Você não me ensinou a te esquecer", Caetano Veloso

O almoço de domingo mais parecia um velório. Em dias normais, as refeições na casa dos meus pais não eram o que poderia se chamar de Um Momento Familiar Agradável. Meus pais não eram prendados; eram práticos. E justamente por isso eu analisava, com cautela, ao mesmo tempo em que meu estômago se revirava com náusea (resquícios da vodca, talvez?), a lasanha banhando-se em um molho pra lá de esquisito.

– Hum, está... É... Bom. Muito bom – elogiou meu pai, com um ar duvidoso.

– Não vai provar a lasanha, Mari?

– Eu comi um pouquinho. Está ótima. Só não estou com muita fome – respondi, empurrando o prato para o lado.

– Está medonho, mãe! Parece cérebro de ET banhado em uma gosma vermelha. Eu vou fazer um sanduíche de presunto e queijo.

Aquela era Marisa, minha irmã mais nova e completamente diferente de mim. O negócio de Marisa era se vestir e pintar os olhos de preto, e andar com uma turma esquisita. Eram os emos. Não, eram os punks. Ou será que seriam os grunges? Ah, eu não sei! Só sei que a gente brigava o dia inteiro porque ela tinha o irritante hábito de mexer nos meus armários, pegar minhas roupas sem pedir, usar minhas maquiagens, mesmo tendo as dela, deixando tudo bagunçado.

– Por que você tem que ser sempre do contra, Marisa?

– Eu não sou do contra. Eles que estão fingindo que...

– Que cheiro é esse, Thelma? – interrompeu papai.

– Cheiro? Ah, meu Deus! Eu não desliguei o forno! Esqueci que tinha colocado uns pedaços de peito de frango empanado para assar. – Ela saiu em disparada para a cozinha e, segundos depois, uma fumaça e um cheiro forte tomaram conta do pequeno apartamento. – Não acredito! Torrou tudo...

– Não sei por que sua mãe insiste em cozinhar – confidenciou papai, com um sorriso contido.

– É você que a incentiva.

– Sua mãe quis cozinhar por causa da sua irmã. Você sabe... O que aconteceu... E ela achou que...

– Droga! E agora, o que vamos comer? – berrou mamãe lá da cozinha.

– Deixa isso aí, Thelma. A gente come a lasanha. Volta pra cá.

– Acho que vou para o meu quarto. – Aproveitei a catástrofe instaurada e fugi de volta para o meu mundo. Eu sei que eles estavam se esforçando para que tudo parecesse normal; no entanto, menos de um dia após ter sido abandonada por Edu era cedo demais para mim, e tudo o que eu mais queria era ficar sozinha para digerir minhas perguntas, que seguiam sem resposta.

Ao entrar no quarto e ver meu vestido, minhas sandálias, o buquê e todas as demais coisas que eu iria usar na cerimônia, desabei novamente. Perdi o chão. Tudo bem. Eu já estava careca de vê-los ali no quarto desde o dia anterior, mas algo me tocou, como quando a gente passa a mão em uma roupa vinda da costureira e é espetada por um alfinete esquecido.

A verdade é que fui pega totalmente despreparada. Eu, que vivia preparada para tudo, por aquilo eu não esperava, porque achava que nenhuma noiva esperava por uma coisa dessas, não é? Achamos que vai ser tudo lindo do início ao fim.

Será que a jararaca-de-bolsa-Hermès tinha alguma coisa a ver com isso? Se era coisa dela, eu apostava que estava comemorando sua vitória com um daqueles almoços chiques e pomposos, regados a champanhe francês, junto da bandidazinha que, não duvido nada, ela mesma havia apresentado ao Edu. Francamente. Esse era o estilo da minha ex-sogra.

Suspirei de novo e afundei na cama, tremendo de tanto nervoso e raiva. Milhões de coisas se passavam pela minha cabeça. Não conseguia raciocinar e controlar minhas emoções. Por que Edu terminou comigo? Por que não me contou antes? Por que esperou até o último momento? Desde quando ele tinha saído com outra garota? Quem era ela? Será que ele estava tentando brincar com minhas neuroses ou o quê? E por que ele veio com aquele papo de que eu era fútil e egoísta?

Ficar sem respostas, com nossa conversa repassando em minha cabeça, era angustiante demais. Ao mesmo tempo, um fato desagradável revirava meu estômago: ele me traiu. Ele, que nunca olhou para o lado, me traiu.

Eu não notei nada em Edu que denunciasse que ele tinha outra. Nunca. Os homens sempre dão esses sinais quando estão traindo. Uma vez, li uma matéria em uma revista: *Os dez sinais da traição*. E, pode acreditar, Edu nunca (1) ficou irritado; (2) passou a me evitar; (3) diminuiu a frequência sexual; (4) mudou seu comportamento. Também sempre atendeu aos seus telefonemas na minha frente e nem... Hum, o resto dos outros cinco sinais eu já não me lembrava direito.

Gente, eu nunca percebi que Edu era um bom ator. Me enganou direitinho!

Por que você me traiu, Edu? Por que você estragou tudo? Não sabia expressar o quanto estava decepcionada.

Olhando agora em volta, meu quarto continuava o mesmo de sempre, exceto pela caixa do vestido que estava no chão, ao lado da cama, e algumas outras coisas fora de lugar. Havia pouco tempo, ele estava cheio de alegria, cheio de expectativas para uma nova vida, de sonhos e de planos. E agora estava assim, escuro por causa da janela fechada, e triste por causa do pé na bunda que tinha acabado de levar.

Sentei na cama, encostando na cabeceira, e abracei minhas pernas. Lembrei-me da minha professora das aulas de etiqueta, de um curso que fiz logo depois que comecei a namorar Edu. Eu precisava de algumas dicas para não fazer feio nos eventos sociais e nas reuniões com minhas amigas. Essa professora vivia dizendo nas aulas: "Mulheres finas não choram, nem espirram. Suspiram, apenas".

Que se dane a etiqueta, não é?! As lágrimas chegaram novamente em bando, e escorreram pelas bochechas uma após a outra. Junto com elas, veio a dor insuportável que estava se tornando familiar. Dor de quem foi abandonada, trocada, rejeitada. E chorei alto. Meu corpo tremia por inteiro, eu sentia o gosto salgado das lágrimas em minha boca, e gemia de tanta dor. Nossa conversa passava e repassava pela minha cabeça, e eu tentava entender o que realmente tinha acontecido.

Onde eu errei? Em que momento Edu deixou de me amar? Em que momento eu deixei de olhar para o lado e ver que ele não estava mais ali? Como fui deixar aquilo acontecer? Como fui tão estúpida a ponto de não cuidar do nosso relacionamento?

Chorei meu ódio por Edu. Chorei meu ódio pela lambisgoia que foi se intrometer na hora errada. Chorei a perda do meu casamento, da minha festa, da minha nova vida, como também chorei a perda do homem que eu amava.

Não saí do quarto o restante do dia. Não queria que me vissem com a cara inchada e deformada de tanto chorar.

Em algum momento da madrugada, consegui dormir.

Quatro

Estranho seria se eu não me apaixonasse por você.
"All Star", Nando Reis

Me lembro bem de como eu conheci o Edu.

Eu tinha acabado o ensino médio e não me sentia preparada o suficiente para prestar vestibular logo de cara, e me lembro de que foi com muito suor e lábia que convenci meus pais a me pagarem um semestre de cursinho pré-vestibular. Não pense que se tratava de um plano meu para ficar de boa por seis meses. Não. Eu realmente não me sentia preparada para enfrentar a maratona de provas que teria pela frente.

No primeiro dia de aula, eu estava com minha amiga Kelly no fundo da sala quando ele entrou. Foi uma paixão fulminante, dessas que acertam em cheio e deixam a gente passada, de pernas tremendo, boca seca e coração acelerado. Sinceramente, eu achava que essa coisa de paixão à primeira vista, tremedeira, etc., era um negócio de filme romântico. Sempre duvidei que isso pudesse ocorrer na vida real, até que aconteceu comigo... E com a Kelly. Ao mesmo tempo. E pelo mesmo cara.

– Mariana, pelo amor de Deus! – disse ela, segurando meu braço. – Quem é o deus grego que está entrando na nossa sala?

– Tô lendo o resumo da novela, Kelly. – Seu nome verdadeiro era Kellyneusa, mas ela simplesmente odiava que a chamassem assim, e ficava de cara virada se alguém dissesse seu nome completo. Acredite, nunca queira chamá-la de Kellyneusa. Nunca. Nem de brincadeira. Se o fizer, entenderá o verdadeiro sentido da palavra "fúria".

– Não quer olhar, tudo bem. Não sabe o que está perdendo – avisou, com uma voz abafada.

Vencida pela curiosidade, larguei a revista de lado e, quando levantei os olhos, vi Edu parado próximo à porta, procurando um lugar para se sentar. Ele vestia um jeans escuro e camisa polo. Se meu queixo não fosse colado ao meu rosto, ele teria caído no chão, tamanha foi minha surpresa. Fiquei completamente boquiaberta, admirando Edu se mover entre as carteiras.

– Gente...! – Quase engoli o chiclete. – Minha Nossa Senhora Protetora dos Homens Bonitos, quem é ele?

– Eu te faço a mesma pergunta.

Fiquei segundos admirando o Edu se locomover pela sala, sem conseguir falar nada que fizesse sentido.

– Pode voltar a respirar agora, Mari – debochou Kelly.

– Gente...

– Você já falou essa palavra umas cinco vezes.

– Ele é lindo!

– E eu não estou vendo?

Kelly ficou interessadíssima em Edu e queria reivindicar direitos por tê-lo visto primeiro e por estar sozinha há mais tempo que eu, e queria que eu deixasse o caminho livre para ela.

– Então, quem vai dar em cima do moço? – perguntou na saída do curso. – Eu ou você?

– Não consegui prestar atenção em uma só palavra do professor. Só naquelas costas largas. – Suspirei.

– Mas ele nem notou a gente.

– Também não desgrudou o nariz do quadro. Onde esse homem se escondeu esse tempo todo? Você já o tinha visto antes?

– Nunca. Será que ele é novo na cidade?

– Só pode.

– Por tê-lo visto primeiro, eu tenho o direito de tentar uma investida antes de você – avisou Kelly, tentando se dar bem. – Além do mais, você acabou de terminar com o Diogo. Precisa dar um tempo. Não fica bem para sua imagem sair com outro cara assim, de pronto.

Fitei a cara de pau de Kelly e não deixei de admirar sua beleza. Era uma morena linda. Tinha um corpo todo cheio de curvas e um bumbum que deixava qualquer carinha maluco. Eu entenderia se Edu nem me enxergasse ao lado dela.

– Seria mais justo se o deixássemos tomar a iniciativa de vir falar com uma de nós, você não acha?

– E se ele nos ignorar?

– Ah, sei lá! Isso não tem regras. Vamos fazer uma coisa de cada vez. Se ele não vier falar com a gente, pensamos depois em qual será o próximo passo.

Kelly concordou e, assim, a primeira semana de aula se passou com um desfile de looks de arrasar. Meu e dela. Cumprimos nosso trato e esperamos que Eduardo tomasse a iniciativa de vir puxar papo com uma de nós duas, mas nada aconteceu. Ele chegava, assistia às aulas e ia embora, sem sequer notar nossa existência ou de qualquer outro ser que estivesse dentro da sala, com exceção dos professores.

Na semana seguinte, Kelly não aguentou e resolveu apelar. Vestida com um jeans *stretch* coladíssimo ao corpo, blusinha que deixava a barriga chapada de fora, provavelmente para exibir seu *piercing* novo, e o saltão de sempre, ela chegou arrasando no cursinho.

– Uau, chegou a nova sensação do purgatório! – brinquei e cumprimentei-a com um beijo. – Tá poderosa, hein? – comentei, diante daquele modelito apelativo. Kelly costumava ser uma pessoa mais discreta que a periguete que incorporava naquele dia.

– Obrigada!

– Vai sair depois das aulas? Não me lembro de ter combinado nada.

– Não vou sair. Só vim para o curso mesmo – respondeu, meio nervosa.

– Certo. Vamos entrar, então? Daqui a pouco começa a primeira aula.

– Hum-hum... – pigarreou. – Vai indo que vou ficar mais um pouco aqui.

– Você está esperando alguém? – perguntei, mesmo já sabendo a resposta.

– Não. Só estou vendo o movimento. Vai indo que já vou – sugeriu, sem olhar direito nos meus olhos.

– Acho que entendi. Pensei que tivéssemos um trato – disse, sem deixar transparecer meu aborrecimento.

– Você levou mesmo a sério essa história de trato? – indagou, com um risinho nervoso. – Lá vem ele. Agora, me dá licença, por favor? Você sabe, quero ficar sozinha.

Olhei para trás e o vi no fundo do corredor, caminhando devagar. De repente, meu coração bateu mais rápido.

– Ok. Você é quem sabe. Boa sorte – desejei, me dirigindo para a carteira mais próxima dali e não para o fundão, como de costume. Na verdade, eu queria ouvir de perto o que ela iria dizer para ele.

Kelly ajeitou seus cabelos cacheados e esperou Edu se aproximar, sem nem olhar para mim.

– Oi – cumprimentou a oferecida.

– Oi.

– E aí, está gostando do cursinho?

– Estou gostando bastante. Por quê?

– Para saber, ué! – Sorriu nervosa. – Você parece tão concentrado nas aulas...

– Mas estou aqui para isso mesmo. Estudar.

– Então, meu nome é Kelly. Também estou na sua turma.

– Oi, Kelly. Sou Eduardo – falou se apresentando com um beijo no rosto. – Vamos entrar? A aula já vai começar.

Kelly hesitou, mas reparei que ela não se deu por vencida e tornou a perguntar:

– Vamos, não quer se sentar lá no fundão? Tem cadeira sobrando e a gente pode conversar mais à vontade.

Meu Deus, ela o convidou para ir se sentar com ela no fundão! No *nosso* lugar! Kelly e eu estudamos juntas desde o primeiro ano do ensino médio e sempre gostamos de sentar nas últimas carteiras nas salas de aula. Mesmo sabendo disso, não se importou comigo.

Muy amiga!, pensei.

– Obrigado, mas prefiro ficar aqui na frente e não conversar durante as aulas – explicou ele, sem graça. – Você sabe, o vestibular está se aproximando e eu quero passar em Medicina.

Yes!, vibrei em pensamento.

– Poxa, que pena! – Kelly fez carinha de triste para ver se o comovia de alguma forma. – E, depois da aula, podemos tomar um suco ou quem sabe sair para dar uma volta. Que tal?

– Hum, é que eu já tenho um compromisso para hoje à noite.

– Você tem namorada? É isso que está querendo dizer?

– Não, não tenho namorada. Mas não estou interessado em arrumar uma neste momento – falou Edu, despachando-a. – Meu foco é passar no vestibular.

Existem momentos na vida da gente para os quais o celular foi inventado. E aquele era um na vida da Kelly. Ela *deveria* dizer que seu celular tinha vibrado no bolso e pedido licença para atender ou qualquer coisa assim. Eu teria feito isso se fosse comigo.

– Entendido – murmurou Kelly, enfiando o rabinho entre as pernas roliças, e bateu em retirada. – A gente se vê, então.

– Prazer em conhecê-la, Kelly.

Depois desse dia, Kelly mal falou comigo. Mudou de lugar na sala e, algumas semanas depois, deixou de frequentar o cursinho. Acho que ela não conseguia mais encarar Edu depois do fora que levou, nem a mim, por ter traído nosso trato e nossa amizade. Sinceramente, não sabia dizer se a perdoaria. Talvez sim. Edu não era nada meu. Era apenas um carinha bonito, pelo qual nós duas ficamos interessadas. Eu pensava que nossa amizade deveria prevalecer. Mas, cada um era cada um.

E eu continuei frequentando o cursinho todos os dias e estava cada vez mais interessada nele, sem que ele fizesse ideia da minha existência. Pelo menos era o que eu deduzia.

Acontece que as coisas foram tomando um rumo diferente e o cursinho virou uma tortura na minha vida. Não me concentrava nas aulas e passava o tempo todo escrevendo "Eduardo e Mariana" no meu caderno, envoltos em coraçõezinhos vermelhos. Em alguns, eu colocava uma flechinha; em outros, eu colocava nossas iniciais. Quando dava por mim, a aula já havia terminado e eu não tinha ouvido nada do que os professores disseram. Se eu não passasse no vestibular, meus pais me matariam. Eu tinha certeza. Mas o que eu poderia fazer?

Eduardo, Eduardo, Eduardo. Era nele que eu pensava em todas as horas dos meus dias. Por outro lado, não tinha a menor coragem de falar com Edu depois que o ouvi dizer que não estava interessado em arrumar uma namorada. Estava com medo de me aproximar e levar o mesmo fora que a Kelly levou. Eu tenho sérios problemas quando levo um fora. Não sei lidar com rejeição direito e, por causa disso, ficava na minha.

No entanto, minha paixão platônica chegou a tal ponto que eu tive de decidir: ou eu o convidaria para um cinema ou não passaria no vestibular. Acabei escolhendo a primeira opção.

Aconteceu assim: numa das minhas várias idas ao banheiro para arrumar o cabelo, eu, distraída, pensando em como faria para convidá-lo para um cinema de um jeito informal e desinteressado, esbarrei sem querer no *próprio*, que também tinha ido ao banheiro e estava saindo no mesmíssimo minuto que eu.

Uau! Isso era que eu chamava de sorte.

– Desculpe. Eu te machuquei? – ele quis saber, cheio de preocupação.

– Não, estou bem – gaguejei. – Me desculpe, eu estava tão distraída que não te vi saindo. E você, está bem? – Vasculhei desesperadamente o meu cérebro atrás de alguma coisa interessante para dizer.

Céus! Odiava ficar nervosa diante de um homem.

– Não foi nada. Estava distraído também.

– De quem foi a ideia de colocar o banheiro feminino ao lado do masculino? – arrisquei uma piadinha para disfarçar meu nervosismo, mas, em seguida, me arrependi completamente de ter aberto a boca.

Realmente, muito interessante. Quer dizer que todas as noites que passei mirabolando assuntos para conversar com o Ser Desejado se resumiram a uma piadinha trivial, besta e completamente sem graça?!

– Pois é. – Edu riu exibindo uma linha perfeita de dentes brancos. – Aceita um pedaço de chocolate?

Ele gostava de chocolate! Eu também (quer dizer, era viciada-tarada-maluca, mas isso não vinha ao caso no momento). Era a primeira coisa que tínhamos em comum.

– Aceito. Obrigada – disse, pegando um pedaço e me segurando para não pegar toda a barra de chocolate ao leite que ele me ofereceu.

– Isso acontece sempre?

– O quê? – perguntei sem entender.

– Você esbarrar nas pessoas, pisar no pé delas em frente de banheiros públicos.

Ahmeudeus! Não consegui evitar uma sonora gargalhada e Edu também riu comigo.

Ele era bem-humorado. Não tive essa impressão antes. Ele era sempre tão sério e compenetrado nas aulas que jamais pensei que ele tivesse senso de humor.

– Nem sempre. Só com moços bonitos que gostam de chocolate – disse, entrando na leveza do clima que se formou entre nós.

– Então, hoje é meu dia de sorte – comentou com um sorriso largo e contagiante. Ele ficava tão lindo quando sorria que eu até me esquecia de respirar.

Ele me encarou, talvez pensando por que eu o olhava com tanta curiosidade, e, felizmente, ele riu de novo; ambos rimos, com os olhos fixos um no outro, sem nos importar com o movimento dos demais estudantes que circulavam pelo corredor do prédio.

– Por que é seu dia de sorte?

– Não é sempre que uma moça bonita assim pisa no meu pé.

O quê?

Ele estava se achando um sortudo por ter levado um pisão no pé? Ah, se eu soubesse disso antes, já teria pisado no pé dele havia muito tempo e evitado o *tsunami* de ansiedade que me inundava todas as noites desde que o vi pela primeira vez na sala de aula.

– Obrigada – agradeci o elogio, encabulada. – Agora, fala sério, eu te machuquei? – perguntei, realmente preocupada.

– Putz! – Ele franziu as sobrancelhas numa cara de dor e olhou para o pé esquerdo. – Acho que meu pé está ficando inchado...

– É mesmo?

Por que eu inventei de colocar esse salto enorme? Qual o problema em usar sapatilhas de vez em quando, Mariana?

– Tô brincando – esclareceu com outro sorriso encantador e irresistível, me deixando corada.

Será que ele fazia ideia dos efeitos que causava em mim? Será que ele tinha noção de como seu sorriso era lindo? E que as mulheres não paravam de olhá-lo? Será que ele sabia disso? Como aquela loira que acabava de sair do banheiro e estava na maior cara de pau, fingindo olhar algo muito importante no celular. Até parecia que ela enganava a mim, Mariana Louveira. *Já usei esse truque antes, querida. Circulando!*, pensei, fitando diretamente nos olhos dela, mandando meu recado silencioso.

– O que você vai fazer depois do curso? – perguntou, me trazendo de volta para a conversa. – Ou você tem compromisso?

Para tudo!

Aquele deus grego estava me convidando para sair? Ele. Estava. Me. Convidando. Para. Sair! Ficaria muito estranho se, de repente, eu começasse a dar pulos de alegria pelo corredor?

Ah, que alegria! Nem nas minhas fantasias mais açucaradas seria tão fácil assim.

Obrigada, Nossa Senhora das Loiras Com Problemas de Rejeição. Nem sei o que eu fiz para merecer isso, mas vou logo prometendo que, se a coisa engrenar, eu vou ser mais boazinha de alguma forma.

Gente! Eu era muito sortuda mesmo!

– E então? – ele tornou a perguntar.

– Preciso consultar minha agenda, são tantos compromissos que não me recordo de tudo... – Desde quando eu sou engraçada desse jeito?

– É mesmo? Que moça mais ocupada – debochou. – Eu espero você consultar sua agenda. Enquanto isso, aceita mais chocolate?

Peguei três tabletes. Minha serotonina chegava a aplaudir a chegada de mais chocolate no meu organismo.

É que quando ficava nervosa, por causa de uma situação inusitada como essa, só muito chocolate mesmo para me acalmar.

– Mas, independente do que seja, acho que posso cancelar – acrescentei e depois dei uma mordida.

– Fico feliz por tanta honra. Que tal comer alguma coisa depois da aula?

– Acho perfeito.

Tipo você!

Oops! Que pensamento safado. Culpa das serotoninas que estavam em polvorosa, se esbaldando com tanto chocolate.

Depois da aula fomos à Dona Oliva, uma pizzaria linda e bem frequentada pelo povo endinheirado de Prudente, onde eu sempre tive vontade de ir, mas por causa da falta de grana, nunca fui.

Entre uma garfada e outra, Edu me contou um pouco sobre sua família, disse que tinha acabado de chegar da Europa – morou em Londres por dois anos para estudar inglês e também aproveitou a geografia do velho continente para conhecer tudo por lá.

– Você conhece a Europa?

– Não – respondi, com a mesma vergonha com que respondo sempre quando alguém me pergunta se eu já fui não sei pra onde. É que eu nunca saí de Presidente Prudente. Nem para ir à Aparecida do Norte, nem para canto nenhum.

Então, nos minutos seguintes, Edu quase me matou de tanto rir ao narrar algumas de suas viagens de mochilão. Contou que quase foi preso em Moscou porque o policial da estação de trem o confundiu com um bandido e ele não conseguia entender o inglês que o policial usava para se comunicar.

– *I rate foringers* – falou Edu, imitando o inglês do policial russo. E eu ri muito com o sotaque dele.

Certo. Meu inglês macarrônico não conseguiu traduzir na hora o significado da frase, mas quando cheguei em casa pesquisei algo semelhante no Google e então entendi que o que ele disse foi: *eu odeio estrangeiros*.

Edu contou que, na Itália, entrou por engano no banheiro feminino do albergue onde estava hospedado e por pouco não levou uns tabefes de uma italiana indignada.

– Ela pensou que eu fosse um tarado que havia invadido o banheiro das mulheres. Ela gesticulava enquanto falava em italiano, e eu lá, parado no meio do banheiro, só de cueca e sem entender nada.

Minha barriga doía de tanto rir, imaginando cada cena.

Eu estava encantada com o jeito divertido e natural do Edu. Afinal, era nosso primeiro encontro e ele não parecia nem um pouco nervoso. Já eu, apesar de estar me divertindo com seus casos engraçados, estava muito nervosa. Tentava não ficar muda feito uma debiloide enquanto ele comia ou quando um assunto terminava. Me policiava para não ser estabanada e derrubar os talheres no chão, ou outras coisas que costumo fazer quando estou atraída por um homem.

Edu não representava, não contava vantagens – apesar de ter narrado inúmeras viagens para o exterior e ser de uma família de posses e de destaque na região. Isso me agradou e eu marquei um ponto a seu favor. Muitos em seu lugar agiriam de um jeito prepotente, como quem quisesse mostrar para uma garota como era rico, o quanto ele já conhecia do mundo, como era descolado, e que ela era uma garota de sorte por estar jantando com um cara "legal" e não um Zé Mané qualquer.

Eu nunca tinha saído com um cara como ele (digo, bonito, educado, legal, divertido e com grana o suficiente para morar dois anos na Europa). Eu pertencia a uma família de classe média (uma média bem baixa pra falar a verdade) e os namorados que tive eram tão duros quanto eu. Também nunca fui uma caça-dotes ou Maria Gasolina, como algumas meninas que conheço aqui da cidade. Não me encantei por Edu porque ele era bem de vida. Eu já estava encantada antes mesmo de ele me enxergar dentro da sala de aula.

E é bom deixar claro que eu não estava representando para Edu. Estava sendo eu mesma, só que com um pouco mais de cuidado para não me deixar levar pela empolgação de estar no Dona Oliva, jantando com o cara mais lindo do mundo. Porque, definitivamente, estava vivendo uma das melhores noites da minha vida. Eu pensava comigo mesma como ele era lindo, como era legal e engraçado. E como eu era sortuda por estar ali com ele.

Quando Edu terminou de narrar suas histórias, eu também me senti à vontade para lhe contar tudo sobre minha família. Contei sobre meu pai, que vivia um drama diário com seu Chevette 1987, e sobre como tudo ficou pior quando o Fiat Uno da minha mãe também resolveu envelhecer e passar mais tempo na oficina do que na garagem do prédio. Estávamos tão sintonizados que eu achei que não teria problema falar de Marisa e sua turma de esquisitos, do *piercing* no nariz dela que meu pai quase arrancou à força e que, depois de uma semana inteira de sermões sobre *piercings*, tatuagens e drogas, ela passou a usar o dito cujo escondido para não levar outra bronca homérica do meu pai. No embalo da coisa, contei pra ele como era morar em um apartamento de dois quartos e um banheiro com quatro adultos e um pastor alemão. Sendo que um dos adultos tinha a mania irritante de acumular coisas. No caso, minha mãe.

– O quarto da bagunça, como chamamos a despensa lá de casa, está atulhado de potes de sorvete, vidros de Nescafé e de geleia, que minha mãe guarda para compor o enxoval das filhas. Você precisa ver, porque falando assim parece uns cinco ou seis potes, mas acredite, a porta nem fecha mais de tanta tralha que tem lá dentro.

– Já ouvi falar desses quartos da bagunça. Diz a lenda que toda casa que se preza tem o seu – disse ele me motivando a entregar a melhor parte.

– De vez em quando ela faz uma inspeção na lixeira e, quase sempre, volta de lá com um pote nas mãos perguntando: *Por que você jogou esse fora? Quando você ou sua irmã se casar, vai ser muito útil. Eu não tenho dinheiro para comprar potes de Tupperware pra você, Mariana. Vai ser pote de sorvete mesmo.*

Respirando fundo, reuni coragem e contei para Edu sobre Cidinha, nossa faxineira folgada que, em vez de fazer faxina, passava o dia se intrometendo e bisbilhotando a vida de todo mundo de casa e do prédio.

Ele ria e se divertia com meus relatos, sem ter ideia de como eu estava me sentindo feliz por estar ali. Continuei, empolgada:

– E para você ter uma ideia do quanto a Cidinha é folgada, na semana passada eu cheguei em casa e minha irmã estava tirando fotos da Cida para postar nas redes sociais! E não eram fotos dela limpando o banheiro, eram fotos dela na cama da minha mãe, deitada feito uma madame com um copo de suco de laranja nas mãos.

Edu aproveitou o assunto "faxineira" para contar que sua mãe nunca acertou uma cozinheira. Dizia que em Prudente não se achavam profissionais realmente preparados, ou que sabiam cozinhar do jeito que ela gostava, e que ele já tinha perdido as contas de quantas cozinheiras passaram pela casa dos pais. Não foi engraçado, mas achei bonitinho ele ter contado sobre sua mãe de uma forma tão carinhosa.

E depois que ele confessou que sua avó era viciada em jogos de azar e que frequentava bingos clandestinos na calada da noite, eu precisei falar da minha tia Albertina. Ou simplesmente Thynna – a vendedora de coisas. Qualquer coisa. Minha tia sobrevivia de vender desde coisas de revistas, como Avon, até pneus usados.

Edu chorou de tanto rir quando contei das viagens que minha tia fazia para a rua 25 de Março, em São Paulo, em busca de novidades baratinhas para vender para as vizinhas do bairro. E também de quando ela arrastava minha mãe para as liquidações da madrugada em lojas de departamento. Montava barraca na rua, levava marmita e, se precisasse, saía no tapa por um ferro elétrico a preço de banana.

Quando percebemos, a pizzaria já estava fechando. Só restávamos nós dois, na única mesa que ainda estava com as cadeiras no chão.

– Acho melhor irmos embora antes que nos expulsem – avisou, fazendo um gesto para o garçom e pedindo a conta.

Ao chegarmos na frente do prédio onde eu morava, Edu desligou o carro e apoiou a cabeça no encosto do banco, me olhando com curiosidade.

– O que foi? – perguntei, certa de que ele iria me beijar. Eu ansiava por aquele beijo como um sedento ansiava por água fresca.

– Sabe o que eu mais gosto em uma garota?

Balancei a cabeça em resposta.

– Do senso de humor. Essa foi uma das melhores noites da minha vida, Mariana. Obrigado.

Meu ego por pouco não explodiu de tanta felicidade. E quando eu pensei: É *agora que ele vai pôr fim na minha tortura*. Ele perguntou:

– Gosta de cinema?

– Adoro.

– Eu também. Quer ir ao cinema no sábado?

– Só se você prometer que vai ser tão divertido quanto hoje.

– Vou me esforçar para que seja.

Então, Edu me beijou. Mas foi na bochecha, se despedindo com um "até amanhã, no cursinho". E eu murchei, porque queria muito saber como era o sabor do seu beijo.

Quando finalmente a noite de sábado chegou, ele me pegou em casa, fomos ao cinema e... bem, a noite foi perfeita: excelente filme, Edu foi educado e atencioso o tempo todo... mas não rolou nenhuma tentativa de aproximação.

Houve vários momentos de silêncio e olhos nos olhos, com o ar estalando de tanta tensão, mas nada de beijo. Já estava achando que era pessoal, ou que eu tinha mau hálito e ninguém nunca me disse antes por pena. Também pensei que, de repente, ele fosse gay e estivesse em busca de uma melhor amiga com quem sair e conhecer outros rapazes ou algo do gênero.

Eu sou um ímã para gays. Além de ter vários amigos homossexuais e adorar todos eles, desconfio que eu mesma tenha sido um travesti em outra vida. Mas, para minha sorte, Edu não era gay, e ele me provou isso na *quinta* vez que fomos ao cinema! Edu é cinéfilo, mas isso eu só descobri bem mais tarde.

Aconteceu em uma sexta-feira, depois do cursinho. Assistimos a um filme super-romântico e me acabei de tanto chorar. Até aí, nenhuma novidade, porque eu chorava em qualquer filme mesmo. O fato é que fiquei com coriza, cara inchada, nariz vermelho... Estava horrível e sem condições de ser beijada.

No final do filme, enquanto subiam os créditos e as pessoas iam deixando a sala (e eu tentava me recompor das lágrimas), aconteceu. Edu acariciou minha mão, eu dei um sorriso sem graça, apontando para meu nariz vermelho. Então, ele me puxou para junto dele e me beijou de uma forma tão intensa que cheguei a sentir fagulhas elétricas pelo corpo todo. Foi o melhor beijo da minha vida.

E também foi nesse momento que eu descobri o quanto estava apaixonada.

Eu só não fazia ideia do que viria pela frente.

Cinco

Esse é o nosso mundo.
O que é demais nunca é o bastante.
E a primeira vez é sempre a última chance.
"Teatro dos vampiros", Legião Urbana

Desde pequena eu sonhava que um dia encontraria meu príncipe encantado. Não fui criada para casar nem nada disso. Meus pais, coitados, trabalhavam duro, das sete da manhã às sete da noite, e mal tinham tempo de me levar ao parquinho, quanto mais me educar para ser uma dona de casa prendada que só sairia para se casar com um bom partido. Aliás, asseguro que jamais serei uma dona de casa prendada sendo filha de Thelma, mas essa era outra história.

Desta forma, podia dizer que dos 8 anos em diante eu me criei praticamente sozinha, indo para o colégio de manhã e passando a tarde em casa, esperando meus pais voltarem do trabalho. Quando eu tinha 11 anos, Marisa nasceu e eu ajudei mamãe, cuidando de minha irmã. Tudo bem que em algum momento de sua pré-adolescência, enquanto eu me esforçava para fazer dela uma menina normal – dessas que usavam rosa, gostavam de Barbie, pintavam as unhas e roubavam o batom da mãe quando ela estava fora de casa –, Marisa se apaixonou pelo Marilyn Manson e decidiu virar emo-grunge-punk, ou algo do gênero, e vivia uma fase rebelde que durava até hoje.

Então, com uma vida atípica das demais meninas da minha geração, eu não fui criada para me casar e ser dona de casa. Mas, por outro lado, imitando as meninas da minha geração, eu sempre sonhei com o cara perfeito, aquele que me completaria, seria minha cara-metade.

No entanto, namorar Edu não foi simples e fácil como imaginei que seria. Ele era um cara tranquilo e simples. Um fofo. E rico. Muito, muito rico. E com amigos ricos e amigas que, além de serem ricas e lindas, eram estilosas, descoladas e tinham um estilo de vida completamente diferente do meu, do qual eu nem imaginava que pudesse existir na vida real.

Ainda lembro do choque inicial dessa realidade no primeiro evento social, um almoço na casa dos pais do primo de Edu, em que ele me levou e me apresentou a todos como sua namorada. Inclusive aos seus pais.

Antes do Edu, eu tive um ou dois namorados e fui apresentada aos pais deles, mas eu passei pela experiência de conhecer os pais dos meus ex-namorados numa boa, sem traumas e diferente da experiência que vivi quando conheci meus futuros sogros.

Tínhamos acabado de entrar no condomínio de casas onde o primo morava, quando eu comecei a me sentir tonta. Não era só o fato de conhecer os amigos do meu novo namorado, nem de ser apresentada aos pais dele, era o tamanho e a imponência das casas pelas quais íamos passando nas ruas do condomínio. Eu não fazia a menor ideia de que casas lindas como aquelas existiam em Presidente Prudente.

Todas eram maravilhosas, enormes, com jardins perfeitos e com carros impressionantes na garagem. Parecia até uma competição entre moradores para definir quem era o mais rico.

Um mundo novo e surreal se abria diante de mim. Mas o pior ainda estava por vir. Assim que coloquei meus pezinhos calçados em sandálias de couro (Ok... era imitação de couro) na tal festa, eu fui, automaticamente, analisada de cima a baixo por dezenas de pares de olhos curiosos. Eu podia ouvir as perguntas sendo formuladas nas cabeças das pessoas: *Quem é essa?, Mas que fulaninha mais chinfrim! Como o Edu teve coragem?*

Ninguém veio nos receber como eu imaginei, ou como o pessoal lá do prédio fazia quando alguém trazia o novo namorado ou um amigo para uma festa. Pelo contrário, todos ficaram me observando de longe, fingindo desinteresse.

Aquela reação me deixou ainda mais nervosa.

No meu terceiro ou quarto passo, obviamente fiquei travada. Apertei a mão do Edu e rezei para ele não me deixar sozinha nem por um segundo no meio daquela gente chique. Então, arranjei um sorriso amarelo de última hora e o colei na minha cara. Estava nervosa, mas não deixaria que percebessem. Ou pelo menos, até o momento em que ele me apresentou aos seus pais:

– Oi, pai. Oi, mãe. Quero que vocês conheçam a Mariana, minha namorada.

– Ah, olá! Muito prazer, minha querida. Então é você que tem feito o meu filho feliz?

Não. Essas doces palavras não foram da mãe dele. Foram do pai; um sujeito de estatura mediana, acima do peso e com uma adorável cara redonda.

– O prazer é meu – respondi, estendendo-lhe a mão. Ele me puxou para um abraço desajeitado e pude sentir um aroma de loção pós-barba com um perfume adocicado que nunca havia sentido antes. Era agradável e sofisticado. Bem diferente do bom e velho perfume que papai comprava em uma das revistas de cosméticos da minha tia Albertina.

Então, como fogo queimando minha pele, eu senti os olhos dela, a mãe do Edu, me fitando com um ar *blasé*.

Meu olhar não se manteve em linha reta, eu a analisei de alto a baixo com certa discrição. Ela era alta, magra, elegante, linda e com uma cara de quem vivia entediada com o mundo à sua volta.

Entendi de onde Edu herdou toda a beleza, pensei comigo mesma. A *simpatia, claro, foi do pai.*

– E esta é minha mãe, Mari.

– Muito prazer. – Estendi a mão, me crucificando por não ter ido à manicure antes.

– Prazer, Sophia.

Foi assim: simples e seco. E em seguida ela se virou para outra madame, tão emperiquitada quanto ela, e continuou sua conversa como se eu fosse um ser indigno de sua atenção.

O restante da festa foi um verdadeiro suplício. Edu teve o cuidado de me apresentar às suas amigas como namorada e pediu para que elas "cuidassem" de mim, enquanto ele fazia social com os homens na beira da enorme piscina.

Ah, como eu era inocente naquela época. Eu não fazia a mínima ideia de como as amigas do Edu eram. Se eram amigas entre si, se estudaram juntas, como ocupavam seus dias, onde moravam, o que gostavam de fazer para se divertir... Nada. Até aquele momento, eu nem fazia ideia de que ele tinha amigas assim tão lindas. Pareciam modelos de revista, e eu me peguei pensando se ele já havia ficado com alguma delas.

Depois de todas as apresentações, Edu saiu e eu fiquei sentada em uma poltrona, me sentindo fora de contexto, com mil pensamentos passando em minha cabeça e sem entender bulhufas do que elas tanto falavam:

"Você viu a Birkin que a Viviane trouxe de Londres?"; *"Se ela não usa joias é porque não tem, não é, meu bem? Quem tem joias quer mais é mostrar para todo mundo"*; *"A nova loja da Dolce e Gabbana no Iguatemi é tuuuudo. Um luxo só!"*; *"Vocês não vão acreditar, quebrei o salto do meu Louboutin novo!"*; *"Do Louboutin? Meu Deus, que tragédia!"*

Eu me sentia um peixe fora d'agua. Não conseguia interagir na conversa, não fazia a mínima ideia do que seria uma Birkin, nem pude avaliar se o salto quebrado era mesmo uma tragédia. Tudo o que eu queria era tomar um chá de sumiço e voltar para casa, me aninhar no sofá e passar o resto da tarde de sábado vendo filmes toscos na TV aberta.

Em certo momento, Clarice, uma loira de olhos verdes e cabelos lisos até a cintura, me perguntou sobre a faculdade e eu respirei animada por, finalmente, participar de um assunto conhecido:

– Vou cursar Turismo.

– Ai, que tudo! Amo viajar! Você já foi à Europa?

Ah, que maravilha!, pensei, controlando o ímpeto de revirar os olhos. A mesma maldita pergunta de sempre. Por que as pessoas gostavam tanto de saber das viagens dos outros?

– Não. – Sorri sem graça. – Ainda não.

– Mas com certeza você já foi aos Estados Unidos.

– Hum, ainda não tive...

– Falando em Europa – Lívia me cortou sem a menor cerimônia –, precisamos marcar outra viagem daquelas que fizemos para Londres. Desta vez para Holanda, Alemanha... – Elas voltaram a conversar entre si, me excluindo totalmente da conversa.

Eu respirei e tornei a usar meu sorriso amarelo de volta, e balançava a cabeça de vez em quando, fingindo interesse no assunto. Será que elas não sabiam falar das mesmas coisas que eu? Tipo novela, faculdade, cinema ou qualquer coisa do gênero? O papo era só sobre viagens, países exóticos, comidas estranhas e outras coisas que eu nunca tinha ouvido falar.

Quando Edu voltou à roda das meninas para me salvar do tédio, eu pensei: *se eu quiser mesmo continuar namorando esse rapaz, precisava me adaptar urgente*. Digo, como vou sobreviver a todas as festas, natais e aniversários sem saber o que é uma Birkin, um... Como era mesmo? Lobotini? Lobotinto? Louboutin? E como será que era essa tal da loja da Dolce e Gabbana? Será que se tratava de uma loja que abriu recentemente em Prudente? E quem era esse tal "Luís Viton", pelo amor de Deus, de quem nunca ouvi falar na vida?

Seis

Preciso de um remédio que cure essa saudade.
Que diminua a dor que no meu peito invade.
"Efeitos", Cristiano Araújo

Passaram duas semanas desde o dia-que-não-queria-lembrar-nunca-
-mais sem uma notícia do Edu. Então, mamãe decidiu que era hora de
ir buscar minhas coisas no meu ex-apartamento. Pedi a ela para esperar
mais um pouco, quem sabe ele aparecesse. Quem sabe ele descobrisse
que a outra era uma chata, ciumenta e possessiva e que eu era bem mais
agradável que ela? Ou será que ele estava em algum tipo de retiro espiritual
tentando se encontrar?

Como não pensei nisso antes? Quanto tempo duravam esses retiros?
Mais de duas semanas, será? Acho que eu poderia esperar. Se fosse para o
Edu se livrar dos efeitos dessa garota que se meteu entre nós, eu esperaria
pacientemente seu retorno.

– Mariana, você vai comigo lá no apartamento de vocês? Quer dizer,
no apartamento que era para... Ai, filha, desculpe minha falta de jeito.

– Tudo bem, mãe.

– Você vai?

– Eu não sei – falei, tirando o travesseiro de cima do meu rosto.

– Mari, você precisa reagir.

– Eu estou reagindo.

– Não está, não. Você está deprimida. Não sai do quarto, não sai de
casa... Cadê suas amigas?

– Devem estar com muitos compromissos. Você sabe... faculdade, ca-
beleireiros, compras, fazendas. Elas são bastante ocupadas.

– E as amigas que você tinha aqui no prédio?

– Eu acabei perdendo o contato quando comecei a sair com a Lívia, a
Vivi e a Clarice.

– Mas e aí, você vai ou não vai?

– Acho que ainda não é o momento. Algo me diz que preciso dar esse tempo para o Edu – disse, com um toque de esoterismo no ar. – Hoje é segunda-feira, vou esperar até o final da semana. Ele vai ligar. Tenho certeza.

– Você acha?

– Estou com um bom pressentimento. Além do mais, não é você que vive dizendo que não devemos perder a esperança?

– Vocês têm se falado por celular?

– Não. Nunca mais falei ou soube dele.

– E o que a levou a pensar isso, então? – perguntou, fazendo uma careta.

– Esperança. Intuição. Fé. E tudo isso junto. De repente, ele só estava confuso.

Sim, eu era uma pessoa muito confiante e otimista. Meu lema era: mesmo quando tudo estiver dando errado, sempre era possível acontecer algo de bom. Tipo, uma liquidação de bolsa! E aquela bolsa que você tanto quer, de repente, como num passe de mágica, está com setenta por cento de desconto. Milagres assim acontecem de vez em quando. Então, é bom se manter firme à sua fé.

– Certo. Você é quem sabe. Aproveite e reflita sobre suas atitudes com o Edu. Vai te fazer bem – insistiu. – Te vejo à noite. Fique bem e não faça nenhuma besteira. – E jogando um beijo, mamãe saiu do quarto.

– Vou tentar – respondi, me ajeitando na cama novamente.

Meus pais estavam com essa mania agora, me pedindo para não fazer nenhuma besteira. Será que eles pensavam mesmo que eu iria me jogar da janela ou cortar os pulsos? Sim, eu estava sofrendo muito, mas não levava o menor jeito para suicida. Pode acreditar.

Uma lufada de ar passou pelo quarto e fez as portas do meu armário fecharem-se em um estrondo, me dando um susto enorme. Corri para a janela e vi que estava começando um temporal.

A tempestade que vinha se aproximando combinava perfeitamente com meu interior: agitado e cinza. O cenário era perfeito para um salto livre pela janela. Olhei para o horizonte negro, depois, para o pátio entre os prédios do condomínio onde eu morava. Não tinha ninguém lá embaixo. O vento bagunçava meus cabelos e eu fechei os olhos, imaginando a queda.

Como seria morrer agora? Talvez Eduardo se sentisse eternamente culpado pela minha morte. E essa dor lancinante acabasse de uma vez. Eu estaria livre.

Outra lufada forte e eu fechei a janela, sem dar muita trela para meus pensamentos malucos.

Sim, estava sendo difícil passar esses dias dentro de casa sem ter o que fazer, só que estava longe de querer morrer por um amor que não tinha dado certo. Amava muito o Edu, mas jamais tiraria minha vida por causa dele.

Se ao menos eu tivesse uma companhia para conversar, colocar pra fora minha dor... Ajudaria muito.

Desanimada, liguei o computador, torcendo para passar a tarde inteira entretida com as notícias dos sites e com as fofocas das redes sociais. No entanto, não havia nada de bom na internet. Nenhuma celebridade teve fotos nuas roubadas, nenhum rompimento amoroso empolgante, e o pior, nenhum vídeo viral que me arrancasse boas gargalhadas.

Bisbilhotei o perfil das minhas amigas e, para minha surpresa, não havia nenhuma atualização. Isso sim era estranho. Lívia era viciada em redes sociais, não conseguia sair de casa sem antes publicar para onde estava indo. Era de praxe ver uma foto dela em frente ao espelho do seu closet. Nem o "look do dia" ela postou!

Caraca! O que estava acontecendo?

Vamos pensar positivo, mentalizei, tentando autoinjetar uma boa dose de ânimo. Elas vão me ligar essa semana. Tenho certeza. E o Edu vai aparecer completamente *zen*, depois do retiro espiritual, e vai me pedir em casamento novamente. Dessa vez, vou propor de casarmos escondidos, como fazem os famosos. Vamos para Las Vegas, casamos num daqueles cassinos maravilhosos e passamos a lua de mel em Nova York, fazendo compras. Ou melhor, vamos nos casar na praia, em uma praia paradisíaca. E tudo vai acabar bem! É isso! Pensamento positivo.

No entanto, o dia acabou, a terça-feira chegou... e Edu não ligou.

Quarta-feira: nada do Edu.

Quinta-feira: resolvi apelar. Liguei para meu ex e deixei um recado em sua caixa postal. Pensando bem, agora que eu estava sóbria e controlada, foi um recado horrível. Como eu fazia para apagar aquilo? Meu Deus, o que deu em mim?

Sexta-feira: socorro! Queria me suicidar num pé de cebolinha! Por que todos sumiram? Essa coisa de não ter com quem falar estava me matando. Eu não tinha nem e-mails para responder. Só *spam* querendo me vender a melhor dieta do mundo ou remédios para acabar de vez com a impotência sexual.

Sábado: tomei um calmante para dormir porque nem eu me aguentava mais.

Domingo: precisava urgente de um medicamento que tirasse essa dor insuportável alojada no meu peito. E só conhecia um médico que poderia me receitar o remédio. No caso, o remédio era o próprio médico: Dr. Eduardo Garcia – ginecologista e obstetra.

Ah, Deus! Como o amor podia, de repente, ser dor que latejava em agonia em vez de bálsamo que acalmava a alma?

Segunda-feira: meu mundo desabou pela segunda vez.

Meus pais foram ao meu ex-futuro apartamento e pegaram todas as minhas coisas que eu já havia levado para lá antes do casamento ser cancelado.

Recusei-me a ir por falta de coragem. Mas já não tinha o que vestir e, diante do sumiço do Edu, deduzimos que ele não estava disposto a voltar atrás em sua decisão. Ele não estava confuso. Estava decidido. E não estava em retiro espiritual porcaria nenhuma!

Francamente. Eu era uma eterna iludida mesmo.

Ao me deparar com meus pais entrando com as malas de roupas e mais um tanto de caixas, eu percebi que agora era oficial: Edu havia terminado mesmo comigo e não tinha mais volta. Estava de fato sozinha e com os pedaços do meu coração nas mãos, sem saber como colá-los de volta. Será que um dia ele ia ser um coração inteiro novamente? Será que eu ia viver com um coração partido, batendo sem rumo por todo o sempre? O que ia fazer da minha vida?

Antes, porém, de achar minhas respostas, eu precisava cuidar das caixas e malas. Uma tarefa que não tinha como deixar para depois, já que a sala estava atulhada com minhas coisas.

– Ajude-me aqui, filha – pediu minha mãe, puxando uma mala amarela pela alça. – Tudo isso é seu mesmo?

– Sim – respondi olhando as dez caixas e as cinco malas enormes.

– Onde vamos colocar tudo isso, Thelma? O quarto da bagunça está lotado! – exclamou meu pai, empurrando com dificuldade as caixas para o meio da sala.

– No meu quarto, pai. Estava tudo lá antes de eu levar para o apartamento.

Bem, grande parte delas estava, sim, em meu quarto, mas muita coisa ali eu havia comprado especialmente para a lua de mel, para a vida de casada e levado direto para minha nova casa.

– O que tem nessas caixas, Mari?

– As minhas coisas – disse sem um pingo de emoção em minha voz. – O Edu estava lá?

– Não. Quando chegamos encontramos tudo encaixotado, ao lado da porta de entrada da sala. Nós só pegamos e voltamos pra casa, não foi, Zé?

Meu pai balançou a cabeça, concordando, e depois me fitou com um olhar carregado de piedade.

Quem será que empacotou minhas coisas? Edu? Só podia ter sido ele, não é? Tentei imaginar Edu no nosso apartamento, que eu decorei com tanto capricho, colocando item por item dentro de malas e caixas. Pegando minhas roupas dos armários, meus sapatos e objetos... Ah, Deus! Essa visão estilhaçou meu frágil equilíbrio emocional e eu fiz um esforço enorme para não chorar na frente dos meus pais. Tudo estava definitivamente acabado entre nós.

O que seria de mim?

– Nessas duas caixas aqui está escrito "bolsas". Posso abrir? – indagou minha mãe, me tirando dos meus pensamentos.

Dei de ombros. Não estava com o menor ânimo para olhar o conteúdo daquelas caixas. Estava completamente arrasada com a frieza do Eduardo. Nem empacotando minhas coisas ele se comoveu e me ligou para saber como eu estava.

– Gente! – exclamou ela depois que abriu as caixas. – Tem certeza de que todas essas bolsas são suas, filha? Olha isso, Zé!

– Nossa! Você tem estoque para montar uma loja.

Droga! Não era para eles terem visto.

– Quando você comprou todas essas bolsas?

– Sei lá... Ao longo dos anos.

– E essa aqui? – Ela se moveu determinada a abrir outra caixa.

– Deixa isso para depois, mãe. Pra que abrir essas caixas agora? Vamos guardá-las e amanhã eu arrumo tudo.

– Eu quero saber. Não fazia ideia de que você tinha tudo isso.

– Nem é tanta coisa assim. Vamos levar lá para o meu quarto? – pedi, mas foi tarde demais. Ela já tinha aberto a caixa, usando a chave do carro para cortar a fita adesiva e revelar o conteúdo.

– Sapatos. E essa outra? – Ela abriu a caixa ao lado. – Sapatos! Meu Deus, todos esses sapatos são seus?

Merda. Merda!

Eles, então, começaram a abrir o restante das caixas e malas, e quando percebi nossa pequena sala coberta com bolsas, sapatos, roupas, caixas de acessórios, maquiagem, perfumes, cintos e mais um monte de outras coisas que eu nem lembrava que tinha.

Senti que era minha vez de dizer alguma coisa. Mas nada me veio à cabeça.

– Mari? – minha mãe me chamou, esperando uma resposta.

– Nossa! Nem eu fazia ideia de que tinha tanta tralha. – Me sentei em um cantinho do sofá e peguei uns lenços ainda com as etiquetas penduradas.

Uau! Eles eram mesmo lindos. Pena que o inverno não estava colaborando, fazendo o frio necessário para usá-los. Daria para compor looks incríveis com eles. Esse aqui, com estampa de gatinhos, ficaria lindo com uma jaqueta de couro vermelha e uma calça...

– Mari, como você comprou essas coisas todas? E onde guardava isso tudo que eu nunca vi? – Mamãe me arrancou dos meus pensamentos.

– Nas lojas, ué! – Me fiz de besta, tentando dar um ar descontraído à situação.

Claro que ela não caiu na minha.

– O que eu perguntei é com que dinheiro e *como* você pagou tudo isso?

– Mãe, eu não comprei tudo isso de uma vez só. Eu fui comprando.

– Mas é muita coisa. Isso não é normal. Além do mais, seu salário no hotel não dava para tanto.

Ahmeudeus! A coisa estava ficando feia para o meu lado.

– Grande parte eu paguei parcelada no cartão – expliquei, me lembrando da dívida que tinha com meu cartão de crédito. Deixei para dar um jeito nela depois de me casar com Edu, mas agora... Ai! Melhor pensar nisso depois.

– Mas é muita coisa! Eu não fazia ideia...

– Nem eu – completou meu pai. – Por que você tem 32 bolsas?

O quê? Ele contou?

– É que os modelos novos iam surgindo e algumas estavam por um preço imperdível que eu não pude deixar de comprar.

– É muita bolsa, você não acha? Sua mãe tem apenas uma bolsa. Uma.

– É. Eu sei – disse me lembrando da Única, a bolsa que mamãe tinha havia mais de dez anos e de que não se desfazia nem sob tortura. E pode apostar que eu já tentei.

– Você vai ter que se desfazer de boa parte disso tudo, Mari. Não tem espaço aqui para guardar – avisou mamãe, pegando a minha bota de couro marrom da Arezzo. – Seis botas? Nesse calor que faz em Prudente?

Dei de ombros pensando em perguntar: *E naqueles cinco ou seis dias que faz frio, o que eu uso?*, mas desisti. Aquele inverno, classificado como o mais quente dos últimos 25 anos de Presidente Prudente, não me serviria de argumento.

– Já parou para pensar que você só tem dois pés e mais de cinquenta pares de sapatos, filha?

– Pai, é que você não entende. Nós, mulheres, precisamos de variedade para fazer as combinações.

Se ele visse o closet da Clarice, Lívia ou Viviane, teria um infarto. Se eu, que era a pobre da turma (não que elas soubessem disso), tinha esse tanto de sapatos, imagine elas?!

– Eu só tenho dois sapatos e estou muito bem servido – afirmou ele, ainda perplexo com meu pequeno acervo pessoal.

– Vamos lá, Mari, vamos aproveitar essa bagunça e fazer uma triagem. Com qual você vai ficar e de qual você vai se desfazer?

– Como assim? – perguntei, chocada. – Não posso me desfazer das minhas coisas! Eu coloco tudo debaixo das camas, em cima do guarda-roupa. Eu dou um jeito.

– Não, senhora! Você não vai entulhar coisas.

– Olha só quem fala!

– É diferente. Eu guardo coisas úteis.

– Pote de vidro, embalagem de margarina e de maionese são mais úteis que minhas bolsas e sapatos?

– Bem, vocês se entendem, né? – anunciou meu pai, fugindo da provável discussão. – Eu vou passar um café.

– Vamos, Mari – insistiu minha mãe com sua voz firme.

– Eu... – Ai, droga! Lá vinha a enxurrada de lágrimas novamente. – Eu não quero me desfazer das minhas coisas. Comprei cada uma delas, sabe? Elas são tão importantes para minha vida.

Mamãe veio até o sofá onde eu estava sentada, tirou a frasqueira com meus cremes e se sentou ao meu lado.

– Filha, as coisas mais importantes da vida não são as coisas, são as pessoas, os momentos que passamos ao lado delas, nossos sentimentos e relações. Isso – ela ergueu minha bota de cano alto –, vai ficar fora de moda um dia e vai perder o valor. Não se apegue a coisas materiais.

Precisei fechar os olhos e mergulhar fundo dentro de mim mesma para encontrar alguma força. O dia já havia sido difícil o bastante e eu não me sentia nem um pouco animada para selecionar meus pertences e jogá-los no lixo.

– Me dê, pelo menos, um tempo. Agora eu não estou com cabeça para me desfazer de nada. Por favor?

– Bem, então, dê um jeito nisso. Aqui na sala é que não podem ficar.

– Tudo bem, mãe – respondi desanimada. – Obrigada por ter ido buscar minhas coisas.

– De nada. Vou ajudar seu pai com o café – avisou se levantando e desviando das caixas e demais coisas até chegar ao corredor. – Ah, Mari, só mais uma coisa. Você está proibida de comprar um chocolate que seja. Além de não termos mais espaço em casa, também estamos em época de contenção de despesas. E você está desempregada, não se esqueça disso.

Não comprar nada? Pensei em me defender, dizendo que eu precisava viver. E a gente vivia usando roupas, sapatos, cremes, xampu, pasta de dentes, remédios, perfumes... Mas, então, analisei o olhar severo da minha mãe e desisti.

– Espero não ter surpresas com a fatura do cartão de crédito – ela completou antes de virar as costas, me deixando com aquele mar de coisas para arrumar e uma forte sensação de que meu futuro não seria brilhante, como imaginei que um dia seria.

Sete

Por onde andei? Enquanto você me procurava.
E o que eu te dei foi muito pouco ou quase nada.
"Por onde andei?", Nando Reis

Passei os dois dias seguintes tentando operar um milagre: tipo, aumentar o tamanho do guarda-roupa, duplicar o quarto, criar novas gavetas e prateleiras, fazer com que a operadora do cartão de crédito errasse o endereço de cobrança... Coisas assim.

Também não consegui me desfazer nem de um brinco. Não me sentia preparada para esse desapego repentino. Então, guardei o que pude e deixei o resto em caixas e nas malas que vieram do apartamento.

Claro que eu ouvi a Marisa reclamando que agora ela não tinha nem por onde passar a cada vez que precisava entrar ou sair do quarto, mas eu não tinha ânimo para contestar suas provocações e reclamações.

Porque tragédia pouca era bobagem, não é mesmo? Como se não bastasse ter sido abandonada; meu ex-noivo ter me trocado por outra; minhas melhores amigas terem sumido; continuar solteira, pobre e dividindo o quarto pequeno e apertado com minha irmã implicante, minha mãe ainda me proibiu de comprar. E a fatura do cartão estava para chegar a qualquer momento.

Meu Deus, isso sim ia ser uma tragédia.

Por que eu fui pedir demissão? Por que eu larguei meu emprego que, mal ou bem, me dava um salário merreca por mês? Por que fui impulsiva desse jeito? Como vou sobreviver sem comprar nada? Preciso arrumar outro emprego. Mas, será que estou pronta para isso?

Imaginei as pessoas cochichando pelas minhas costas, os semblantes carregados de falsa pena e os sorrisos contidos, e enterrei minha cabeça de volta no travesseiro.

Não, eu não estava psicologicamente pronta para sair de casa, interagir com pessoas e ser simpática. Optei por ficar em casa com minha covardia e meu medo de descobrir que eu era a piada do ano.

Na manhã de quinta, meu pai veio até meu quarto me consolar e pedir para que eu comesse alguma coisa. Só porque foi ele, e pelo seu olhar sofrido, eu atendi ao pedido e tomei o café da manhã na cozinha com todos.

Estava tudo bem, até que ele resolveu averiguar:

– E então, filha, já pensou no que vai fazer?

– Com relação a quê?

– A trabalhar. Você precisa retomar sua vida.

Eu sabia que aquele carinho todo tinha um propósito. E também sabia que ele não deixava de ter razão. Só que eu ainda não estava pronta para ter essa conversa hoje. Nem nessa semana. Talvez no mês que vem.

– Vou pensar em alguma coisa, pai – respondi, na esperança de que ele me esquecesse nos próximos dias e voltasse a atenção para Marisa e suas notas baixas na escola.

Depois que eles saíram para o trabalho, e Marisa, para o colégio, eu tornei a ficar sozinha com meus cacos. Ao meio-dia eu ouvi a depressão tocando a campainha, abri a porta com prazer para ela entrar e me joguei de volta na cama. Dane-se! Ferrada por ferrada, ferrada e meia.

Assim o dia anoiteceu e o outro amanheceu com as horas e minutos idênticos aos anteriores.

Era sexta-feira, dia do encontro quinzenal com minhas amigas e eu acordei um tiquinho mais animada. No entanto, ao longo do dia, não recebi nenhum e-mail ou mensagem avisando em qual casa seria o encontro. Meus telefonemas continuavam sendo ignorados por elas. Isso me deixava extremamente angustiada.

Por que elas não falavam mais comigo?

Nossa Senhora das Melhores Amigas, por que tamanha injustiça? O que eu fiz de errado? Me comportei tão bem. Ajudei as pessoas com dicas de moda, me esforcei para ser uma moça da sociedade, fiz doações de bolsas antigas para os mais necessitados... (Certo. Eu ainda não fiz, mas pretendo fazer). Eu não merecia estar passando por isso, minha santa, não merecia!, implorei em pensamento. Ultimamente vinha conversando com todas as santas disponíveis do sistema espiritual. Tentava explicar a elas que o Sr. Destino só tinha dado mancada até agora e que precisava de alguém que me ajudasse a consertar essa bagunça que a minha vida se tornou.

E como resposta imediata aos meus pedidos, o telefone tocou minutos depois.

Alguém estava me ligando. Que alegria!

Obrigada, Senhora, pela resposta imediata. Prometo que serei eternamente boazinha, agradeci mentalmente enquanto corria para a sala.

– Atende, Cida, por favor, e pergunte quem é e o que quer? – instruí a faxineira, que estava tomando um café e lendo o resumo das novelas em vez de lavar a louça do café da manhã.

– Mansão dos Louveira, em que posso ajudar? – Cida sempre atendia ao telefone de casa dessa maneira. Viu isso numa novela e copiou. Ela achava que aquela fala era chique. – Sim, é daqui mesmo. Quem é que quer falar com ela? Espera um pouco que vou ver.

– Quem é?

– É uma tal de Sophia Garcia – sussurrou Cida, tapando o telefone. – Ela quer falar contigo.

Meu Deus! É a jararaca-de-joias-Tiffany. O que ela queria? Ela *nunca* me ligou na vida. Aliás, como ela descobriu o telefone da minha casa?

Pensa rápido, Mariana. Pensa rápido.

– Diga que eu viajei e que você não faz ideia de onde eu fui e nem quando volto – decidi dar uma desculpa de última hora.

Eu não sei por que a mãe do Edu estava me ligando, mas gostei da ideia de deixá-la pensando que eu não estava trancada em casa, chorando e sofrendo pelo filho dela.

– Ela não está, senhora. – Cida piscou para mim, também se divertindo com a história. – Não sei para onde foi, não... Também não sei quando volta... Quer deixar recado? Tá bom, eu aviso quando ela voltar... Eu falo, sim. Passar bem, viu, madame. Tchau.

– E aí? – perguntei, assim que Cida colocou o telefone no gancho.

– Ela queria saber como a senhora está e pediu que telefonasse quando voltar desse tal lugar aí que a senhora foi.

– E que mais?

– Só isso.

– Falou alguma coisa do Edu, se ele quer falar comigo também?

– Não.

– Tem certeza, Cida?

– Tenho. Eu não sou surda. Ouvi tudo direitinho.

– Ok. Se alguém mais ligar, mantenha a mesma história, hein?!

– E quando você volta?

– Volto de onde? Não vou sair de casa.

– Volta desse lugar aí que você inventou.

– Ah, não sei. Se ela ligar novamente, mantenha a mesma história.

– E por que você não quer falar com a sua sogra?

– Ela não é mais minha sogra e nós não somos amigas, Cida. Ela nunca me ligou, nunca me chamou para conversar, nunca foi simpática de verdade. Realmente não entendo essa atitude dela agora. Melhor ficarmos assim: ela lá e eu aqui.

– Não me diga que não está curiosa para saber o que ela quer contigo?

– Morta e cremada de tanta curiosidade! Mas não vou dar meu braço a torcer. Eu sei bem qual é o joguinho dela, mas não vou cair. Agora vou para o meu quarto e quero ficar sozinha. Nada de entrar sem bater. Nada de ir xeretar o que estou fazendo. Quero ficar so-zi-nha. Entendeu?

– Deixa comigo.

– E, pelo amor de Deus, sem música brega no último volume.

– Sério? Eu gosto de limpar a casa ouvindo música.

– Cida, vamos ser honestas? Você não gosta de limpar casa; você é uma bailarina do Faustão frustrada! Eu, se fosse você, iria cuidar do serviço para não levar bronca da minha mãe depois.

– Ai, por que eu nasci pobre?

– Me desculpe, mas eu não tenho essa resposta nem para mim. – Eu me afastei antes que Cida começasse com sua reclamação diária. Já tinha meus problemas para me preocupar e, se eu desse trela, ela ficaria até amanhã chorando as pitangas.

Por breves instantes, deixei a imaginação voar em busca de teorias para aquela repentina ligação. A Malévola me ligando... Quem diria! Estranhíssima essa atitude dela, mesmo porque nós não éramos amigas – devo ser honesta e reconhecer que eu também nunca fui com a cara dela. Mas me ligar assim do nada? Aposto que queria dizer que, finalmente, ela conseguiu livrar o filhinho de se casar com uma suburbana chinfrim, ou algo do tipo. Não teria estrutura emocional para ouvir isso sem me debulhar em lágrimas e dar a ela esse gostinho.

Que curioso, não? Eu esperando por ligações de consolo das minhas amigas e quem me ligava era a jararaca-que-me-detestava-só-porque-eu--era-pobre? É muita ironia sua, Sr. Destino. Francamente. Você e suas piadinhas sem graça.

Certo. Toda a minha vida tinha saído dos trilhos e eu estava para enlouquecer por vários motivos: a) dor b) tristeza c) ansiedade d) solidão e) curiosidade f) tudo isso junto, dando voltas na minha cabeça.

O que eu poderia fazer para o tempo passar e desocupar a mente de tantas elucubrações? O que eu faria para esquecer Edu e tudo o que ele fez comigo? Precisava me ocupar. Mamãe tinha razão; passar o dia vendo TV e navegando na internet estava acabando comigo.

Olhei em volta e tentei me animar com algo. Bem, poderia dar um jeito nas malas e nessas caixas que ainda faltam organizar. Quem sabe uma geral no quarto da bagunça, jogar fora os potes de vidro, as embalagens de margarina e de café, já que não me casei e não vou precisar deles tão cedo.

Era isso! Um pouco de agito e ordem iriam me fazer bem. Precisava mudar o foco.

Coloquei uma música para dar uma agitada, "Girls Just Want To Have Fun", e arregacei as mangas.

Vai ser ótimo!, pensei animada com a melodia contagiante da música.

Vamos lá, vou começar por essa caixa aqui. Nossa, que peso! Que diabos eu tinha de tão pesado assim? Panelas que não eram. Eu ri da minha própria piada. Panelas... Eu era uma Louveira, pelo amor de Deus.

Abri para ver do que se tratava.

Fotos. Tudo o que eu menos precisava nesse momento era ver fotos minhas com Edu.

Nem pensar, Mariana!

Claro. Melhor guardar. Não seria idiota a ponto de ver fotos agora, certo? Eu só ia dar uma arrumadinha naquele álbum ali para não amassar as fotos e...

Ai, droga! Eu fui idiota sim. Sou uma masoquista assumida, dessas que adoram sofrer além do limite da dor. E vi tudo o que estava na caixa. Álbum por álbum. Foto por foto: eu e Edu, em looks incríveis, numa festa qualquer. Eu e Edu bem felizes, no clube. Demorei meu olhar em um Edu bronzeado, de sunga branca, com o famoso par de pernas que parava o clube. Ele estava sorrindo para mim e eu sorria para sua imagem na foto, suspirando de tanta saudade. Essa foto foi tirada em dezembro do ano passado. Tão recente. Apenas sete meses atrás Edu me admirava com um olhar apaixonado.

O que eu fiz para que ele saísse do meu lado? O que mudou nesses sete meses que eu não me dei conta? Como não percebi que ele estava me traindo? Como? Eu achei que a gente se amava, que seríamos eternamente felizes, que éramos o par perfeito, o casal vinte de Presidente Prudente. O que aconteceu com o "nós", afinal?

Namoramos seis anos, e um dia antes do nosso casamento ele vinha à minha casa dizer que não sabia se me amava? Que conheceu outra pessoa e pronto. Seguiu sua vida por que acabou?

Então, como mágica, um estalo surgiu na minha cabeça.

Tinha algo de errado nessa história. Algo não batia, não se encaixava.

Perambulei inquieta pelo quarto, pulava as caixas e os álbuns de fotografia até o banheiro e depois voltava, tentando achar o que estava errado.

Decidi que precisava saber quem era a garota. A outra. A fulana. A bandida por quem Edu me trocou. Eu simplesmente precisava saber.

Isso é doentio, Mariana, alertou a voz da minha consciência.

Talvez, concordei. Mas, pelo menos, eu estava tomando alguma providência e não engolindo esse sapo, provavelmente plantado pela jararaca-que-só-dorme-em-lençóis-Trousseau.

Chegou a hora de agir! Tinha que saber de tudo. E iria começar agora mesmo. Afinal, foi para isso que o Google foi criado.

Recoloquei todas as fotos na caixa, abandonando completamente a ideia de esvaziar o quarto da bagunça, e abri o computador para iniciar minhas investigações.

Depois de meia hora vasculhando as redes sociais, blogs e tudo que pudesse trazer informações sobre Edu; fotos das baladas de Prudente, etc., desliguei o computador um tanto frustrada.

Não encontrei nada. Nenhuma foto do Edu. Nenhuma notinha nas colunas sociais, nenhum comentário de alguém conhecido falando sobre ele. Zero informação.

Passei o resto do dia sem saber o que pensar e, ao mesmo tempo, cheia de pensamentos na cabeça.

E antes de dormir, fantasiei que rachava o crânio da Fulana a machadadas.

Eu sabia que iria superar, que daria um jeito e que um dia eu sairia de casa e voltaria a viver. Era óbvio que minha vida deveria continuar. Mas, sabe o que mais doía? Ter sido abandonada. A rejeição também doía muito. Ter perdido todas as possibilidades também. E, obviamente, saber que ele tinha outra garota, que provavelmente nem era tão bacana e descolada quanto eu, era insuportável de tão doloroso.

A pergunta que não queria calar, desde ontem à noite, voltou à minha mente assim que o dia amanheceu:

Quem seria essa garota? Onde ele a conheceu? Era loira ou morena? Bonita ou feia? Gorda ou magra?

– Posso abrir a janela? Não estou vendo nada nesse escuro.

– Ai, não. Luz não! Acende o abajur – ordenei, cheia de mau humor porque não dormi direito devido a uma insônia horrível, e nem iria dormir agora, com os barulhos matinais de Marisa se arrumando para o colégio.

– Merda! Assim eu não consigo passar meu rímel direito!

– Já ouviu falar em banheiro? – devolvi com um tom ríspido e segui com minhas elucubrações.

Por que ele olhou para ela? O que deixei faltar para ele buscar outra garota? O que ela deu a ele que eu não dei?

Ok. Não me responda. Prefiro o conforto da ignorância.

Pensei em nosso relacionamento, nos anos todos que passamos juntos. Tivemos brigas, claro. Mas, todo mundo tinha, não era mesmo? Também tivemos momentos bons, e foram muitos; festas, baladas, reuniões com amigos, os inúmeros filmes que assistimos juntos... *Ahmeudeus!* Os filmes! Como assistiria a filmes sem Edu daqui pra frente? Seria capaz de assistir à entrega do Oscar sozinha, sem morrer afogada em lágrimas? Acreditava que não.

Entrega do Oscar era tão Edu e eu. Cinema era nosso programa preferido. A nossa marca. Tinha tantas coisas de cinema que Edu me deu: os DVD's dos nossos filmes preferidos, canecas com imagens de atores da década de 1950, baldes de pipoca personalizados...

– Posso entrar?

– Pode – respondeu Marisa para minha mãe.

– O quê? Você ainda não está pronta?

– Não, mãe. A Mari não deixa eu acender a luz. Não enxergo nada.

– Quer dizer que você ter acordado atrasada é minha culpa? – resmunguei com ironia.

– Só falta passar o lápis.

– Pra que passar maquiagem?

– Ai, mãe! Me deixa.

– Vocês duas poderiam me deixar dormir? – reclamei, já de saco cheio daquele lengalenga de todas as manhãs. Nem lamber as feridas em paz eu podia.

– Na verdade, Mari, você pode ir à padaria comprar pão para o café da manhã? Estou atrasada, Marisa ainda não se arrumou. Faz isso para mim?

– Estou com sono porque não dormi direito. Tive insônia.

Minha mãe me observava, parada no umbral da porta, com um olhar que não me agradava em nada.

– Filha, você precisa sair. Se veste e vai lá pra mim. O dinheiro está aqui. E você, Marisa, ande logo ou vai ter que ir para a escola a pé.

Só tive tempo de lançar um olhar contrariado para ela antes de ver suas costas se movendo para longe de mim.

– Mãe, volte aqui! Ai, que coisa chata...! Eu não vou.

– Estou esperando o pão para tomarmos café – gritou ela lá do seu quarto.

Droga!

Sei que era proposital. Ela queria que eu saísse de casa, mas eu não cairia na dela. Deveria ter pão congelado no freezer. Afinal, nós éramos os Louveira – a família que só comia comida congelada.

– Vai lá, Marisa, comprar o pão? Por mim? – implorei.

– Não me deixou acender a luz, agora eu também não vou.

Bufei de raiva. Claro que ela não iria. E Marisa faz algum favor para alguém?

– Mari, estou esperando. Assim você vai me atrasar ainda mais – minha mãe tornou a gritar.

– Esquece, mãe. Eu não vou. Peça para Marisa – berrei de volta. Já que o lance é acordar os vizinhos com nossos gritos, vamos gritar.

– Nem vem! Eu não vou. Estou me arrumando para a escola – bradou Marisa em resposta.

– Ah, valeu! – exclamei, observando minha irmã passar camadas e mais camadas de lápis nos olhos, com a maior tranquilidade do mundo. Marisa tinha 15 anos, onze a menos que eu. Por um tempo, alimentei o sonho de que seríamos amigas, além de irmãs. De que sairíamos juntas, iríamos ao cinema e fazer compras... Coisas que irmãs costumavam fazer. Mas alguma coisa deu errado em sua fase pré-adolescente e ela criou hábitos bem diferentes dos meus. Mas eu era Mariana Louveira e não desistia sem lutar. Tentei me aproximar várias vezes, apresentar coisas novas. Juro que tentei. Uma tarde, quando Marisa convidou uns quatro ou cinco esquisitos para assistir à televisão, eu tentei ser a irmã mais velha bacana e quis me enturmar:

– Mari, estou chegando com alguns amigos – avisou, assim que abriu a porta.

– Ótimo. Estou fazendo uma máscara de hidratação e já vou aí – avisei de dentro do banheiro.

– Ah, por favor, melhor não vir. Não quero que assuste todo mundo – disse ela, e em seguida todos caíram na risada.

Obviamente que eu não ia sair com a cara toda pintada de verde e com duas rodelas de pepino nos olhos para assustar as pessoas. Eu tinha um pouco de noção. Primeiro tomei banho, me vesti de forma decente e só depois fui até a sala, onde todos estavam esparramados no chão assistindo *Sexta-feira 13* pela décima ou milésima vez e comendo batatas Ruffles.

– Oi! E aí?

Ninguém me respondeu.

– O que vocês estão assistindo? – perguntei bem na hora em que Jason jogava o corpo de Ricky pela janela.

Eles também não me responderam.

– Olha, eu tenho o DVD de *As patricinhas de Beverly Hills*. Será que vocês não topam um filme mais levinho? Podemos fazer pipoca!

E, de novo, eles não me responderam. Me ignoraram e eu resolvi deixar para lá. Assim vivíamos até hoje: ela com sua turma e eu com a minha.

A única coisa que tínhamos em comum era o mesmo quarto apertado e atulhado de coisas, além da mania de implicarmos uma com a outra. Tudo bem... Eu sei que sou mais velha, adulta e que deveria ser mais madura que ela, mas vai explicar isso para o meu orgulho ferido?

Ouvi minha mãe batendo o pé na direção do nosso quarto e, segundos depois, ela escancarou a porta para anunciar:

– Mari, ou você vai à padaria comprar a droga do pão para o café da manhã agora ou eu cancelo seu cartão de crédito.

– Como você joga pesado!

– E aí?

– Tá bom. Eu vou – murmurei com um ar cansado, jogando meu lençol para o lado, me forçando a sair da cama.

Marisa riu, me olhando pelo espelho.

– Qual é a graça?

– Ótimo! Melhor assim. Vou pôr a mesa – anunciou mamãe com uma voz suave e com um sorriso maternal. Todos falsos, porque ela conseguiu o que queria: me tirar do quarto.

Depois de vestir uma roupa qualquer e enfiar meu cabelo dentro de um boné (para que ninguém me reconhecesse na rua), eu saí do apartamento. Lá fora, o sol e o calor escaldante de Prudente estavam com força total, apesar de não ser nem sete da manhã. Meus olhos ardiam com a claridade e eu coloquei meus óculos escuros, que completavam meu disfarce. Atravessei o pátio do condomínio de cabeça baixa porque não queria que ninguém me reconhecesse ou viesse falar comigo. Ainda bem que a padaria ficava a duas esquinas do prédio onde morávamos. Fiz o trajeto quase correndo. Focada em terminar minha tarefa, entrei, pedi o pão e saí sem perder tempo.

Porém, o cheiro do pão, do café e todo o burburinho típico de uma padaria me remeteram a Edu. Nós dois tomávamos café todos os fins de semana em padarias. Muitas vezes naquela ali.

Não. Não podia pensar mais nele. Ele me largou por outra. No dia do nosso casamento. Ele era um cara mau, muito mau. Um calculista impiedoso, isso sim.

Tentei me programar com esses pensamentos para não desabar no choro no meio da rua, o que convenhamos, seria péssimo e patético da minha parte.

Uma buzina me arrancou dos meus pensamentos. Dei um pulo para trás. Droga! Quase fui atropelada. Minhas pernas tremiam com o susto e ainda tive que ouvir o motorista me xingando porque eu não olhei antes de atravessar a rua.

– Está tudo bem, Mariana?

Virei para o lado, assustada por ouvir meu nome, e me deparei com uma senhora me encarando. Acho que ela morava no nosso condomínio, mas eu não lembrava o nome dela.

– Está sim. Nossa! Quase fui atropelada.

– Você estava distraída.

– É... Acho que sim.

– Também pudera, depois do que você passou, não é mesmo? Deve estar sendo muito difícil. Imagina, ser abandonada na porta da igreja!

Ai, merda! O P.O.V.O. – Pessoas Ocupadas com a Vida dos Outros – não perdoava ninguém. Não esquecia as coisas, não dava uma folga para as que foram abandonadas, não media palavras. O que eles queriam mesmo era falar da vida alheia.

– Então, o casamento foi mesmo cancelado? Meu Deus, que tragédia, menina! Você deve estar atravessando uma fase difícil, não é mesmo? Mas, olha, vai passar. Aconteceu isso com uma amiga da minha prima. Ela superou, mas levou tempo. Que situação!

– Eu... Eu tenho... – Olhei para cara dela sem acreditar. – Eu vou indo porque estão esperando o pão para o café da manhã. Até mais.

E fui correndo pra casa. Eu sabia que todo mundo estava falando de mim. Conhecia bem a cidade onde vivia.

Atravessei o pátio às pressas. Algumas pessoas estavam por ali. Captei olhares de piedade em minha direção. Perto do parquinho das crianças, duas garotas sussurravam e riam.

E, ah, meu Deus, talvez eu fizesse o mesmo se fosse elas. Mas naquele momento estava me sentindo tão humilhada que quase rompi em lágrimas.

Num surto de agonia, me virei e subi em disparada pela escada.

Abri a porta de casa, joguei o saco de pão da mesa e gritei (para não perder o costume da família):

– *Quero ficar sozinha!*

Oito

É tudo que eu quis. Se eu queria enlouquecer
Esse é o romance ideal.
"Romance ideal", Paralamas do Sucesso

Meus primeiros anos de namoro com Edu...

Depois que o namoro com o Edu engrenou, eu me dediquei ao cursinho com afinco e recuperei o tempo perdido. Optei pelo curso de Turismo, e o Edu por Medicina, para dar continuidade aos negócios de seu pai.

Ele continuou me levando para todas as festas e eventos pomposos que só rolavam no círculo social dele. Se por um lado eu vivia com medo de envergonhá-lo, por outro estava encantada com todos que eu fazia amizade. Eu adorava porque, para mim, era um mundo como os das novelas.

Logo no primeiro ano de faculdade eu consegui um emprego em um hotel de algumas poucas estrelas. Estrelas magrinhas, sem brilho... Um muquifo. O trabalho era de recepcionista. Uma chatice sem fim. O salário? Quase nada. E o meu chefe era praticamente o Hitler. Mesmo assim fiquei lá alguns anos.

Enquanto eu trabalhava de dia e estudava à noite, Edu estudava de dia e tinha as noites livres para mim. Todas as noites ele me pegava na faculdade, e quase sempre íamos para minha casa para assistirmos filmes e namorar.

Meus pais, logo nas primeiras semanas de namoro, ficaram um tanto ressabiados por causa da condição social dele, achando que nunca daria certo um romance entre a gente.

– Minha filha, ele é rico. O pai dele é dono de clínica, de hospital, de fazenda.

– E qual é o problema, mãe? Porque sou pobre, eu não posso namorar um rapaz rico?

– Pode, mas nós somos tão simples. Olha nossa casa! Ele deve morar em uma mansão.

– Eu ainda não fui na casa dele. Mas não deve ser nada de mais – respondi do alto de minha inocência.

– Eu não sei, filha. O povo da cidade vai achar que você está atrás do dinheiro dele.

– Imagina, mãe. Que besteira! – Na época eu não fazia ideia da existência do P.O.V.O. e sua língua afiada. Só conheci bem depois, quando *eles* começaram a falar que eu estava namorando Edu por causa do dinheiro dele. Absurdo!

– Eu fico com vergonha de receber o Edu aqui em casa, sabe? É tudo tão simples.

– Edu não liga para essas coisas. De verdade – garanti, diante do olhar de incredulidade de minha mãe. – Ele adorou você e o papai.

– É mesmo?

– Até da Marisa ele gostou.

Apesar de eu ter sido sincera, minha mãe só se tranquilizou com o passar do tempo. À medida que ia conhecendo o Edu, foi aceitando nosso namoro.

E, então, depois de quase quatro meses de namoro, Edu veio com o convite oficial para eu conhecer a casa dele. Estávamos no shopping, tomando lanche na praça de alimentação, quando ele me perguntou:

– O que você vai fazer no sábado na hora do almoço?

– Vou trabalhar até o meio-dia. Por quê?

– Nada de mais. Só queria te convidar para almoçar lá em casa. Minha mãe vai fazer um almoço para minha família e eu queria que você fosse comigo.

Edu me disse aquilo de um jeito casual e tranquilo. Logo em seguida, ele deu uma mordida em seu sanduíche e ficou mastigando como se não tivesse acabado de jogar uma bomba em mim.

Almoço. Na. Casa. Dele?

Comecei a entrar em pânico internamente: com que roupa? Que horas eu ia conseguir fazer uma escova no cabelo? Será que conseguiria trocar de turno com a outra recepcionista? Como será que era a família do Edu? Será que eu ia sobreviver a tanta gente chique e metida em um só lugar?

Socorro! Precisava de um chocolate.

– Tudo bem, *princess*?

– Tudo – disfarcei meu nervosismo tomando meu suco. – Eu só estava pensando em umas coisas aqui.

– E aí, você quer ir?

– Quero. Claro que quero, Dudo. Estou mesmo ansiosa para conhecer toda a sua família.

– Edu me convidou para almoçar na casa dele no sábado – anunciei para minha mãe assim que ela voltou do trabalho naquele mesmo dia.

– Que ótimo! Já estava mesmo na hora de você ser convidada para ir à casa dele. É só ele que vem aqui.

– Mãe, você não está entendendo. Eu estou em pânico!

– Por quê? – perguntou, enquanto tirava os sapatos, e em seguida se jogou no sofá para começar seu programa favorito: assistir aos telejornais sensacionalistas de fim de tarde.

– Porque toda a família dele vai estar lá. Tios, avós, primos... E porque a mãe dele é muito esnobe. Ela me detesta.

– Imagina, Mari. Você ficou com uma impressão ruim depois daquela festa em que o Edu te levou. Quando ela passar a te conhecer melhor, vai ver o amor de garota que você é.

– Você fala isso porque é minha mãe. O que eu faço?

– Filha, você está falando sério? – Mamãe colocou a televisão no mudo. Sinal de que ela realmente se preocupava com meu nervosismo.

– Claro. Eu não sei o que vestir, nem como me comportar. Ai, estou tão nervosa!

– Você se veste muito bem, Mari. Tem um ótimo gosto para roupas e sabe se portar diante das pessoas.

– É que você não faz ideia de como eles são. Eles são diferentes da gente. As amigas do Edu se vestem com roupas tão lindas, falam de umas coisas que eu nem imagino do que se trata: Louis não sei das quantas, Bollinger, Gucci, Soho, Márcia ou Macy's sei lá eu.

– Não faço a menor ideia do que você está falando.

– São os assuntos que elas conversam. Eu sei de algumas coisas, mas não de tudo. Aliás, depois eu tenho que pesquisar no Google se eu quiser sobreviver a esse almoço. Mas, não é só isso. O problema maior é a Sophia. Nossa! Ela parece uma madame, igual aquela da novela das oito. Eu não posso simplesmente aparecer com meu vestido da C&A, posso? Ela vai me detestar!

– Ah, você está se preocupando à toa. Fique calma que vai dar tudo certo.

– Você me ajuda?

– Claro, filha. O que você precisa?

Quando chegou o dia e entramos no luxuoso condomínio do Edu, eu pedi em um fio de voz. Pedi não, eu supliquei:

– *Por favor*, Edu, não me deixe muito tempo sozinha. Eu ainda não conheço direito as pessoas.

– *Princess*, relaxa. Você vai estar entre família.

– Eu não sei... – respondi, me sentindo insegura com a situação, com a minha roupa (uma calça jeans, uma camiseta branca e sandália rasteirinha). Comprei tudo especialmente para a ocasião. Na noite anterior, mamãe foi comigo ao shopping e tentei escolher uma loja bacana, imaginando se alguma das amigas do Edu compraria naquela loja. Eu deduzi que sim. Me parecia tudo tão lindo e caro. Paguei uma nota preta e foi preciso parcelar em cinco vezes no cartão. Mas, achei que no final das contas, ia valer a pena. Não iria fazer feio.

– Tudo vai dar certo – Edu disse, percebendo minha cara apavorada. Ele me puxou para um beijo e sorriu. – Eles vão adorar você. E se não adorarem, coisa que duvido muito que aconteça, eu adoro por todos eles. E não sei se eu já disse isso, mas você está linda.

– Obrigada.

Suspirei, tentando captar ondas de energias invisíveis que alguma santa bacana lá de cima enviava pra gente em ocasiões como essa. Tentei ignorar a imponente fachada da casa, os muitos carros estacionados (nenhum deles se parecia com o Chevette do meu pai ou com o Uno da minha mãe) e acompanhei o Edu.

– Seja bem-vinda – disse ele, abrindo a enorme porta da frente. Eu entrei e precisei segurar meu queixo.

Eu esperava encontrar uma sala com um sofá velho fazendo par com um rack em cor de marfim cheio de porta-retratos com fotos do Edu quando era bebê, quadros de motocicletas ou de leopardos pendurados nas paredes, estantes abarrotadas de troféus, canecas de chope e os bibelôs que a tia Albertina trazia lá da 25 de Março para vender. Assim como era na minha casa e nas casas da maioria das pessoas que eu conhecia.

A casa do Edu, no entanto, não parecia com uma casa de verdade. Parecia uma loja de móveis. Só que dessas chiques e caras que a gente tinha até medo de entrar para não correr o risco de quebrar alguma coisa e não ter dinheiro suficiente para pagar depois. Era tudo branco: sofá, tapetes, paredes (muito mais tarde, uma das amigas do Edu me contou que a cor das paredes não era branca; era *off-white*).

Disfarçadamente, olhei para a sola das minhas sandálias. Deus me livre sujar uma casa como aquela. Logo imaginei a Cida limpando aquilo tudo. Ela surtaria. Com certeza.

– Venha, eles estão na área de lazer.

Atravessamos mais uma sala. Esta tinha uma das paredes cobertas de livros, um tapete enorme e poltronas dispostas de frente para uma enorme lareira. Indiscutivelmente linda!

– Aqui está ela – avisou ele. – Mãe, lembra da Mariana?

– Olá. Como vai a senhora?

– Mariana...?

– Mariana Louveira.

– Ah... Louveira. – Ela me olhou de cima a baixo. Sophia usava um vestido cinza muito elegante. Elegante demais para ficar em casa. Pra mim, aquele era um vestido de festa. O tipo de vestido que minha mãe usaria para ir a um casamento, se tivesse dinheiro para comprar um parecido, é claro.

Meu Deus! Mamãe está certa, pensei tentando controlar meu pânico. *Eles são mesmo muito diferentes da gente.*

– Eduardo, seu pai está te procurando – avisou ela, ignorando minha mão estendida, à espera do cumprimento.

Eu desejei ardentemente virar oxigênio, gás carbônico, luz ou qualquer coisa que me deixasse invisível. Foi horrível a cara com que ela me olhou e o Edu nem percebeu.

– Já vou falar com ele. Mãe, apresenta a Mari para o restante da família, por favor?

O quê? Não!

– Eu adoraria, meu filho. Mas preciso verificar com a equipe do *buffet* se está tudo pronto para servir o almoço.

Ufa!

– Tudo bem. Não quero atrapalhar. Vamos falar com meu pai, Mari?

– Vamos sim.

Depois do almoço, que eu preferi nem comentar de tão nervosa que fiquei com a quantidade de talheres e taças, Edu e eu nos sentamos em volta da piscina. Eu estava tensa demais com aquele encontro familiar.

– Eu não me saí nada bem, não foi? Meu Deus, sou muito jeca mesmo para estar no meio de vocês – me lamentei, tentando limpar umas gotas de molho branco que caíram na minha blusa nova.

– Não diga isso, Mari. Você é maravilhosa.

– Sua mãe não gosta de mim, Edu.

– Claro que gosta de você. Ela só precisa de um tempo para se acostumar com a ideia de que estou namorando. Nessas horas eu detesto ser filho único. Ela é muito ciumenta, mas vai passar.

– Acho que ela esperava que você namorasse uma das suas amigas. E, por Deus, ela tem razão. A Clarice, a Lívia e a Viviane são muito lindas e elegantes. Perto delas eu pareço uma... Uma coisa sem graça e totalmente fora de contexto.

– Princesa, nunca mais diga isso. Você é mil vezes mais linda e tem o coração mais puro que conheço.

– Por que você diz isso? – perguntei, segura de que Edu era cego e burro.

– Com o tempo você vai conhecer cada uma delas e vai ver que estou certo. Não se deixe levar pelas aparências, Mari. E acredite, eu sei escolher uma boa namorada – disse, me dando um beijo nos lábios.

Naquele instante, o garçom surgiu novamente com uma bandeja de refrigerantes, sucos e água. Um garçom! Era mesmo outro mundo.

De qualquer forma, eu peguei um copo de água e fiquei pensando no que o Edu acabava de dizer sobre as meninas. Eu daria qualquer coisa para ser como elas. Para me vestir e falar da mesma forma que elas, para ter as casas e as coisas que elas tinham. Porque só assim para Sophia me olhar sem fazer cara de nojo e me aceitar como namorada do seu filho.

– Tenha paciência com a minha mãe, Mari. Por favor. – Ele me abraçou e encostou a cabeça em meu ombro. – É só você ser essa pessoa maravilhosa que é comigo que ela vai perceber que eu soube escolher muito bem. Vai dar tudo certo, tá?

Eu queria muito acreditar nas palavras do Edu. Estava apaixonada por ele, e não queria perdê-lo por causa dos meus medos e inseguranças. Ou eu fazia parte do seu mundo ou caía fora.

Olhei seus olhos castanhos, seu cabelo negro e cheio. Ele deu aquele sorriso largo e encantador que sempre me derretia por dentro, fazendo meu coração acelerar de tanto amor.

Então, eu escolhi fazer parte daquele mundo.

Nove

Será que todo dia vai ser sempre assim?
Será que todo dia vai ser sempre assim?
"Sempre assim", Jota Quest

Estava tentando lidar com a traição. Superar. Esquecer. Fazer de conta que não aconteceu nada e seguir tocando a vida.

Também estava à espera de um milagre e da visita de uma fada madrinha que tivesse poderes de arrancar a dor e a vergonha que eu estava sentindo.

Eu fui traída. Edu me traiu. O *meu* Edu.

Ainda era difícil de acreditar. Era difícil de entender por que ele fez isso comigo. Estava tudo tão bem, tudo tão certo e, de repente, o chifre. O fim de um futuro promissor. O acabou-se o que era doce.

Foco, Mariana. Foco.

É verdade. Precisava ter foco.

Voltei minha atenção para a lista de *Possíveis Candidatas a Outra* que estava digitando na tela do meu computador, dando início assim ao meu plano de investigação.

Traição e Edu na mesma frase é como a água e o óleo: Não tem aderência, escutei a voz da minha consciência dizendo. Refleti por alguns segundos. Eu também queria acreditar nisso. Mas foi ele mesmo quem me contou.

Esse pensamento me sufocou.

Empurrei a cadeira para trás e levantei, me sentindo completamente angustiada. Dei três passos até o guarda-roupa abarrotado com minhas coisas e tentei fechar a porta que estava quebrada havia séculos. No entanto, ela não fechava. Continuava aberta e com a dobradiça quebrada.

– Droga! – Chutei a porta com raiva. E num surto, eu comecei a chutar a cama de solteiro, as caixas organizadoras que estavam guardadas embaixo da cama por falta de espaço, o criado-mudo e tudo o que eu via à minha volta.

Não era para eu estar ali naquele maldito quarto apertado e cheio de coisas velhas e feias. Era para eu estar no apartamento que o Edu e eu escolhemos. Com os móveis lindos e novos que escolhi e mobiliei com tanto cuidado e capricho. Era para eu estar lá com ele. Vivendo a vida que eu merecia ter.

– AAAAH! – gritei de raiva e descarreguei minha frustração arrancando as coisas de dentro do armário e jogando pelo chão. Aquele quarto me dizia a cada segundo que eu ainda estava solteira, pobre e morando no subúrbio de Presidente Prudente. – Que óóóódiooooo!

– Mariana, Mariana, se acalme.

– *Sai daqui, Cidinha! Sai daqui!*

– Você está fora de si. Eu vou pegar um copo de água.

Assim que Cidinha saiu do quarto, eu corri, tranquei a porta e me joguei no chão aos prantos.

Olhei automaticamente para meu celular, que estava em cima da cama, e me perguntei por que o Edu não me ligava, por que Clarice, Viviane ou Lívia não me ligavam, por que minha vida deu aquela guinada tão rápido. Mas tudo o que eu via como resposta era o maldito quarto de solteiro que dividia com minha irmã rebelde, e minhas roupas jogadas no chão. E senti uma dor contínua no peito. Dor de quem perdeu tudo. Todos os sonhos e promessas.

– Mariana, abra a porta.

– Me deixa, Cida. Eu já me acalmei – respondi com o rosto enterrado entre minhas pernas. – Não vou quebrar nada. Pode ir lavar a roupa.

– Você me assustou.

– Você também me assusta quando coloca seus funks para tocar. Agora me deixe em paz.

– Não vai criar *poblema* com o síndico, hein?!

– O correto, Aparecida Maria das Neves, é problema. Pro-ble-ma. Quando você vai aprender? Agora vaza.

Cidinha acatou meu pedido e saiu resmungando algo que não consegui entender. Então, peguei um dos murais de looks que arranquei da parede, olhei para as fotos coladas na cartolina branca e encarei um deles em busca de respostas. O look Baladinha Leve era composto de um shorts jeans curtinho com uma regata coral, blazer azul-marinho, acessórios e sandálias de salto da Guess. Eu o criei especialmente para Lívia, que me jurou amor eterno por tê-la salvo de um pretinho básico.

Esse era meu mundo nos últimos anos. Eu era a especialista em looks da turma, a lagarta que não sabia nada de moda e que havia se tornado uma borboleta descolada e de muito bom gosto. Todas as meninas, inclusive Clarice – que era a mais estilosa e não dependia de ninguém para escolher suas roupas –, me ligavam, não importava o dia nem a hora, em busca de um socorro-fashion.

Lembrava perfeitamente do dia em que criei esse look para Lívia. Era um sábado e eu estava no cinema com o Edu:

– Oi, Má. É a Lívia.

– Oi, Liiii, tudo bem? – Tapei a boca com a mão para falar ao celular enquanto o Edu me fuzilava com um olhar indignado. Mancada minha! Deveria ter desligado o telefone como todos fazem quando vão ao cinema.

– Mais ou menos, Má. Ai, tô com um megaproblema – anunciou numa vozinha melosa que demonstrava muita preocupação. – Preciso muito da sua ajuda.

– Posso te ligar em dois minutos? É que estou no meio de um filme e preciso sair da sala para falar mais à vontade com você – sussurrei em meio aos pedidos para eu calar a boca e desligar o telefone. – Te ligo em dois minutos, ok?

Mesmo com o pedido do Edu para eu ligar para a Lívia mais tarde, eu saí da sala e fui ajudar minha amiga. Era assim que as coisas funcionavam entre a gente.

Tudo o que eu sabia sobre moda e comportamento eu aprendi com elas, é verdade. E ainda assim eu era admirada e prestigiada por todas. Ganhei até o apelido de Glória Kalil de Prudente, tamanha minha afinidade com o mundo da moda.

Alisei o mural, tentando desamassar as pontas da cartolina e o coloquei em cima da minha cama com cuidado.

Essa história de mural de looks teve início logo depois que eu comecei a me enturmar com as meninas. Óbvio que não foi tão rápido quanto eu imaginei que seria. Clarice, Lívia e Viviane estavam em todas as festas e baladas onde o Edu me levava e quase sempre ficavam na delas, sem dar muita trela para mim e minha única calça jeans decente. Eu ficava, muitas vezes de longe, analisando os gestos, as roupas e a maneira de conversar, até que fui pegando o jeito.

Minha primeira ação para me tornar uma delas foi mudar meu guarda-roupa. Claro, não dava para jogar o que eu tinha fora e comprar tudo novo. Fui aos poucos. Reparava em uma marca que elas diziam e corria para o computador pesquisar sobre o que era e dava um jeito de comprar uma peça para mim. Muitas vezes de brechós virtuais e parcelando em seis, sete vezes no cartão. Mas, quem saberia?

Meus esforços foram recompensados e eu fui, finalmente, aceita pelo "clube da Luluzinha", como o Edu gostava de chamar. Edu e eu namorávamos havia quase dois anos e, naquela semana, ele foi me pegar no hotel depois do meu turno e avisou:

– A Lívia vai fazer uma festa para comemorar o aniversário dela. Nós fomos convidados.

Eu olhei para ele já imaginando como seria, e todas as festas, almoços, jantares e encontros a que fomos até àquele dia, passaram em minha mente como um filme ruim. Tinha até vergonha de lembrar os micos que paguei.

– Se você não quiser ir, eu posso inventar uma desculpa. Não faço questão. Prefiro mil vezes pegar um filme na locadora e ficar em casa contigo.

– Não. Nós vamos – garanti cheia de segurança.

Na manhã seguinte, eu comecei a me preparar para a festa. Entrei no brechó virtual do qual eu havia me tornado cliente fiel e comprei uma bolsa que me custou os olhos da cara, um vestido John John e uma sandália lindíssima. Me endividei até o pescoço sem minha mãe saber, mas era isso ou ser desprezada a vida inteira.

Quando entrei na casa da Lívia, eu entendi a diferença entre usar roupas de lojas populares e roupas caras, de marcas famosas:

– Nossa, Edu! Sua namorada está linda! – elogiou ela, me analisando de cima a baixo.

– Disso eu já sabia há muito tempo – respondeu ele, com seu olhar apaixonado.

– Clarice, vem cá! Você precisa ver essa bolsa! Louis Vuitton, meu bem – Lívia comentou, como se tivesse reparado em mim pela primeira vez naquele último ano.

– Adorei! – exclamou, superempolgada. – Você se importa se roubarmos sua namorada por uns minutinhos, Eduardo? Queremos saber tudo sobre esse look fabuloso dela.

– Mari? – Ele me olhou, esperando pela minha decisão.

– Eu vou ficar bem – murmurei, dando um beijo nele.

– Venha, quero saber onde você comprou esse vestido lindo. E essa sandália, meu Deus! Amei!

Então, a partir daquele dia, sempre que elas elogiavam meu look, eu anotava as peças, tirava fotos e colava no mural. Começou como um lembrete para não me esquecer o que eu havia usado. Depois virou algo útil que me ajudava demais na hora de escolher o que vestir. Era superprático e não perdia mais tempo tirando tudo do armário. Virou minha marca registrada e acabei desenvolvendo vários murais para elas.

Quando minha perna começou a formigar, eu me levantei e comecei a guardar minhas roupas de volta no armário. Ao pegar uma jaqueta de couro verde-militar que a Clarice me deu de aniversário, eu percebi o que me doía de verdade (além, é claro, de ter sido traída por Edu), a saudade que eu tinha das minhas amigas.

Num impulso, eu peguei o telefone e disquei para a Lívia. Chamou até cair na caixa postal.

– Oi, Lí. Sou eu, a Mari. Tudo bem? Vocês sumiram. Me liga, tá? Beijos.

Depois liguei para a Clarice. Mesma coisa. Deixei recado. E depois para a Viviane, que me atendeu:

– Oi, Vivi – disse empolgada demais por ela, finalmente, me atender. – Você está em Prudente ou viajou? Está sumida...

– Alô?

– Oi. Sou eu, a Mari.

– Alô? Alô? Oi, não estou ouvindo... Alô?

– Oi – falei mais alto. – Está me ouvindo agora?

A linha ficou muda. Tornei a ligar, mas caiu direto na caixa postal.

Uma lágrima escapou e escorreu pela minha bochecha. Não sabia o que fazer. Não sabia lidar com essa indiferença, com a traição, com a ausência. Eu precisava de gente pra conversar com e extravasar. Eu precisava... Eu precisava de um bom chocolate!

Iniciei então, uma busca frenética por chocolate em meu quarto, dentro das minhas bolsas, depois ataquei os armários da cozinha, geladeira... Nada.

Ah, meu Deus! Não tinha chocolate em casa. Como isso podia acontecer? E agora?

O jeito seria encarar a padaria mais uma vez. Me vesti rapidamente, prendi os cabelos em um rabo de cavalo, pus um boné e os óculos escuros e, antes de fechar a porta, avisei a Cidinha:

– Cida, vou sair.

– Vai demorar para voltar?

– Não sei.

E por que isso importa?, pensei em responder, mas já tinha fechado a porta e descido os seis lances de escadas, já que o prédio onde morávamos não tinha elevador. Quando estava chegando no hall de entrada eu escutei o meu nome. Parei automaticamente, pensando se deveria continuar ou se voltaria para casa. A curiosidade, por fim, acabou me vencendo e eu me escondi atrás de um vaso com um coqueiro de plástico desbotado e empoeirado que tinha ao lado da escada.

– Desde que a Mariana começou a namorar esse rapaz, ela mudou. Você não acha? Ela não era assim tão esnobe.

– Nossa! Nem fale. Parece outra pessoa.

– Ficou metida, não sai mais com o pessoal do nosso condomínio, só com os filhos dos fazendeiros da cidade.

– Então, menina, realmente é como você disse, ela ficou esnobe demais, se achando uma dondoca. Pra mim o namoro com o riquinho subiu à cabeça.

O quê?

– Achei bem feito ela ter levado um pé na bunda. De repente, assim aprende a ser mais humilde.

– Tenho pena mesmo é da Thelma e do José. Tinham uma filha que era uma joia e agora virou uma caçadora de herança.

Gente, mas que absurdo!

Senti o rosto arder em chamas e, quando pensei em subir os degraus para voltar para casa, as duas entraram no hall e me flagraram ali parada, atrás do vaso, com cara de quem viu assombração.

– Olha só quem está aqui. Como vai, Mariana?

Elas trocaram olhares rapidamente enquanto eu tentava controlar a minha raiva.

– Tudo bem. E com as senhoras?

– Ah, você sabe, na mesma. Tirando meu problema de tireoide, está tudo bem.

– E seus pais, como estão?

– Bem.

– Já se recuperaram do... Da... É...

– Vamos indo, Alícia. Tenho que colocar o feijão no fogo – pediu, puxando a outra pela mão. – Passar bem, Mariana.

Até quando eles iriam continuar falando de mim? Será que ninguém iria esquecer? Chega, né? Já estavam passando dos limites!

Alguns minutos depois, minhas pernas ainda estavam tremendo enquanto eu tentava, sem sucesso, controlar minhas emoções afloradas. Nunca passei por uma situação daquelas antes. Que inferno astral do caramba estava vivendo!

Depois daquilo, perdi completamente a vontade de comprar chocolate e voltei ainda mais arrasada do que quando saí.

Releve, Mariana. São só as fofoqueiras de plantão.

Então, como se não faltasse mais nada para me acontecer, quando alcancei o último lance de escadas que faltava para o meu andar, ouvi uma música asquerosa ecoando pelos ares. Eu já sabia de onde vinha a tal obra-prima da música popular brasileira. Só não entendia por que tinha tanta falta de sorte assim.

Ahmeudeus! Vamos ver o que me espera, refleti com meus botões, abrindo a porta de casa. Observei a cena sem acreditar. O funk tocava no último volume e, totalmente entregue ao pancadão, Cida rebolava com as mãos em um dos joelhos, numa pose quase que pornográfica.

Pisquei, enquanto meu cérebro processava possibilidades que poderiam ter ocorrido no passado. Se o Sr. Destino tivesse cumprido com sua parte, se eu tivesse nascido na Europa, se eu tivesse nascido em outra família... Então, ouvi a voz de Cida cantando em tom desafinado e gritei, chamando mais alto que a música.

– Cidaaaa! Você ficou maluca?!

Assustada, porém sem perder o rebolado, ela me olhou, deu uma piscadela e desceu. Depois subiu no ritmo da música, empinou sua bunda enorme e finalizou com uns pulinhos para trás.

Meu Jesus Cristinho. Assistir a essa cena era pior que furar um olho.

– Cida, o que é isso, pelo amor de Deus? Ficou maluca de vez?

E você pensa que ela ficou sem graça, pediu desculpas e foi correndo para o tanque?

Rá! Dançando estava, dançando continuou.

Decidida a dar um basta naquela história, desliguei o aparelho de som com a indignação estampada no olhar.

– Por que você desligou, Mariana? Estou treinando minha coreografia.

– Coreografia? Desde quando você ensaia coreografias, Cida?

– Eu tenho uma coreografia, ué! – Ela arrumou o microshort de lycra totalmente cravado na bunda repleta de celulite. – Hoje à noite vou concorrer a Garota Furacão 2000 lá do meu bairro. Estou toda animada. Você acha que tenho chance? – perguntou esperançosa, secando o suor da testa com a mão e sacudindo no tapete da sala.

– Aparecida... – Eu respirei fundo. – Acho que minha mãe não ficaria nada contente em saber que a faxineira dela está dançando na sala de casa em vez de cuidar do trabalho. Afinal, você é paga para fazer faxina e não para dançar.

– Eu acho que você está certa – concordou pelo menos. – Mas promete que não conta pra Dona Thelma? Eu preciso ganhar esse concurso, Mari. O prêmio é uma escova progressiva. Preciso retocar a minha.

Realmente era um bom prêmio, pensei analisando os cabelos de Cida e concordando mentalmente que eles ficariam bem melhores depois de um retoque na progressiva. Mesmo assim não justificava a folga de dançar no tapete de casa enquanto o serviço todo estava para ser feito.

– Ninguém merece! – desabafei. – Eu devo ter riscado o fósforo no incêndio de Roma. Só pode ser isso.

– Incêndio? Onde está pegando fogo?

– Vai cuidar do serviço, Cida. Já limpou meu quarto?

– Não.

– Lavou o banheiro?

– Daqui a pouco eu vou lavar.

– A louça da pia?

– Você não pode lavar pra mim?

– Você está falando sério?

– O que custa me ajudar? Tenho que sair antes das 17h para dar tempo de chegar em casa, tomar banho e me produzir. Você precisa ver a calça legging branca que eu comprei para ir ao baile. Vou usar com uma *brusinha*...

– Me poupe dos detalhes. E esquece, que antes das 17h você não vai embora. Você ainda não limpou nada!

– E você não vai me ajudar?

Olhei para ela, que ainda estava toda suada, e contei até dez.

Minha mãe devia estar desesperada por uma faxineira quando contratou a Cidinha. Não tinha outra explicação sensata para isso.

– Vou para o meu quarto – avisei, ignorando a pergunta da Cida.

– Não está cansada de ficar naquele muquifo? Pelo amor de Deus, você é jovem e bonita demais para ficar jogada numa cama, chorando por um cara que te deu o fora. Reaja, menina! Vamos ao baile comigo. O que você acha?

Engoli em seco sem saber o que dizer. Que dia era aquele? O que mais me faltava acontecer?

– O que aconteceu com os looks, com as maquiagens... Falando em maquiagem, será que você me maquiaria para o concurso Garota Furacão? Eu quero ir bem linda, mas não sei me pintar direito.

– A sua sorte, Cida, é que eu não tenho forças, nem astral para te mandar à merda. Vou dormir que eu ganho mais.

– Credo! Só estou querendo te animar, mas se quiser ficar chorando as pitangas pelo seu ex-noivo, *poblema* seu. Vou passar um café e levar uma térmica para o porteiro. *Tô* de olho nele.

– Levar café para o porteiro? Minha mãe está sabendo disso?

– Não e você não vai contar. Estou procurando um noivo e ele é um gato.

Eu a encarei com uma careta.

– Ué, não é você que vive me dizendo para eu usar o meu *célebro* e arrumar um marido? Então!

– *Célebro*? – Melhor ouvir isso do que ser surda, não é? – Cida, com licença que eu vou ali me jogar pela janela e já volto.

Dez

Então case-se comigo numa noite de luar.
Ou na manhã de um domingo à beira-mar.
Diga sim pra mim.
"Diga sim pra mim", Isabella Taviani

Depois que eu saquei como a banda tocava no mundo do Eduardo, eu fui pegando o jeito e, aos poucos, me enturmando. Mas bem aos poucos. E com muito esforço, dedicação, além de muitas parcelas no meu cartão de crédito. Sim, como escolhi fazer parte do mundo dele, eu precisei trocar o meu aparelho de celular por um mais compatível com o da turma, assim como comprar alguns óculos de sol dentro dos padrões aceitáveis por eles e uma bolsa de peso. Na verdade foram várias bolsas, pois acabei despertando um monstrinho consumista fanático por bolsas que vivia adormecido em mim. Como pude viver com um mísero par de bolsas de couro sintético até hoje? Eu não sabia explicar.

Meus pais também, quando conheceram melhor Edu, foram relaxando e aceitando nosso namoro. Mais que isso, passaram a idolatrá-lo. Edu virou referência para eles; a pessoa para quem eles pediam toda e qualquer opinião, receitas médicas e consultas grátis. Tia Albertina então, não podia ver Edu que logo sacava seu envelope de exames para ele dar seu parecer sobre os atuais níveis de colesterol dela.

Mas, como pobre não tem sorte e nem tudo era um mar de rosas nessa minha vida, minha relação com a jararaca-de-bolsa-Louis-Vuitton (ela tinha várias e eu nenhuma. Isso sim era uma injustiça!) era um verdadeiro inferno. Ela não gostou de mim desde que fui apresentada por Edu. Isso ficou muito claro e, durante os anos de namoro, ela vivia tentando, de forma sutil e ardilosa, fazer com que Edu terminasse comigo. Desde sugerir que ele fosse para o exterior fazer especialização até armar ciladas para me pegar no flagra.

Na frente do Edu ela era um doce; conversava, me elogiava e apoiava nosso namoro. Era a sogra que todas pediram aos céus. Quem via pensava que éramos unha e carne, tamanha a falsidade. Mas eu jogava o jogo e sempre ficava ligada para não cair nas ciladas que ela tentava me dar.

Edu realmente achava que nós nos adorávamos e sempre insistia para que eu a convidasse para um passeio no shopping, ir ao cinema...

"Mari, vai lá em casa passar a tarde com minha mãe. Ela fica lá sozinha. Vai fazer companhia, ela vai gostar."; *"Princesa, convida minha mãe para ir ao shopping. Ela gosta tanto de você!",* entre tantas outras.

Não era fácil. Tinha que ter um leque de desculpas bem variado para fugir das saídas impostas com minha sogra. Porque, apesar de eu amar Edu, havia um limite de coisas que a gente fazia por amor.

Fora meu "entrosamento" com a sogra, Edu e eu seguimos juntos. Eu, cada dia mais apaixonada e deslumbrada com o novo mundo que se abria à minha frente, e Edu cada vez mais enfiado nos hospitais da cidade.

Não sei explicar como, mas desde o dia que nós nos conhecemos, lá no cursinho pré-vestibular, eu sabia que ficaríamos juntos para sempre. Não importava se ele era rico e eu pobre, não importava se a mãe dele me detestava e eu a ela (e que Edu nem fizesse ideia disso). Eu simplesmente sabia que nossa busca havia terminado e que passaríamos o resto de nossas vidas juntos.

Digo, não namorando para sempre.

Ninguém quer namorar pra sempre, certo? Nenhuma garota da minha idade, doida para casar com o cara perfeito, quer namorar por seis, oito, dez anos e nada do tal pedido de casamento aparecer. Tudo bem que hoje em dia tudo estava muito moderno, as moças pediam os rapazes em casamento ou simplesmente decidiam morar juntos e pronto. Mas eu era tradicionalista e fiquei esperando pelo pedido.

Quando completamos seis anos de namoro, meus pais começaram com as indiretas: "Vocês namoram há tanto tempo, não é?". "Então, Mari, o Edu nunca te propôs nada?"

Até tia Albertina andou especulando:

– Escuta, esse seu namorado não vai se decidir não? Ou ele vai te enrolar para sempre? Quando ele vem aqui de novo? Estou com uma dor na coluna que está me matando. Queria perguntar o que ele acha que pode ser.

– Tia, o Edu é ginecologista. Acho que você deve procurar um ortopedista.

– Ué, ele não é médico? Não estudou seis anos o corpo humano? Tem que saber das coisas.

De tanto buzinarem na minha cabeça, eu fui ficando com medo. Medo de o Edu me enrolar e de uma hora para outra me dar o pé na bunda e se casar com a primeira riquinha que aparecesse na cidade. Medo da mãe dele finalmente conseguir convencê-lo de que não sou uma moça à altura de sua classe social, medo de ele simplesmente se apaixonar por uma de suas inúmeras pacientes e me deixar arrasada... Quando se tem a sorte de ser presenteada pelo Sr. Destino com um moço lindo, simpático e bem-sucedido como Edu, o buraco é mais embaixo.

Foi por conta disso tudo que eu resolvi não pedi-lo em casamento, mas dar um ultimato do tipo: "Você não vai se decidir, não? A fila anda, meu filho!". Meu objetivo não era pressionar, era dar uma sacudida. Eu amava o Edu. Ele era fofo, meigo, atencioso, mas, sinceramente, também era muito acomodado. Pode acreditar, foi preciso uma encostada na parede para ver se ele reagia.

E funcionou! Semanas depois ele tomou uma atitude e marcou uma data para anunciarmos o noivado.

A jararaca-que-usava-creme-de-La-Mer quase enfartou. Primeiro, o metralhou com perguntas do tipo: *"Você está seguro? Tem certeza de que é isso mesmo que você quer? Você é tão novo ainda, meu amor. Espere mais um pouquinho"*. Edu me contava todas as investidas dela em tom de lamúria e me perguntava:

– Será que não estamos nos precipitando?

E eu me defendia como podia:

– Edu, se não quiser ficar noivo, não fique. Eu só não vou ficar namorando pra sempre. Uma hora, meus pais vão me colocar para fora de casa e pedir para eu tomar meu rumo.

– Você está certa, *princess*. Já nos formamos, namoramos há seis anos, acho que não tem mais o que pensar. Vou tranquilizar minha mãe.

Quando ela percebeu que o draminha maternal não surtiu o efeito desejado, decidiu organizar um jantar para celebrar "essa ocasião tão especial" (palavras falsas dela) com as famílias e pediu para Edu nos convidar para uma pizza na casa deles. Era a primeira vez em anos que ela convidava meus pais para ir à residência dos Garcia, e o convite gerou pânico total na residência humilde dos Louveira.

Foi uma semana de perguntas e mais perguntas a respeito do tal encontro. Eu estava ficando maluca. Meu pai me perguntava dia sim, dia não, as mesmas coisas:

– Que tipo de roupa se usa para ir à casa dos pais do Edu? A gente vai ter que fumar charutos? Vejo nas novelas os grã-finos fumando charutos... Você sabe, eu detesto tabaco. E comida esquisita, será que vamos ter que comer ostras e outras coisas gosmentas?

Até a tia Albertina queria saber por que ela não foi convidada.

– Eu sou da família também, não sou? Além do mais, Edu gosta muito de mim.

– Eu sei, tia. Mas é só para os pais e os noivos, entende?

– Até parece que os pais do Edu, finos do jeito que são, não vão fazer um jantar de noivado chique para o filho. Eu conheço como essa gente é, Mari.

– Mas Edu prefere assim, tia. Só um jantarzinho com os pais e os noivos.

Obviamente eu estava barrando a ida da minha tia ao noivado. Tinha certeza de que ela daria um jeitinho de levar as revistas da Avon, da Tupperware e Hermes para vender entre os convidados. Imaginei por uns segundos a cara que a peçonhenta faria ao se deparar com minha tia oferecendo uma promoção imperdível de suas revistas aos convidados e decidi que não podia correr o risco de ser exposta ao ridículo na frente de todos.

E como se não bastasse todo o *auê*, na véspera do jantar, minha mãe veio com uma notícia bombástica:

– Mari, seu pai decidiu, ele não vai ao seu noivado. Você sabe, ele morre de vergonha desses grã-finos.

– Ai, não! Achei que a gente já tinha conversado sobre isso. Vergonha de quê? *Pai, venha aqui na sala!* – gritei para que ele me ouvisse lá do quarto. – Mamãe está dizendo que você decidiu não ir ao meu noivado, é isso?

– Ah, filha! Eu não sei falar com gente rica não – justificou-se.

– Ué, você fala como fala com qualquer outra pessoa. Eles não são diferentes só porque possuem dinheiro.

Na verdade eles eram diferentes da gente, sim. Mas eu não podia dizer isso para o meu pai, podia? Aí mesmo que ele não sairia de casa nem por decreto.

– Sei lá. Tenho vergonha de falar besteira ou de falar errado e eles acharem que sou um caipira – confessou todo envergonhado, fitando o chão.

– Mãe, olha isso! – Gesticulei, demonstrando minha incredulidade. – Paizinho, vou te dizer mais uma vez, eles são pessoas normais e vai ser só uma reunião na casa deles. O Edu disse que a mãe dele vai fazer pizza, depois oficializamos o noivado e, então, podemos voltar para casa sãos e salvos. Não há motivo para entrar em pânico.

– E a casa deles, hein? Deve ser um palacete cheio de frescuras. E a gente não sabe como se comportar no meio dessas pessoas, né, Thelma?

– Ah, Zé, não vem dizer que você não quer ir ao noivado da sua filha por causa de uma casa? Eu não tenho medo de casas chiques nem de gente rica. Eles não são melhores que nós, oras!

Essa era minha mãe!

– É que você é advogada, Thelma. Sabe se virar muito bem nessas situações, lida com pessoas diferentes o tempo todo. – Ele fez uma pausa e olhou para o chão. – Será que você não pode inventar que eu peguei uma diarreia, filha? – perguntou com um olhar de piedade.

– Pai, é meu noivado. Se minha família não estiver do meu lado em um momento importante como esse seria muito triste.

– Tudo bem. Desculpa, filha. É só uma vergonha boba. Nós iremos ao seu noivado – disse ele, me dando um abraço. – Afinal, é só uma pizza com os pais de Edu, certo?

Apesar de ter aceitado ir ao noivado, durante o resto da semana meu pai continuou muito ressabiado, colocando mil condições, fazendo inúmeras perguntas, mas, por outro lado, ele deixou que eu escolhesse a roupa para ele. E não foi a calça preta com camisa de seda azul-marinho – sua roupa de domingo –, foi um jeans com uma camisa social muito bonita. Esse look eu cheguei a fotografar para guardar para posteridade. Meu pai nunca usou jeans na vida e eu precisava de uma foto para provar meu feito.

Chegando à casa de Edu, a surpresa: Sophia preparou um jantar à francesa, não só para a nossa família, mas também para todos os parentes de Edu.

Um jantar à fran-ce-sa! Com todas aquelas formalidades e pratos que não acabavam mais.

Meus pais – e principalmente meu pai – quase caíram de costas quando viram garçons vestidos em ternos engomados servindo canapés e champanhe por toda casa, os parentes de Edu, também elegantemente vestidos, bebericando e reunidos em "panelinhas", uma mesa impecavelmente posta para vinte pessoas, cheia de taças e talheres dos mais variados tamanhos e um pianista contratado para tocar especialmente para os convidados.

Pra que ela contratou a porra de um pianista?, pensei com ódio da Malévola, que obviamente queria mesmo me provocar. Ou pior, humilhar meus pais com tanta ostentação de poder e elegância.

– Venham, vou apresentar vocês aos meus pais – convidou Edu, nos tirando do meio da sala.

Atravessamos toda a sala de estar em silêncio e os encontramos conversando animadamente com alguns familiares.

– Pai, mãe. Esses são os pais da Mariana, Seu José e Dona Thelma. E Marisa, a irmã mais nova da Mari.

O pai de Edu, como sempre, foi muito amável em seus cumprimentos. Já a Sophia, antes de dizer qualquer coisa, fez questão de dar aquela analisada de cima a baixo em meus pais. Minha mãe chegou a puxar o paletó do seu terninho de oxford de tão sem graça que ficou. Já Marisa, que estava achando tudo o máximo, soltou sua melhor pérola:

– Caraca, Edu! Só moram vocês três aqui nesse casarão? E a gente naquele *apartamento*! Olha, Mari, essa sala é maior que nossa casa inteira!

– Que garota mais espontânea! – comentou a jararaca, fingindo simpatia. – Eu quero mesmo que vocês se sintam à vontade. A casa é de vocês.

Eu quis morrer.

Assim que nos livramos da companhia dos meus sogros, meu pai cobrou:

– Você falou que era uma pizza com os pais de Edu. Olha só para isso?! Parece uma festa de casamento – disse apavorado, secando o suor que brotava em sua testa com um lenço de tecido.

– Desculpe, pai. Eu também achei que fosse uma pizza. Não imaginei que a Sophia iria organizar algo tão formal. Vamos nos sentar naquele sofá mais afastado? – pedi, tentando não surtar antes da hora.

– Está tudo bem, Mari – tranquilizou minha mãe. – Zé, segura tua onda. É só um jantar metido a besta.

Mas não estava tudo bem. A tensão era quase palpável. Meus pais duros, sentados no enorme sofá branco, mal se moviam com medo de sujá-lo. O garçom passava oferecendo bebidas e eles recusavam. O garçom voltava com canapés e eles também recusavam. Até que ele cansou de passar por ali com sua bandeja e não voltou mais.

Papai já havia falado em casa que se tivesse comida complicada ele não comeria. Essa foi uma das condições que ele impôs. Por mais que eu pegasse o canapé com uma das mãos e fizesse o trajeto até a boca em modo câmera lenta, para que ele me copiasse, preferiu não correr o risco de pegar aquele treco esquisitíssimo (pelo menos para ele era) nas mãos e deixá-lo cair antes de chegar à boca.

– O senhor não quer beber um uísque? – ofereceu Edu, tentando quebrar a tensão. – Eu sirvo um para o senhor.

– Não, obrigado. Estou bem – respondeu, mexendo as mãos nervosamente.

– E a senhora, Dona Thelma, aceita um *prosseco*?

– É... Acho que não, Edu. Obrigada. Estamos bem, né, Zé? – falou dando um tapinha no joelho de papai, que acenou com a cabeça positivamente.

– Querem conhecer o restante da casa? – ofereceu Edu, com sua educação europeia.

– Obrigada, Edu. Estamos bem aqui – replicou minha mãe, vendo o pavor passar pelos olhos do meu pai.

– Eu quero – Marisa aceitou, toda curiosa.

– Acho que agora não é um bom momento, Marisa – falei, pressentindo confusão. – Quem sabe na próxima vez.

– Ah!

– Vai conhecer a casa, Marisa. Fique à vontade – exortou Edu. E Marisa obedeceu de pronto. – Dona Thelma, Seu José, fico muito feliz em tê-los aqui esta noite. É um dia muito importante nas nossas vidas.

– Obrigada, Edu. Nós também estamos felizes por estarmos aqui com vocês. Não é, Zé?

– Sim.

– Mamãe não é adorável? Olha só a surpresa que ela preparou para nós – comentou abrindo os braços. – E a gente pensava que seria uma simples pizza.

Santa inocência, Eduardo, pensei com um sorriso falso.

– Sim, ela foi muito gentil em preparar esse jantar tão chique – comentou mamãe, abusando de sua falsidade. – Deve ter dado um trabalhão organizar tudo sozinha – acrescentou, olhando para a mesa de jantar posta com louças bonitas e arranjos de flores vivas.

– Que nada. Ela tem a cozinheira e o restante do pessoal que ajuda em tudo aqui em casa. O trabalho dela é só escolher o cardápio, as flores e as bebidas. Ela adora dar esses jantares.

– Ah, entendi. Eu não imaginava mesmo sua mãe cozinhando, Eduardo. – Mamãe riu da própria piada.

Bem, eu me pergunto se a peçonhenta, ao menos, sabe o caminho da cozinha, pensei acumulando todo o meu veneno. Pena que não pude emendar essa piada. Renderia ótimas risadas.

Dessa forma, a noite transcorreu lenta e dolorosa, principalmente para meu pai, que na hora do jantar se atrapalhou todo com a quantidade de pratos servida e quase derrubou a sopeira das mãos do garçom de tão nervoso que estava. Mas, apesar da tensão instaurada entre nós, o clima na mesa era muito agradável. Os familiares de Edu conversavam sobre assuntos relacionados à política da região, os novos membros do clube que frequentavam e como o preço da arroba do boi havia subido no último mês. Até a avó de Edu, a jogadora viciada, contou uma historinha sobre um caso que aconteceu em um dos carteados que ela frequentava. Embora ninguém do nosso lado tenha entendido, fomos educados e rimos com vontade.

No final do jantar, depois que todos terminaram a sobremesa e o café, nos reunimos na sala principal para bebericar pequenos cálices de licor e fazer elogios à jararaca-que-já-estava-me-dando-nos-nervos, que se inflava a cada um deles, sobre como o jantar estava gostoso, como ela tinha bom gosto para organizar jantares, e blá-blá-blá.

Eu já estava quase me afundando num mar de ansiedade, doida para que o jantar idiota terminasse de uma vez para salvar meu pai daquele tormento, quando Edu finalmente chamou a atenção de todos.

– Pessoal... – Ele bateu com a colher no cálice de cristal que estava nas mãos. – Pessoal, um minutinho, por favor. – Esperou que todos olhassem para ele e continuou: – Bem, já que estamos todos aqui reunidos e devidamente saciados, depois do belo jantar que Sophia nos ofereceu. – E abriu para ela aquele sorriso que eu adorava, acompanhado do consentimento de todos, que voltaram a fazer mais elogios. – Gostaria de pedir que fossem testemunhas de um momento muito importante em nossas vidas. – E me olhou nos olhos, como na noite do nosso primeiro beijo. Minhas pernas tremeram e eu engoli em seco.

Aimeudeus!, pensei ligeiramente tonta. *É agora.*

– Hum-hum, hum-hum. – Ele limpou a garganta, como sempre fazia quando estava envergonhado. Apertei a mão dele, encorajando-o a continuar. – Bom, gostaria de lhes dizer que nesta noite, Mariana e eu vamos ficar noivos – anunciou por fim, com o rosto levemente rosado. Edu não é dado a discursos.

Alguns bateram palmas. Outros exclamaram gritinhos alegres.

– É isso aí, Edu! – falou um deles. – Finalmente vai desencalhar, hein!

– Pô! Valeu, Dado – brincou Edu, sorrindo aliviado por ter conseguido dizer algumas palavras diante de tanta gente.

E, então, ele pegou uma caixa de veludo, abriu e perguntou:

– Mariana Louveira, minha princesa, quer se casar comigo?

– Uhuuuul! – gritaram todos novamente entre vários assobios.

Meu coração acelerou e eu me controlei para não me jogar nos braços dele. Por que não fizemos isso sozinhos mesmo? Seria bem mais interessante...

– Sim, eu quero – respondi emocionadíssima, piscando para conter as lágrimas.

Todos aplaudiram enquanto os garçons surgiram do nada, distribuindo taças de champanhe aos convidados.

– Meu filho, gostaria de dizer que estou muito feliz por esta noite. E também quero te parabenizar pela excelente escolha. Hoje eu sei que você puxou a mim no quesito "garotas" – disse Seu Nelson fazendo todo mundo rir.

– Obrigado, pai.

– Felicidades aos noivos! – desejou Seu Nelson Garcia, erguendo a taça.

– Felicidade aos noivos! – todos responderam em coro.

E naquele instante olhei para meus pais, que estavam abraçados ao lado de Marisa, com suas taças nas mãos. Sorri erguendo a minha, orgulhosa por eles estarem comigo naquele momento tão lindo da minha vida.

Então, procurei pela Malévola, que estava forçando um sorriso amarelo ao lado do marido e mandei meu sorriso de vitória.

Durma com essa, sua cobra criada metida a besta!

Onze

Agora eu sei exatamente o que fazer
Bom recomeçar, poder contar com você.
"Só os loucos sabem", Charlie Brown Jr.

Várias semanas depois da minha tragédia particular, alguns quilos mais magra e com um bronzeado de varanda de apartamento, meus pais me deram um ultimato: ou eu arrumava um emprego e voltava à vida normal, ou eu cuidaria das atividades domésticas no lugar da Cidinha para economizar no orçamento familiar.

A declaração me foi dada em uma noite de sábado, enquanto lanchávamos nosso tradicional pão com frios e café.

– *Como assim?* – perguntei, empurrando as migalhas do pão francês de cima da mesa.

– Ou arruma outro emprego e volta a trabalhar ou ajuda nas tarefas de casa. Simples assim.

– Mãe, eu não levo o menor jeito para cuidar da casa, você sabe disso. Tenho alergia a água sanitária e a poeira...

– Para isso, existem luvas. Já ouviu falar? – provocou Marisa.

– Eu nunca ouvi falar, você já? Aliás, que tal você ajudar aqui nas tarefas de casa?

– Tenho escola, dever de casa, provas. Você sabe, eu estudo.

– De manhã, você quer dizer. Porque todas as tardes você sai para encontrar os amigos, não é? Acho que você pode perfeitamente ajudar nas tarefas domésticas umas três ou quatro vezes por semana.

– Gente, chega – cortou mamãe, elevando a voz. – Podemos dividir as coisas.

– Ótimo, mãe! Você fica com os banheiros, eu organizo os armários, porque nessa parte eu sou muito eficiente, diga-se de passagem, e a Marisa limpa a casa e lava a louça.

Minha mãe torceu o nariz. Ela detestava limpar qualquer coisa. Assim como não levava o menor jeito para cozinhar.

– O mais pesado para mim? Eu só tenho 15 anos – protestou Marisa, chispando os olhos de raiva para mim. – Sabia que posso denunciar vocês ao conselho tutelar por trabalho infantil?

– Coitadinha dela. Vai virar uma gata borralheira só por ser obrigada a lavar a louça. Toma vergonha, garota!

– Parem vocês duas. Não estamos aqui fazendo divisão de tarefas. Estamos falando do seu comodismo, Mariana. Do jeito que está não vai dar para continuar. Tudo bem que foi muito duro para você ser abandonada no dia do seu casamento, que você está sofrendo, sentindo falta do Edu, mas não podemos te sustentar a vida inteira, filha.

– Não, não foi somente "duro", mãe. Foi horrível, humilhante e vergonhoso. Eu sou motivo de piadas no nosso prédio, sabia disso? A dona Alícia e a aquela outra de que eu nunca sei o nome estavam falando de mim outro dia ali no hall de entrada. Se aqui no prédio estão falando de mim, imagina como não está na cidade?

– Só porque você saiu umas duas ou três vezes no jornal da cidade não significa que virou celebridade. Você acha mesmo que as pessoas estão ocupando suas vidas falando de você?

Fulminei Marisa com o olhar. Qual era o problema dessa garota?

– Tenha modos, Marisa! – recriminou mamãe.

Embora Marisa e eu fôssemos completamente diferentes, eu sabia que ela não estava sendo cruel. Só estava sendo Marisa, a adolescente-aborrecente. Além do mais, ela nunca foi chegada nesses lances de sentimentalismo exagerado comigo. Nem com meus pais. Implicar uma com a outra era nossa maneira de demonstrar carinho, por mais estranho que isso pudesse parecer.

– Eu sei, filhota – disse papai de um jeito doce. – Mas até quando você vai continuar nessa de sentir pena de si mesma? A vida continua, né? Como dizem, você tem que sacudir a poeira e dar a volta por cima.

– Não estou sentindo pena de mim! – me defendi com firmeza. – Só estou fragilizada.

– Você sabe, filha, não temos condições de sustentar vocês duas – insistiu mamãe. – Como seu pai sabiamente disse, a vida continua. E voltar a trabalhar, além de lhe assegurar um salário, vai te ocupar a cabeça. Te fará bem. Desculpe, não sou boa com as palavras, mas o que queremos é te ver feliz e não trancada dentro de casa, sem fazer nada o dia inteiro e sentindo pena de si mesma. Essas coisas acontecem. Você não foi a primeira e nem será a última a ser abandonada no altar.

– Hum... – resmunguei, refletindo um pouco, como se avaliasse a hipótese, embora não quisesse falar desse assunto no momento.

Eu realmente não pretendia passar o resto da minha vida dentro de casa.

Porém, no momento, tudo o que eu queria era ficar no meu quarto, esperar o tempo passar, me recuperar do baque e depois, assim, sei lá, uns dois ou três meses depois voltar à vida normal. Começar devagar como quem quebrou as pernas e precisa fazer fisioterapia para reaprender a andar.

– Eu não estou recuperada nem me sinto preparada para voltar a trabalhar ou a sair. Por favor, me deem mais um tempo? Pode parecer infantilidade minha, mas não consigo.

– Então, você vai ficar ainda mais dias trancada dentro do quarto? Pelo amor de Deus, eu também quero ficar sozinha no meu quarto de vez em quando.

– Pra fazer o quê?

– O mesmo que você. Além disso, preciso de mais espaço no guarda-roupa. Você praticamente tomou conta do armário todo – reclamou Marisa.

Olhei para eles e contei até dez mentalmente. Deixei que falassem tudo o que pensavam a respeito do meu comportamento, da situação financeira familiar, das brigas infantis que Marisa e eu travávamos diariamente, do meu egoísmo em me apossar do quarto, das atitudes que eu deveria tomar para superar o término do meu noivado, e esperei que cada um se cansasse de falar e que fosse catar coisa mais interessante para fazer do que ficar palpitando sobre minha vida.

A batalha épica travada na pequena mesa de jantar me deixou psicologicamente exausta. Assim que papai, mamãe e Marisa se acomodaram no sofá para assistir à novela das nove, eu me retirei para o quarto.

Sinceramente, não estava entendendo minha família. Quer dizer, eu entendia sim. Mas cadê a solidariedade com meu sofrimento? E eu lá queria saber se não fui a primeira a ser abandonada no altar? Não queria saber das dores dos outros, queria saber da *minha dor* e do que *eu* estava passando.

E estava doendo muito, se eles queriam mesmo saber.

Acho que eles pensavam que perder o casamento e a vida que eu iria levar era como terminar um namorico de colégio e que eu iria arrumar outro Eduardo Garcia logo ali na esquina. Eles não entendiam que eu não tinha perdido somente a oportunidade da minha vida. Eu perdi Edu. É como se eu tivesse ganhado na loteria e perdido o bilhete no dia de ir retirar o prêmio. Será que ninguém realmente entendia a frustração por trás disso?

Olhei para meu celular, que não saía do meu lado nem por reza brava, e abri o contato "Amor". A foto de Edu saltou na tela e eu gemi de angústia. Tão fácil. Era só apertar a tecla "ligar" e ouvir a voz dele do outro lado, seja lá onde ele estivesse. Não era mágico?

Resolvi ligar. Tomara que eu tivesse sorte dessa vez.

A chamada caiu direto na caixa postal e, em vez de desligar, escutei a mensagem gravada com o ar preso no peito. Diferente da outra vez, não deixei recado e desliguei o telefone com as mãos trêmulas.

Como recomeçar sem Edu? Imagina se um dia, voltando do trabalho, eu cruzasse com ele e a fulana?

Ainda não estava pronta para esse momento.

Eu me revirei na cama, nervosa com a situação. Se por um lado eu não me sentia pronta para retomar as rédeas da minha vida; por outro, meus pais não deixavam de ter razão. Um dia eu teria que recomeçar, sair, dar as caras. Não dava para ficar dentro de casa pra sempre, não era? Afinal, eu não era um rato para ficar me escondendo.

Ou era?

Ai!

Mas o que eu ia fazer, afinal? Meus pais deram duas opções: ou cuidar da casa ou procurar emprego. Nenhuma outra melhor que essas. E pra falar a verdade, acho que não existiam outras opções a não ser uma dessas.

Limpar a casa estava descartado completamente, sem chance de eu pensar no assunto. Não levava jeito, não gostava e não queria. Então, só me restava voltar a trabalhar.

A pergunta era: onde? Aliás, a pergunta antes dessa era: por que eu fui me formar em Turismo? Presidente Prudente não era uma cidade turística, com dezenas de ofertas de emprego por semana à minha disposição. Como que eu não pensei nisso antes de escolher meu curso superior? Como pude ser tão ingênua ao achar que iria viajar o mundo trabalhando em navios e ficar milionária com isso?

E agora?

Voltar a trabalhar naquela espelunca de hotel de quinta categoria e dar a cara para todos rirem de mim, estava completamente descartado. Além disso, seria humilhante demais voltar lá e pedir meu emprego de volta para meu ex-chefe. Seria a oportunidade de ouro para ele se vingar de mim com um "não" bem alto e em bom tom para o hotel inteiro ouvir (é que eu falei algumas verdades a respeito da sua competência como chefe quando fui pedir demissão. Melhor nem entrar nesse assunto!).

Trabalhar em outro hotel e ganhar um salário mínimo? Sinceramente, não era o que eu queria para mim. E, pra falar a verdade, nem deveria ter vagas abertas. Conhecia quase todos os funcionários dos hotéis de Presidente Prudente e todos eles continuavam empregados.

Precisava pensar em algo melhor. Mas o quê?

Como era complicado dar um rumo à vida, não é mesmo? Por que será que ninguém inventou um controle remoto que simplificasse tudo? Algo parecido com controle de TV, onde você aperta um botão e tudo fica mais simples de se resolver. Tipo, botão verde para arrumar um emprego dos sonhos, vermelho para ajustar a conta bancária, o roxo seria para esquecer aquele mico horrível, o lilás para mudar completamente o curso da sua vida, tipo mudar de cidade, de vida e...

Opa, peraí! É isso! Claro!

Alô, Mariana, como você não pensou nisso antes?

Será que eu tenho coragem de ir embora? Morar em outra cidade, tipo uma capital agitada e cheia de oportunidades. Começar do zero, novos ares, outra carreira profissional e, quem sabe, novos amores?

Tentei me imaginar namorando outros caras e não consegui. Edu era quem eu via quando fechava meus olhos, e meu coração se encolheu.

Bem, eu ia ter que esquecê-lo se quisesse mesmo ir embora de Prudente.

Tratei de deixar Edu de lado e decidi resolver uma coisa de cada vez. Direcionei meus pensamentos para meu futuro promissor e tentei imaginar qual era a cidade ideal para morar.

Hum. Para onde eu iria?

A capital do meu estado, São Paulo, e sua vida cosmopolita agitada... Então, em minha mente surgiu uma imagem noturna da cidade de São Paulo, igual as que eu via no Google, e meu peito se inflou de expectativas.

Imagine que máximo devia ser morar em São Paulo com todos aqueles bares, baladas, shoppings, prédios, avenidas, gente ocupada e lojas descoladas? E tinha os famosos! As celebridades. Gente, já pensou cruzar com uma atriz famosa andando pelo corredor de um shopping?

Devagar com o andor, Mariana!, a voz da minha consciência me chamou. Sem dar-lhe ouvidos, eu continuei a imaginar como devia ser legal morar em São Paulo. A cidade tinha tudo a ver comigo; eu era urbana, adorava os cenários cinza dos prédios, as opções infinitas de lazer, trabalho e entretenimento, o agito das avenidas, a multidão de gente. Tão diferente de Prudente, onde você escolhia se ia ao bar ou à pizzaria da moda e conhecia todo mundo pelo nome.

Sim, era isso o que eu queria.

Passei a próxima meia hora fazendo planos, considerando possibilidades, descartando outras.

Gostei muito dessa sensação. De estar de novo no comando, de resolver coisas, de ter planos e expectativas.

Era isso aí. Estava decidido: eu ia embora para São Paulo.

Doze

Se a gente não dissesse tudo tão depressa,
Se não fizesse tudo tão depressa,
Se não tivesse exagerado a dose,
Podia ter vivido um grande amor.
"Grand' Hotel", Kid Abelha

À medida que os dias foram passando, eu fui me envolvendo no meu plano *Vida Nova* (sim, eu dei um nome) de ir embora para São Paulo. Estava completamente obcecada por aquela cidade. E assim como acontecia quando uma mulher engravidava e passava a só enxergar bebês e coisas relacionadas à maternidade, eu também só enxergava coisas relacionadas a São Paulo. As notícias sobre a cidade pulavam na minha frente; eu ligava a televisão e algo sobre a capital passava na tela. Parecia que o universo estava me mandando uma indireta. E eu, que não sou boba nem nada, captei tudo direitinho.

Então, depois de alguns dias fascinada com a ideia e certa de que era aquilo mesmo que eu queria para mim, tomei coragem e abri o coração para anunciar as boas novas ao pessoal lá de casa:

– Gente, atenção aqui. Tenho um comunicado a fazer.

Meus pais e Marisa, que estavam sentados no sofá, assistindo a TV, nem me ouviram.

Entrei, joguei minha bolsa na mesa de jantar e voltei para a sala. Era terça-feira à noite, minha primeira saída depois do dia fatídico que eu queria esquecer de uma vez por todas. O fato era que eu já estava tomando minhas providências. Passei parte da tarde na rua fazendo uma entrevista e resolvendo coisas referentes à minha mudança.

– Já sei o que fazer da minha vida. Está tudo resolvido. Vocês não precisam mais se preocupar. E, ah, Marisa! Em breve você vai ter o quarto inteirinho só para você.

No mesmo instante, a televisão foi desligada.

– O que você disse? – perguntou ela com o controle remoto nas mãos.

– Eu já sei qual rumo eu vou dar para minha vida.

– O que você vai fazer? – indagou papai, pegando o controle das mãos de Marisa e ligando novamente o aparelho.

– Vou para São Paulo começar uma vida nova – informei, toda feliz.

Novamente a televisão foi desligada e os três me olharam com incredulidade.

– Ei! Digam alguma coisa – implorei, diante do olhar espantado deles. – Ah, mãe! É essa cara aí que você faz quando recebe a fatura do cartão de crédito – tentei fazer uma gracinha, mas ninguém riu.

– E quando você vai? – perguntou Marisa, provavelmente sonhando com o quarto só para ela.

Papai e mamãe continuaram mudos.

– E aí, o que acham da minha ideia?

Depois de recuperados do susto, meus pais vieram com milhões de perguntas para as quais eu ainda não tinha respostas. Eu estava no começo do meu projeto. Passei o fim de semana pesquisando, colocando tudo no papel e hoje eu saí para fazer uma entrevista de emprego, porque vou precisar de dinheiro para me sustentar em São Paulo até encontrar um trabalho e, dessa forma, me sustentar sozinha.

– Desculpe, Mariana, mas não temos condições nenhuma de bancar essa vida que você quer levar em São Paulo. Aliás, Mariana, em que raio de mundo você vive, hein? – sentenciou minha mãe.

– Mãe, eu estava brincando quando disse que preciso de dinheiro para baladas, roupas e sapatos. Foi uma piadinha para descontrair. Estou procurando emprego e vou juntar dinheiro para levar.

– Filha, seja mais realista. Não é assim, "quero ir morar em São Paulo" e pronto. Você já tem 26 anos, mas, às vezes, parece que tem 15, como sua irmã. Amadureça, Mariana. Morar sozinha requer maturidade, coragem, responsabilidade... Cidade grande é totalmente diferente do interior, lá é cada um por si, e ninguém se ajuda como é aqui em Prudente. E tem mais – continuou ela, para meu desespero –, você já se decepcionou com o curso de Turismo. É melhor pensar e pesquisar mais antes de se decidir por outro curso de graduação. Pense bem se é isso mesmo o que você quer, pois nós não temos como bancar você morando na capital.

– Eu estou procurando emprego. Fiz uma entrevista hoje à tarde em um escritório de contabilidade... Não estou indo com uma mão na frente e outra atrás. Não sou irresponsável.

– Mari, isso não vai dar certo. Você sozinha em São Paulo. Thelma, não podemos concordar com isso.

– Pai, eu sou adulta. Vou saber me virar.

– É que você não conhece São Paulo, minha filha.

– Eu acho que a Mari deve ir sim. Vai ser ótimo pra ela e pra mim – me apoiou Marisa, com suas segundas intenções bem claras e definidas.

– Filha, pense bem. Fique com a gente, procure um emprego e toque a sua vida por aqui mesmo.

– Pai, eu não quero viver uma vida morna e sem graça. Já que meu casamento não deu certo, eu quero um recomeço, entende? Vai ser bom pra mim.

– Qual o problema de recomeçar em Presidente Prudente?

– O problema não é a cidade, são as pessoas. Eu sempre serei lembrada como aquela que foi abandonada no altar. Não vou suportar isso a vida inteira.

– Que besteira, filha! Daqui a pouco o povo esquece essa história.

– O P.O.V.O.? E não estão até hoje falando do filho do Seu Ângelo, que foi flagrado aos beijos com um peão que veio participar do rodeio na festa do peão? Isso já tem mais de cinco anos.

– Que escândalo! – admirou-se mamãe em um tom preconceituoso.

– Tá vendo? É assim que estão falando de mim.

– Ah, Mari! É diferente.

– Não tem nada de diferente. Além do mais, lá em São Paulo eu vou ter mais oportunidades, tanto de emprego como de estudo. Sem falar que vai ser mais fácil esquecer o Edu longe daqui. Eu não sei como vou reagir no dia em que eu o encontrar namorando outra garota.

– Nossa, vai ser punk pra você dar de cara com Edu aos beijos com outra garota – instigou Marisa. – Se fosse comigo, eu não suportaria.

Ah, como se eu não soubesse que ela não estava nem aí para o que eu sentia ou deixava de sentir. Tudo o que ela queria era que eu sumisse de vez para ficar com o quarto e sem ninguém para encher seu saco.

– Muito bem, quer ir para São Paulo? – mamãe perguntou. – Então, você vai. Mas vai arrumar um emprego, pagar suas contas, juntar dinheiro para as emergências e se virar sozinha.

– Thelma, acho que a gente precisa conversar antes – alertou meu pai.
– Não vamos tomar decisões sem conversarmos.

– Não, Zé. Deixa a Mari achar que tudo é simples e fácil. Agora que eu estou pensando por esse lado, acho mesmo que vai ser melhor para ela passar por uns apertos desses.

– Também não é assim, né, mãe? Quanta gente vai para São Paulo e se dá bem? Eu também vou conseguir.

– Vai. Claro que vai. Você é inteligente, tem curso superior, tem saúde, força... Tenho certeza de que fome você não vai passar.

– Eu não concordo com isso, Thelma.

– Zé, está tudo sob controle. A Mariana é adulta e, se está decidida a ir morar em São Paulo já deve ter, inclusive, um lugar em vista para morar, certo, Mari?

– Hum. Mais ou menos. Vi uns apartamentos para alugar, mas ainda estou procurando – respondi sem me entregar. Eu sabia que minha mãe estava agindo assim para me pôr medo, para que eu desistisse.

Mas eu não iria desistir. Não tinha quem me fizesse desistir.

– Ótimo! E para quando você está planejando essa mudança para a capital?

– No final do ano ou início do próximo. Depende do quanto de dinheiro eu vou conseguir juntar até lá.

– Final deste ano ou do próximo?

– Deste ano, pai.

– Meu Deus! Daqui a seis meses.

Mamãe olhou de soslaio para meu pai e os dois saíram para o quarto para um particular e eu não deixei meu ânimo cair. Eu sabia que papai faria de tudo para impedir a minha ida a São Paulo.

– Duvido que eles vão deixar você ir. O que é uma pena. Já planejei toda a mudança do nosso quarto.

– Como assim, mudança?

– De decoração. Mudar tudo. Tô com umas ideias da hora – disse ela, ligando a televisão novamente.

Eu abri minha bolsa e peguei uma barra média de chocolate com castanhas, pensando no que ia fazer se eles barrassem meus planos. Voltei para o sofá e terminei de comer o chocolate em minutos.

Minha ansiedade só diminuiu quando eles voltaram para a sala:

– Você falou que está procurando emprego?

– Estou, mãe.

– Tem uma cliente lá do escritório que está precisando de uma vendedora para a loja dela. É uma loja de biquínis, eu acho. Você podia ir lá conversar, quem sabe dá certo. Quer que eu fale com ela?

Nossa! O que será que eles conversaram lá no quarto para que o rumo da conversa tivesse mudado tão rápido?

– Claro que eu me interesso. Quer dizer que vocês não se opõem à minha mudança para São Paulo?

– Nenhum pai ou mãe quer ficar longe de seus filhos, Mari. Mas, às vezes, os filhos precisam criar suas asas e voarem para onde acham que serão felizes.

Num pulo, corri até minha mãe e a abracei com força.

– Vai dar tudo certo! – exclamei, com um frio na barriga.

No dia seguinte eu fui conversar com a dona da loja de biquínis e consegui a vaga para trabalhar no período da tarde. Ficou combinado de eu começar na segunda-feira seguinte. Então, aproveitei os dias livres para continuar com as pesquisas sobre o estilo de vida em São Paulo: que bairro era melhor para morar, faculdades, sites de emprego, imobiliárias, valor de aluguel de apartamento, e, já que estava com o Google aberto, dei uma olhadinha em quando aconteciam as liquidações de estação nos principais shoppings.

Depois de muita pesquisa na internet e vários telefonemas interurbanos (minha mãe vai ter um filho quando chegar a conta do telefone) para imobiliárias, eu quase desisti do meu plano de ir embora.

Qualquer quarto e sala custava uma fortuna por mês! Era impossível pagar um aluguel tão caro sozinha.

Pensa, Mariana, pensa!

Contatos. Eu precisava de contatos.

Munida da minha lista de contatos e do meu caderno, passei a tarde inteira ligando para alguns colegas que já moraram em São Paulo e anotei algumas dicas. Marcelo, um carinha que fez cursinho comigo, disse que quando foi pra lá para fazer faculdade, dividiu apartamento com outro cara. E assim, as despesas caíram pela metade.

Óbvio!, pensei me sentindo a caipira que nunca saiu da cidade e não sabia de como as coisas funcionavam no resto do mundo.

– Obrigada pelas dicas, Marcelo. Você me ajudou muito – agradeci com sinceridade e desliguei o telefone, anotando os nomes das universidades que Marcelo sugeriu para colocar aviso de "Procura-se colega de quarto".

Em seguida, fiz uma parada para tomar uma água e deixei meus pensamentos voarem.

Vai dar tudo certo. Eu sei que vai.

De repente, um frio correu pela minha espinha. E se eu não conseguisse alguém para dividir apartamento? E se eu não arrumasse emprego?

Ai, se ao menos Lívia, Clarice ou Viviane se animassem em morar comigo. Ou se, pelo menos, elas estivessem aqui agora, me ajudando com tudo.

Sentia falta delas. Dos nossos momentos mulherzinha no salão para fazer as unhas, das nossas saídas e bate-papos, de ir à casa de uma delas e passar a tarde na piscina bebendo *prosseco* e tomando sol.

Chequei meu celular para ver se uma delas havia ligado ou mandado mensagem no tempo em que fiquei no telefone fixo, ligando para as imobiliárias, mas não tinha nada de novo na tela.

Ainda estava perdida com meus pensamentos nas meninas quando o telefone de casa tocou. Corri para atender pensando que poderia ser uma delas. Afinal, telepatia existia!

– Alô?

– Mariana?

Congelei diante da voz. Automaticamente, ajeitei meu cabelo com a mão livre. Controlei a respiração para não gritar de felicidade.

– Mariana? Está me ouvindo bem?

Era a voz grave e doce que me fez companhia por tantos anos. A voz que eu amava ouvir. A voz gentil e melodiosa do meu Dudo reverberando em meus ouvidos.

Limpei a garganta e, por fim, respondi:

– Oi, Edu, tudo bem? – disfarcei uma voz indiferente, mostrando assim que eu não estava nem aí para ele.

Ainda bem que ele não podia ouvir meu coração, que estava dando saltos mortais no meu peito. O que será que ele queria? Será que ele ligou para... Ok. Calma!

– Tudo certo e com você?

– Tudo. Tudo bem sim. Estou ótima! – menti, empolgada demais para quem levou um fora no dia do casamento.

Calma, Mariana. Respira. Expira.

– Você sumiu. Te liguei várias vezes, mas seu celular vive desligado.

– Ah! É que troquei de número.

– E por que você trocou de número? Aconteceu alguma coisa com seu número antigo?

– Foi clonado.

– É mesmo? Que coisa chata. Podia ter me avisado, conheço pessoas que trabalham na sua operadora que te ajudariam a resolver esse problema.

– Obrigado, mas eu já resolvi.

– Certo. – Por um momento esqueci que não tínhamos mais nada. Por um momento, achei que estava tudo bem de novo e que eu poderia resolver problemas para ele, como sempre fiz nos últimos anos.

– Eu estou ligando para contar que vendi o apartamento e...

– Vendeu? Por que você vendeu?

– É. Apareceu uma excelente oportunidade e resolvi vender. Como não pretendo sair da casa dos meus pais, por enquanto, então eu vendi.

Minha decepção foi tão grande que eu fiquei sem saber o que dizer. Ele vendeu o apartamento e estava tocando a vida dele sem mim, sem se importar comigo.

– Mariana?

– Oi – respondi num fio de voz. Na verdade, estava com vontade de chorar. Engoli o nó que estava na garganta querendo a todo custo sair.

Como ele teve coragem de fazer isso com o *nosso* apartamento?

– Bom, e estou ligando também para recompensar seu belo trabalho no apartamento. Você foi muito feliz na escolha das cores, dos móveis e na decoração de um modo geral. O resultado ficou mesmo incrível.

– Ah! Não foi nada de mais.

– É sério. Todo mundo que foi lá elogiou seu bom gosto. E eu também concordo com eles.

Eu enrubesci.

– Obrigada.

Como será que ele vai me recompensar? Me convidando para jantar ou para ir ao cinema? Se eu fosse ele, me convidaria para ir ao cinema, como foi no nosso primeiro encontro. Tão a nossa cara.

– A nova proprietária adorou suas propostas de decoração. Disse que não vai mexer em nada do que você fez. Ela fez questão de comprar até os objetos decorativos, inclusive a roupa de cama que estava lá. Eu disse que por mim, não teria problema. Então, ela comprou.

– Ah! Nova proprietária? Entendo – resmunguei, lembrando-me dos dias em que comprei os lençóis e as colchas para nossa cama. Tudo era tão lindo e nem chegamos a usar.

– Como fiz um bom negócio, acho justo que você fique com cinco por cento do valor da venda...

– Não entendi – interrompi, saindo dos meus devaneios e voltando para a realidade.

– Cinco por cento do valor da venda. Acho que é um valor justo pelo trabalho que você teve. Ou você acha pouco? Podemos conversar de outro valor, se for o caso.

Ele ligou para me oferecer dinheiro? Ele não ligou para me convidar para um cinema, nem dar uma segunda chance ao nosso relacionamento?

– Você vendeu o apartamento sem nem me consultar? Como pôde?

– Mari, o apartamento, na verdade, era do meu pai. Eu vendi e devolvi o dinheiro pra ele. E achei que você merecia ser recompensada pelo seu trabalho. Outra decoradora não faria melhor.

Decoradora? Ele me chamou de decoradora? Eu decorei aquela porra de apartamento pra eu morar com ele. Não foi para ele me dar o pé na bunda e vender para outra pessoa.

Ah! Mas agora ele ia ouvir umas boas!

– Eduardo, eu acho que você nunca, nesse tempo todo de relacionamento, me conheceu direito. Eu trabalhei com amor, com paixão, vivenciando cada momento que iríamos viver juntos naquele apartamento. Será que você não entende? E agora quer me dar dinheiro por um trabalho que eu fiz por nós? – Estava tremendo de raiva. – E você esperava o quê? Que eu adorasse a ideia? Desse gargalhadas e agradecesse por tanta gentileza?

– Eu acho justo com você, Mariana.

Ah, como detestei ouvir Eduardo me chamando de Mariana. Minha raiva só aumentou.

– E eu acho que você deveria me respeitar. Respeitar meu orgulho, minha dignidade. O que você pensa que eu sou? Uma bituca de cigarro, para pisar em cima e ainda torcer o pé?

– Mariana...

– Eu estou falando e você vai me ouvir! – trovejei sem deixar que ele me interrompesse. – Já não bastava o que você fez comigo, hein, Edu? Não foi o suficiente para você? Pelo jeito, não. Precisava me humilhar mais, não é? Aposto que você estava aí, na sua casa sem fazer nada e pensou: "Acho que vou sacanear a Mariana e rir um pouco. Afinal, faz quase dois meses que não dou um fora nela e já passou da hora de dar o segundo".

– Desculpe. Acho que você entendeu tudo errado. Estou fazendo isso numa boa e em momento algum eu pensei em te magoar. Eu nunca faria algo para te humilhar, você me conhece.

– Nunca fez nada para me humilhar? E terminar comigo no dia do nosso casamento foi o quê?

– Mari, uma coisa não tem nada a ver com a outra. Eu realmente sinto muito por como as coisas aconteceram, mas não liguei para falar disso. Liguei para te falar do apartamento e saber se posso depositar o dinheiro na sua conta.

– Eu não quero porcaria de dinheiro nenhum.

– Tudo bem. É um direito seu não aceitar – concluiu ele, extremamente calmo.

Estava tão alucinada de raiva que, quando percebi, estava chorando.

– Eu aqui, iludida que você iria me chamar pra sair...

– E por que você achou isso? – Suas palavras frias me chocaram a ponto que eu quase desliguei o telefone na cara dele.

– Porque eu sou idiota, Edu. – *E porque ainda gosto de você*, pensei secando as lágrimas com a palma da mão. – Por isso! Você já disse tudo o que queria?

Fez-se um breve silêncio.

Senti um ódio brutal de mim mesma por ter sido tão ingênua, por não ter dado uma resposta que o magoasse tanto quanto ele me magoou e por estar em pé com o telefone colado no ouvido, desejando que ele me pedisse desculpas e me salvasse dessa dor lancinante que cortava meu coração em vários pedaços.

– Sim, eu já disse.

– Muito bem. Então, eu não tenho mais nada para te dizer.

– Boa sorte, Mariana.

Não respondi. Bati o telefone na cara dele.

– AAAAAAAHHHH! – gritei de dor e de raiva.

Treze

A noite vai ser boa
De tudo vai rolar.
"Noite do prazer", Claudio Zoli

O inverno terminou e deixou a primavera cumprir seu papel. A temperatura subiu e o calor foi chegando aos poucos, nos dando um aperitivo de como seria o verão.

Apesar das mudanças externas, nada mudou dentro de mim. Achei que com o passar dos dias o mix de coisas que eu sentia por Edu, a raiva toda, o amor, a mágoa, a saudade, iria se acalmando como todos diziam que aconteceria, mas não foi bem assim que meu coração decidiu sentir. Todas as noites eu sofria igual a uma besta por Edu. Chorava de saudade até pegar no sono e ter pesadelos horríveis com ele e a fulana aos beijos.

Lívia, Vivi e Clarice, no entanto, continuavam misteriosamente sumidas e ignorando meus contatos. Sabia que estavam na cidade porque soube através de outras pessoas, mas ainda não entendia o porquê dessa ausência.

Por outro lado, tudo estava acontecendo dentro do meu planejado. Além do emprego de vendedora na loja de biquínis, também consegui um emprego de meio período como recepcionista em um consultório odontológico. Nada glamoroso, divertido ou que me pagasse bem. Mas era isso ou não ter dinheiro para ir embora no início do próximo ano.

Meu único medo era que uma das minhas amigas, ou as três de uma vez só – já que elas viviam juntas – descobrissem que eu estava trabalhando como vendedora em uma pequena loja de biquínis do shopping. Morria de medo, pra falar a verdade, disso acontecer.

Certo dia, quase que fui flagrada por uma amiga de Clarice que estava a passeio em Prudente e resolveu ir fazer compras na loja. Quando a vi xeretando a arara de biquínis, imediatamente passei a fingir ser uma cliente que estava olhando as novidades, em vez de ser a vendedora e tratei de mandá-la para outra loja dizendo que os biquínis dali eram tão cafonas que não mereciam nem um minuto de nossa atenção.

– E daí, se elas descobrirem que você está trabalhando? Qual o problema em trabalhar aqui? – me perguntou Clara, uma vendedora que também trabalhava na loja, depois que eu expliquei mais ou menos a situação.

Era complicado de ela entender que eu precisava fazer aquele papel ridículo para não perder a amizade das minhas amigas para sempre, caso descobrissem minha real situação financeira.

– E por onde andam essas suas amigas que nem te ligaram para saber se você está bem depois de tudo o que aconteceu?

– Elas devem estar respeitando meu tempo. É que você não as conhece, não sabe como elas são.

– Sei não. Esse tipo de atitude me diz que elas são tudo, menos suas amigas.

Ignorei completamente os comentários moralistas e segui trabalhando em estado de alerta total.

Apesar de Clara ser o oposto de mim – enquanto ela ficava empolgada com livros, eu ficava empolgada com sapatos e bolsas –, eu gostei dela. E com o passar dos dias, uma amizade entre nós foi nascendo e nos tornamos cada vez mais íntimas.

O engraçado era que eu não precisava pensar em como me comportar quando estava conversando com ela, nem ficar me policiando para não dizer nada que fosse me entregar de alguma forma. Eu me sentia muito à vontade e, após algumas semanas de loja, acertamos nossos horários para ir e voltar juntas do trabalho, pois ela morava no mesmo bairro que eu.

Para ela, e só para ela, contei como foi minha tragédia em detalhes.

Pensei que ela iria chorar baldes de lágrimas, e estava até preparada para consolá-la, dizendo que eu era forte e que estava bem, apesar dos pesares. No entanto, Clara usou de toda sua falta de delicadeza e seu moralismo excessivo dizendo algo parecido com "toda tragédia tem seu lado bom e, portanto, temos que tirar uma lição e levar conosco para o resto da vida".

Fitei seus olhos frios e duros e pensei que, provavelmente, ela tinha sido um carrasco em outra encarnação. Só podia ser isso.

– Por que eu tenho que aprender com essa lição? – perguntei, com os olhos chispando de raiva. – Aliás, o que eu fiz de tão grave para merecer uma lição?

– Acho que você ainda não entendeu, mas vai entender e, a partir de então, vai ser fácil aceitar e até mesmo perdoar o Edu – completou, como se fosse um monge budista cheia de sabedoria.

– Não, eu realmente não entendo por que Edu me trocou por outra garota e nem por que ele esperou até o último momento para terminar comigo, me humilhando diante de toda minha família e amigos.

– Vai ver que ele também estava sofrendo, em dúvida, confuso...

– Não, ele sabia muito bem o que estava fazendo.

– Tá bom, Mariana, a gente volta a falar sobre isso em outro dia. Você ainda não está pronta para falar sobre esse assunto, e ficar aqui tentando te mostrar algo que você se recusa a enxergar não vai nos levar a nada – falou, com uma voz tão doce que me irritou. – Agora o que acha de irmos à reinauguração da Zeppelin? – perguntou, mudando totalmente o assunto. – Vamos? Eu estou doida para ir. Está o maior bochicho na cidade.

– Ih! Estou fora de festas. Vamos alugar um filme e fazer pipoca? – sugeri, me esquivando.

– Poxa, a cidade inteira vai estar lá!

– Sim. E esse é o problema.

– Tenho certeza de que aquele carinha que eu estou paquerando há meses vai. Por favor? Vai ser legal, vamos dançar e nos divertir à beça.

– Nem pensar.

– Ué, e o que aconteceu com seu plano de seguir em frente, de tocar a vida?

– Não aconteceu nada. Ele está sendo cumprido. Estou trabalhando e juntando dinheiro para ir embora.

– Quer dizer que você só vai sair para se divertir quando estiver morando em São Paulo? Que não está nem um pouco curiosa para saber como será a nova Zeppelin?

– Claro que estou! Mas e se Edu estiver lá com a fulana?

– E daí?

– Como e daí? – retruquei angustiada só de pensar nessa possibilidade.

– Você não está doida para saber como ela é? – ela me provocou, acertando meu calcanhar de Aquiles em cheio.

– Tá bom. Mas com uma condição.

– Sabia. Manda.

– Nós vamos, ok? Só que vamos ficar uma meia hora no máximo e depois vamos embora. Quero fazer igual às celebridades que vão às festas, posam para os fotógrafos, tomam uma taça de champanhe e depois desaparecem sem ninguém perceber. Eu acho essa aparição relâmpago chiquérrima.

– E quem é a celebridade aqui, posso saber?

– Não estou falando que sou uma celebridade. Estou falando para agirmos como se fôssemos. Entendeu ou quer que eu desenhe?

– Mariana, em que mundo você vive?

– Qual é? Por que a gente não pode dar uma de louca de vez em quando? Quanta seriedade, fala sério!

– Não, nada de bancar celebridade. Quero ir e me divertir. Vamos, por favor?

De tanto ela insistir, eu aceitei o convite para voltar à noite Prudentina. Quer dizer, não foi tão difícil assim me convencer a sair, mas eu estava em uma fase anormal, insegura por conta de tudo e com o cartão de crédito com o limite tão baixo que seria impossível comprar algo decente para a reinauguração da Zeppelin.

Ahmeudeus! Estava com um problema.

Todo mundo devia estar se preparando para essa noite especial, comprando roupas novas reservando horário no salão e eu na dureza, sem poder usar o cartão de crédito, e sem coragem de pedir dinheiro para os meus pais.

Como podia ser tão pouco chique?

O que eu vou fazer?

Pensa, Mariana, pensa!

Então, tive uma ideia brilhante. Separei algumas roupas, bolsas e sapatos que eu já não dava muita bola e pedi para a minha tia Albertina vender entre suas amigas. Claro que ela pediu comissão e não vendeu pelo preço que era justo, mas era isso ou nada. Com o dinheiro, consegui comprar um vestido espetacular no brechó virtual, do qual eu sou cliente assídua.

No sábado, mamãe, milagrosamente, desligou a televisão por uma meia hora para fazer uma escova no meu cabelo, já que ir ao salão estava fora de cogitação. Pintei as unhas da melhor maneira que pude e quando terminei a maquiagem, me olhei no espelho, analisando o vestido que me caiu superbem, eu pensei: *Olha só, Eduardo, o que você perdeu!*

Como sempre acontecia quando pensava em Edu, fiquei paralisada de medo.

E se ele estiver lá? E se ele estiver com a fulana?

Respirei fundo tentando me acalmar. Certo. Eu já vinha pensando e repensando em todas essas possibilidades e em como me comportaria, caso essa situação realmente acontecesse.

Não seja covarde, Mariana! Encare essa de cabeça erguida, ouvi a voz da minha consciência.

Analisei novamente meu look. As sandálias de couro de cobra com tornozeleiras finas deixaram minhas pernas esguias e eu me senti como se fosse uma modelo com cachê de quinhentos mil reais. Só que sem os quinhentos mil reais. Ah, pobre não tinha sorte mesmo!

Automaticamente pensei em Lívia, Viviane e Clarice. Elas deviam estar se arrumando nesse momento, assim como eu. Mal podia esperar pela hora em que nos encontraríamos e elas viriam correndo com suas sandálias fabulosas e nos abraçaríamos com alegria, analisando nossos looks e fazendo as triviais perguntas de sempre: "Uau, que vestido maravilhoso! Onde você comprou?", "Essa bolsa é personalizada? Quanto pagou?".

Ok. Quanto pagou era uma pergunta completamente irrelevante, Mariana. Nenhuma delas se interessava por preços.

Nossa, dois meses longe delas e eu já estava perdendo o jeito?!

Neste momento, a campainha tocou e me encolhi. Chegou a hora da verdade. De dar a cara à sociedade. Clara chegou para me buscar e eu já não tinha tanta certeza se queria mesmo ir.

– Filha, sua amiga chegou – minha mãe avisou, entrando no quarto. – Nossa, que linda!

Olhei para minha mãe e ela percebeu que eu não estava bem.

– Que foi?

– Eu não quero ir.

– Ah, para de besteira! Vou atender a porta – rebateu, sem dar a mínima para minha insegurança.

Segundos depois, Clara entrou no quarto.

– Oi. E aí, está pronta?

– Eu não vou. Está decidido.

Clara bufou sem paciência.

– Para com isso! Vamos logo porque o Gustavo, um amigo meu que vai nos levar, está nos esperando lá embaixo.

– Não vou. Não tem quem me tire daqui – murmurei, sentando-me na cama.

– Mariana, deixa de ser *drama queen*. Vamos nos divertir sem se preocupar com quem vai ou não estar lá.

– Não consigo.

– Você roubou, matou ou traficou drogas na porta de colégio? Foi você quem atirou no John Lennon por acaso?

Fiz que não com a cabeça.

– Então vamos embora que ninguém vai te linchar em praça pública. Lá na festa você toma algo que te deixe mais solta e corajosa. Agora vamos que o Gustavo está esperando lá no carro. É falta de educação deixar alguém esperando.

– Tá bom.

A nova Zeppelin estava bombando quando chegamos. Estacionamento lotado, fila na porta para entrar, gente bem-vestida, gente que eu conhecia de vários lugares... Uma loucura!

Depois de um chá de espera, conseguimos entrar e ficamos alguns minutos admirando a decoração futurista com lâmpadas halógenas, plantas exóticas e cadeiras de metal. Uma mistura maluca, mas que, ao mesmo tempo, conferia um ar chique e sofisticado ao ambiente. Nada parecido com a antiga Zeppelin de paredes pintadas de preto e alguns letreiros em *néon*, onde eu praticamente passei a minha adolescência dançando as músicas da Madonna e da Cindy Lauper. Além da pista, tinha um bar muito gostoso no mezanino e um jardim de inverno com um sushi bar.

Gustavo tratou de comprar bebidas e depois de algumas taças, eu já estava me sentindo alegre e livre de minhas neuras. O medo de encontrar Edu também deu um jeito de desaparecer e, involuntariamente, eu o procurava com os olhos em todos os cantos.

Gente, do que eu tinha tanto medo, afinal?

– Vamos dançar? Adoro essa música! Vamos pra pista? – sugeri para Clara e Gustavo, toda animada com a balada dançante da Jennifer Lopez.

– Vai com calma com esse Lambrusco, gata – aconselhou Gustavo, tentando tirar a bebida da minha mão.

– Estou bem – garanti, defendendo minha taça preciosa. – Não se preocupe, sei a hora de parar. Agora vamos dançar antes que essa música acabe.

Realmente eu estava me sentindo ótima, leve, como havia muito não me sentia. Fechei os olhos e me deixei levar pelo som da música. Fiquei dançando de olhos fechados, sentindo as bolinhas do Lambrusco fazendo cócegas na minha garganta quando eu bebia de um gole só. A sensação era ótima. E não parei de dançar e beber para não perder o que estava sentindo. Gustavo estava ao meu lado o tempo todo. Clara estava à procura do carinha de quem ela estava a fim, mas que até agora não tinha aparecido. As luzes e a música faziam minha cabeça girar. Era bom. Parecia que estava num mundo à parte. Eu fechei os olhos e dancei liberando a energia acumulada nesses meses que passei trancada em casa.

Quando o garçom passava perto, eu pegava outra tacinha para que a sensação de liberdade não tivesse fim. A noite estava mesmo perfeita!

Catorze

*Mas a realidade que vem depois
não é bem aquela que planejei.*
"Eu quero sempre mais", Ira!

Minha cabeça doía muito, tanto que parecia que uma fanfarra estava tocando bem no meio do meu lobo frontal. Tentei abrir os olhos, mas não consegui. Parecia que eles estavam colados e se recusavam a obedecer ao comando do meu cérebro. Fiz um leve movimento com a cabeça e... Ai, ai! Como doía!

O que aconteceu?, me perguntei. Será que dormi no banheiro da Zeppelin, caí e bati com a cabeça na porta? Uma vaga lembrança de estar dançando toda feliz invadiu minha mente. Depois, surgiu outra lembrança, em forma de *flash*, onde eu estava no mezanino tentando me aproximar da Clarice. O olhar de desprezo dela me gelou por inteira. Precisava saber onde estava. Precisava abrir meus olhos e voltar à pista, para junto da Clara e do Gustavo.

Com esforço, consegui abrir os olhos e fitei o teto. A familiar lâmpada incandescente de 60 watts pendurada pelo fio no teto do meu quarto me assustou. O que eu estou fazendo aqui? Quem me trouxe para casa? A balada já acabou? Como assim, se ainda há pouco eu estava no banheiro conversando com algumas meninas do meu bairro que eu não via fazia séculos? Olhei para minha mesa de cabeceira e meu rádio-relógio mostrava que já passava das 10 horas da manhã.

Meu Deus!, pensei pressentindo que algo bom não havia acontecido. Por onde andava minha memória? Tornei a fechar os olhos em busca de outras lembranças, mas nada além do olhar gelado da Clarice me veio à mente. Tombei a cabeça para o lado e, então, vi Clara dormindo na cama da Marisa. Ué! Não tínhamos combinado de dormir uma na casa da outra... Ou tínhamos? Já não me lembrava. Não me lembrava de como cheguei em casa, nem do que aconteceu na noite anterior...

Ai, meu Deus! De novo?

Por favor, Nossa Senhora das Mulheres com Amnésia Alcoólica, diz que a

Senhora me protegeu e não permitiu que eu cometesse nenhuma gafe, nenhum escândalo ou coisas de baixo nível. Dessa vez é sério, eu prometo que nunca mais vou beber nada em excesso. Nunca mais mesmo.

– Clara? Claaaara, acorda! – Eu já estava ao lado da cama sacudindo-a com os braços, ansiando por respostas. – Clara, por favor, acorde!

– Hã? Que é? – ela resmungou, com uma voz pastosa.

– O que aconteceu ontem? A que horas chegamos que não lembro? O que eu fiz de errado? Eu bebi muito, Clara? – Meu coração estava saltando pela boca, e a adrenalina estava a mil.

– Depois te conto. Me deixa dormir mais porque estou morta – pediu, com uma voz grogue de sono.

– Pelo amor de Deus, me conta tudo agora! Isso é uma ordem!

– Cara, você é muito chata, hein? – reclamou zangada. Mas depois ela abriu os olhos e sentou-se na cama, passou as mãos pelo rosto, como quem quer se livrar do sono pesado e disse:

– Você bebeu muito ontem à noite.

– Ah, não exagera! Bebi socialmente, não passei dos limites. Lembro que a festa estava boa, e nós dançamos bastante. Lembro também das minhas amigas que estavam lá.

– Você perdeu completamente o controle. Nunca tinha visto nada igual – ela contou seriamente, para meu total desespero.

Olhei para o rosto sonolento da minha amiga, pressentindo que eu tinha me dado muito mal. Resumindo o que a Clara contou: bebi demais, demais, demais. E fiz escândalos em altas doses de exagero. Pense em uma pessoa que quase nunca bebeu e que, em um dia, resolveu chutar o balde. Fiz isso ontem. Pior, dei um show gratuito de falta de classe e amor próprio.

Clara contou que falei com quem eu não conhecia, que xinguei minhas amigas quando passavam por mim e fingiam que não me conheciam, que ri alto feito uma escandalosa sem noção, que dancei igual uma louca. E o pior de tudo: briguei, insultei, disse tudo o que estava engasgado nesses últimos meses de sofrimento, bati nele com minha carteira, mas não foi no Edu, foi no Gustavo, achando que ele fosse o Edu.

Ai, que vergonha!

E o pior é que ele não reagiu. Clara falou que ele aceitou tudo o que eu disse e fiz com ele. Que ele apenas consentiu com a cabeça, como se estivesse concordando com todas as besteiras e palavrões que eu estava dizendo. Até a taça de Lambrusco que joguei na cara dele ele aceitou, sem protestar.

– Eu joguei uma taça de bebida na cara do seu amigo?

– Jogou.

– Ai! – gemi, morta de vergonha.

– Mas isso tudo foi aqui na frente de casa, quando nós voltamos, não foi? – perguntei, me agarrando em um fio de esperança.

– Não, Mari. Foi dentro da Zeppelin mesmo.

– E alguém viu? – insisti, rezando para que ela dissesse: "Não, ninguém notou. Para sorte sua, foi num cantinho escuro da balada".

– A balada praticamente parou para ver seu barraco com o Gus.

– Por que você não me agarrou pelos braços e me tirou de lá?

– Eu tentei, mas você estava incontrolável. Eu quis te levar para fora, pedi para irmos embora, mas você me ignorou. Desculpe – lamentou-se. – Tentei tudo o que podia para te tirar de lá, mas não consegui. Só fomos embora quando você decidiu que queria ir, quando o dia estava nascendo.

– Como isso foi acontecer? Por que eu bebi tanto? Meu Deus, que vergonha! Não ponho mais o pé para fora desta casa. Vou embora para São Paulo hoje mesmo.

– Desculpe, mas tem mais uma coisa que eu tenho que te contar... Edu estava lá e viu tudo.

Olhei para ela e emudeci. *Não! Isso não.*

– Ai! – sussurrei inconformada.

– Ele estava lá e viu cada cena que você fez. E ainda fez cara de desaprovação. Sabe aquela cara de quem olha com desprezo e fica balançando a cabeça negativamente? Foi assim que ele te olhou.

Tudo culpa minha. Se eu não tivesse ouvido os apelos de Clara para sair à noite, se eu tivesse mantido meu plano de juntar dinheiro para ir embora, se eu tivesse ouvido meus instintos, se eu não tivesse nascido...

– Aiiiii, quero morrer! – Enterrei a cabeça no travesseiro. – Ele estava sozinho?

– Não sei. Ele estava com um grupo de amigos e tinha mulheres também. Mas não vi se ele estava com alguma delas.

– E o que, exatamente, ele viu?

– Ah! Sei lá. Eu o vi em uma das tentativas de te levar para fora. Passamos bem perto deles e todos estavam parados, mudos, assistindo de camarote ao seu espetáculo particular.

– Como pude ser tão barraqueira? Como fui perder minha classe na frente de toda a cidade? – me lamentei, sentindo os olhos arderem com a chegada das lágrimas. – E minha imagem pessoal? Acabou! Anos cuidando da minha imagem para destruí-la em minutos? O P.O.V.O. nunca mais vai esquecer. Vou ser sempre lembrada por esse escândalo... Justo eu, que sempre fui tão cuidadosa e preocupada com minhas atitudes.

– Vai ficar tudo bem.

– Vai sim, só se for daqui a oito encarnações!

– Todo mundo faz isso na vida, Mari. Calma. Também não é pra tanto.

– Eu não sou todo mundo! – rebati indignada. – Eu não cometo gafes. Não dou escândalos. Não perco a classe. Fiz aulas de etiqueta com a madame Elizabeth Lacroix e a desapontei com esse... mico! Ela nunca vai me perdoar por isso.

– E daí que você fez aulas de etiqueta com essa fulana? O importante é seguir em frente.

– É minha imagem pessoal. Você não faz ideia! Já devem estar falando de mim nas redes sociais.

– Ei, mimadinha? Acorda pra vida, garota! – ordenou ela, rispidamente.

– Clara?! – exclamei assustada com suas palavras. – Do que você me chamou?

– Mariana, eu gosto de você. Você é gente boa, tem um bom coração e um bom caráter. Mas alguém precisa te dizer umas boas de vez em quando. Você é muito mimada, cara! Frívola no modo supremo! Você vive num mundo que não existe. Acorda pra vida antes que seu tombo seja alto demais.

O quê?

Pisquei duas vezes antes de responder.

– Tem certeza de que é comigo que você está falando? – perguntei, me afastando dela e voltando para minha cama. – Pensei que fosse minha amiga, que estivesse preocupada comigo depois de tudo o que aconteceu.

– E é exatamente por ser sua amiga e gostar de você que estou te falando essas verdades, para ver se você se toca. Você precisa cair na real e deixar de ser fútil. Cara, às vezes, você é insuportável!

– Eu não sou fútil – me defendi.

– Você é fútil sim. E essa é apenas a ponta do seu iceberg, Mariana. Você é tão frívola que julga os outros pela roupa que vestem, sem se preocupar se essas pessoas são decentes ou não. É uma mimada que não gosta de andar na terra para não sujar os sapatos. É tão fútil que, mesmo tendo um armário abarrotado de roupas, fica em pânico por não ter uma roupa nova para sair à noite. É tão superficial que não sabe falar de outra coisa a não ser de looks, celebridades e de outras futilidades do mesmo gênero. É tão egoísta que... – E por aí ela foi, listando defeitos a meu respeito. Eu estava pasma com sua crueldade e frieza.

Não vou escutar, repetia em pensamento. *Ela estava inventando esses absurdos. Não vou escutar nada disso.* Porém, apesar dos meus esforços, algumas frases de seu discurso moralista chegavam até meus ouvidos:

– ...Babando ovo para aquelas patricinhas metidas... Só pensa no que as pessoas vão falar... Tem vergonha do seu trabalho...

Quando finalmente acabou, ela disse:

– Desculpe ser tão cruel, mas alguém precisava abrir seus olhos. É para o seu bem. Você é uma garota legal, cheia de ideias, é divertida, alto astral, mas algo em você está muito errado.

– Ah! Agora melhorou – ironizei. – Se é para o meu bem, imagine o que você diria para me deixar mal? Caraca! Estou chocada!

– Mariana, não é porque todo mundo passa a mão na sua cabeça que eu também vou passar. Eu falo o que penso e você sabe disso. Desde que nos conhecemos que falo o que eu penso, não é?

– Eu... Nossa, estou tão passada! Cara, você tem ideia das coisas que você me disse logo após me contar que eu dei um vexame em público? Pensei que fosse minha amiga. Quer saber, vou pra sala ver televisão.

– Certo, pode ir. Mas não tenho pena de você, viu? Pode ir lá e sentir autopiedade até cansar. Vou continuar dormindo e muito bem, com minha consciência tranquila por ter feito aquilo que julgo ser o certo.

Antes de eu abrir a boca e dar voz aos meus pensamentos de mandá-la à merda, saí do quarto e bati a porta com força. Estava irritadíssima com Clara. Irada. Revoltada. Puta da vida. Poxa! Quem era ela para falar essas coisas de mim? O que ela sabia sobre classe, imagem pessoal e altas rodas da sociedade?

Atirei-me no sofá, bufando.

– Bom dia, filha – cumprimentou mamãe, vindo da cozinha. – Estou tomando café, você me acompanha?

Argh! Só de pensar em comida, meu estômago se revirou de tão enjoada que estava.

– Oi, mãe. Aceito um café bem forte. Estou precisando.

– Vem aqui, está tudo na mesa.

Arrastei-me até a cozinha e enchi uma caneca de café preto. Esperei que isso me fizesse sentir melhor.

– Tudo bem, filha? Você está com uma cara horrível.

– É, vou ficar bem. Eu acho.

– Aconteceu alguma coisa? A festa! – exclamou, lembrando-se de que saí ontem à noite. – Como foi a festa?

– Não foi uma festa. Foi a reinauguração de uma balada.

– Ah! Então, como foi? Pelo jeito não foi bom para você.

– Não foi nada bom – contei, tomando um gole do café e com os pensamentos na conversa que tive com Clara.

Será que ela estava falando sério? Nunca ninguém falou comigo assim. Será que eu sou da maneira que ela descreveu?

Não!

– Edu estava lá. Acertei? – perguntou mamãe, me tirando dos meus pensamentos.

– Estava.

– Vocês conversaram?

– Não.

– Ele estava com a outra moça?

– Não. Acho que não. Na verdade, eu não sei.

– Então, o que aconteceu para você estar assim com essa cara?

Estava envergonhada demais para contar pra minha mãe que tomei um porre federal e dei o maior vexame da história de Prudente. Mas, no momento, não era exatamente isso que me incomodava.

– Mãe, você acha que eu sou fresca ou mimada? Fale a verdade.

– Fresca ou mimada... Mas em que sentido?

– Sei lá. Mimada a ponto de me preocupar com coisas fúteis. Acho que é nesse sentido.

– Filha, acho que você gasta seu tempo se preocupando demais com coisas, que para mim são fúteis, sim. Você dá muita importância para o que as pessoas vão pensar se repetir uma roupa, por exemplo. Acho que isso não tem nada a ver. Mas você prioriza muito.

– Eu acho que é importante. Mas daí a ser fresca por causa disso é outra história.

– Conte-me o que aconteceu. Não consigo te ajudar se você não contar o que está te angustiando.

– A Clara está dormindo aqui. – Tomei um longo gole de café. – E tivemos uma discussão sobre meu comportamento. Ela me chamou de "fresca e mimada". No dia do nosso casamento, o Edu também me disse isso, mas naquele dia eu estava com tanta raiva que não perguntei por que ele estava me chamando de fútil.

– Eu me lembro.

– Então, a Clara me disse isso hoje e enumerou um monte de outras coisas. Não sei por que, mas me incomodou muito e, ao mesmo tempo, não estou com raiva dela. Porém, estou intrigada. Por que ela falou essas coisas pra mim?

– Bem, vejo que essa moça é sincera. E se nunca ninguém falou com você desse modo antes é porque não teve coragem de fazê-lo. Amigos de verdade também falam coisas que nos machucam e fazem pensar. Converse mais com ela. Descubra por que ela tem essa opinião a seu respeito.

– Você acha que eu sou isso?

– Você é uma boa garota, mas acho que você mudou um pouco depois que ficou amiga das filhas dos fazendeiros.

Hum. As meninas. Lembro muito bem delas ontem à noite me olhando com desprezo.

– Converse mais com a Clara – exortou mamãe.

— É, vou fazer isso assim que ela acordar. Agora preciso de uma aspirina. Minha cabeça está explodindo.

Era mais que meio-dia quando voltei para o quarto. Encontrei Clara deitada, folheando uma revista. Resolvi puxar assunto, mas só porque estava mais calma.
— Já acordou?
— Não consegui dormir — respondeu se sentando na cama. — Mari, olha só, quero te pedir desculpa. Você deve estar chateada comigo e com razão. Não foi um bom momento para falar aquelas coisas para você e eu acho que exagerei. Desculpe mesmo.
— Não estou chateada com você, Clara. Mas gostaria de saber por que você pensa... — Não tive coragem de pronunciar aquelas palavras. — Aquelas *coisas* de mim?
— Não precisamos falar disso. Não é um bom momento.
— Eu preciso.
Clara me encarou séria.
— É sério.
— Não quer falar sobre o que aconteceu ontem à noite?
— Não. Pelo contrário, quero esquecer a noite de ontem e nunca mais me lembrar dela na minha vida.
— Ok. Você é quem sabe. Só que não vai te fazer bem reprimir essa culpa ou vergonha que você está sentindo. Tem que colocar para fora. Se livrar dela de alguma forma vai fazer com que você se sinta melhor. E a melhor forma que eu conheço é conversando.
— Certo. Às vezes acho que você é uma psicóloga frustrada.
— E sou mesmo. — Ela abriu um sorriso tímido. — Tive que trancar meu curso de Psicologia no último ano porque não tinha mais grana para pagar a faculdade.
— Sério?
— Sério. Um dia eu termino e realizo meu sonho de ser uma psicóloga.
— Não sabia. Você nunca comentou.
— Não está totalmente perdido. Como disse, um dia eu termino. Mas, voltando ao assunto, acho que você deveria pensar no que te falei.
— Estou pensando.
E estava mesmo. Pela primeira vez aquela história de fresca-dondoca-fútil me incomodou de verdade. Sempre achei que falavam de mim por inveja, por ciúmes — por eu estar às voltas com a nata de Presidente Prudente. Clara

não sentia inveja de mim. Ela era minha amiga. Se ela falou mesmo "aquelas coisas" era por que ela achava que eu era mesmo "aquilo".

– Meu Deus! Será que Eduardo estava falando sério quando me chamou de egoísta?

– Teríamos que conversar mais sobre o relacionamento de vocês para te dizer se você foi egoísta com ele ou não.

– Hum... E por que você me chamou "daquilo"?

– Daquilo?

– Você sabe.

– Você está com vergonha de dizer, é isso?

– De certa forma, sim.

– Tudo bem. Respondendo a sua pergunta: porque aconteceu uma coisa bastante normal ontem à noite, que foi uma garota, que levou um fora do noivo, tomar um porre e sair um pouco da linha. Todo mundo faz isso na vida um dia. Ou você acha que eu nunca tomei um porre e dei escândalo também?

– Não te imagino tomando um porre e dando escândalos.

– Pois é, mas já fiz. E quer saber, foi ótimo. Fiz uma limpeza interior. Coloquei um bando de coisas para fora que estavam me angustiando. E a ressaca do dia seguinte foi tão ruim que serviu para me mostrar que beber até cair não estava com nada. Não era a minha praia.

– Não é legal mesmo.

– E você deveria olhar por esse lado. Extrair o positivo e eliminar o negativo. Mas não, está aí preocupada com o que os outros vão pensar e com a sua imagem pessoal. – Ela fez o sinal de aspas com os dedos. – E se você observar um pouco sua vida, tudo o que você faz está associado ao que as pessoas vão pensar de você. Isso é tão absurdo para mim que não consigo entender quem o faz.

– Mas a gente precisa se preocupar com a nossa imagem pessoal.

– Imagem pessoal é uma coisa. Viver a vida se preocupando com o que os outros vão pensar é outra.

Será que ninguém entende?, pensei angustiada.

– Mariana, desde nossa primeira conversa na loja eu percebi que você vive numa espécie de realidade paralela. Nunca te falei nada antes porque a vida é sua e eu nunca fui chamada a dar palpite.

– Eu não vivo em uma realidade paralela. Eu apenas vivo a minha vida.

– E qual é a sua vida? Ser como uma das suas "amigas"? Pensa nos seus valores, porque aí você vai entender o que eu estou falando.

– Eu tenho valores, óbvio que os tenho!

– Sim. Seus valores são: roupas de grife, sapatos caríssimos, óculos não-sei-de-que-marca, quem saiu na coluna social do jornal... Isso é futilidade, e não são valores.

– O que há de errado em gostar dessas coisas? – retruquei, na defensiva.

– Nada. O problema é que você vive por e para essas coisas. Vive ostentando que tem a grife do fulano-de-tal, a bolsa-não-sei-o-quê. Vive para pagar parcelas de um sapato que custa muito mais do que você ganha por um mês inteiro de trabalho, vive com medo da fatura do cartão chegar e não ter dinheiro para pagar, mas, por outro lado, segue torrando dinheiro como se não houvesse amanhã. Isso sem falar que esconde dos seus "amigos" a sua origem, onde mora, quem são seus pais... Seu conjunto de valores está distorcido, minha amiga.

– Você está sendo injusta comigo. Eu prezo minha família.

– Preza? Até onde você me contou, você nunca convidou suas "amigas" para virem à sua casa, sempre deu uma desculpa para não recebê-las por vergonha da casa dos seus pais – rebateu com certa indignação estampada no olhar. – Caraca, Mari, você escondeu delas quem são seus pais, o que eles fazem, o bairro onde você mora! Pense no que você está dizendo. Isso aí não tem nada a ver com valores.

Engoli em seco antes de responder:

– E você acha que minhas amigas falariam o quê, se vissem onde eu moro? Não é vergonha, é uma questão de ter senso do ridículo. Estou me defendendo para não perder a amizade delas.

– Que amigas, Mariana? Aquelas que te ignoraram ontem à noite? Ah, pelo amor de Deus!

– Eu ainda não estou acreditando no que elas fizeram comigo. Deve haver algum engano, alguém deve ter plantado uma fofoca...

Me fechei em indignação, querendo me agarrar a qualquer fiapo de equívoco que pudesse explicar a frieza nos olhos de Clarice na noite de ontem.

– Eu sei porque elas te ignoraram.

– Então, me diga.

– Elas são tão interesseiras quanto você.

– Eu não sou interesseira!

– Ah, não? E se tornou amiga delas por quê?

Do nada minha consciência me alertou: *Você era interesseira, sim!*

– Porque são divertidas, legais...

– Elas podem ser tudo isso, mas me diga quando que uma patricinha como elas teria te dado bola se você não estivesse namorando com o Edu? Essas garotas não se misturam com pessoas como a gente, Mari. Elas só te aceitaram porque Edu era seu namorado. Depois que ele terminou contigo, você deixou de ser interessante para elas.

– Mas... Mas elas não sabiam que...

– Que você é pobre? Que não pertence à alta classe, que não tem a grana, a casa, carro e tudo quanto é porcaria que elas têm? Não sei. Talvez, sim. Provavelmente elas te aceitaram porque você, de alguma forma, interessava a elas.

– Não! Tudo isso deve ter um grande engano. Somos amigas. Elas... Nós... Nossas tardes no clube... Eu...

Sobressaltada com o choque, não sabia nem o que dizer. Nunca tinha visto nossa amizade por esse ângulo.

– E, Mari, agora pensando bem em tudo isso, eu entendo porque Edu terminou contigo.

Olhei para ela sem entender, ainda perdida com tantas informações, dúvidas e perguntas.

– Ele se livrou de uma furada enquanto teve tempo.

O quê?

Fulminei-a com o olhar.

– Ok. Já basta para mim.

– Desculpa, não foi assim que eu quis dizer. É que esse seu lado patricinha me deixa enjoada e acabei falando sem pensar.

– Mas disse. Olha só, eu estou muito confusa, com dor de cabeça...

– Tudo bem. Acho melhor você ficar sozinha. Eu vou embora. É só o tempo de me vestir.

Depois que Clara foi embora, tranquei a porta, fiquei pensando na nossa conversa enquanto processava as informações. Tudo o que ela disse me incomodava, principalmente a última frase: "Ele se livrou de uma furada enquanto teve tempo".

Ah, Deus! De repente, ela tinha razão.

Ou será que ela falou sem pensar? As pessoas diziam coisas sem pensar quando estavam chateadas.

"O que aconteceu é que você se tornou outra pessoa. Uma fútil, para ser mais sincero", a voz de Edu, veio do nada em minha mente.

E quanto ao "mimada"? E que sou frívola. Aquelas duas senhoras aqui do prédio, também falaram isso de mim. Uma delas disse que depois que comecei a namorar. Edu, eu mudei muito. Minha mãe também disse isso agora há pouco.

Sim, é verdade. Mudei mesmo. Só que acontece que eu precisava me adaptar ao mundo dele. Como que eu seria aceita se não fosse dessa forma?

Seja honesta consigo mesma, Mariana, aconselhou a voz da minha consciência, que observava tudo de longe.

Sobressaltada, me vi batendo de frente com o processo de conscientização de algumas coisas desagradáveis que fiz no passado a fim de ser aceita pelo mundo (leia-se amigos e familiares) de Edu e tudo foi se tornando claro que já não conseguia arranjar desculpas para justificar que eu tinha ficado fascinada pelo estilo de vida e desejei ser como uma delas; em como vivia ocupada ajudando minhas amigas com dúvidas de moda, lendo as revistas para acompanhar as tendências, visitando lojas atrás de descontos e gastando na mesma intensidade que elas. Tendo que esconder delas quem eu realmente era, onde morava, meus pais e minha casa. Quantas mentiras inventei ao longo desses anos.

Horrorizada, me lembrei de que vivia com preguiça de pegar ônibus e pedia para o Edu ir me buscar sem me importar com o que ele estava fazendo no momento. E, também, na desculpa fajuta que dei ao Edu e aos meus pais por ter pedido demissão para, supostamente, me dedicar ao casamento e ao apartamento quando, na verdade, eu me envergonhava do meu trabalho. Sim, eu morria de vergonha de ter que trabalhar, simplesmente porque nenhuma das minhas amigas trabalhava.

"Você gosta de viver de aparências, de status, de ficar ostentando uma vida que você não tem", Edu me disse essas palavras no dia em que terminou comigo. Agora eu o entendia e ele tinha razão. Queria ter uma vida que eu não tinha só para satisfazer a ambição que crescia cada dia mais dentro de mim. Para ser quem eu não era de verdade.

E meus dias? Meus dias se resumiam no que iria vestir para ir ao shopping, para ir à confeitaria, para ir não sei onde mais... Caraca, a prioridade número um da minha lista de afazeres era decidir qual o look do dia. Isso era muito fútil!

E (socorro, como era difícil confessar isso!), sim, eu nunca pisei em terra para não estragar meus sapatos.

E também ficava horrorizada quando via o esmalte descascando das unhas. Tinha verdadeiros chilique. Faniquito. Ataque de pelanca. Piti.

Gente, o P.O.V.O. estava certo! Eu era mimada-patricinha-fresca-dondoca-egoísta-fútil e vamos parar por aqui, senão a lista de adjetivos não ia acabar nunca.

Tudo o que diziam de mim era pura verdade. Eu era isso mesmo.

"Ela ficou esnobe demais, se achando uma dondoca. Pra mim o namoro com o riquinho subiu a cabeça."

Gente, será que o namoro com Edu me subiu à cabeça? Edu podia ser culpado por eu ter me transformado nessa frívola ao modo supremo, como Clara me taxou?

Achava que não.

Antes de namorá-lo eu não era obcecada por coisas fúteis como sou hoje.

Claro, gostava de me vestir bem, tinha minha vaidade, mas tudo normal. Não era escrava dessa coisa monstruosa que tomou conta de mim. Não era obcecada por objetos de luxo, pela bolsa do momento, pelo último modelo de aparelho celular, por ostentar coisas só para mostrar para as pessoas que eu também podia comprar. Eu me tornei isso depois que comecei a sair com Clarice, Lívia e Viviane.

Só agora eu conseguia ver. Eu fiquei completamente obcecada para ter uma vida como a delas e fui me esquecendo do que realmente importava.

Deixei Edu e nosso relacionamento de lado. Dei mais importância à "amizade" delas do que ao cara que me amava.

Que monstro eu me tornei!

E como não percebi isso antes? Por que nunca ninguém me falou nada? Meus pais, Edu, nunca ninguém falou nada para mim.

Edu te falou, alertou minha consciência.

Só que ele me falou no dia errado e na pior hora. Eu, obviamente, não escutei.

"Você vive num mundo que não existe." Novamente, a frase da Clara veio à minha cabeça.

Ela tinha razão. De fato eu não vivia minha realidade. Nos últimos anos eu tinha vivido no mundo onde eu sonhava um dia, realmente, viver. O mundo abastado das minhas amigas. E eu não era rica. Pelo contrário, minha realidade era outra.

Foi, então, por isso que Edu não quis se casar comigo? Por que mudei completamente? Por que me perdi em valores errados e deixei a Mariana que ele conhecia em algum lugar do passado.

E foi por causa dessa Mariana fresca-mimada-e-fútil que ele se envolveu com outra garota?

Meu coração parou.

– Ai, não! – gemi baixinho.

A culpa foi minha?

Quinze

Pra ser sincero não espero que você me perdoe
Por ter perdido a calma
Por ter vendido a alma ao diabo.
"Pra ser sincero", Engenheiros do Hawaii

Do mesmo modo que um tornado quando atinge uma região, deixando tudo revirado, assim estava eu internamente: completamente devastada. Minha vida tinha virado de pernas para o ar e eu precisava recolocar a casa em ordem, mas não sabia exatamente como. A consciência de que me tornei um ser fútil não me trouxe alívio. Pelo contrário, era horrível saber que meu relacionamento com Edu desandou por minha causa e que priorizei pessoas que nem sequer gostavam de mim.

Então, depois de algumas horas flanando pelo quarto e me entupindo de chocolate, eu decidi que precisava falar com Edu. E tinha que ser agora.

A primeira coisa que fiz foi ligar para a casa dele, mas a linha estava ocupada. Não podia ligar para o celular porque não sabia o número novo. Só me restava, então, tentar o Skype. Corri para o computador, esperei a eternidade necessária que ele precisava para estar pronto para abrir a tela do chat e quando vi que Edu estava on-line eu quase gritei de alegria.

> Edu, preciso conversar com você.
> Se estiver aí me responda, ou me liga. É importante.

Alguns segundos se passaram sem nenhuma resposta.

> Por favor, não me ignore. É muito importante. Fale comigo.

Com o coração na mão, e com o orgulho bem guardadinho, eu esperei pela resposta dele, que veio em seguida.

> Diga, Mariana, o que você quer?

> Preciso falar com você sobre algumas coisas...
> Será que você poderia me ligar?

> Podemos falar aqui.

> Por telefone é melhor. Por favor.

Mais alguns segundos se passaram, me deixando ainda mais angustiada do que já estava.

> Ok. Eu te ligo.

Suspirei aliviada.

Meu celular tocou em seguida e eu fiquei impressionada com a rapidez de Edu em atender ao meu pedido. Podia parecer besteira, mas esse gesto fez brotar uma esperança de que nem tudo poderia estar perdido.

– Alô!

– Diga, Mariana. O que você quer? – A voz gelada dele, no entanto, fuzilou meu singelo broto de esperança e eu engoli em seco, surpresa pela sua frieza.

Então, rapidamente me recuperei do susto e contei-lhe que havia passado o dia numa imersão pessoal e que descobri uma série de fatos e que precisava muito, muito falar com ele pessoalmente.

– Primeiro tinha que ser por telefone, agora você está dizendo que tem que ser pessoalmente?

– É importante. Eu não estou brincando, Edu. É importante que seja pessoalmente.

Foi um desafio e tanto convencê-lo a se encontrar comigo naquele mesmo dia à noite. Ele queria que eu falasse o que tinha de falar pelo telefone e eu insistia que precisava ser cara a cara. Quando vi que estava perdendo e que ele não iria se encontrar comigo, eu apelei e disse que merecia aquele encontro, pela maneira como ele terminou comigo.

– Tudo bem, Mariana. Onde você quer que eu te encontre e que horas?

Certo. Tinha uma hora para tomar um banho rápido, me arrumar e ir para a pizzaria. A pé, ficava a uns dez minutos de casa. Logo, tinha que sair às 18h45.

Tive sorte que ninguém estava usando o banheiro no momento. Deixei a paranoia do ritual de limpeza do banheiro de lado e me enfiei no chuveiro. Lavei os cabelos, que ainda cheiravam a fumaça de cigarro da noite anterior. Me sequei, e dei uma secada rápida com o secador. Não tinha tempo para escova. Aparecer com os cabelos rebeldes na frente do ex-namorado não era nada bom, mas paciência. Não estava indo lá para reconquistá-lo, estava indo para conversar e pedir desculpas pela maneira como me comportei nos últimos anos.

Escolhi um look da seção "balada leve" do meu mural. O look era um jeans com uma blusinha de mangas curtas estilo romântico e um scarpin de salto quadrado preto. E completei o visual com minha maxibolsa vermelha.

Admiti que era fresca. Só que minha ficha tinha acabado de cair e precisava de um tempo para mudar meus hábitos, voltar a ser quem eu era e tudo mais. Não me condene, por favor!

Mas, vamos combinar, meu mural era bastante eficiente. Não gastei nem cinco minutos para escolher o que vestir. Sei que precisava mudar muitas coisas em mim, mas do meu mural eu não abria mão.

Dei uma conferida no espelho e me senti ótima. Só faltava uma maquiagem leve: corretivo e pó compacto para disfarçar as olheiras, blush, rímel e brilho. Pronto. Já levantava um pouco minha cara de maldormida.

Passei correndo pela sala e avisei a todos que estava de saída e disponível no celular, se precisassem. Não deu tempo de ouvir o que papai falou. A porta se fechou e eu já estava descendo as escadas.

Caminhei pelas ruas me sentindo corajosa e segura de que estava fazendo a coisa certa. Era uma sensação boa essa que eu estava sentindo. Como se, finalmente, estivesse livre e com o controle da minha vida em minhas mãos.

Cheguei cinco minutos adiantada na pizzaria e Edu ainda não havia chegado. Escolhi uma mesa mais reservada e pedi uma Coca Zero.

Observei o lugar enquanto esperava. O que mais me chamou a atenção foi um casal de idosos sentados, um ao lado do outro, comendo pizza. Eles se tratavam com carinho e conversavam o tempo todo.

Um nó se instalou na minha garganta e eu pensei que, se não tivesse estragado tudo, talvez um dia no futuro, Edu e eu seríamos assim, como aquele casal de velhinhos.

Desviei o olhar do casal e me fixei na porta de entrada da pizzaria. Já se passaram dez minutos e Edu ainda não tinha chegado. Será que ele não vinha?

Ai, que tormento!

De repente, lá estava ele passando pela porta, procurando por mim com os olhos. Quando me avistou, acenou com a cabeça e veio caminhando a passos largos até minha mesa. Eu tentei ler sua expressão, captar algum sentimento escondido em seus olhos, mas sua cara fechada me desanimou.

O tempo parou e eu o admirei caminhando em câmera lenta pelo salão. Meu estômago deu uns saltos acrobáticos dignos de um ginasta olímpico.

Ahmeudeus!

Edu recém-saído do banho, barbeado e de cabelos molhados era algo para ser visto por todo ser humano que apreciava a beleza masculina. Tipo as cem coisas para ver antes de morrer. Ele estaria no Top 10. Com certeza.

Precisava vir tão bonito assim?! Digo, com esse jeans marcando suas coxas musculosas e seus quadris estreitos? Com que cabeça, pelo amor da Nossa Senhora Protetora das Ex-Namoradas, eu ia me concentrar?

Foco, Mariana, foco!

Certo.

Edu murmurou um "Oi, Mariana", se jogando na cadeira da frente e eu respondi ao seu cumprimento. Agora que ele estava aqui na minha frente, já não me sentia tão corajosa como estava minutos atrás. Na verdade, estava morta de saudades e reprimi uma vontade gigantesca de me aninhar em seus braços. Por que eu fui estragar tudo?

Um garçom se aproximou e Edu pediu uma água. Mostrei que estava bem com minha Coca-Cola, embora estivesse morrendo de fome.

– E então, o que você quer falar comigo? – ele quis saber, assim que o garçom saiu com o pedido.

– Bem. Nem sei por onde começar. – Esbocei um sorriso sem graça. – É estranho estar aqui com você depois de tudo o que aconteceu.

– Para mim também é.

– De qualquer forma, obrigada por ter vindo, Edu. Prometo que vou ser o mais rápida e objetiva que puder.

Ele deu de ombros, indiferente ao que eu acabava de dizer.

Em seguida, limpei a garganta e dei início ao meu discurso mal-ensaiado.

– Eu te odiei com todas as minhas forças até hoje à tarde. Passei esses meses sentindo uma raiva mortal por você ter terminado comigo daquela forma e agora... Bem, eu não te odeio mais. A raiva passou quando eu, finalmente, enxerguei que a culpa foi minha. Que você, apesar de ter esperado até o último dia para terminar comigo, não estava tão errado assim.

– Não entendo. E o que mudou para você estar aqui?

– Uma conversa que tive com uma amiga me fez ver que eu não estava conseguindo enxergar as coisas direito. Foi algo revelador que me fez abrir os olhos e perceber o quanto me perdi ao longo do caminho.

Respirei fundo e perguntei antes que eu perdesse a coragem de vez:

– Você algum dia me amou de verdade?

Edu me encarou com um olhar surpreso.

– Qual a importância disso agora?

– Preciso saber. Por favor, me diga a verdade. Não tenha medo de me machucar. Eu só preciso saber. Você me amou ou só se apaixonou por mim?

– Eu te... amei muito. Muito. Você foi meu primeiro amor. Achei que sabia disso.

Meu coração se inflou ao ouvir que ele me amou e depois murchou ao constatar o verbo conjugado no passado. Não no presente.

– E o que você mais gostava em mim? Por que você se apaixonou por mim?

– Mariana, não estou entendendo. Qual a relevância dessas informações agora? O que eu disse no dia do nosso casamento continua valendo e...

– Não estou aqui para te pedir para voltar. Estou em busca de respostas que só você pode me dar.

Edu piscou, confuso, com minhas palavras.

– Não entendi.

– Eu preciso saber o que você gostava em mim. Que tipo de pessoa eu era quando você se apaixonou por mim.

Edu me escutou um tanto desconfiado, mas acabou falando.

– O que eu gostava em você... – ele me encarou antes de continuar: – era seu senso de humor, seu alto astral, sua disposição e criatividade para fazer as coisas, a simplicidade que você tinha quando nos conhecemos, você era carinhosa, atenciosa e prestativa. Era leal e verdadeira. Gostava de ajudar as pessoas, tinha um coração enorme... Basicamente isso.

– E quando você deixou de me amar? – indaguei com a voz quase me traindo.

– Na verdade, eu não sei se... – Ele parou e ficou mexendo com o copo de água.

Se o quê? Se o quê? Eu só faltei gritar.

– Eu não estava bem, não estava confortável nem seguro com relação ao nosso casamento. E já tinha um tempo que eu estava assim. Mas só fui me dar conta de que não poderia me casar contigo na semana do casamento. – Ele fez uma pausa.

– Por que você não se casou comigo?

– Você mudou demais. – Ele despejou as palavras como se elas estivessem havia muito tempo entaladas em sua garganta. – Você deixou de ser aquela Mariana bacana que conheci e me apaixonei e se transformou em outro tipo de pessoa. Uma pessoa da qual eu não gosto.

Clara tinha razão, pensei, me sentindo infeliz.

– Em que pessoa eu me transformei? – insisti, mesmo sabendo da resposta.

– Numa fútil, superficial... – Edu fez uma cara de nojo. – E ambiciosa também. Muito ambiciosa. E assim se tornou uma companhia chata e desagradável. Sabe aquelas dondocas que só sabem falar de colunas sociais, de bolsas, sapatos e marcas de roupas?

Concordei com a cabeça, sem coragem de verbalizar meu "sim".

– Você se tornou uma pessoa assim. Tudo bem mesmo se eu falar, Mariana? – perguntou Edu diante do meu espanto ao ouvir a verdade.

– Sim, por favor, continue.

– Ainda não entendo por qual razão, mas de uma hora para outra você começou a querer tudo o que Clarice, Viviane, Lívia e as outras meninas da turma tinham. E a ser como elas, viver no mundo em que viviam. Isso se tornou uma obsessão para você. Se elas te ligavam, você parava tudo e ia atendê-las. Quantas vezes eu terminei de ver filmes sozinho no cinema, esperando você voltar? Quantas vezes jantei sozinho com você falando ao telefone com uma delas? Quantas vezes você saiu de casa e correu para socorrê-las de alguma futilidade e me deixou sozinho? Não era assim?

Essas cenas vieram à minha cabeça como um filme ruim. Eu fazia isso mesmo.

Aaaah!, gemi em pensamento.

– Sim, é verdade.

Reconhecer a verdade não era uma tarefa muito fácil. Principalmente quando se tratava dos nossos erros e defeitos.

– Você não era egoísta, mas acabou se tornando uma. Principalmente comigo: não perguntava mais minha opinião, não se interessava mais pelo meu dia, como estavam as coisas no meu trabalho ou como eu estava, ou seja, você se lixava para mim. Tomava as decisões e me comunicava: "Vamos ao cinema hoje à noite com fulana. Vamos à festa de não sei quem. Vou ao shopping sozinha". – Ele soltou um suspiro. – Eu estava me sentindo um acompanhante seu. Um chofer que te levava e te buscava nos lugares.

As palavras de Edu soaram como bofetadas na minha cara. Tudo o que ele estava dizendo eu fazia de verdade. Ver-me em suas palavras me fez querer morrer de tanta vergonha.

– Você não ouvia mais seus pais. Aliás, você escondia seus pais do resto do mundo. Queria transformá-los em pessoas que eles não são. Vesti-los com roupas caras, forçar um comportamento que não é o deles. E você começou com essa atitude de repente. Eu não entendia por qual razão você fazia isso. Só mais tarde é que fui entender. Você sente vergonha da sua família, Mariana, porque eles são pessoas humildes e simples. – A voz de Edu saiu pesada e carregada de indignação. – Porque moram em um bairro popular e vivem, quase sempre, sem grana. E você não quer que eles sejam simples, você quer que eles sejam pessoas como meus pais, como os pais das suas amigas. Não é isso?

Não respondi. Estava morta, morta de tanta vergonha.

Sim, eu era um monstro horrível de duas cabeças, coberto de uma gosma verde nojenta, que não merecia a atenção de ninguém.

– Você criou um mundo aí na sua cabeça – continuou ele sem perder o fôlego – que não é a sua realidade. E para viver nesse mundo, você passou por cima das pessoas que te amam, passou a consumir todo o seu salário nas coisas mais caras e da moda só para não ficar de fora da turma de patricinhas de que você tanto gosta. Você passou a ostentar, a mostrar para suas amigas que também pode ter o que elas têm. Só que a diferença é que elas têm dinheiro para bancar essa vida fútil e você não. A diferença é que você era uma pessoa simples, reservada e agradável com quem conviver, elas não. E eu gostava da Mariana de seis anos atrás. Desta, eu não gosto. Nem das suas amigas.

Edu parou de falar e ficou me olhando, esperando alguma resposta minha.

Apesar de estar bem consciente da pessoa horrenda que me tornei e de ter ouvido tudo aquilo da boca de Clara, eu fiquei em estado de choque ao ouvir as mesmas palavras na voz de Edu. Ouvir da boca dele – da mesma boca que me beijou e me disse tantas vezes que me amava – coisas horríveis assim, foi um baque tão forte que eu não resisti à chegada das lágrimas e deixei que elas rolassem em meu rosto...

– Você acha que eu estou exagerando, Mariana?

– Não, Edu – respondi depois de um tempo.

Então, sequei meu rosto e bebi um gole do meu refrigerante.

– Você está coberto de razão. Hoje eu consigo ver que eu sou, quer dizer, que fui... É... Eu realmente fiz isso tudo o que você acabou de falar. Eu mudei mesmo, me tornei um ser superficial. E fui muito egoísta contigo. Eu sinto muito.

Edu parecia não acreditar no que acabava de ouvir.

– Que bom que você reconheceu. Eu achei que você jamais cairia em si.

– Por que você não me disse tudo isso antes, Edu? Se te incomodava, por que nunca falou nada?

Ele não respondeu de imediato. Apenas olhou o nada, através de mim, pensando em sabia-se lá o quê.

– Eu realmente estava incomodado com seu comportamento. Mas achei que você fosse mudar com o noivado e com a proximidade do casamento.

Edu passou as mãos pelos cabelos e encarou o teto por uns segundos. Em seguida, olhou fundo nos meus olhos e disse:

– Eu assumo minha culpa, Mariana. Assumo que também errei. Deveria ter falado, sim. Deveria ter conversado mais com você à medida que a via se perdendo em atitudes e comportamentos equivocados. Mas fiquei passivo, assistindo a você se desviando do seu caminho e a coisa degringolou a tal ponto que quando vi, já era tarde demais.

Ele fez mais uma pausa e permanecemos pensativos.

– Um mês ou dois antes do casamento eu comecei a entrar em pânico porque não me sentia seguro, não estava feliz. Algo me incomodava e eu não conseguia identificar o que era. A gente não se via mais, mas você sempre me ligava toda animada contando dos preparativos e cheia de ideias e expectativas para que o dia do casamento chegasse logo... E eu não conseguia me sentir como você. Pelo contrário, estava desanimado, confuso e sem vontade até de ver e falar contigo. Você percebeu isso?

– Não.

– Foi o que imaginei.

Ai!, lamentei mentalmente por ter feito Edu sofrer, por ter feito tudo errado quando tive a oportunidade de fazer tudo certo.

– Comentei com a médica, uma colega amiga do hospital, o que estava acontecendo comigo. Precisava conversar com alguém até para poder entender o que estava acontecendo comigo – se justificou.

A fulana, alertou meu sexto sentido.

– E numa de nossas conversas ela disse que conhecia a pessoa certa para me ajudar. Então, me indicou uma psicóloga. – Ele sorriu envergonhado. E eu sorri nervosa, esperando o momento em que ele ia dizer "e eu acabei me apaixonando por ela".

– É, também achei estranho me consultar com uma psicóloga – falou, não entendendo o real motivo do meu sorriso pálido – e relutei em ligar para marcar um horário. Mas acabei fazendo.

– Você foi a uma psicóloga e não me disse nada?

– Como eu te falei, estava angustiado com todas aquelas dúvidas e confusão de sentimentos. Você estava sempre ocupada andando com Clarice ou com a Lívia pra cima e pra baixo resolvendo coisas do casamento. A gente não se falava direito. – Ele deu de ombros.

O que eu estava fazendo que não vi nada disso acontecer?

Ah, sim! Estava ocupada demais em organizar o casamento perfeito para os outros verem e esqueci completamente que tinha um noivo.

Ai. Meu. Deus!

– E o que aconteceu com essa psicóloga? Você se envolveu com ela, foi isso? Se apaixonou? – perguntei não aguentando mais de tanta curiosidade.

Só podia ser ela a fulana. E a culpa era toda minha. Não cuidei de Edu, então, a outra veio e ocupou o lugar vazio que deixei de cultivar.

Muito bem feito pra mim.

– Eu não me envolvi com ela. Que história é essa?

O quê?

– Ué, no dia do casamento você me disse que tinha conhecido uma pessoa e, por isso, não queria mais se casar comigo.

– Eu não disse nada disso.

– Disse sim.

– Mariana, como sempre, você nem me ouviu.

Quer dizer que nesse tempo todo Edu não estava com outra garota? Quer dizer que ele não me traiu? O que aconteceu, afinal?

– Se você não se envolveu com essa psicóloga, com quem foi então?

– Eu não me envolvi com ninguém, Mariana. Que mania que você tem de tirar conclusões precipitadas.

De repente, o astral levantou e eu senti uma revoada de borboletas no meu estômago.

– Então, me diga de uma vez! – supliquei com uma voz esganiçada.

– Marquei um horário com a Marta e passei a fazer terapia. Bom, conversando com ela, colocando minhas dúvidas e sentimentos, descobri que aquele amor forte e intenso que eu sentia por você esfriou em algum momento do nosso relacionamento. Eu fiquei desapontado quando você começou a valorizar bens materiais, status, sobrenomes e essas coisas para que eu não dou a mínima importância. E, se eu não tivesse te conhecido de verdade, e se você não me conhecesse de verdade, acharia que você estava comigo por outros motivos.

– Você achou que eu ia me casar contigo por causa de dinheiro?

– Como disse, se eu não tivesse conhecido a Mari humilde que eu conheci, eu poderia pensar o contrário, sim. Além disso, você sempre soube que quem tem dinheiro é a minha família e que eu quero conquistar minhas coisas com meu próprio trabalho. Nunca aceitei mesada do meu pai, nem nada que eles me oferecem.

– É claro que eu sempre soube disso. Edu, eu não estava contigo por interesse.

– Eu sei, Mariana. – Ele deu de ombros. – É isso. Não tenho muito mais o que te falar – disse, olhando para a mesa. – A verdade é que amei você como jamais havia amado alguém. Só que você mudou, eu me acomodei e tudo deu errado.

Abruptamente, meus pensamentos foram para outro lugar, se dirigiram para o meu passado. Se eu tivesse ignorado todo aquele luxo e poder, se eu tivesse ficado com meu único jeans decente, se eu não tivesse me deixado seduzir pelo lado negro da força eu ainda estaria com Edu.

Ah, Deus, o que eu tinha que fazer para o tempo voltar?

– Foi na terapia que reuni forças para terminar antes que a coisa ficasse ainda pior. – Ele recomeçou. – Eu pensava muito em você. Pensava em como poderia te contar sem que você sofresse muito. Os dias foram passando e eu não conseguia reunir coragem para terminar. E quando chegou o dia do casamento, eu tive que tomar uma atitude. Hoje eu vejo que foi melhor assim.

Edu olhou nos meus olhos, me viu chorando e segurou minhas mãos.

– Desculpe. Fui um fraco e te fiz sofrer. Eu me acomodei com nosso relacionamento. Sei que o que fiz não se faz com mulher nenhuma e hoje eu me arrependo. Deveria ter falado o que eu estava vendo e sentindo muito antes de chegar ao ponto em que chegou. Me desculpe, Mariana.

Sequei minhas lágrimas e reuni forças para falar o que estava sufocando no meu peito. Edu foi sincero e eu também precisava ser.

– Obrigada por ter sido sincero comigo e ter contado todas essas coisas. – Suspirei fundo em busca das palavras certas. – Você tem razão, eu não era assim. Hoje eu vejo que me tornei ambiciosa mesmo. Invejava as meninas por terem uma vida diferente e melhor que a minha, por morarem em casas maravilhosas e por pertencerem a um grupo da sociedade de que eu também queria fazer parte. Tornei-me uma fútil, dondoca e gananciosa. Invejava até sua mãe por ter as bolsas mais caras, os óculos mais cobiçados e os sapatos que eu tinha loucura para ter e não tinha como comprar.

Senti meu rosto queimar de vergonha. Ai, meus sais! Essa foi dureza de confessar.

Arrisquei um olhar, ele, no entanto, não fez nenhum comentário. Então continuei:

– Me tornei assim por sua causa. – Edu me olhou com uma cara de não-venha-me-dizer-que-a-culpa-é-minha? – É verdade. Namorar você me levou para um mundo do qual eu não tinha acesso. E toda vez que íamos para uma festa, um almoço ou um evento eu ficava tão perdida e me sentindo a caipira deslocada e sem graça que eu realmente era. Olhava para suas amigas e amigos, admirando como eram lindos, estilosos e cheio de coisas, falando de assuntos dos quais eu nem tinha conhecimento e pensava:

"eu não vou fazer Edu passar vergonha comigo. Eu vou me esforçar para ser como um deles".

– Ah, Mariana, eu nunca senti vergonha de você.

– Eu sei. Quer dizer, hoje eu sei. Só que eu me sentia inferiorizada e achei que, sendo como uma das meninas, você me amaria mais. Então eu passei a imitar o jeito delas, passei a comprar as mesmas coisas que elas compravam... E o resto você já sabe.

– Você sabe que eu nunca admirei essas garotas. Elas não são minhas amigas, são filhas dos amigos dos meus pais. Cresceram no mesmo grupo de pessoas que eu, frequentamos o mesmo colégio. Mas, com exceção de um ou de outro, eu não admiro ninguém daquela turma. São pessoas vazias, sem conteúdo e levam uma vida fútil e de extravagâncias porque seus pais podem bancar suas despesas. Eu não sou como eles.

– Eu sei que não. Eu também não era assim. Só que em algum momento eu me perdi e fiquei deslumbrada com um mundo onde o dinheiro é apenas um detalhe pífio. Achava o máximo quando saía com as meninas e elas entravam nas lojas, pediam o que queriam sem nem ao menos perguntar quanto custava. Era tão fácil, tão atraente, que eu passei a odiar a vida que tinha com meus pais e queria desesperadamente ser como uma delas.

Edu riu ironicamente.

– Sinceramente, Mari, não vejo qual a atração em comprar dezenas de sapatos por mês e nem ao menos ter oportunidade de usá-los. Tanta gente no mundo que vive descalço, com uma peça de roupa e sem ter o que comer. O consumo desenfreado que vocês têm é até uma ofensa com uma parcela da humanidade que passa necessidade.

Eu abaixei a cabeça sem coragem de encará-lo, lembrando-me das várias vezes em que escondia dele as coisas que eu comprava, mentia o preço que pagava por algo que eu usaria uma ou duas vezes apenas porque sabia que ele vinha com seu discurso moralista sobre consumo exagerado versus a pobreza dos países subdesenvolvidos.

– Eu só queria ficar bonita – expliquei num fio de voz.

– O que faz de você uma mulher bonita não é a marca da roupa que você está vestindo, nem a bolsa da moda. A sua beleza está no seu sorriso e na grandeza de seu coração.

Não consegui absorver o elogio. Apenas respirei fundo, buscando forças para mais uma revelação horrível da minha parte.

– Edu, nem sei como vou te dizer isso, mas preciso dizer. Hoje de tarde, eu não apenas descobri que mudei completamente como pessoa. Eu também me dei conta de que nos últimos anos eu passei a gostar mais da companhia das meninas do que da sua. – Ergui a mão pedindo para que me deixasse terminar. – Eu te amava e queria me casar contigo. Você também foi meu primeiro amor – contei com uma voz pesarosa, por saber que eu ainda o amava tanto, mas ele não. – Só que, nos últimos anos, eu achava mais divertido ficar ao lado delas do que do seu. Era divertido porque elas gostavam das mesmas coisas que eu, tínhamos nossas afinidades, nossos encontros, programas. Por isso, eu as priorizava. Não sei se alivia dizer que eu fiz tudo isso inconscientemente porque estava iludida e só percebi hoje conversando com a Clara e agora com você. Meu Deus! Como eu estava iludida, achando que a amizade delas era tudo pra mim.

Terminei minha confissão me sentindo horrível e fiquei aguardando-o falar alguma coisa. Mas ele não disse nada. Os segundos se transformaram em minutos. O clima voltou a ficar pesado e acho que não havia nada mais que eu pudesse dizer para melhorar a situação. Se ele se levantasse agora e fosse embora sem olhar na minha cara, eu entenderei perfeitamente.

– Se eu pudesse, juro que voltaria no tempo e faria outras escolhas. Lamento dizer que não posso mudar o que passou e que tudo o que eu posso fazer no momento é te pedir desculpas.

Olhei desesperada para Edu, mas ele estava de cabeça baixa.

Fale alguma coisa, pelo amor de Deus!, pensei angustiada com seu silêncio.

– Cara, nem sei o que te dizer – comentou Edu, por fim, com a decepção estampada no olhar. – E eu me sentindo culpado por ter terminado com você horas antes do casamento. Eu fiquei mal pra caralho. Com remorso, me sentindo um canalha por ter te magoado. E pensar que você estava esse tempo todo comigo porque as meninas eram mais legais do que eu. Eu era o quê, um chato?

– Não. Por favor, não pense isso. Você é a pessoa mais amorosa, carinhosa, leal, honesta e de bom caráter que eu conheço. Eu que me desvirtuei, não você!

– E você iria se casar comigo porque tenho amigas legais que saem para comprar sapatos contigo? Sério mesmo, Mariana?

– Não, Edu. Eu ia me casar com você porque te amava. Por acaso você tinha amigas legais.

Ai, meu Deus, estou me enrolando toda.

– Mari, elas nunca foram suas amigas. São pessoas interesseiras e você era apenas uma novidade, uma diversão para elas – despejou, com ódio.

– Eu sei. Não sei se adianta dizer que estou me sentindo péssima. Que estou arrasada por ter me deixado iludir, por ter te deixado de lado, por ter deixado de ser quem eu era, por ter me tornado uma imbecil-consumista-fútil... Você acha que está sendo fácil estar aqui, olhando nos seus olhos, e confessando todas essas coisas? Quando caí na real, eu fiz questão de te contar. Eu precisava me livrar desse peso e te pedir desculpas. Eu me arrependo muito das coisas que fiz.

– E como você se deu conta disso, Mariana?

– Porque nesses três meses eu não sofri só porque perdi o homem da minha vida, o cara que eu amo. Eu sofri sim, mas, também, foi pelo fato de ter perdido o apartamento maravilhoso que decorei, pela vida glamorosa que iria levar e pela conta bancária que iria alimentar todos os meus desejos materiais junto... com... as minhas... amigas – confessei.

Definitivamente, eu era um ser nojento e abominável. Podiam me levar para a fogueira da inquisição. Eu era uma bruxa horrenda!

Edu estava mudo, não piscava, não expressava nem raiva, nem repulsa, muito menos pena.

E o que me matava era justamente a sua indiferença.

– Não precisa ficar aqui, você pode ir embora se quiser. Mas antes quero te agradecer por ter terminado comigo. – Lembrei-me, então, das palavras de Clara. – Você se livrou de uma furada!

No entanto, Edu permaneceu ali, calado, olhando para o nada. Balançava a cabeça negativamente, como se estivesse pensando "eu não acredito que isso tudo aconteceu comigo". *Pois saiba, Dudo, que eu também não acredito que isso tudo aconteceu com a gente*, pensei enxugando uma lágrima.

– Me desculpe ser tão sincera com você – prossegui, tentando melhorar a situação e fazer com que ele falasse comigo. – Eu me senti na obrigação de contar. Agindo assim, me sinto mais limpa, mais leve. Não estou enganando mais a você, nem a mim. Não espero que me perdoe, nem que vire meu amigo. Só quero que saiba que estou arrependida, com vergonha e gostaria de te pedir desculpas pelo que fiz com a gente.

Dei uma olhada furtiva nele, que estava imóvel feito uma estátua. Parecia que Edu estava com certa repulsa de mim. E com razão, claro! Não podia tirar isso dele. Eu, inclusive, estava com nojo de mim. Queria ir pra casa urgente e me lavar. Lavar os cabelos de novo, esfregar a pele, esfregar, esfregar até sair sangue. Queria ficar horas debaixo do chuveiro para a água levar embora essa coisa horrorosa que se apossou de mim e voltar a ser quem eu era. Diante do silêncio sepulcral, não me restava opção a não ser ir embora.

– Bom, desculpe por tudo. Eu já vou indo. Obrigada por ter vindo conversar comigo e ter me dado a oportunidade de me explicar. Eu lamento por ter terminado assim.

– Ah, por favor, Mariana! Sente-se aí que ainda temos muito que conversar – ordenou, num tom que mesclava autoridade, educação e raiva.

Obedeci ao seu pedido e fiquei aguardando por suas palavras. Eu já não tinha mais nada a dizer. Pedi desculpas por tudo o que havia feito, pelo monstro que havia me tornado, por ter acabado com todas as possibilidades de um relacionamento decente. Enfim, tinha lavado minha alma. Então, era sua vez de falar:

– Não sei dizer se estou decepcionado, com raiva ou com nojo de você. Mas quem sou eu para te julgar? Afinal de contas, eu também errei. E o que eu posso dizer depois de tudo o que conversamos é que você acaba de me dar uma grande lição e vou tirar proveito dela no meu próximo relacionamento.

Próximo relacionamento? Nãããão!, eu gritei por dentro, sentindo meu estômago se contrair e meus olhos arderem. Não conseguia imaginar meu Eduardo com outra garota, beijando outra boca, acariciando outros cabelos, levando outra ao cinema de mãos dadas e vivendo "um próximo relaciona-mento". *Mariana, você o tinha e não soube dar valor*, a voz da minha cons-ciência me alertou sem nenhuma delicadeza. Tentei recuperar minha lógica no meio daquele caos e falei:

– E eu vou me "reconstruir". – Fiz o gesto de aspas com os dedos. – Resgatar meus valores, minha família e seguir em frente. Também aprendi muito com essa lição. Vou recomeçar de cabeça erguida.

– Espero que você consiga e eu vou torcer por isso.

– Vou sim. – Sorri, quando na verdade estava com vontade de chorar. – Obrigada por ter me escutado e por não ter ficado com raiva de mim.

– Não vou dizer que foi fácil ouvir tudo isso e ficar indiferente. Me senti usado, senti ódio, raiva, repulsa – contou, fazendo mais uma pausa. – Mas eu sei que você tem um bom coração, Mariana. Imagino que também não está sendo fácil para você falar todas essas coisas. Parabéns pela atitude. Por outro lado, essa lavada de roupa suja serviu para pôr um ponto final na nossa história. Eu estava incomodado por termos terminado daquele jeito.

Ponto final. Será que não podíamos trocar o ponto final por uma vírgula? Quem sabia um parágrafo? Ok. Melhor era não dizer isso agora.

– É. Também concordo. Obrigada por ter me ouvido. Foi muito im-portante pra mim.

Ele apenas sorriu. Não foi o sorriso largo e irresistível que eu tanto amava. Foi um sorriso triste que não combinava com seu rosto perfeito.

– Bem – disse mudando de assunto antes que eu me debulhasse em lágrimas –, acho que eu já vou indo.

– Não está com fome?

Meu estômago respondeu por mim com um ronco sonoro.

– Acho que uma pizza saindo do forno seria muito bem-vinda. Ainda mais agora que estou me sentindo mais leve – confessei forçando um sorriso.

Na verdade, eu queria aproveitar meus últimos minutos ao lado de Edu.

Gravar cada cena, cada olhar, cada sorriso e o jeito como ele passava as mãos pelos cabelos. Ia precisar delas quando estivesse em São Paulo, atravessando meus dias de abstinência.

– Garçom? – Edu levantou a mão e eu reparei que não usava mais a aliança de noivado. Quando será que eu ia ter coragem de tirar a minha?

– Pois não. Querem fazer os pedidos?

– Sim. Poderia trazer o cardápio, por favor?

Depois que escolhemos o sabor da pizza e o garçom saiu com os pedidos, Edu disse:

– Sabe o que eu pensei agora?

– O quê?

– Que somos seres evoluídos.

– Como assim?

– Acabamos de ter uma conversa pesada, com revelações que poderiam ter nos magoado profundamente. Eu tive motivos suficientes para me levantar desta mesa e nunca mais querer olhar na sua cara. E, no entanto, estamos aqui à espera de uma pizza. Só posso concluir que somos seres evoluídos – explicou com um sorriso torto, me fazendo apertar as mãos na mesa e segurar minha vontade de abraçá-lo.

– É verdade. Em vários momentos eu esperei que você fosse embora com raiva. Mas que bom que conseguimos conversar, entender o que passou e seguir adiante, apesar de ainda me sentir constrangida aqui na sua frente.

Edu sorriu, concordando com a cabeça.

– Eu também me sinto. – Ele me olhou tão fundo nos olhos que eu enrubesci com o poder do seu olhar.

– Ei, a senhorita bebeu todas ontem à noite, hein?! – ele comentou, tocando no assunto de que eu havia esquecido completamente e não estava muito a fim de relembrar.

– Ai, Edu, nem me fale. Que mico! – exclamei envergonhada. – Você acredita que as meninas me ignoraram por completo?

– Eu sei. É que agora você não faz mais parte da turma, então para que perder tempo contigo? Elas são assim mesmo. Esse mundinho que você tanto quis é uma merda! Quase todos são falsos e interesseiros de alguma forma.

– Agora eu sei.

– Se te serve de consolo, elas também não me ligaram e eu achei ótimo. Não estava com saco para ficar matando a curiosidade daquelas patricinhas.

– Elas não ligaram para você? Achei que com você solteiro na praça, elas te atacariam feito umas leoas esfomeadas.

Ele riu e balançou a cabeça como quem diz, não fazem meu tipo.

Ai, que alívio ouvir isso!

– Nunca vi você daquele jeito. Foi por causa da rejeição delas que você bebeu?

– Acho que foi por insegurança, por me sentir descartada e desprestigiada porque você me deixou... Vou considerar esse porre como minha despedida.

– Despedida de quê?

– De Prudente. Vou embora para São Paulo em janeiro.

Ele me encarou assustado. Piscou os olhos várias vezes, como quem não acreditava no que acabou de ouvir, e balançou a cabeça algumas vezes.

– Você vai embora de Prudente? Nossa! Por essa eu não esperava. Desculpe me intrometer, já que não temos mais nada, mas o que você vai fazer em São Paulo?

– Recomeçar. Algo dentro de mim diz que eu preciso ir embora daqui.

– Mariana, você sempre me surpreende.

Jura? Se eu te pedisse em namoro, você aceitaria? Mariana!

O garçom chegou com a pizza na hora certa. Meu estômago estava roncando tão alto que as pessoas da mesa ao lado já estavam percebendo.

– Que tal brindar ao final decente que demos ao nosso relacionamento? – sugeri, num ato de coragem, erguendo meu copo.

– Prefiro brindar ao nosso futuro. Que ele seja brilhante e cheio de boas surpresas!

Olhei fundo em seus olhos, mesmo tendo a certeza de que meu futuro não seria tão brilhante assim sem Edu ao meu lado. Mesmo assim respondi:

– Ao nosso futuro.

Dezesseis

Longe se vai sonhando demais
Mas onde se chega assim
Vou descobrir o que me faz sentir
Eu, caçador de mim.
"Caçador de mim", Milton Nascimento

Independentemente do que andava acontecendo na face da Terra, o tempo continuou passando, como era do seu feitio. Eu segui com minha vida, com meus empregos e com meus planos. A novidade que me deixou muito animada e que me deu um gás extra para não desistir dos meus planos foi que a Clara decidiu ir morar comigo em São Paulo. Ela me contou do seu sonho de ir morar na capital no dia seguinte à minha conversa com Edu, e perguntou se eu topava dividir apartamento com ela.

– Você está falando sério? – indaguei, mal acreditando em como podia ser tão sortuda daquela maneira.

– Muito sério. E aí, você topa dividir apartamento comigo?

– Nossa! Isso está me parecendo mais com um pedido de casamento.

– Se parece com um pedido de casamento eu não sei, só sei que eu não vou te abandonar quando estiver nos 46 minutos do segundo tempo – brincou. – Desculpe, não quis ofender – disse diante minha cara de ofendida.

– Eu estou brincando! – exortei, pulando feito uma maluca pela loja.
– Claro que quero dividir apartamento com você! Nossa, vai ser perfeito! E a gente pode decorar nosso apartamento num estilo retrô, com uns móveis anos 1970, tapetes geométricos e...

– Mariana, segura a onda que a gente não tem dinheiro para decoração retrô. Aliás, nem apartamento a gente tem.

– Certo. É que fiquei tão empolgada! – E segui falando sem parar, feliz demais com a decisão dela.

Por intermédio de um primo dela, conseguimos reservar um apartamento pequeno e encaminhamos tudo para nossa mudança. Meus pais quase choraram de alívio quando souberam que a Clara decidiu ir também e que iríamos morar juntas.

— Ai, filha! Que bom que sua amiga ajuizada vai junto – confessou minha mãe quando contei a novidade. Coisa que me deixou um tanto magoada porque, por tabela, ela me chamou de desajuizada e eu... Bem, sei que fiz várias coisas erradas das quais eu não me orgulho, mas acho que aprendi a lição.

Coisas que antes eu morria de vergonha se me vissem fazendo já não me incomodavam mais. Como, por exemplo, ficar no ponto de ônibus com a cara à mostra para quem tiver passando. Era um alívio não ter mais que ficar inventando desculpas, me esquivando, me escondendo, pensando antes de falar como fazia quando era "amiga" de Clarice, Lívia e Viviane.

A única coisa que destoava do clima alto astral pré-mudança para a cidade grande era a saudade monstruosa que eu sentia de Edu. Porém, sempre que fechava os olhos e o via em minha mente sorrindo seu sorriso irresistível, imediatamente eu desejava morrer de tanta vergonha que ainda sentia por todas as coisas erradas que fiz.

Na semana do Natal, eu o vi passeando com a peçonhenta no shopping. Ele carregava várias sacolas para ela, todo cavalheiro, todo lindo, e se eu não estivesse tentando vender meia dúzia de biquínis para uma cliente e garantir assim, uma comissão bem gorda no final do mês, eu teria largado tudo para ir falar com ele. Minha sorte era que a cliente estava disposta a gastar e eu não queria perder aquela venda. Provavelmente, foi melhor assim. Eu não saberia o que dizer, iria me atrapalhar toda na presença da jararaca-de-óculos-Prada e, talvez, as coisas ficassem ainda piores do que já estavam.

Então, o dia da nossa partida chegou. Depois de passar parte do dia terminando de empacotar minhas coisas, eu agora estava parada no meio do meu quarto, dando uma última conferida para ver se não me esqueci de nada nos armários. Com exceção das coisas da Marisa, o quarto estava praticamente vazio.

Nossa, como ficou espaçoso! Minha irmã ia se perder lá dentro. Ok. Estava exagerando.

Brincadeiras à parte, eu tinha certeza de que iria sentir saudades. Era verdade. Iria sentir saudades da casa dos meus pais, afinal, era a única casa que tive até então. Sentia como se estivesse deixando parte de mim. Minha história, meus momentos, minhas descobertas...

Ahmeudeus! Estava chorando. Não imaginei que seria tão difícil ir embora. E pensar que eu já havia odiado aquela casa. Agora estava lá, sem forças para deixá-la.

— Vamos, filha? – mamãe me chamou, entrando no quarto e me arrancando dos meus pensamentos.

– Vamos – consenti, enxugando as lágrimas.

– Você está chorando? Estava tão animada hoje de manhã!

– É que vou sentir saudades.

– Nós também vamos sentir saudades de você – disse ela me abraçando. – Quando sentir muita saudade, você pega o ônibus e vem passar o fim de semana com a gente; afinal, São Paulo não é tão longe assim.

Fiquei abraçada sentindo o calor da minha mãe. Fazia tempo que eu não dava um abraço nela.

– Vamos então?

– Vamos. – E saí sem olhar para trás, segurando minha maxibolsa Arezzo novinha que comprei em homenagem à minha nova vida em São Paulo.

Certo. Eu havia cometido mais um crime. Porém, em meu favor, digo que estava tentando me tornar um ser socrático e pretendia um dia passear pelos corredores de um shopping olhando as vitrines e pensando em como era uma garota feliz por não precisar comprar nada supérfluo, que vivia somente com o básico. Ainda não consegui sucesso total. Não era tão evoluída como foi Sócrates. Acho que a coisa rolaria aos poucos. Comprei aquela bolsa em um momento de desespero e ansiedade total. Era a bolsa ou me entupir de chocolates até ficar enorme de gorda e não entrar mais nas minhas roupas. Acho que tomei a decisão correta. Porque, do contrário, teria que comprar roupas de tamanho maior, e comprar era um verbo proibido no... Bem, acho que deu para entender.

– Seu pai está lá no carro esperando por nós junto com sua irmã. Que bolsa é essa? É nova?

Ah, merda! Ela notou. Também pudera, uma bolsa desse tamanho até cego veria.

– Essa bolsa... Ela é...

– Andem logo! – gritou meu pai assim que nos viu. – Senão a Mariana vai perder o ônibus.

– Melhor nos apressarmos – respondi, me esquivando de dar maiores explicações sobre a bolsa.

Saímos correndo, terminando de colocar as coisas nos carros. Sim, precisou de dois carros para levar minhas coisas. Não que eu tivesse muita bagagem. Mas os carros dos meus pais eram carros pequenos e Marisa também decidiu ir junto para se despedir.

Durante todo o trajeto até a rodoviária, papai foi repassando as recomendações pela enésima vez. Marisa estava sentada no banco de trás, com seu habitual ar de paisagem, e eu, bem, fingia que ouvia tudo o que ele estava dizendo. Na verdade, estava me despedindo dos lugares, das ruas, das praças. Do colégio onde estudei, do supermercado onde mamãe fazia compras, dos bares e restaurantes em que fui tantas e tantas vezes com amigos e com

Edu. Do shopping, do cursinho onde conheci Edu... Eram lugares cheios de histórias. Estava deixando uma vida para começar outra. Era nisso que precisava me concentrar. Ia construir uma história em São Paulo e tinha certeza daquilo. Sequei as lágrimas e me foquei no que papai estava dizendo:

– ...E fique longe de pessoas esquisitas. São Paulo está cheio delas. Se alguém te parar na rua querendo conversar, não pare. Está ouvindo, Mariana?

– Sim, papai. Estou te ouvindo.

– A gente ouve essas histórias de sequestro, de assalto e vem tudo de lá. Você tome cuidado, viu? Deus me livre se acontecer alguma coisa. Não abra a porta da sua casa pra ninguém. Não passe o número do seu celular, nem seu endereço.

Gente, na cabeça de papai, São Paulo era uma terra sem lei.

– E nem ande com essas bolsas imensas pela rua. Nem com dinheiro.

– Ué, e eu vou andar com o quê? Só tenho bolsa grande.

– Compre um negócio daqueles que os gringos usam quando vêm para o Brasil. Sabe qual é? Eles prendem na cintura por dentro da roupa.

– Ah, papai. Não é pra tanto, né?!

– Escute o que seu pai está falando. Eu conheço essa cidade.

– Conhece? Ué, você disse que nunca foi a São Paulo!

– E nunca fui. Mas assisto aos telejornais.

Quando chegamos à rodoviária, minha mãe já estava esperando por nós com carregadores de bagagem para nos ajudar no transporte. Avistei Clara de longe e apertei o passo para me encontrar com ela.

– Oi! Ué, veio sozinha? Cadê seus pais?

– Eles detestam despedidas, eu detesto despedidas. Achei que seria mais prático assim. Ei, de quem é tudo isso? – perguntou espantada quando os carregadores chegaram e pararam ao nosso lado.

– Minha bagagem, oras! E cadê a sua?

– Tá aqui. – Apontou para uma única e mísera mala de tamanho grande.

– Só isso?

– Só.

– Como você consegue?

Clara sorriu e deu de ombros.

– Fiquei feliz em saber que você também vai. Assim, a Mariana não fica tão sozinha – comentou mamãe.

– Toma conta da minha menina, viu?!

– Pai, não sou mais uma criança e Clara tem a mesma idade que eu.

– Mas é bem mais ajuizada que você!

– Pode deixar, Seu José, se ela não se comportar, eu ligo reclamando – comentou sorrindo. – Vamos despachar as malas? O ônibus já está estacionado na plataforma.

– Deixa que eu levo isso – avisou papai, levando minha mochila.

Entregamos as bagagens para o atendente da companhia de viação e ele quis me cobrar cinquenta reais de excesso de peso.

– Não dá para liberar? – pediu mamãe ao atendente.

– Não posso, senhora. São normas da empresa – replicou, em tom impaciente.

– O ônibus não está cheio.

– Mesmo assim não vai ser possível.

– E não dá para passar alguns quilos para a amiga que está viajando junto? Ela está levando somente uma mala.

Isso seria bastante razoável. Clara só estava levando uma mala.

– Não, senhora – respondeu, e em seguida ele deu as costas para minha mãe e começou a atender outro passageiro que também não tinha bagagem para despachar.

– Você é ruim de negociar, hein?! Quero falar com seu gerente, rapaz.

– A senhora está atrapalhando meu serviço e vai atrasar a partida do veículo.

– Pois que atrase, então. Eu quero falar com seu gerente.

Minha mãe, com seu jeito esquentado de ser, começou a medir forças com o funcionário e, antes que o clima esquentasse entre eles, eu a puxei pelo braço.

– Mãe, eu tenho dinheiro aqui, posso pagar pelo excesso da minha bagagem. Por favor, não começa a fazer barraco aqui no meio de todo mundo.

– Filha, o cara não está a fim de facilitar. E o problema é que ele pode. Se o ônibus estivesse lotado, eu seria a primeira a tirar o dinheiro do bolso. Mas não, ele quer dar uma de bonzão. Mas comigo não.

Minha mãe odiava perder uma causa. Seja ela qual fosse. E eu já podia prever o barraco que ia rolar aqui se ele não cedesse aos seus pedidos.

– Não precisa criar confusão por causa disso. Deixa o garoto se sentir e vamos pagar logo esse excesso – insisti.

– Negativo. Vou lá falar com ele.

– Mãe, assim você vai atrasar a saída do ônibus!

– Não tem importância. Eu vou lá negociar com ele – avisou, marchando na direção do atendente. – Escute aqui, meu filho, vamos resolver essa situação de uma vez por todas?

Eu abaixei a cabeça, cruzei os braços e fiquei esperando Dona Thelma dar seu show. Por fim, tudo se resolveu e ela voltou com ares de vitória.

– Ah, se a gente não bate o pé e se posiciona, eles nos enrolam. Esse cara ia levar 50 reais livre, livre. Mas comigo não!

Segurei o ímpeto de revirar os olhos e tratei de começar com as despedidas antes que atrasasse ainda mais a nossa viagem.

Comecei abraçando bem forte minha mãe.

– Tome cuidado, filha. Aquela cidade é muito perigosa – disse, já em prantos. – E me ligue todos os dias.

– Pode deixar. Vou sentir saudades – falei, sentindo as lágrimas escorrendo pelos cantos dos meus olhos.

Depois, abracei papai, que estava se segurando, mantendo a pose de homens-não-choram.

– Lembra de tudo que te falei?

– Lembro, pai. Fique tranquilo, porque vou me cuidar. E te espero lá, viu? Vá me visitar também. – Beijei-lhe a face com carinho. – Tchau, paizinho. Te amo.

Resmungando alguma coisa que não entendi, ele se juntou à mamãe. Despedi-me de Marisa com um abraço apertado, que ficou indiferente a tudo, para variar, e quando estava subindo os degraus do ônibus, ouvi alguém chamando meu nome:

– Mariana. Mariana, espere!

Eu me virei e vi Edu correndo em minha direção. Pisquei os olhos para confirmar a cena. Não estava alucinando. Era ele. Meu coração quase parou de bater.

– Edu? O que você está fazendo aqui, meu filho? – indagou mamãe dando voz ao meu pensamento.

– Eu vim me despedir da Mariana. Por um momento achei que o ônibus já tivesse partido.

Quase agradeci de joelhos o barraco do excesso de bagagem que minha mãe armou com o funcionário da empresa. Se não fosse isso, Edu não teria me alcançado.

Sem demora, desci o degrau que havia subido e girei o meu corpo na sua direção. Surpresa com sua vinda, eu fiquei parada sem saber o que dizer. E foi nesse momento que ele se aproximou e seu perfume tomou conta do meu emocional, me trazendo lembranças boas de um tempo bom.

– Eu só queria me despedir, te desejar uma boa vida nova e dizer que Prudente não será a mesma sem você.

Naquele momento eu acreditei em milagres. E mais: acreditei na redenção do Sr. Destino. Finalmente estávamos quites.

– Se cuida.

– Você também.

Edu me enlaçou pela cintura e passou a mão nos meus cabelos, como sempre fazia quando me abraçava.

– Leia isso quando estiver no ônibus – pediu, me entregando um envelope branco. – Boa sorte lá em São Paulo. Me liga se precisar de qualquer coisa.

– Obrigada. Foi bom você ter vindo. – Sorri, olhando nos olhos dele. Dei um beijo em seu rosto e engoli em seco.

– Vá com Deus. – E, antes de me soltar, segurou forte minha mão, amassando o envelope. Eu também apertei a mão dele como quem queria ser salva naquele momento.

– Tchau, gente! – disse Clara, entrando no ônibus. – Temos que ir, Mari. Só falta eu.

Ai. Meu. Deus! Eu não quero ir. Quero ficar com Edu.

– Vai Mariana, só falta você – encorajou-me Edu. – Não se esqueça de me ligar.

– Pode deixar.

Então, trocando as pernas de tão nervosa que me sentia, eu entrei no ônibus e me sentei ao lado de Clara na primeira fila de assentos.

O veículo se afastou da plataforma em marcha ré e eu comecei a chorar desesperadamente. Clara me consolava, passando a mão no meu braço.

Deus! Como eu amo Edu. Trocaria meu plano de ser feliz e bem resolvida em São Paulo para me aninhar em seu peito e dormir uma noite inteira ao seu lado. O que seria de mim sem ele?

Quando, por fim, consegui me acalmar, eu abri o envelope e puxei de dentro um bilhete de Edu:

> Mariana,
>
> Desejo, de coração, que consiga encontrar aquilo que busca. Torço para que tenha muito sucesso e seja feliz.
>
> Viva com intensidade suas novas aventuras, seus sonhos e realize todos os projetos que traçou para essa nova fase da sua vida.
>
> Vou torcer para que volte a ser, de verdade, aquela Mariana divertida, simples e guerreira que conheci há seis anos. Se aquela Mariana sentir vontade de me ligar, aí vai meu novo número: 7094-4361.
>
> Beijos.
> Já com saudades,
> Edu.

Parte Dois

Dezessete

Chegou a hora de recomeçar.
Acreditar que pode ser melhor assim, tentar crescer...
"Não sei viver sem ter você", CPM 22

Respirei fundo, posicionei o pé direito antes de abrir a porta, me benzi secretamente e contei até três. Apertei o botão da campainha, me identifiquei e a porta se abriu. Eu a empurrei, entrando com meu pé direito devidamente calçado em um scarpin Schutz de salto quadrado que comprei no Mercado Livre, em um leilão disputadíssimo até o último minuto. Um escândalo de lindo! Fui praticamente obrigada a comprá-lo por causa dos critérios preço, beleza e uma insônia infernal que me atacou em uma madrugada solitária dia desses em São Paulo, jogando por terra de uma vez por todas minha ideia de me tornar um ser socrático. Eu realmente não nasci para viver com o básico, nem ser desapegada de coisas materiais e, também, não conseguia deixar passar uma oportunidade imperdível mesmo quando não estava precisando de algo, como foi o caso do sapato. Apesar de não estar precisando deste scarpin especificamente, eu sabia que ele ia me dar sorte nas entrevistas de emprego. E foi justamente por isso que o comprei e estava estreando naquele dia.

As entrevistas em São Paulo não deviam ser tão diferentes. Não sei por que eu estava tão nervosa. Afinal, já tinha feito outras entrevistas antes, só que em Prudente. Por que, vamos combinar, entrevista de emprego era igual em qualquer lugar, certo? Então, por que metade de mim queria desistir e voltar correndo para casa?

– Bom dia! – cumprimentou a recepcionista assim que me viu. – Em que posso ajudá-la?

– Ah, oi! – respondi com uma voz fina demais. – Então, eu... hã...

Ai, merda! Se estava gaguejando feito uma galinha choca com a recepcionista, imagina como ia ficar diante da entrevistadora? Socorro! Precisava me acalmar.

– Eu vim para a entrevista. Sou Mariana Louveira – concluí um tanto agitada.

– Você tem horário com Lena, não é isso?

– Sim.

– Ela pediu para avisá-la que surgiu uma reunião importante de última hora e vai se atrasar um pouco. Você prefere aguardar ou reagendar para amanhã?

Reagendar para amanhã significava: enfrentar dois ônibus e um metrô lotado, andar cinco quarteirões para chegar em casa, passar o resto do dia sem ter o que fazer e amanhã repetir todo o processo novamente? E ainda gastar mais dinheiro com as passagens e o solado do meu disputado Schutz? Apesar de estar nervosa com a situação de um modo geral, eu não desisti. Tinha de ir em frente.

– Vou esperar por ela – afirmei, ignorando minhas mãos suadas e o nó que estava se formando em meu estômago.

– Então, fique à vontade. Aceita uma água?

– Aceito sim. Ah! – Olhei para os lados e pedi baixinho. – Será que poderia ser com um pouquinho de açúcar? É que estou um tanto nervosa por conta da entrevista. – Sorri sem graça.

– Claro, vou providenciar. Só um minuto que já retorno – disse a recepcionista, saindo por uma porta e me deixando sozinha.

Acomodei-me em uma poltrona marrom ao lado da porta de entrada e tentei me concentrar na respiração, que também ajudava a acalmar. Ainda bem que a Lena se atrasou, assim tinha tempo de me recompor. Essa era a minha primeira entrevista de emprego desde que havia chegado a São Paulo e estava com um sentimento de pânico gigantesco. O mesmo sentimento que tinha quando ficava sabendo que alguma garota bonita, de corpo escultural, ia se consultar com Edu, quando nós ainda namorávamos. Edu, para minha alegria, escolheu a ginecologia como especialidade em seu curso de Medicina. E, depois de formado, ele montou consultório junto com o outro colega, e eu não me aguentava de tanto ciúme, ansiedade e curiosidade para saber como ele se comportava diante da "dita cuja" de suas pacientes. Um dia, decidi perguntar:

– Dudo, como as suas pacientes vão para as consultas?

– Sei lá, eu não as vejo chegar. Não dá para saber se vão de carro ou de ônibus.

– Não é disso que estou falando – respondi, ignorando completamente o fato de ele não ter entendido a clareza da minha pergunta.

– É do quê, então?

– Você sabe.

– Não faço ideia. O que você quer saber, Mari?

Caramba, os homens gostam de complicar, hein?!

– Bem – comecei, enrolando meus dedos nervosos nos poucos pelos que Edu tinha no peito. – Se elas colocam lingerie especial, dessas com rendinha e lacinhos, ou se vão com a velha calcinha de algodão com o elástico todo esgarçado mesmo.

– Até parece que você nunca foi a um ginecologista, Mari. Não sabe como é, não? – disse ele, cruzando os braços embaixo da cabeça.

– Eu sei como é com a *minha* ginecologista. Vou para uma salinha, tiro a roupa, coloco um avental e depois me dirijo até aquela maca aterrorizante e me deito para ser desbravada intimamente.

– Então, comigo é a mesma coisa. Idêntico à sua ginecologista – respondeu, demonstrando grande interesse em não continuar o assunto.

– Tá, mas na hora que a paciente deita naquela cama aterrorizante, e coloca as pernas naqueles suportes e fica com tudo exposto, é a hora que você chega, certo?

– Certo. Ai! Para de puxar meus pelos!

– Desculpe. E então?

– Então o quê, Mari?

– Ué, como elas se preparam para a consulta? Lingerie sensual ou básica? Depilação cavada, íntima ou completa? Ou não se depilam? É isso que eu quero saber – perguntei por fim.

– E eu sei lá. Não reparo nessas coisas – respondeu muito tranquilo e sem elevar o tom da voz.

O quê?, pensei chocada.

– Como não repara? Você está com a cara a centímetros da "dita-cuja"! Toca nela e tudo. – Fiz uma cara de quem não aprovava o namorado tocando em "ditas-cujas" alheias. – Impossível não notar se a fofa se depilou ou não.

– Eu sou profissional, Mari. Vou lá, examino e pronto. Não tenho tempo para ficar olhando pra virilha de paciente.

Revirei os olhos inconformada.

– Duvido. Nem se for uma morena esbelta de silicone e tudo mais? – provoquei, tocando no seu ponto fraco. Ele tinha preferência quase imperceptível pelas morenas. Edu desconversou e nunca mais me deixou tocar no assunto *virilhas* e *ditas-cujas* novamente, e passei o restante do namoro me corroendo de ciúmes.

– Aqui está. Com açúcar, como você pediu – anunciou a gentil recepcionista, me trazendo de volta ao tempo presente.

– Obrigada.

Bebi toda a água do copo, me sentindo mais calma. Será que era psicológico ou água com açúcar acalmava mesmo? Era incrível o efeito instantâneo que causava na gente. Enfim, não importava. Estava me sentindo melhor, mais relaxada e mais calma, Iria tirar de letra e conseguir o emprego.

A recepcionista desse escritório, por exemplo. Agora que me acalmei pude observá-la melhor. Como é que ela foi contratada usando uma sombra azul-turquesa berrante sobre as pálpebras manchadas de rímel? Rímel é básico. Não se borra rímel depois que se pega prática. Toda mulher sabe disso. Mas se ela conseguiu um emprego cometendo erros primários, era bem provável que também conseguiria. E olha que eu não borrava rímel havia séculos. Nem usava sombra azul-turquesa com roupa vermelha. Ia ser moleza!

"Seja você mesma, Mari, que vai dar tudo certo", ouvi o conselho de Clara e procurei ficar otimista. *Vou conseguir. Vou conseguir. Vou conseguir*, mentalizei, tentando captar todas as ondas de energia positiva da região.

Ai, caramba! Não estava funcionando. Estava uma pilha de nervos. Era minha primeira entrevista em São Paulo e não fazia a menor ideia de como funcionava. Clara, para variar, tinha razão. Glória Kalil deveria ter uma assistente pessoal que estava com ela havia anos, elas se adoravam e não sabiam viver uma sem a outra. Não teria espaço para mim. Ter ficado tanto tempo correndo atrás desse objetivo foi loucura minha. Perdi semanas tentando achar maneiras precisas e eficientes de mandar meu currículo e ser entrevistada pela minha diva sem obter sucesso algum. Eu tinha tanta certeza de que seria a assistente pessoal perfeita para Glorinha que realmente acreditei que iria acontecer de verdade, assim como aconteceu para Andrea Sachs – personagem de Anne Hathaway em *O diabo veste Prada* –, mas ninguém retornou meus e-mails. E agora que minhas reservas financeiras estavam praticamente no fim, precisava urgentemente de um emprego qualquer, que me desse um salário no final do mês, como esse de secretária. Era por isso que estava ali, esperando para ser atendida. Falando nisso, cadê a moça que ia conversar comigo? Estava havia mais de uma hora sentada naquela recepção e nada de ela me atender. Que falta de respeito! Achei por bem especular com a recepcionista, afinal, ela havia sido tão gentil me trazendo água com açúcar...

– Oi. – Fiz sinal interrompendo-a do que parecia ser uma fofoca quentíssima ao telefone. – Você sabe se a Lena vai demorar muito? Marcamos às 14 horas e já são 14h45. Você pode, por favor, verificar se ela vai me atender?

– Ela ainda está em reunião. Avisou que se atrasaria mesmo. Aceita mais uma água? – perguntou, tapando o telefone com uma das mãos.

– Não, obrigada.

– Um café?

– Estou bem. – Sorri tentando ser simpática com a moça da sombra azul.

Se ela tinha reunião, por que me pediu para vir às 14 horas? Nem almocei de tanto nervoso (e porque estava indecisa entre dois terninhos).

Havia pouco mais de um mês que estava morando em São Paulo, mas, de cara, entendi como as executivas paulistanas se vestiam e incorporei o estilo. Estava usando meu terninho preto muito bem cortado, uma camisa branca, colar de pérolas de duas voltas e meu saltão Schutz, que tinha que confessar: havia parado a avenida Paulista.

Simplesmente adorei o estilo e achei que era a própria executiva chique e independente andando pelas calçadas da avenida Paulista com minha pasta de couro preta. O detalhe era que eu ainda não era executiva, nem tinha um emprego para me assegurar o título, mas dizem que quando queríamos muito alguma coisa tínhamos que nos sintonizar com ela. E eu estava entrando na onda das executivas para atrair um emprego do mesmo nível. Era assim que as coisas funcionavam. Você sabe, Lei da Atração e tudo mais.

Essa moça que acabou de entrar na recepção, por exemplo, estava usando um look tão informal que quem a visse jurava que estava chegando da praia. Só pelo modelito eu afirmaria que ela não era uma executiva e nem devia ocupar nenhum cargo importante. Eu disse isso porque li em um site sobre empregos que existia um código de vestuário que era aplicado conforme o perfil da empresa, e os funcionários deveriam se vestir de acordo com a atividade desempenhada. No caso daquela moça, achei que ela nem devia saber que existia um código de vestuário, porque nada justificava aquele vestidinho de um tecido estranho fazendo par com sandálias de tiras estilo hippie anos 1970.

– Mariana Louveira?

– Sim. – Levantei num pulo.

– Prazer, eu sou a Lena. Vamos lá?

Aquela ali era a fulana que ia me entrevistar? A do vestidinho chinfrim com sandálias riponga. Gente, será que eu entendi tudo errado? E, vem cá, ela não estava em uma "reunião muito importante"? Como podia, se acabou de entrar pela porta da recepção? Ou será que "reuniões importantes" também podiam acontecer fora do escritório? Meu Deus! Talvez eu ainda não tivesse entendido como funcionava o mundo corporativo paulistano.

– Prazer, Mariana – respondi animada.

No mesmo site em que li sobre o código de vestimenta, eu também li um artigo com várias dicas de entrevistas. E lá falava que era superimportante apertar a mão com certa força, porque demonstrava segurança e confiança. E foi isso que fiz. Lena, no entanto, mal apertou minha mão. Se o tal site estivesse certo, ela não devia ser segura, tampouco confiante. Ou será que com os paulistanos era diferente? Será que tudo o que li e pesquisei não me serviriam de nada? Ah, Deus! Ah, Deus! Na dúvida, resolvi observar em vez de agir. Desse modo, segui Lena em silêncio até uma salinha, ela me pediu para sentar, me ofereceu um copo de água e sorriu de forma amável.

– Foi fácil chegar até aqui?

– Sim. Com suas explicações foi bem fácil de achar. Não tive dificuldade alguma.

– Que bom – respondeu, indo até um balcão de apoio enquanto me servia um copo com água.

Até agora estava indo tudo bem. Se continuássemos a falar sobre como era fácil se deslocar de um bairro para o outro, certamente eu iria me dar muito bem.

– Sua água.

– Obrigada – agradeci, pegando o copo de suas mãos e imediatamente o cheiro de seu esmalte fresco me subiu às narinas. Fitei as mãos dela e confirmei minhas suspeitas: unhas recém-pintadas de, se eu não estiver enganada, Vermelho Ivete! A maneira como ela mexia as mãos, como segurava o papel... era bem típico de quem tinha saído da manicure minutos antes. O óleo secante ainda escorria em volta das unhas. E o vermelhão acima do lábio? Espere aí, ela me fez esperar mais de uma hora dizendo que estava em uma "reunião muito importante" quando, na verdade, a fofa estava no salão depilando o bigode e fazendo as unhas?! E, pior, me subestimou achando que eu não notaria? Logo eu, que conseguia dizer até o nome da cor do esmalte? Ah, mas isso não estava certo! Eu tentei fazer tudo o que os especialistas em Recursos Humanos recomendavam e essa aí fazia tudo errado?

– Então – Lena baixou os olhos para o meu currículo –, Mariana, me fale um pouco de você.

– Bem – comecei um pouco constrangida. Devia ter ensaiado no espelho essa parte. Mas como eu poderia saber que ela faria justo essa pergunta? –, sou do interior e moro em São Paulo há dois meses.

Ela anotou coisas no meu currículo sem se importar com a gota de óleo secante que tinha acabado de pingar no papel. De algum modo, este gesto me irritou profundamente.

Ignorando minha raiva, eu segui em frente:

– Divido apartamento com minha amiga Clara, que também é de Presidente Prudente. Atualmente estou solteira, sem namorado... Estou dando um tempo, sabe? Acabei de sair de um relacionamento longo e quero ficar um pouco sozinha. Acho que é extremamente necessário termos um tempo só nosso antes de iniciar um novo relacionamento, você não acha? – Ela levantou os olhos por cima dos óculos de grau e não disse nada. *Ahmeudeus!* Acho que falei besteira. Não precisava ter mencionado esse lance do relacionamento. Vou mudar o foco. Como ela permaneceu calada, escrevendo sem parar, achei por bem seguir falando de mim: – Eu sou extrovertida, falante, bem-humorada, adoro moda, tendências, estilos e tenho um fraco por bolsas. Não posso ver uma liquidação de bolsas que fico em polvorosa. É um vício, não consigo me libertar. Acontece com você também? – perguntei, aproximando-me da mesa, demonstrando estar super à vontade, como num bate-papo entre amigas.

– Não – respondeu secamente, ainda me olhando por cima dos seus óculos. – Na verdade, gostaria de saber mais da sua vida profissional.

Claro! Por que, de repente, eu tive de falar sobre bolsas? Limpei a garganta e me situei antes que eu colocasse tudo a perder.

– Sou formada, como você pode ver no meu currículo, em Turismo e...

– Turismo... Hum...

– Sim – confirmei orgulhosa. – Na verdade, sou bacharel em Turismo.

– Você não preferiu buscar algo na sua área? Este cargo é para secretária. Está totalmente fora da sua especialização.

Não estava preparada para responder àquela pergunta. Ela tinha me encurralado. Como ia sair dessa? Como?

– Na verdade não. Quero explorar outras áreas.

"Explorar outras áreas", segundo o site com dicas de entrevistas, era uma resposta que impressionava os entrevistadores. Significava que eu era versátil, dinâmica e que não me acomodava em uma só área. Acho que mandei bem.

– Você tem curso de pós-graduação?

– Não.

– MBA?

– Não

– Algum curso técnico ou outra especialização sem ser na área de Turismo?

– Não.

– Fala inglês?

– Hum... *More or less* – arrisquei, lembrando minhas aulas de inglês no colégio. O problema era que eu lembrava mais do professor (e que professor!) do que das aulas em si.

– *Would you mind if we continue the interview in English?*

Eu não faço a mínima ideia do que você disse, pensei querendo sumir da frente da riponga.

– *I...* aaah... *I...* – Merda, merda! – O que você disse?

– *Never mind.* Outro idioma que não seja o nativo?

– Também não.

Olhei para ela, consternada. Ela me odiava, eu tinha certeza disso.

– Então, não vejo sentido em continuarmos com a entrevista – afirmou, batendo o lápis na mesa. – A vaga que tenho requer especialização na área administrativa ou secretariado executivo e é imprescindível que a candidata fale inglês e espanhol fluentemente.

Certo, e por que não leu meu currículo direito, pensei com raiva dela e de suas unhas Vermelho Ivete.

– Eu aprendo rápido – me ouvi falando.

– Precisamos de alguém com experiência. Mesmo assim, obrigada pelo seu tempo. – Ela se levantou num gesto rápido. – Foi um prazer conhecê-la, Mariana. E boa sorte na sua busca.

Sim, ela me odiava muito. Olha só como me olhou com desdém de cima a baixo. Mas essa eu não ia deixar barato.

– O prazer foi meu.

Levantei-me e estendi a mão. Ela estendeu também e a apertei bem forte, de modo que uma unha encostasse na outra só para borrar o esmalte todo.

– Desculpe por ter tomado seu tempo. – Sorri de forma suave e delicada.

Lena olhou discretamente para as unhas assim que soltou minha mão.

– Eu borrei o seu esmalte? Ah, desculpe! Não percebi que estava molhado... – menti com ironia.

– Não se preocupe, não aconteceu nada. Eu te acompanho até a saída.

Riponga idiota, xinguei em pensamento enquanto descia pelo elevador do prédio. *Eu nem queria essa porcaria de vaga mesmo.*

Na tarde do dia seguinte, estava novamente aguardando para outra entrevista. O mesmo terninho, um top rosa bebê, o mesmo sapato e um pouco mais otimista. Tinha outra entrevista agendada para o final da semana. As coisas pareciam que estavam acontecendo e estava com um bom pressentimento de que em breve estaria empregada.

– Mariana Louveira?

– Sim – respondi, aliviada por não ter que esperar mais de uma hora para ser recebida.

– Prazer, Viviane. Vamos lá?

Cheirei o ambiente de forma discreta. Nada de unhas recém-pintadas. Graças a Deus! Caminhamos em silêncio por um longo corredor. Passamos por diversas salas de reuniões e depois por uma grande área com pessoas trabalhando em pequenos cubículos onde só cabia o computador e mais nada. Não tinha nenhuma decoração e nenhuma pincelada de cores. Tudo era cinza e empoeirado. Um horror.

Tinha que me lembrar de redecorar aquele escritório e fazer a faxineira trabalhar um pouco mais. Caso eu fosse contratada, claro! O ambiente estava implorando por cores, quadros e plantas e ninguém estava ouvindo.

– Por favor, entre – pediu ela, abrindo a porta.

– Obrigada.

– Muito bem, Mariana, você já trabalhou em *call center* antes?

– Aaah... – Fiz uma pausa. – Não, nunca.

– Bem, isso não é problema, pois nós provemos todo o treinamento.

Suspirei me sentindo animada. Agora vai!

– Fale-me um pouco de você.

Pelo jeito essa era uma pergunta básica e padrão dos entrevistadores, mas, desta vez, eles não iam me pegar. Eu ensaiei a resposta em frente ao espelho. Vááárias vezes.

– Sou formada em Turismo, trabalhei vários anos na minha área quando morava em Presidente Prudente. Mudei para São Paulo há quase dois meses e estou em busca de novos desafios.

"Essa resposta em busca de novos desafios era outra frase que impressionava os entrevistadores. Era uma espécie de frase curinga. Tentem enfiá-la em todas as respostas que você vai se dar bem", dizia o blog *Meu Emprego Já*, especializado em entrevistas. Desde que iniciei as buscas por emprego que eu vinha lendo esse blog. Virei seguidora assídua.

– E quais desafios você tem em vista?

Torci meus dedos. Minhas mãos estavam úmidas. Viviane não parava de olhar para elas. Não fazia a menor ideia do que poderia responder. Achei que ela fosse abrir um sorriso de orelha a orelha e anotar "achei a candidata certa para o cargo. Ai, que alegria!" no meu currículo. Mas não era isso que ela estava anotando.

– O desafio de conseguir um emprego. – Mexi nervosamente as mãos, enquanto Viviane olhava fixamente para elas. – Minhas reservas financeiras estão quase no fim e preciso de um emprego para me sustentar.

– Entendo – pigarreou e anotou mais alguma coisa.

Será que ela não gostou? Fui sincera, essa era a minha realidade.

Ai, que nervoso!

O que eu não daria por uma barra de chocolate agora.

– E você conhece nossa empresa, conhece nosso *business*?

– Não, nunca ouvi falar. O que vocês fazem?

– Bem, nós provemos serviços de *call center* para empresas de telecomunicações. – Seus olhos brilharam de entusiasmo conforme ia falando sobre a empresa. – Somos líder mundial de mercado no segmento e temos várias empresas multinacionais de telefonia móvel e telefonia fixa em nosso portfólio de clientes.

Hum, *call center*. Eram aqueles caras que nos deixavam horas na linha e por fim diziam que, infelizmente, não podiam ajudar. E quando eles pediam para aguardar um momento e desligavam o telefone? Nossa, eu ficava maluca!

– Por que você gostaria de trabalhar na nossa empresa?

– Como disse, estou precisando de um emprego urgente. – Enquanto ia respondendo, tentava segurar minhas mãos apoiadas no colo de uma forma natural, mas não obtive sucesso. Quando percebi, estava gesticulando feito uma italiana empolgada. – Minha amiga, a Clara, ela teve muita sorte e foi contratada na primeira entrevista que fez. Nós moramos juntas e ela tem pagado as despesas da casa praticamente sozinha.

– Entendo.

– Entende mesmo?

– Sim, entendo seu ponto.

De repente, um frio percorreu minha espinha dorsal.

– Então, a vaga é minha? Qual vai ser meu trabalho? Quando começo?

– Calma. – Ela riu com gosto. – As coisas não são assim tão rápidas. O processo é um pouco lento. São várias etapas e temos algumas dinâmicas também. Eu entro em contato para informar se você passou para a próxima fase. Aqui tem todos os seus contatos, certo?

– Sim, tem meu celular e o da minha amiga, caso você não consiga falar comigo pode ligar pra ela.

– O seu e-mail é gatinhadodudo@hotmail.com?

– É este mesmo. – Por que ela quase sorriu? Não entendi a ironia.

– Ok, Mariana. Não se preocupe que eu dou um retorno. Obrigada por ter vindo e tenha um bom dia.

– Quando você vai me retornar?

– Acho que na próxima semana. Por aqui, por favor – disse, indicando a saída.

– Só na próxima? Pensei que estivessem com urgência.

– E estamos, mas o processo é demorado mesmo. Se sair uma resposta antes, eu te aviso.

– Ok.

Era sexta-feira de manhã. Sete horas para ser mais exata. Estava morrendo de sono porque tive que madrugar para estar do outro lado da cidade no horário. Coisa que não aconteceu com Renato, o cara que, nesse momento, estava sentado na minha frente, organizando seus pertences em cima da mesa antes de dar início à entrevista.

Ele me fez esperar 40 minutos sentada em uma poltrona desconfortável e bebendo litros de café para não dormir em plena recepção vazia e silenciosa. Isso tudo porque não era ele quem precisava do emprego. Será que ele já ouviu falar que o mundo dava voltas?

– Conte-me algo a seu respeito – perguntou com uma voz arrastada.

– Bem. – Sorri entediada. Estava começando a odiar essa pergunta. Assim como a todos os entrevistadores também. – Sou bacharel em Turismo, trabalhei na minha área por diversos anos e vim para São Paulo em busca de novos desafios.

Pronto. Repeti o blábláblá de sempre. O que será que esse moço todo arrumadinho, perfeitinho e com todos os fios de cabelos no lugar perguntaria agora?

– Conte-me o que você sabe sobre a nossa empresa.

– Eu não sei muita coisa, para ser sincera. Sei apenas que é um escritório de advocacia e que vocês estão precisando de uma recepcionista. Eu tenho experiência como recepcionista, como você pode ver no meu currículo. E acredito que posso contribuir bastante no negócio da empresa.

Mudei de blog. Aquele que estava lendo não me ajudou muito. Dizia lá para ser sincera, eu fui e até hoje a Viviane não me retornou. Já esse novo blog dizia umas coisas legais e que faziam mais sentido. A frase "Posso contribuir bastante no negócio da empresa" foi uma das dicas que peguei. Deduzi que os entrevistadores gostavam muito mais de ouvir que você pode contribuir com o negócio do que o "estou em busca de novos desafios". Vamos ver se dava certo dessa vez.

– Ok. – Ele não parava de escrever. – Como você trabalha sob pressão?

– Trabalho bem. Realmente não tenho problemas com isso. É meu forte, inclusive.

– Como você trabalha em equipe?

– Realmente não tenho problemas com isso. Este também é um dos meus pontos positivos.

E ele seguia anotando coisas sem parar. Mudou até a folha do caderno. Sem querer, eu bati com meu pé na perna da mesa e as canetas rolaram para o lado. O Sr. Arrumadinho parou imediatamente de fazer sua anotação e alinhou as canetas novamente. Antes de iniciar a entrevista, ele organizou as canetas por cores: azul, preta e vermelha; apontou três lápis pretos (que já estavam apontados) e os enfileirou ao lado das canetas; tirou de dentro de um estojo de couro três borrachas e as emparelhou ao lado dos lápis e, ao lado delas, apoiou seu caderno preto de capa dura.

– Tente não bater na mesa novamente, por favor – pediu, assim que terminou a tarefa.

– Tudo bem. Desculpe.

– Poderia me dar um exemplo de algo realizado em equipe onde sua contribuição foi fundamental para o sucesso do projeto?

– Equipe... Projeto...

– Sim.

– Ah, sim, lembrei. Quando o hotel passou por reformas, observei que a arquiteta não entendia bulhufas de decoração. Então, sugeri mudar as cores das paredes da recepção de verde-bandeira para tons pastel, sugeri, inclusive, o uso de papéis de parede, mas o dono do hotel achou que encareceria demais a obra. Minha opinião também foi fundamental na troca das cortinas de veludo por persianas mais leves para combinar com as novas cores. O dono do hotel não só acatou minhas sugestões, como elogiou meu bom gosto e demitiu a arquiteta.

– Mas isso não é um trabalho em equipe.

– Lógico que é! – respondi indignada. Do que esse cara entendia, afinal? – Depois da demissão da arquiteta, eu gerenciei a equipe de pintura e os demais funcionários envolvidos na reforma até o término da obra. Portanto, um trabalho em equipe. Entendeu?

Ele me encarou sem falar nada.

– Quais são as três coisas positivas que seu último chefe contaria de você?

– Acho que ele diria que resolvo problemas com facilidade, que sou organizada e que tenho muito bom gosto.

– E os seus defeitos, o que ele teria para me contar?

– Não sei. Acho que ele diria que sou teimosa, de opinião forte. Na verdade, tínhamos nossas diferenças. Então, não sei o que ele diria.

Recebi um olhar de espanto do Sr. Arrumadinho e eu sorri em resposta.

– Do que você mais se orgulha?

– Da minha coleção de sapatos e bolsas – falei a primeira coisa que me veio à cabeça para, em seguida, me arrepender.

– Não há uma resposta certa ou errada, mas se você pudesse estar em qualquer lugar do mundo agora, onde escolheria estar?

– Numa liquidação da Bloomingdale's.

Merda! De novo eu falei sem pensar. *Foco no emprego, Mariana!*

– Ok. – Ele fez cara de quem não entendeu, anotou mais um monte de coisas e pegou um marcador de texto amarelo de dentro do estojo e sublinhou algumas linhas. Obviamente que ele abriu espaço entre os lápis e as borrachas para repousar a caneta marca-texto.

Só espero que ele não... Ih, pensei tarde demais. Ele tirou mais dois marca-textos de dentro do estojo, um azul e outro laranja e os juntou com o amarelo. Agora sim a sequência estava completa, tudo dele era três. Meu Deus, namorar esse cara deveria ser uma neurose total.

– Me fale de um problema grave que você resolveu com extrema facilidade e rapidez – repetiu.

– Existem vários. Modéstia à parte, sou ótima nisso. – Sorri simpática. Arrumadinho não riu de volta. Preferiu ficar de cara fechada a ser simpático comigo.

– Me dê exemplos.

– Bem, no ano passado eu tive que organizar meu casamento e decorar meu apartamento, tudo ao mesmo tempo. E olha que não tive ajuda de decoradoras, nem da minha mãe ou de uma cerimonialista. E durante esse período apareceram inúmeros problemas, detalhezinhos chatos que fui resolvendo com muita agilidade sem comprometer a data da cerimônia nem o orçamento previsto para ambos.

Bem, quase isso. Mas ele não precisava saber dos detalhes.

– Mas aqui no seu currículo diz que você é solteira.

– E sou.

– Não entendi seu exemplo – disse, arqueando a sobrancelha esquerda e fazendo uma cara de impaciente que me irritou.

– Ah, é que não me casei. Meu ex-noivo terminou comigo no... Hum, pouco antes da data do casamento.

– Sinto muito.

– Está tudo bem. Já superei – menti, mostrando que não era de ficar me lamentando por qualquer coisa.

– Por fim, diga por que eu deveria te contratar?

– Porque posso contribuir muito com o negócio da empresa. E porque preciso muito deste emprego também.

– Ok, Mariana. Tenho aqui todos os seus contatos, seu... – Enfim vislumbrei um leve sorriso vindo de sua cara ranzinza. – Pode, por favor, confirmar seu e-mail?

– gatinhadodudo@hotmail.com

– Bem criativo, não?

Ele estava me zoando ou falando sério?

– Você achou mesmo? Eu o criei quando conheci o Edu, meu ex-noivo. Criamos e-mails exclusivos para nos comunicar...

– Ligo para te dar um *feedback* da nossa conversa – avisou Renato, me cortando secamente.

– Vou esperar. Obrigada – agradeci, controlando minha vontade de sacudir a mesa e fazer voar caneta para tudo quanto era lado.

Dezoito

Num apartamento perdido na cidade,
Alguém está tentando acreditar
Que as coisas vão melhorar ultimamente.
"Lá vou eu", Zélia Duncan

Tudo bem. Não podia me desesperar. Estava morando em São Paulo havia dois meses – completados naquele dia – e sabia que precisava ter um pouco mais de paciência. Exceto pelo problema do desemprego, o resto estava indo bem. Estava completamente adaptada, se bem que havia horas em que eu achava tudo uma loucura, a cidade, às vezes, me parecia esmagadora demais, mas o ritmo era aquele mesmo, não era? Bem diferente de Prudente, que era uma calmaria só. Clara também se adaptou super-rápido, estava feliz com seu emprego de secretária em uma multinacional e fazendo mil planos para o futuro. Tudo aconteceu tão fácil para ela que eu achei que, de repente, iria ser do mesmo jeito pra mim. Mudei o canal da televisão no mesmo instante em que a porta se abriu e Clara entrou toda esbaforida.

– Nossa, que loucura foi para chegar em casa! Essa greve de ônibus deixou a cidade um verdadeiro caos. Duas horas para chegar do Itaim aqui, você acredita?

– Oi pra você também.

– Ai, desculpe. É que você não imagina. Mas, enfim, o importante é que cheguei. E aí, como foi o seu dia?

– Uma droga.

– Sério, por quê? – perguntou Clara, jogando a bolsa no balcão que divide a microcozinha da microssala e sentou-se no sofá ao meu lado.

– Ah, você sabe, o mesmo de sempre. Já participei de tantos processos e até agora o meu telefone não tocou. Ninguém liga nem pra dizer "Obrigado, mas contratamos outra pessoa".

– As coisas são assim mesmo, Mari, tenha paciência.

– Tá difícil de ter paciência. O que vou fazer se não conseguir um emprego? Tenho uma reserva de dinheiro, mas uma hora ele vai acabar, né? E aí? Você vai continuar pagando o aluguel e todas as despesas da casa sozinha?

– É, realmente está muito apertado arcar com tudo. Não sobra quase nada do meu salário no final do mês. Mas entendo que você precisa ter dinheiro para ir aos processos seletivos e para emergências. Por ora, estou dando conta.

– Eu me sinto supermal em não poder colaborar com as despesas da casa. Justamente por isso que eu preciso urgentemente de um emprego. Qualquer um que me dê uma graninha por mês serve, sabe.

– Não é assim também. Você tem o seu valor.

– Participei de tantos processos seletivos que estou capacitada a exercer uma vaga de entrevistadora. Sei todas as perguntas, as posições, os olhares, como se sentar e posicionar as mãos. Acho que vou me candidatar a uma vaga dessas na próxima vez – comentei, ironizando minha sina. – O que você acha?

– Eu entendo sua angústia, Mari, mas tenha calma que uma hora dá certo.

– Estou tão desesperada que topo fazer qualquer coisa, ser cobradora de ônibus, babá, caixa de supermercado, adestradora de cães, sei lá.

– Não desmerecendo as pessoas que ocupam essas funções, você não estudou quatro anos numa faculdade para se candidatar a qualquer emprego. Você é inteligente e capacitada, tem condições de conseguir algo na sua área ou próximo do que você faz e que te dê um bom dinheiro.

– Ah, então fala isso para todos os recrutadores desta cidade.

– Sei que é chato ouvir o mesmo conselho toda hora e de todo mundo, mas precisa ter paciência. Não tem outra saída. Tudo no seu tempo, amiga. E não se preocupe, por enquanto eu vou aguentando as contas.

– Paciência e dinheiro são duas coisas que estão acabando por aqui – afirmei, enfiando uma colherada de Nutella na minha boca. – Hoje, no auge do meu desespero, me candidatei a uma vaga de atendente de telessexo – murmurei com a boca cheia de chocolate.

– O quê? Você fez sexo hoje? – guinchou Clara.

– Não. Eu não transei com ninguém. – Terminei de engolir e esclareci o mal-entendido: – Disse que hoje eu me candidatei a uma vaga de atendente de telessexo.

– Mentira? Você está brincando, né?

– Óbvio que não. Pior é que não quiseram me entrevistar. Nem para isso eu sirvo – reclamei inconformada de não terem me aceitado. Para dar vazão à minha frustração, tornei a encher a colher com mais doce.

Clara se acabou de tanto rir e eu não achava a menor graça. Estava deprimida porque o salário até que era bem razoável e eu já podia estar trabalhando e, no final do mês, poderia, inclusive, visitar algumas lojas maravilhosas que eu anotei o endereço. Não que eu fosse gastar todo o meu futuro salário em compras, mas, sabe como é, se surgisse um evento ou uma festa de última hora eu já sabia onde podia comprar umas coisinhas.

– E por que não quiseram te entrevistar?

– Por causa do meu sotaque caipira do interior. Disseram que eu não despertaria tesão em ninguém falando com esse meu jeito caipira.

– Ah! Ah! Ah! Ah! – Clara se contorcia no sofá de tanto gargalhar. – Ai, minha barriga... Sotaque caipira... Essa é boa.

Comi mais umas cinco colheradas de Nutella até Clara parar com o ataque de riso.

– Quer dizer que você não serve para ser atendente de telessexo por causa do seu sotaque?

– Hum.

– Estou imaginando você trabalhando num lugar desse. "Oi, mooor, o que ocê quer hoje?" Ai, que engraçado!

– Eu não falo *ocê* nem *mooor*. Qual é a graça, hein?

– Ah, vai! Rir um pouco melhora o astral.

– Estou deprimida, querendo me enfiar na cama e nunca mais sair de lá. Dois meses sem trabalho, com o dinheiro contado, sem ter com o que me ocupar, sem poder comprar nada. Estou pra ficar maluca.

– Comprar? Você não disse que esse verbo estava proibido aqui dentro de casa? – perguntou, se recompondo das gargalhadas.

– E continua proibido. Eu não comprei nada.

– E aquele sapato cor de caramelo que eu vi jogado na sala outro dia? É novo, não é?

Droga! Ela viu?

– Você comprou aquele sapato?

– Eu... Foi por causa do preço, sabe?

– Mari! – exclamou Clara horrorizada. – Você combinou que iria segurar a onda e não gastar com nada supérfluo.

– Eu sei que disse. E não gastei com nada supérfluo. Na verdade não foi um gasto, foi um investimento. Todo mundo sabe que para ganhar dinheiro é preciso gastar dinheiro. E para conseguir um emprego vale a mesma teoria.

– Você está é me enrolando, isso sim!

Houve uma pausa. Comi mais uma colherada do meu chocolate porque não sabia o que responder. Não queria dar muita satisfação dos meus gastos ao mesmo tempo que me sentia culpada por não ter conseguido me segurar.

– E o Edu? – Clara perguntou me livrando do ligeiro incômodo.

– Conversei com ele no início da semana, mas só falamos de entrevistas, minha adaptação até agora, essas coisas corriqueiras.

– Vocês não conversam sobre vocês?

– Ainda não falamos disso. Aliás, ele ficou de me ligar às oito horas – Conferi as horas no relógio e me desesperei – e já são quase nove! Será que ele se esqueceu de mim?!

– Deve estar preso no trabalho.

– Estou aqui angustiada querendo ligar e ao mesmo tempo não quero, para não parecer que estou desesperada para falar com ele. Sei que não somos mais namorados. Só que ficou essa coisa malresolvida entre nós. Não sei mais como me comportar com ele.

– Hum. – Clara deu de ombros não demonstrando muito interesse em minhas lamentações. – Você vai começar com seu *drama queen* diário ou prefere assistir à novela? Hoje está imperdível, vamos ver?

Me calei na hora e mudei o canal, sentindo uma leve animação.

– É hoje que vamos saber se Daniel vai mesmo aceitar a proposta de emprego no exterior ou se decide ficar com Rafaela. O que você acha que vai acontecer?

– Eu acho que ele não vai para o exterior. Ele vai ficar com a Rafaela – arriscou Clara se levantando e indo até a cozinha.

– Eu também acho que é isso que vai acontecer.

– Quer alguma coisa da cozinha?

– Não, obrigada.

– Opa, bem na abertura! Abre um espaço aí que eu também quero sentar – pedi a ela com uma colher nas mãos, pronta para atacar meu pote de Nutella.

– Ei, trate de se afastar do meu pote de chocolate! – ordenei. – Você sabe que não divido chocolates com ninguém. Pega outro pote lá no armário para você.

– Acabou.

– Não acabou não. Escondi o último pote. Para alguma emergência, sabe como é, TPM, crise de existencial, essas coisas – expliquei diante de seu olhar indignado. – Está atrás do filtro de água.

– Isso lá é lugar de esconder as coisas?

Clara correu para buscar o pote de doce, sentou-se ao meu lado no sofá e, mudas, começamos a assistir à novela.

Mentalmente, torcia para que Daniel jogasse tudo para o alto e ficasse ao lado da namorada. Era bem mais romântico que ir trabalhar em outro país. Me desculpe os carreiristas de plantão, mas, eu, romântica assumida, prefiro os casamentos às promoções de trabalho.

Ih, olha só. Antes de dar a resposta para o chefe, ele disse que precisava falar com uma pessoa. Isso não era bom sinal. Afinal, quem sabia o que queria não precisava "falar com outra pessoa" para tomar uma decisão, não era mesmo?

E agora ele estava dirigindo feito um louco pelas ruas ao mesmo tempo em que relembrava seus momentos de amor com Rafaela. O tema deles na novela era uma música linda... "Eu sei. Tudo pode acontecer. Eu sei. Nosso amor não vai morrer..." Me lembrou Edu e eu. Por um instante imaginei que o personagem da novela era Edu e que eu era a namorada apaixonada à espera de uma decisão.

Mas foi um instante que passou.

Estava com vontade de chorar. Olhei para Clara que também estava com a testa franzida. Céus, quanto suspense! Com quem ele ia falar? Será que era com Rafaela? *Tomara que seja, tomara que seja*, torci em pensamento.

– O telefone está tocando. É para você – avisou Clara sem tirar os olhos da TV.

– Pra mim é que não é.

– Mari, o celular é seu. Óbvio que é para você. Vai logo que essa música brega está atrapalhando toda a cena.

– Você chamou o Bon Jovi de brega? Olhe o respeito!

– Cala a boca e atende logo esse telefone!

Indignada, levantei para atender o celular que estava em cima da mesa.

– Oi! – disse, sentando de volta no sofá para ver de perto todos os detalhes da trama.

– Oi, Mari.

Era ele. Edu.

Justo na hora da melhor cena da novela? Daniel estava na porta da casa de Rafaela. Ele tocou a campainha. Ela estava indo abrir a porta com uma camisola fantástica. Ai, meus Deus! Tomara que ele fale que não vai viajar porcaria nenhuma.

– Alô? Mari? – insistiu Edu diante do meu silêncio.

– Oi, Edu! Tudo bem com você?

"Dani!", exclamou Rafaela, suspirando de felicidade ao vê-lo encostado no batente da porta. Ela estava de cílios postiços, maquiadíssima e com o cabelo escovado. Surreal para quem estava pronta para ir para o quarto. Mas nas novelas era assim mesmo que as mulheres se preparavam para dormir.

– Comigo está tudo bem. Está acontecendo alguma coisa? Liguei na hora errada?

"Eu amo você", declarou Daniel, olhando para Rafaela com a paixão estampada no olhar.

– Yeeeeeees! Eu sabia, eu sabia! – exclamei, dando vazão à minha alegria. E, juntas, entoamos:

– Beija, beija, beija...

Daniel pegou Rafaela pela cintura e lascou aquele beijo que a gente só via mesmo nas novelas.

– Uhul! – gritamos feito duas colegiais felizes com a cena do beijo.

– Mari? O que está acontecendo? Tem alguém aí com vocês?

– Edu, eles se beijaram. Que lindo! Foi a cena mais linda de todas. Tinha tanta certeza de que Daniel não ia para país nenhum. O amor venceu! – vibrei eufórica demais.

– Mari, do que você está falando?

– Da novela. Você não está assistindo?

– Não.

– Mas você gosta de ver novela. A gente sempre via.

– Assistir novela sem você não tem a menor graça.

O quê? Fiquei muda sem saber o que responder.

– Tudo bem contigo?

– É, acho que sim.

– Ih, que desânimo. Me conte as novidades. Como foi a semana?

– Ai, Edu. Esta cidade é tão complicada. Está tudo tão difícil – contei, fechando a porta do meu quarto e me atirei na cama.

– O que está difícil?

– Conseguir emprego. Fui a tantas entrevistas e até agora ninguém me ligou. Devo estar fazendo algo muito errado. Só pode ser!

– Você tem se preparado para as entrevistas? Antes de ir você precisa ler tudo sobre a empresa, estar bem apresentável, mas isso você sempre está – emendou ele, num elogio. – Seu currículo deve ser claro, objetivo e direcionado para a vaga a que você está se candidatando; deve estar inteirada dos últimos acontecimentos também. Não é fácil mesmo.

– Eu li muitos sites e blogs que dão dicas de entrevistas, mas, quando chego lá, os entrevistadores fazem cada pergunta. E eu me embanano toda com as respostas por causa do meu nervosismo, falo demais, falo o que não devo... Sou um desastre.

– Calma. Você quer que eu te ajude? – Edu perguntou com uma voz tão doce que meu coração quase parou. Meu Deus! Ele não tinha noção da saudade que eu sentia. Se tivesse, não falaria assim comigo.

– Quero – respondi com um fio de voz.

Na verdade eu queria dizer: "quero você, isso que eu quero. Quero tanto, mas tanto...". Porém, não disse nada.

– Mande seu currículo para o meu e-mail que vou analisar. Se necessário eu o refaço. No resto, tem que ter paciência, pensar positivo e não desanimar.

– E para completar, as empresas querem que os candidatos tenham experiência de três anos na função, inglês e espanhol fluente, pós-graduação, MBA; cantar e assobiar, tudo ao mesmo tempo. Me diz se essa pessoa existe?

– Existe aos montes. Não se iluda porque é assim mesmo.

– Como eu vou arrumar um emprego desse jeito? Estou perdida!

– Assim que você conseguir um emprego, invista num curso de inglês. Sem inglês você não vai sobreviver em São Paulo.

– Mas por que eles querem que a gente fale inglês? Moramos no Brasil e aqui se fala português.

– Mari, escute o que estou dizendo. Me passa seu currículo por e-mail ainda hoje ou amanhã nos falamos.

– Tá bom. Obrigada por se preocupar comigo.

– Quero te ajudar a conseguir logo esse emprego. Eu sei que você vai conseguir. É uma questão de tempo.

Fiquei em silêncio, engolindo o nó que estava se formando em minha garganta.

Desde que eu havia chegado em São Paulo, Edu e eu mantínhamos uma comunicação bastante regular. Mas não ficou claro para mim se estávamos namorando ou se éramos apenas amigos. Ele me tratava de forma muito carinhosa, se preocupava comigo, se oferecia para ajudar no que podia, torcia para que eu fosse contratada... Isso me confundia e eu tinha vergonha de perguntar qual era nossa situação. Ficava aquela sensação de que éramos íntimos e, ao mesmo tempo, não éramos mais nada, além de ex-namorados. Às vezes mandava uma indireta, mas ele não era claro e acabava respondendo outras coisas.

– Mari, confie! Tudo dará certo – Edu tornou a dizer com sua voz doce e eu cerrei os olhos tentando visualizar seu sorriso torto. Enxuguei uma lágrima antes de responder:

– Obrigada.

Dezenove

Olhos fechados pra te encontrar
Não estou ao seu lado, mas posso sonhar
"Aonde quer que eu vá", Paralamas do Sucesso

Acordei no dia seguinte, depois de uma noite maldormida e cheia de pesadelos, e permaneci na cama olhando para o teto de gesso branco, pensando se naquele dia eu ia ter um pouco de sorte. A primeira coisa que fiz foi abrir o computador para ver se tinha e-mails, torcendo para que algum entrevistador tivesse dado um retorno positivo.

Na minha caixa de entrada, havia quatro e-mails novos e não lidos. O primeiro era de Marisa, mandando notícias lá de casa, e eu não me senti animada para responder naquele momento. O segundo era a confirmação automática de uma vaga para a qual me candidatei no dia anterior. O outro e-mail era a *newsletter* de um site de compras coletivas informando as ofertas do dia, que eu nem ousei abrir para não cair em tentação, e o último, uma oferta poderosa de como aumentar o tamanho do seu membro para melhor satisfazer as mulheres. Nenhuma oferta de emprego. Nenhum e-mail de Edu. Meu coração despencou até o solado das minhas Havaianas de oncinha. Ai, quanta saudade!

Tudo bem que ele me ligou na noite anterior e falamos bastante, mas eu esperava um e-mailzinho dele me desejando um bom-dia ou dizendo algo do tipo: "Ah, esqueci de dizer que ainda te amo e que estou indo aí te buscar para te levar para o altar". De qualquer maneira, enviei meu currículo para o e-mail dele, conforme prometi ao telefone. Desanimada, fui para a cozinha preparar um café, sentei no sofá e fiquei olhando a pequena sala sem ter o que fazer. Mais um dia eu estava esperando que as coisas acontecessem. Mais um dia que passaria dentro deste apartamento porque não podia sair para não gastar dinheiro. Mais um dia sozinha, cheia de saudade, angústia e ansiedade. *Ahmeudeus!* Eu ia enlouquecer desse jeito.

Oh, minha Nossa Senhora das Desempregadas, me arrume um emprego, por favor, por favor. Qualquer um serve. Preciso me ocupar, preciso estar ao lado de pessoas, conversar e me distrair. Estou para me jogar pela janela... Não! Não estou. Foi apenas força de expressão.

Depois de ter passado boa parte da manhã indo do quarto para a cozinha (à procura de algo para comer), da cozinha para a sala (à procura de algo para assistir na TV), da sala para o quarto (deitada na cama emitindo sinais para o Universo conspirar a meu favor), do quarto para o computador (para verificar o meu e-mail mais uma vez), eu decidi que precisava ocupar a mente. Ou iria enlouquecer de vez.

Fechei o site do meu provedor de e-mail, prometendo a mim mesma de que só o abriria novamente de noite, e abri uma nova aba do navegador da internet para pesquisar alternativas de se ganhar dinheiro. Afinal, nem todo mundo vivia de emprego, não é? Tinham pessoas que ganhavam dinheiro fazendo outras coisas. Enquanto lia alguns sites eu me lembrei da Cecília, uma mulher lá de Prudente que virou sacoleira de luxo. Ela viajava com frequência para Miami, comprava um monte de coisas importadas e caras e vendia para a mulherada da cidade e ganhava muito dinheiro com isso.

Nossa! Eu ia amar ser sacoleira de luxo.

Ia ser um desastre total, Mariana. Melhor nem cogitar a ideia, alertou a voz da minha consciência. Infelizmente eu deveria concordar com ela. Se eu bem me conhecia, metade das compras ficaria para mim. Eu iria à falência.

Apaguei completamente essa ideia e me embrenhei numa pesquisa que ocupou horas do meu dia. Por fim, exausta e com a cabeça doendo, eu fechei o navegador com vontade de chorar. Apesar das inúmeras ideias eu não poderia fazer nada porque o pouco dinheiro que eu tinha não poderia (e nem daria) para investir. E sem investimento, todo mundo sabia, não havia negócio.

Meu Deus! O que eu faria se não conseguisse logo um emprego? Será que teria que voltar para Prudente? Uma onda de pânico me atingiu em cheio. Algo precisava acontecer e tinha que ser depressa. Ainda sentada de frente para o computador, eu fechei os olhos e tentei meditar para manter a calma, respirando e expirando para não chorar. Se eu chorasse agora, a coisa ficaria feia para o meu lado. Eu me conhecia bem. Inspirei e expirei várias vezes acalmando assim o psicológico.

Ah, merda!, quis gritar de desespero. Eu estava mesmo na merda. Por mais que eu detestasse admitir, sentia-me menos que um zero à esquerda sem emprego, com pouco dinheiro, sem meu namorado, sem perspectivas, sem nada. Sr. Destino, Universo, alguém podia me explicar porque eu precisava passar por essa fase de cão? Tinha tantos pecados assim para pagar? Fiz tão mal a alguém no passado que agora devia amargar por um tempo até pagar o último centavo, era isso?

Cadê a confiança, a determinação e a certeza de que poderia resolver qualquer situação?

Eu sabia que era mais forte que isso. Eu sabia que conseguiria virar o jogo, só que no momento, tudo estava tão cinza que eu não tinha coragem de mover nenhum fio de cabelo.

A semana passou sem nenhuma ligaçãozinha por parte dos entrevistadores sem alma e sem coração que habitavam essa cidade. Na sexta à tarde, eu estava na janela do meu quarto olhando para a rua e pensando se haveria alguém, no meio de tantos pedestres, tão angustiado quanto eu, quando Edu ligou e salvou o meu dia.

– Oi, Mari. Sou eu.

– Oi, Edu. Eu sei que é você! – exclamei eufórica demais.

Até parece que eu não reconheceria sua voz. E, além disso, tem o identificador de chamadas e o toque exclusivo que pus para o contato dele ("Always" do Bon Jovi – nossa música).

– Queria te perguntar umas coisas, tipo: quanto tempo você trabalhou no hotel, quais eram suas obrigações, quais realizações importantes que você fez lá. Acho que o hotel é o lugar onde temos que dar mais foco, já que os outros foram trabalhos temporários – contou.

– Hum – respondi diante da objetividade dele.

– Você pode falar sobre isso agora?

– Posso. Mas você não acha melhor colocar todas essas perguntas por e-mail e depois eu te respondo com calma? – sugeri tentando cair fora desse lance de montar currículo. Eu queria saber dele.

– Como você preferir.

– Eu prefiro por e-mail. Mande as perguntas que eu respondo com todos os detalhes.

– Ok. Vou fazer isso e te mando assim que der – concordou como se a conversa tivesse sido encerrada.

Houve um silêncio atônito, como se nenhum dos dois tivesse mais assunto e eu me apavorei com medo de que ele fosse desligar se eu não falasse algo no próximo segundo.

– Como você está?

– Estou bem.

– Que bom!

– Quero terminar seu currículo de uma vez, assim você pode começar a procurar emprego direito – explicou.

– Obrigada por estar me ajudando com isso.

– Eu faço com prazer.

– E o que tem feito de bom aí? Como está a cidade? E o pessoal? Conte-me as novidades.

– Na mesmice de sempre. Nada novo.

– Ah, Edu, conta aí, poxa! Quero saber da Zeppelin, do Aruba, das festas.

– Quase não tenho saído por causa dos plantões e do expediente no consultório. Mari, eu queria te fazer uma pergunta.

– Pode fazer – respondi, estranhando o fato de Edu nunca ter feito rodeios comigo antes.

– É que vieram me contar umas coisas e eu fiquei pensando nisso... Se for mesmo verdade, não gostaria que me escondesse nada.

– O que é que foram te contar? – indaguei, irritada com a frase "vieram me contar umas coisas".

Maldito P.O.V.O.!

Ouvi sua respiração do outro lado da linha e senti que não era coisa boa.

– Edu?

– Melhor deixar isso pra lá.

– Ah, mas não deixo mesmo! O que te contaram?

– Não deveria nem ter dado ouvidos à Clarice...

– Clarice? O que ela foi te contar? Agora eu quero saber

– Mari, quer saber? Esquece o assunto que eu também vou esquecer. Nem sei por que fui perder meu tempo com ela.

– E qual era a pergunta que você queria me fazer, afinal?

– Esquece. Eu acho que não tenho mais que questionar sua vida. Desculpe, não deveria ter tocado no assunto. Às vezes esqueço que não temos mais nada.

Me encolhi com as palavras de Edu.

Eu também às vezes me esqueço de que já não temos mais nada, pensei engolindo em seco.

– Você pensa em mim, Edu? Pensa na gente? – perguntei subitamente.

Ele respirou fundo e em seguida respondeu:

– Penso muito em você. Quero te ver feliz, quero que você cresça como pessoa, que consiga conquistar seus sonhos. Sei que você é capaz.

Não era bem isso que eu queria ouvir. Gostaria de ter ouvido um "morro de saudades de você!" ou "você é a mulher da minha vida!". Por que ele fazia aquele jogo comigo? Eu declarava toda hora o meu amor, a minha saudade e ele ficava indiferente, distante.

– Você está feliz? Está seguindo em frente?

– Você sabe que não. Eu penso muito em você e em como fui idiota, imatura durante os últimos anos do nosso namoro. Penso também em como as coisas estariam diferentes se eu tivesse feito a coisa certa – confessei, já com os olhos cheios de lágrimas.

– Pensa em mim?

Meu Deus! Será que eu precisava escrever em um outdoor para ele saber que morria de saudade e que pensava nele o dia inteiro?

– Claro que penso em você. Penso inclusive em voltar, se não conseguir um emprego nos próximos dias.

– Voltar para Prudente?

– Sim, pra Prudente.

– E fazer o quê aqui?

Certo, estava na hora de ser ainda mais clara.

– Ficar perto de você já seria algo que me faria feliz. Não quero forçar nada, mas acho que poderíamos tentar novamente se você também estiver disposto.

– Mari, nem pense nisso! – repreendeu-me firmemente. – Vai ser bom para você passar por essa fase. Não pense em mim, não pense em voltar pra Prudente, pense em você. Só em você!

Meu estômago deu um salto mortal.

– Eu pensei que... Pensei que nós dois pudéssemos... – Engoli em seco controlando minha voz. – Ter uma chance.

Edu não respondeu e eu me senti paralisada, como se estivesse em um lago congelado, tentando não escorregar.

Olhei para a janela com meus olhos cheios de lágrimas. O céu estava ficando crepuscular e luzes começam a surgir por todas as partes. Essa era a São Paulo de que eu mais gostava de ver, em tons avermelhados misturados a tons escuros e amarelados. Tantas vezes imaginei Edu abraçado a mim admirando o crepúsculo da janela do meu quarto. E agora ele estava dizendo para eu ficar aqui e não pensar nele.

– Mari, não fique assim. Olha, eu estou bem. O trabalho no hospital e no consultório tem me ocupado e eu estou aprendendo muito. Acho que foi bom para nós esse afastamento. Se for para ficarmos juntos, vai ser na hora certa. Se não for, estamos seguindo com nossas vidas.

– É que eu achei que você sentia alguma coisa por mim.

– E sinto. – Ele fez uma pausa antes de continuar. – Só que de outra forma. Quero seu bem, te desejo o melhor e você sempre será alguém muito especial na minha vida.

– Eu entendo – falei, arrasada e devastada por dentro.

– Agora vamos falar de coisas boas – disse, mudando o tom de voz. – Não desanime. Daqui a pouco as coisas melhoram, você vai conseguir um emprego, vai começar a se ocupar, quem sabe voltar a estudar e tudo ficará bem.

– Gostaria de voltar a acreditar nisso.

– Como assim, voltar a acreditar?

– Quando eu cheguei em São Paulo eu achei que seria tudo muito fácil, que seria legal, mas você não faz ideia do que é morar nesta cidade. É desanimador estar tanto tempo sem trabalhar, sem perspectivas, contando com pouco dinheiro que ainda me resta das minhas economias, dependendo da ajuda de

Clara, sem conhecer ninguém... Esta é uma cidade muito egoísta. As pessoas não se ajudam, ninguém está nem aí para você. Ninguém te dá uma chance em nada. Querem experiência, mas não dão oportunidade. Como vou ter o raio da experiência, se ninguém me dá uma chance? – desabafei quase chorando.

– Calma, Mari – pediu com uma voz suave. – Ei, vai dar tudo certo. Você é inteligente, criativa, capaz, tem ótimas qualidades. Não fique desanimada, que o que é seu está guardado, esperando por você.

– É difícil manter-se esperançosa numa situação como essa.

– Realmente São Paulo é bem diferente de Prudente. Você estava acostumada com uma cidade do interior, onde as pessoas se conhecem, se ajudam. Onde tudo é mais fácil, mais perto, menos complicado. Obviamente que existem pessoas que se preocupam e ajudam uns aos outros em São Paulo também. É que as pessoas aí, por causa da rotina, acabam reparando menos à sua volta, passando a impressão de serem egoístas ou individualistas. Mas quando você começar a fazer novos amigos vai ver que não é bem assim.

– Você acredita que ainda não conheço os vizinhos do andar onde moramos? É muito esquisito. As pessoas não se visitam, não dão as boas-vindas, não batem à porta para se apresentar ou pedir uma xícara de açúcar.

– Não quer dizer que sejam pessoas egoístas. De repente, trabalham demais e mal têm tempo para cuidar de si mesmos.

– Sei lá. Até que me provem o contrário é essa a impressão que tenho dos paulistanos.

– Você não sai pra se divertir, conhecer pessoas, fazer amizades?

– Vou aonde meu dinheiro me permite ir: shoppings, parques. No Parque Ibirapuera às vezes tem shows de graça. Eu e Clara fomos ao show da Zélia Duncan dias atrás. Foi bem legal.

– Que bom que tem se divertido. É importante sair e espairecer.

– E você, tem saído?

– De vez em quando. Estou com uns projetos em andamento e estão me tomando muito tempo.

– É mesmo? E eu posso saber que projetos são esses?

– Ainda não é nada certo. Minha mãe perguntou de você esta semana – contou mudando o rumo da conversa.

– Sua mãe perguntou de mim? – guinchei. – Ela me detesta!

– Ela não te detesta.

– Ah, detesta sim! Você que não sabia.

Pronto, falei.

– Por que diz isso? Vocês se davam tão bem e ela lamentou tanto quando rompemos.

"Rompemos", não; você rompeu. E duvido muito que ela tenha lamentado.

Naquele instante, a porta do meu quarto se abriu.

– Oi! – sussurrou Clara, acenando com uma das mãos.

Fiz mímica informando que estava com Edu no telefone e ela saiu de fininho me deixando novamente com ele.

– Quem está aí?

– É a Clara. Acabou de chegar do trabalho.

– Ah.

– Então, sua mãe e eu não nos dávamos bem. Só fingíamos que gostávamos uma da outra por sua causa. Na verdade, ela me detesta porque sou pobre e acha que não sirvo para você. E eu não gosto dela porque ela vivia me humilhando quando você não estava por perto. Esse tempo todo a gente fingia que se aturava.

– Nada a ver, Mari. Como você pode pensar algo assim? – indagou, não acreditando em uma só palavra do que acabei de revelar. – Te humilhando. Até parece que mamãe faria algo para te ofender. Que besteira!

– Ah, tá bom. Se você acha que estou mentindo, por que não pergunta a ela?

– Falando nisso, tenho que ir. Vai ter um jantar lá em casa e ela insistiu à beça para eu participar. Já está quase na hora e eu ainda estou no consultório.

– Jantar de quê?

– Não conhece minha mãe? É um desses jantares cheio de frescuras para dar boas-vindas à filha de um cara aí da cidade que eu nem sei direito quem é. Um agropecuarista, se não me engano.

– Filha?

Meu super-radar de alerta me avisou que a Malévola estava aprontando para cima do Edu.

Ela não perdia tempo mesmo.

– É. Pelo que entendi, ela estava fazendo doutorado nos Estados Unidos e acabou de voltar. É médica também. Acho que por isso mamãe insistiu tanto para eu ficar, para fazer sala para Amanda.

– Amanda?

– Sim. É o nome dela.

– E ela é solteira, casada...

– Não faço ideia.

Pois eu fazia. Entendi perfeitamente o que Sophia, jararaca de porte maior, estava armando. Percebi que meu território estava prestes a ser invadido e eu lá, de mãos atadas, a milhas de distância e sem ter o que fazer. *Ahmeudeus!*

– Certo, não quero te atrasar. Me liga amanhã para me contar como foi o jantar? – instiguei para ver se ele atendia ao meu pedido.

– Pra que você quer saber de um jantar que, pelo jeito, vai ser um saco?

– Ah, se você quiser me contar, vou gostar de saber. Assim, me sinto mais perto de Prudente – disfarcei.

– Tá. Se der eu te ligo. E também vou preparar o e-mail com tudo que preciso para terminar seu currículo.

– Obrigada. Você tem me ajudado muito com essa questão do emprego. Obrigada de coração.

– Não é trabalho nenhum. Já falei que gosto de te ajudar.

– É, você falou.

– Mari?

– Sim.

Meu coração bateu mais rápido só de ouvi-lo me chamar. Ah, como eu amava ouvi-lo me chamando pelo meu apelido. Era tão íntimo e reconfortante.

– Aproveite essa oportunidade aí em São Paulo, não a deixe escapar. Depois que estiver empregada, faça alguns cursos, especialize-se em uma área com a qual você se identifique e em que queira trabalhar. Não deixe de ir a lugares aos quais nunca foi por falta de oportunidade. Vá ao teatro, shows, feiras, museus, exposições. São Paulo tem tanto a oferecer.

– Por que você está insistindo tanto nesse ponto? – perguntei, estranhando aquela insistência exagerada.

– Porque é importante para você. Não se tranque dentro de casa. Não fique pensando no que passou, no que você fez de errado ou em como as coisas estariam se tivesse feito de uma outra forma. Já passou e não há o que possamos fazer para mudar. Pense em como você pode melhorar e evoluir como pessoa. Busque coisas que te agreguem valor, viva seus dias com alegria, corra atrás daquilo que você realmente quer para você e não desanime que logo, logo as coisas se ajeitam. Se tiver algo que realmente queira de coração, corra atrás. Não deixe passar, não deixe de viver, entendeu?

– Eu entendi, Edu. Vou tentar aproveitar tudo da melhor maneira que eu puder.

– Isso.

Corri para o quarto de Clara assim que desliguei o telefone, para contar minha conversa com Edu.

– O que você acha, Clara? – perguntei depois que contei tudo a ela.

– Acho que ele está te incentivando a aproveitar essa oportunidade para amadurecer e evoluir. É o que sempre achei, desde a despedida na rodoviária de Prudente.

– Só que ele não me ama mais. Só gosta como amiga, como pessoa... Se gostasse teria vibrado com a possibilidade de eu voltar para ele ou para perto dele.

– Não fale besteira. Edu gosta de você e, como ele mesmo disse, quer te ver feliz.

– Mas será que ninguém entende que a minha felicidade está atrelada a ele? – despejei mais alto do que deveria.

– Calma, Mari. Não precisa se exaltar.

– Desculpa. É que tudo isso me confunde. Além de ser insuportável de aguentar.

– Pense em como ele está se sentindo. Ele rompeu contigo horas antes de vocês se casarem, descobriu em você uma pessoa com quem não se identificava, apesar de gostar... Deve ser complicado para ele também. Você precisa mostrar que realmente mudou para ele se sentir confiante novamente. Acho que só a partir daí é que Edu vai se aproximar de você.

– Você acha mesmo?

– E essa mudança deve acontecer longe de Prudente e longe dele. Isto é, se você quer mesmo mudar. Não pense que se declarar e anunciar que vai voltar para casa na primeira dificuldade vai fazer com que ele te receba de braços abertos. Agindo dessa forma, você só está provando que não mudou como disse que mudaria.

– É difícil mudar posturas que estão tão enraizadas dentro da gente. Estou tentando, mas sou tão fraca em relação a algumas coisas.

– Analisar nossas ações, comportamento e personalidade não é um exercício fácil mesmo. Tudo é persistência e não tem fórmula mágica, Mari. Mas, apesar de tudo, eu sei que você vai conseguir.

– Eu também sei que vou. O que me angustia é o "quando" vou conseguir, quanto tempo vai levar, como vou viver até lá, e o principal, quando eu vou ver Edu de novo.

– Por que você não organiza esse seu recomeço? Tipo, qual a sua prioridade no momento? É arrumar emprego?

– No momento é.

– Então, concentre toda sua energia e disposição em arrumar um emprego. Veja onde está errando, leia sobre métodos de entrevista, enfim, esgote as possibilidades nesse assunto. E deixe para pensar depois, quando o assunto "emprego" estiver resolvido, o que você quer fazer da sua vida. Se vai voltar a estudar, se quer mesmo reconquistar Edu, essas coisas.

– Acho que você tem razão. Muito boa sua ideia.

– Legal. Agora vamos agitar esse astral e cair de boca num pote de Nutella?

Clara nunca me desapontava quando o assunto era simplificar a gravidade da situação. Assim como sempre me surpreendia quando, do nada, me fazia convites irrecusáveis.

Vinte

Nessa canoa furada
Remando contra a maré
Não acredito em nada não!
Até duvido da fé.
"Nem luxo, nem lixo", Rita Lee

A conversa com Clara sobre resolver um problema de cada vez, fez nascer um novo ânimo e, também, me fez pensar muito sobre o que eu queria para mim. A verdade é que vim para São Paulo em busca de uma vida nova. Mas nunca pensei que poderia organizar esse meu recomeço. E vi sentido no que Clara me falou porque gostava de organização em todos os significados e abrangências. Por outro lado, a conversa com Edu me deixou borocoxô. Achei que tínhamos algo e que existia uma esperança.

Ok. Ele terminou comigo e o fato de ter ido se despedir no dia da minha partida não significava que tínhamos voltado. Eu me iludi, obviamente, achando que tinha chances. Que ele iria sentir minha falta e pedir para voltar, mas ele nunca me disse nada. Nenhuma palavra de esperança, nada que acalmasse essa saudade. Desanimada de tentar entender Edu, resolvi despachá-lo para uma daquelas "gavetinhas" pouco acessadas da memória e, na segunda-feira da semana seguinte, coloquei um vestido Colcci azul-marinho, uma jaqueta de couro sintético e fui bater perna em uma rua de São Paulo, famosa por ter várias agências de emprego.

O caminho até o centro foi demorado por causa de um enorme congestionamento. Um acidente entre dois carros na avenida Nove de Julho foi o responsável pelo trânsito lento do início da tarde. Um verdadeiro caos, com 175 quilômetros de lentidão. Olhei desanimada pela janela suja e arranhada do ônibus e imaginei como alguém conseguia medir aquela lentidão. Será que sobrevoavam a cidade com uma fita métrica e iam somando em uma calculadora?

Cidade estranha!, pensei entediada. Um dia era um acidente, noutro um caminhão quebrado e, na maioria das vezes, era um pingo de chuva que caía na zona leste e parava completamente o trânsito da zona sul. Quase duas horas depois, cheguei ao centro da cidade. Saltei no ponto final do ônibus e fui andando pelas ruas, e, enquanto todo mundo caminhava rapidamente pelas calçadas, eu me peguei andando devagar, olhando tudo à minha volta. Sempre que vinha ao centro eu ficava admirando os prédios de construção antiga, como o Teatro Municipal. Achava tão bonito esse tipo de arquitetura. Virei a cabeça para olhar para outro prédio e no meio do caos algo em vermelho me chamou atenção: *Liquidação de Bolsas e Sapatos*. Ai. Meu. Deus. Vi uma sandália azul-royal. Era divina! Quanto será que custava? Será que eles parcelavam? Será que ainda tinha meu número?

– Vê se sai do meio do caminho, garota!

Com o susto, girei para o lado e vi que uma moça esbarrou em mim e saiu esbravejando horrores por eu estar atrapalhando a passagem. *Foco no emprego, Mariana!* Certo. Primeiro emprego, salário e depois compras. Não podia, de jeito nenhum, quebrar essa ordem. Tirando a sandália espetacular da cabeça, tratei de virar a esquina e logo alcancei a Barão de Itapetininga, atenta às vagas anunciadas nos cartazes espalhados por todos os lados. Na porta de um edifício, mais ou menos na altura do número 140, notei uma fila enorme de meninas e decidi parar e xeretar:

– Oi! – cumprimentei a última garota da fila. – Para que é essa fila imensa?

– É para se candidatar a uma vaga de promotora de vendas.

– Uma vaga só? – indaguei, admirada, diante da quantidade de meninas que estavam aguardando na fila.

A garota me lançou um sorriso amigável e respondeu:

– Não sei ao certo, mas acho que são várias. Emprego temporário sempre abre mais que uma vaga.

– Temporário?

– Sim, para a Páscoa.

– Que pena! Estou buscando algo fixo. Acho que esse lance de temporário é meio furado, não acha?

– Estou sempre fazendo trabalhos temporários – contou ela. – Semana passada mesmo terminei um onde entregava panfletos de um novo empreendimento no Morumbi. Foram só quinze dias e o dinheiro que entrou ajudou a pagar a mensalidade da faculdade que está bastante atrasada.

– É mesmo? Então, quer dizer que o salário foi bom?

– Depende muito da vaga. E para mim, que estou no primeiro ano da faculdade e sem muita experiência, é a melhor coisa. Dificilmente vou conseguir um efetivo, ainda mais na minha área. O jeito é ficar ligada nas vagas temporárias.

– Acho que vou me candidatar também. Afinal, não tenho nada a perder, mesmo.

– Claro, tem mais é que se candidatar mesmo – incentivou ela com um largo sorriso. – A propósito, adorei seu look.

– Gostou? Obrigada! – agradeci, me sentindo feliz com o elogio. –Desculpe, nem me apresentei. Me chamo Mariana.

– Ai, nem eu! Meu nome é Thalita.

– E você faz faculdade de quê?

– De Educação Física.

– Que bacana! E está gostando?

– Estou sim.

– Olha só, eu falo pelos cotovelos. Se você não estiver a fim de papo, por favor, me avise. Se deixar, eu fico aqui até amanhã falando feito uma matraca.

– Não esquenta. Eu também falo bastante. Aliás, um dos requisitos dessa vaga é ser comunicativa, ter desenvoltura, boa dicção, essas coisas.

– Você sabe do que se trata a vaga?

– Sei. Vim porque li o anúncio no jornal – explicou minha mais nova amiga. – É para ser promotora de vendas de uma grande marca de chocolates.

– Chocolates? Ai, isso não vai prestar – disse sob o olhar de interrogação de Thalita. – É que sou chocólatra viciada, assumida e incurável.

– Mas a gente não ganha chocolates deles, muito menos come. Ano passado eu trabalhei, nessa mesma época, em uma loja dessas bem chiques, como demonstradora. Eles ficam em cima para ver se a gente está comendo ou oferecendo para as pessoas. Sorte que não ligo muito pra chocolate.

– Sorte mesmo porque eu ligo e muito. Olha só isso! – Mostrei as três barras de Suflair dentro da minha bolsa. – É o meu estoque para o dia de hoje.

– Caraca! Pelo jeito você gosta mesmo. Como promotora tem que segurar a onda, senão eles te tiram da vaga e colocam outra em seu lugar.

– A fila andou um pouco – informei para Thalita, que estava de costas e não viu o espaço que se formou atrás dela.

– Neste edifício, eles permitem a entrada de somente cinco pessoas a cada cinco minutos para evitar aglomerações nos elevadores e escadas – explicou caminhando para frente.

– Por isso a fila?

– Quase todo dia é assim. Neste prédio estão as melhores agências, vive cheio de gente entrando e saindo.

– Pelo jeito você sabe tudo daqui, hein?!

– É que eu estou sempre por aqui, buscando por empregos temporários.

A fila foi andando a cada cinco minutos. Thalita e eu emendávamos um assunto atrás do outro, o que colaborou para que o tempo passasse mais depressa.

Quando chegou nossa vez de entrar, fomos direcionadas para uma pessoa da agência que estava na portaria fazendo uma breve triagem. Entramos no elevador e fomos até o sétimo andar. Lá, nos encaminharam para uma sala onde seria realizada uma dinâmica de grupo. Enquanto aguardávamos na sala, liguei para Clara para contar a novidade e pedir que torcesse por mim. A dinâmica foi comandada por uma psicóloga com cara de durona e de poucos amigos. Ela entrou na sala no horário marcado para o início e se apresentou:

– Boa tarde! Eu me chamo Michele e vou trabalhar essa dinâmica com vocês. Peço que se dividam em quatro grupos de cinco pessoas e essa tarefa deve levar apenas trinta segundos a partir de agora. Vai! – ordenou com sua voz grossa e autoritária e finalizou assoprando com força um apito estridente de doer os ouvidos.

Corremos feito galinhas chocas tentando fazer o que ela pediu e conseguimos cumprir o tempo estipulado. Thalita e eu ficamos no mesmo grupo.

– Ainda sem nos apresentarmos, peço que cada grupo eleja uma líder. A líder irá representar o seu time quando tiver que falar por ele. Para essa tarefa vocês têm trinta segundos. Prriiiiiiii! – Apitou ela ao mesmo tempo em que apertou o botão do cronômetro. Elegemos Thalita como nossa líder.

– Acabou o tempo – informou. – Por gentileza, cada líder fique diante de mim.

Todas foram rapidamente até Michele.

– Tenho quatro cartas na minha mão. – Ela estendeu o braço mostrando as cartas que estavam viradas para baixo, sem mostrar seu conteúdo. – Por favor, retire uma e só vire quando eu pedir, ok?

Cada líder retirou sua carta.

– Agora podem virar – pediu e as líderes viraram suas cartas prontamente. – Cada carta contém um número e esse número será o nome do grupo de vocês. Mostrem a carta para seu grupo. – As líderes atenderam, novamente, ao pedido em silêncio.

O quê?, pensei olhando sem acreditar. Todo esse mistério era só para dizer que meu grupo ia ser chamado de número 2? Francamente, o que eu ainda estava fazendo aqui?

– Muito bem – prosseguiu Michele. – Agora quero que cada uma de vocês venha até esta mesa, escolha uma figura ou duas – apontou para uma mesa retangular cheia de recorte de revista – e se apresente para as demais fazendo uma breve descrição da vida pessoal, profissional e explicar por que escolheu tal figura. Para isso terão apenas um minuto. Quem extrapolar o tempo ouvirá o som do apito e deverá voltar para seu grupo imediatamente. Entendido?

– Sim – concordou em voz baixa, acompanhada de algumas meninas.

– Meninas, vocês entenderam? – Michele repetiu a pergunta num tom mais alto.

– Sim – falamos todas em um só coro de voz.

– Ah, bem melhor!

A essa altura eu já estava me sentindo um tanto nervosa. Essa mulher de voz autoritária e apito na boca me dava certo medo.

– Que mulherzinha essa, hein?! – cochichou Thalita no meu ouvido, adivinhando meus sentimentos.

– Vamos começar a apresentação. Você – ela apontou para a líder do grupo 1 –, venha até aqui e se apresente para todas.

A moça se encaminhou para a mesa e começou a revirar os recortes em busca de uma figura.

– Seu tempo está correndo – informou Michele.

Depois do aviso, ela pegou uma figura qualquer e iniciou sua apresentação:

– Boa tarde. Meu nome é Carla, tenho 30 anos, sou solteira e tenho duas filhas. Atualmente estou desempregada. Escolhi a figura de uma leoa porque me identifico com esse animal no sentido de defender minhas...

– Priiiiiiiii!

O nervosismo de Carla era visível. Com um semblante fechado ela voltou para seu grupo e outra menina do grupo 1 foi para a frente.

Enquanto cada uma se apresentava, eu, mentalmente, treinava minha apresentação, tentando organizar as palavras dentro do tempo estimado.

Quando chegou minha vez, claro, entrei em pânico total. Comecei a tremer, a suar e minha boca ficou imediatamente seca.

Apesar disso, nunca me movi tão rápido como fiz para chegar até a mesa. Sem prestar atenção, peguei dois recortes, me virei para as demais e comecei minha apresentação:

– Boa tarde. Meu nome é Mariana Louveira, tenho 27 anos e sou formada em Turismo. Gosto de... – de repente, me deu um branco – ...de lidar com pessoas, sou também muito comunicativa. Profissionalmente, já trabalhei como recepcionista e como vendedora também. Sou organizada, determinada e tenho muita disposição. Escolhi a figura de... – *Palhaço?*, pensei olhando para a figura pela primeira vez. Que droga! – ...um palhaço por também ser extrovertida e conseguir rir de mim mesma. E a figura de uma tartaruga quer dizer que sou persistente e que aguento muito trabalho. Obrigada! – finalizei ainda tremendo e voltei para o meu grupo.

Ah, meu Deus! Que monte de merda eu falei. Acho que eu acabei de mandar minhas possibilidades de ganhar uma das vagas no emprego temporário por água abaixo.

Terminei de assistir às demais se apresentarem torcendo meus dedos de tanto nervoso. Quatro delas, além de Carla, ouviram o apito de Michele porque extrapolaram o tempo estimado. Em seguida, Michele, sem muitas explicações, aplicou uma dinâmica em que tínhamos que vender nosso maravilhoso e esplêndido produto, uma caneta sem carga, e convencê-la a comprá-la por um preço de uma Montblanc. Até que não nos saímos tão mal assim e arriscaria em dizer que ela compraria a caneta inútil, tamanha a lábia que meu grupo aplicou. Nessa atividade, consegui relaxar um pouco e pude me concentrar melhor no que era preciso fazer.

Fizemos outras duas dinâmicas com balões, cartões coloridos e barbantes. Parecia até brincadeira de criança, mas todas elas tinham um propósito que era explicado por Michele no final de cada uma. Pouco a pouco, Michele se mostrava mais simpática e amigável. Aquela coisa de meter medo foi uma cena que não durou muito tempo. Acho que ela queria ver como nos saíamos em situações de pressão. Já eram quase 6 horas da tarde quando saímos da sala para um *coffee break* bem pobrezinho. Enquanto atacávamos um prato de biscoito de água e sal, uma funcionária da agência pediu atenção e leu alguns nomes de uma lista.

– Bárbara de Freitas, Maria Cecília Antares, Thalita Cristina Oliveira, Solange Dallas...

Thalita vibrou ao meu lado e eu sorri feliz por ela ter conseguido.

– ...E Mariana Louveira.

– Eu consegui! – exclamei eufórica, abraçando Thalita.

– Os nomes citados continuam no processo e ainda farão uma entrevista individual na sequência. As demais, agradecemos a participação e estão dispensadas.

Quem me entrevistou foi um rapaz chamado Mateus, e a entrevista não durou mais que dez minutos.

Não sei dizer se foi por causa do horário, do visível cansaço (dele e meu) e das inúmeras entrevistas que ele fez ao longo do dia ou se aquele era o procedimento mesmo, o fato é que Mateus fez meia dúzia de perguntas e me dispensou dizendo que avisaria caso eu fosse uma das selecionadas.

Assim que pus meus pés fora da agência, liguei o celular ansiosa para saber se Edu havia ligado ou enviado mensagem. Para minha decepção, ele não fez nem uma coisa nem outra.

Como será que foi o jantar? E essa tal de Amanda, será que ela é bonita? Solteira, comprometida, magra, gorda, chata, simpática? Tem cabelo liso, enrolado, escovado, pintado ou com luzes? Estava morta de curiosidade e Edu nem para me ligar e contar os detalhes. Quando cheguei em casa, já era tarde da noite. Clara estava dormindo e só deu tempo de escovar os dentes antes de me atirar na cama, vencida pelo cansaço.

Passava das 10 da manhã quando o toque do celular me acordou.

– Alô? – tentei fazer uma voz de quem estava em pé desde as sete horas, mas não consegui.

– Oi, por favor, poderia falar com Mariana Louveira?

– Sou eu.

– Mariana aqui é Mateus que te entrevistou ontem à noite. Eu te acordei?

– Nããão! Estava estudando um texto aqui e... – Odiava quando começava a me enrolar. – Enfim, você não me acordou.

– Seguinte, você foi uma das selecionadas para a vaga temporária de promotora de vendas. – Ele não me deixou vibrar de alegria por ter conseguido a vaga e seguiu falando. – Poderia comparecer à agência hoje, às 11h30? Precisamos fazer sua admissão. Anota aí o que é preciso trazer.

Ele me passou todas as instruções e tive que voar para chegar a tempo na agência. No caminho liguei para Clara para contar a novidade:

– Clara, pode falar? É rapidinho – perguntei ao telefone.

– Posso sim.

– Você não vai acreditar. Acabo de ser admitida – contei entusiasmada.

– Sério? Qual das vagas?

– Lembra que te liguei ontem à tarde para contar que estava participando de um processo? Então, é essa – expliquei. – É que cheguei tão tarde em casa por causa do trânsito, você já estava dormindo e eu não quis te acordar. E hoje eles me ligaram para dizer que fui uma das selecionadas. Estou indo lá na agência para fazer a admissão. Legal, né?

– Poxa, muito legal! E do que se trata essa vaga? Onde você vai trabalhar?

– É para ser promotora de vendas de uma marca de chocolate. São apenas quinze dias e vou trabalhar em um hipermercado, ainda não sei qual é.

– E o salário é bom?

– Não é lá essas coisas, mas já ajuda.

– Sim, já ajuda! À noite, você me conta mais. Preciso ir que meu chefe está me chamando. Beijo e parabéns!

Depois que fiz todo o trâmite da admissão, voltei para casa com meus pés em frangalhos. Quando saí pela manhã, eu não imaginava que passaria o dia inteiro em cima de um salto de 18 centímetros.

Mas o fato era que não importava se meus pés estavam latejando de dor, não importava que o ônibus estivesse lotado e que o carinha que estava confortavelmente sentado no banco ao meu lado fizesse de conta que não me via tentando me equilibrar em cima desses sapatos. Eu tinha um emprego e começaria a trabalhar no dia seguinte!

Ainda no ônibus, liguei para o celular de Edu para contar a novidade. Ele estava no hospital e não podia conversar direito. Apesar da minha animação e da boa notícia ele mal conversou comigo. Em poucas palavras me desejou boa sorte, disse para não parar com as buscas por um emprego efetivo, que ainda não teve tempo de mandar o e-mail com as perguntas para elaborar o meu currículo e não quis entrar em detalhes de como tinha sido o jantar. Disse apenas que foi bom, normal, sem nada demais e que a tal da Amanda era... normal!

Quase surtei de tanta curiosidade, mas eu sabia que dele eu não arrancaria nenhuma informação a mais. Apesar disso, fui dormir sentindo-me relativamente tranquila e feliz. Afinal de contas, tinha um emprego! Às 7 horas do dia seguinte, já estava no hipermercado recebendo as coordenadas do que deveria fazer. Valmir, o funcionário da fábrica de chocolates responsável pelas promotoras, perguntou se eu já havia trabalhado com promoção de vendas antes. Não disse que sim nem que não, soltei um grunhido estranho que ele entendeu como sendo uma resposta positiva e disse:

– Certo. Então, você sabe o que deve fazer. Aqui está sua roupa. – Ele me jogou uma sacola que eu peguei prontamente. – Acho que vai servir em você. Os banheiros ficam no final deste corredor à esquerda e eu te espero aqui para acompanhá-la até o corredor onde vai trabalhar, ok?

– Ok.

Caminhei animadíssima até o banheiro indicado para trocar de roupa, pensando que dali a quinze dias eu teria um salário novinho nas mãos e que precisava urgentemente fazer planos para ele. Entrei numa cabine vazia, relativamente limpa e baixei a tampa da privada para servir de apoio para a sacola. O que será que teríamos ali? Tirei de lá de dentro um vestido branco "tomara que caia" em formato de corpete com uma saia rodada tão curta que nem devia cobrir direito minhas partes de baixo.

– Gente, será que isso era algum tipo de brincadeira? – perguntei para mim mesma, tirando de dentro da sacola os demais itens. Uma tiara em formato de orelhas de coelho, uma fita de cetim cor-de-rosa claro que eu não sabia para que servia e um scarpin branco salto 15, um número menor que o meu.

Fiquei olhando para as peças sem saber o que fazer. Eu vou ter mesmo que vestir aquela fantasia de coelhinha da *Playboy*? Não. Me entregaram a sacola errada. Só podia ser isso. Determinada, voltei para o local onde Valmir estava e perguntei:

– Olha, acho que você me entregou a sacola errada. Não tem roupa aqui, só uma fantasia ridícula e...

– Não tem nada de ridículo no figurino que *eu* desenhei. E sim, você vai vestir o que está aí na sacola – me ordenou sem muita paciência.

Fitei Valmir tentando descobrir se ele estava realmente falando sério.

– Mas...

– Você quer trabalhar ou não?

– Eu quero. Só que eu acho que não precisa ter uma roupa apelativa como essa.

– Não é apelativa, meu bem! É chamativa. Para chamar clientes e vender muito chocolate, entendeu? Agora, se quiser mesmo trabalhar, ande logo, que você está me atrasando. Ainda tenho que passar em outras lojas.

Senti uma espécie de desconforto ao perceber que: ou eu me submeteria àquele trabalho usando fantasia de coelhinha ou não teria nada de dinheiro nos próximos dias. Meio a contragosto, vesti a roupa e saí da cabine para me olhar no espelho do lavatório. Quase tive um treco. Apelativo era adjetivo pequeno e simplório para definir minha imagem no espelho.

– Ai, merda! Onde fui me meter? Se meu pai visse aquilo, teria um infarto fulminante.

Sem coragem alguma e morta de vergonha, saí do banheiro e fui me encontrar com Valmir, tentando baixar a saia a cada dois passos que eu dava. Obviamente que todo mundo do mercado parou para me olhar.

– Pronto. Me diga de uma vez para onde eu tenho que ir – pedi, querendo me esconder em algum corredor vazio, tipo o de vassouras, onde quase ninguém passava.

– Cadê a fita de cetim?

– Aqui.

Ele amarrou a fita no meu pescoço e deu um laço na lateral.

– Pronto! Agora está perfeito. Arrasou, meu bem! – Valmir forçou um elogio sem entusiasmo algum. – Só precisa ressaltar o blush.

– Não há nada de errado com meu blush – retruquei em defesa da minha *make* perfeita.

– Ah, meu bem, mas não está mesmo. Está muito apagada, muito cara lavada. Vamos dar uma cor neste rosto? – pediu, abrindo um *nécessaire* e tirando de lá um pincel, um estojo de blush e começou a espanar minha cara. Decidi que não queria mais me olhar no espelho. Era bem provável que eu estivesse como uma coelha de bochechas cor-de-rosa.

– Agora vamos, que temos muito trabalho pela frente.

Ele me guiou até o corredor de chocolates e mostrou os produtos expostos e uma bandeja branca cheia de bombons e barras de chocolate picadas em quadradinhos. Na mesma hora, senti a produção imediata de serotoninas, que já nasciam pulando de alegria e desejo por aquela bandeja tentadora.

– Pegue esta bandeja e, conforme for distribuindo os chocolates para os clientes, você completa novamente com os produtos que ficam guardados aqui embaixo. – Ele me mostrou uma caixa com os produtos escondida atrás do estande. – Os tabletes devem ser divididos em quadrados milimetricamente perfeitos – informou, mostrando-me um com seu dedo indicador. Minha boca se encheu d'água e uma vontade irresistível de atacar aquela bandeja se apoderou de mim. *Foco no serviço, Mariana!*, pensei, programando minha mente e tentando não olhar muito para aquele monte de chocolate exposto bem na minha frente.

– Eu posso provar um? – perguntei com a boca cheia d'água. Perguntar não ofendia e as serotoninas agradeciam.

– Claro que não! – respondeu como se minha pergunta fosse um insulto. – Esses chocolates são para os clientes, meu bem. Para os clientes.

– E como vou vender uma coisa se nem ao menos eu sei o sabor? Preciso ter conhecimento de causa, preciso provar do produto para poder convencer o cliente de que este chocolate é o melhor que tem em todo o mercado.

Ele me encarou desconfiado, mas acabou concordando.

– Está certo. Mas é só um. Seu objetivo aqui é convencer as pessoas a comprarem nossos produtos e não comê-los.

Escolhi um tablete de chocolate crocante que estava na bandeja e o devorei em segundos.

– Huuuuummm, como isso é bom! – exclamei com a boca cheia, completamente satisfeita com os efeitos milagrosos de um bom chocolate.

– Agora, mãos à obra! Você tem meia hora para almoço e às 16 horas eu passo para fazer a troca.

– Troca?

– Você sai e entra outra promotora que ficará até às 22 horas. Já esqueceu como funciona a logística da coisa? – perguntou com as costas das mãos apoiadas na cintura, referindo-se ao trabalho de promotora em si que eu nunca fiz na vida, mas que ele achava que eu já fiz.

– Ah, tá! Só confirmando o sistema de vocês: ofereço chocolates para quem quiser, certo?

– Quem quiser, não senhora. Quem tiver o perfil do nosso consumidor. Um chocolate caro como esse não é para ficar distribuindo a torto e a direito. Seja seletiva!

Ele encenou três beijinhos no ar, me acenou um adeus e sumiu no corredor, rebolando seu traseiro minguado.

– Bem, agora somos só eu e vocês. – Olhei para os chocolates com o mesmo olhar babão que o Frajola tinha pelo Piu-Piu. – Acho que preciso provar dos demais sabores também. Para ter pleno conhecimento do produto, entendem? – expliquei para a bandeja.

Peguei um bombom com recheio de cupuaçu e o saboreei de olhos fechados. Meu Deus! Como aquilo era bom. E esse outro com um papel roxo parecia tão gostoso e eram tantos, que nem faria falta se eu comesse apenas um, não é? Além do mais, ninguém estava vendo mesmo. *Mariana, pare com essa compulsão já!* Certo. Não devia mesmo comer tantos chocolates. Tinha que trabalhar. Era para isso que estava ali. Ajeitei a tiara, peguei a bandeja e fiquei esperando pelos clientes do supermercado com um belo sorriso no rosto.

Por volta das 10h30, o mercado começou a ficar mais movimentado. Algumas pessoas passavam sem demonstrar muito interesse. Outras fingiam que não me viam, apesar da roupa chamativa, e passavam por mim com seus carrinhos de compra como se ninguém estivesse no corredor além deles mesmos.

Eu sorria muito, tentando ser simpática e agradável com as pessoas. Sorria tanto que lá pelas tantas, comecei a sentir câimbras musculares. Mas não me dei por vencida. A primeira pessoa que, finalmente, parou para falar comigo foi um senhor de idade. Apresentei toda a linha de chocolates. Ele foi simpático, me ouviu atentamente, mas no final fez graça com minhas orelhas, catou dois bombons e foi embora sem comprar nada. *Muquirana de uma figa!*, pensei com raiva. Estava certa de que esta seria minha primeira venda da manhã.

– Olá! – abordei, sorrindo para uma cliente. – Você gostaria de...

– Não, querida, obrigada.

Dez segundos depois.

– Olá! Você já conhece nossa linha de chocolate que foi desenvolvida especialmente para esta Páscoa? – perguntei a um jovem casal, que me ignorou por completo.

No minuto seguinte.

– Olá. Bom dia. Quer provar um chocolate?

– Estou com pressa. Obrigada.

Para aliviar as câimbras e o estresse, decidi comer dois tabletes de chocolate ao leite. E mais um, só para ter certeza de que não ia ter mais câimbras faciais.

– Esse chocolate, pelo jeito, está irresistível – comentou um rapaz, que estava se aproximando. – Desde que entrei no corredor, você comeu três pedacinhos. Eu contei.

– Pra você ver como ele é gostoso – rebati com satisfação.

– Tem chocolate nos seus dentes.

– Como?

– Os dentes. – Ele apontou para seus próprios dentes. – Estão sujos de chocolate.

– Ah. – Passei a língua tentando limpar. – Obrigada. Você conhece nossos produtos? – perguntei em seguida.

– Não conheço, mas só de ver a sua cara de satisfação ao comer, eu posso imaginar o quanto são deliciosos – disse o rapaz, me dando uma olhada de cima a baixo.

– Estou falando do chocolate.

– E eu também – debochou com um olhar irônico.

– Então, gostaria de experimentar e aproveitar para antecipar suas compras de Páscoa?

– Adoraria experimentá-la.

– Como é? Você me respeita! Não é porque estou com esta roupa que você pode falar assim comigo – bradei, indignada.

– Desculpe, não quis ofendê-la.

– Certo. Se não vai comprar nada é melhor dar o fora – pedi apontando meu dedo para o final do corredor.

O rapaz saiu sem falar nada, rindo da minha cara. Eu sabia que aquela roupa não ia dar certo. Maldito fosse o Valmir e seu lado estilista frustrado! Mal deu tempo de me recuperar do idiota tarado quando um grupinho de adolescentes parou na minha frente.

– Oi, coelhinha, posso pegar um ovo para mim? – perguntou um garoto com a cara cheia de espinhas.

– Depende, se você tem dinheiro para pagar pode pegar vários.

– Eu gostei mesmo foi das suas orelhas. São tão sexy – comentou um outro de cabelo todo penteado para frente, escondendo os olhos.

– Ai, meninos, que gosto, hein?! – exclamou uma garota ruiva abraçada à outra, rindo sem parar.

Aquela turma me lembrou minha irmã Marisa e seus esquisitos. Tive até saudade dela e do seu jeito rebelde de ser. Eles começaram a rir e a falar ao mesmo tempo, tumultuando o meu estande. Nervosa com a situação, olhei em volta à procura de algum cliente que realmente se interessasse pelos chocolates, mas o corredor estava vazio.

– Se vocês não querem comprar nada, melhor irem embora – pedi, tentando manter a educação.

– Ih, ela ficou bravinha! – debochou o garoto espinhento enquanto os demais soltavam risadas estranhas.

– Podemos tirar uma foto contigo? – perguntou o do cabelo-capacete. – Quero colocar no meu Facebook.

– Se vocês não forem embora agora, eu vou chamar o segurança. Vocês estão atrapalhando meu trabalho.

– Bora galera que a coelha está brava.

– Acho que ela vai me morder. Uuh!

– Por favor, só vão embora e me deixem fazer meu trabalho.

Num gesto rápido, a garota ruiva pegou um monte de tabletes da bandeja de demonstração e todos saíram correndo corredor afora.

O quê?

– Voltem aqui! – gritei correndo atrás deles inutilmente, pois já tinham sumido quando cheguei ao final do corredor.

Voltei para meu estande, com um ar derrotado, xingando toda a árvore genealógica de Valmir. *Ai, que raiva desses garotos, desse vestido, dessas orelhas...*

– Boa tarde, dona coelha! – cumprimentou uma alegre senhora atacando minha bandeja assim que me viu me aproximando do estande. – Você é a dona desta perdição?

– Boa tarde – cumprimentei, pegando de volta minha bandeja. – Sim, estou trabalhando como demonstradora.

– Posso provar mais um? – pediu com sua cara de pau, redonda feito lua cheia, apontando para o bombom de cupuaçu. – São saborosos?

– São muito saborosos e acho que vou acompanhá-la – decidi, pegando um para mim também.

Mas só porque eu merecia muito aquele bombom.

– Isso, minha filha, me acompanhe.

– A senhora gostaria de antecipar suas compras de Páscoa? Temos ovos, barras de chocolate, caixas de bombons... E os preços são excelentes – informei depois de ter engolido o último pedaço.

– Acho que ainda não. Por enquanto estou só escolhendo.

– Sério? Leve esta barra, pelo menos.

A senhora riu, pegou mais um quadradinho de chocolate branco e disse:

– Boa tarde e obrigada pela gentileza. O chocolate é de primeira. E você está muito bonita nesta roupa. Parabéns! – E, sorrindo, saiu empurrando seu carrinho pelo corredor.

Parabéns pelo quê?, quis gritar de raiva. *Ahmeudeus!* Aquela situação era um desastre. Meus pés estavam doendo dentro do sapato apertado, a bandeja de demonstração estava praticamente vazia e não vendi nada. Me abaixei atrás do estande para pegar mais chocolate para repor a bandeja. De uma forma ou de outra, precisava fazer isso até às 16h, quando Valmir chegaria com a outra demonstradora. Concentrada em minha tarefa, não percebi que um cliente estava parado bem do meu lado.

– Uau, que visão do paraíso!

Lancei um olhar de poucos amigos para o dono da voz masculina e segui com meus afazeres.

– A coelhinha tem telefone?

A coelhinha, a coelhinha... Será que todo mundo só sabe falar isso?, pensei irritada.

– Não, ela não tem.

– Você não vai me oferecer um chocolate, gata?

– Só ofereço se você for comprar.

– Ah, não seja má! Me dá um chocolate, vai? – pediu numa voz manhosa demais para seu porte físico.

Olhei sem acreditar para o cara musculoso trajando uma camiseta regata apertada e uma calça larga, para, muito provável, esconder as pernas finas e avisei:

– Você está me atrapalhando.

– Te atrapalhando em quê? – Ele riu.

– O meu trabalho, a aproximação de outros clientes – respondi nervosa.

– Não tem ninguém aqui além de mim. – Ele abriu os braços para o corredor vazio. – Acho que foi um sinal dos céus minha esposa ter me mandado fazer compras hoje, sabia?

Como existia homem idiota nesse mundo.

– Sua esposa deveria ir ao oculista para enxergar melhor o marido sem-vergonha que ela tem – falei, levantando-me com a bandeja devidamente reposta.

– Tem mulher que gosta de homem sem-vergonha – devolveu com um olhar semicerrado. – Qual tipo de homem você prefere?

– Você, por gentileza, pode ir embora? – pedi antes que minha paciência evaporasse de vez.

– O que você vai fazer depois do expediente, serão extra?

– Você está me ofendendo.

– Não se faça de difícil. Quanto você cobra?

O quê?

Ele estava pensando que... Mas que atrevido!

– Quem você acha que eu sou? – vociferei, empurrando-o com uma de minhas mãos. – Só porque estou vestida assim não significa que você pode falar um bando de merda e que eu tenha que aceitar seus desaforos. Você me respeita ou vou chamar a segurança!

– Sua petulante. Nenhuma mulher me empurra ou grita comigo – rebateu o brucutu, alterando a voz e partindo para cima de mim.

Como se eu tivesse sido possuída por algo enfurecido, peguei a bandeja e taquei na cabeça dele. Uma chuva de chocolate caiu para todos os lados e comecei a gritar feito uma louca, pedindo por ajuda.

Ele cambaleou com a pancada e levou uma das mãos à cabeça.

– Sua piranha! – xingou enfurecido.

Então, partiu para cima de mim com a mão fechada para me socar e, para me defender, me abaixei protegendo minha cabeça com a bandeja de madeira. Tudo aconteceu muito rápido. Quando vi, tinha um monte de gente à minha volta. Clientes que passavam nos corredores ao lado vieram para me acudir. Dois homens seguraram o brucutu pelos braços e uma moça se postou à minha frente, numa tentativa de me proteger. O segurança chegou em seguida e todos nós fomos encaminhados para a sala da administração do hipermercado.

– O que aconteceu afinal? – perguntou o gerente do mercado quando todos já estavam acomodados na pequena sala.

– Este imbecil me ofendeu – contei apontando o dedo para ele. Eu ainda fervia de tanta raiva.

– Imbecil não. Fala direito comigo!

– Respeite antes de exigir respeito.

– Vamos parar com isso! – pediu o gerente.

– Seu nome, por favor?

– Laércio.

– E a senhorita?

– Mariana.

– Muito bem, o que aconteceu, Seu Laércio?

– Eu perguntei se a moça tinha telefone e ela me deu uma patada. Depois perguntei se toparia tomar um chope depois do expediente e levei uma bandejada na cabeça.

– Ai, que mentiroso! Até parece que foi assim. Ele veio com gracinhas e cantadas inconvenientes, eu pedi para ele me respeitar e não me ofender. Mas ele insistiu com gracinhas, por fim perguntou quanto era o programa e aí não respondi mais por mim, dei-lhe uma bandejada na cabeça e daria novamente se fosse preciso.

– Então dá, se for mulher – desafiou-me cruzando os braços.

– Pelo amor de Deus, se controlem! O senhor não tem o direito de importunar a moça, que estava cumprindo com o trabalho dela.

– Trabalho? Com essa roupa? Está mais para outra coisa.

– Estão vendo. É assim que ele me tratou, com falta de respeito.

Começou um bate-boca, todos falando ao mesmo tempo. Os clientes que me socorreram estavam me defendendo, enquanto o gerente tentava pôr alguma ordem até que Valmir chegou e elevou sua voz estridente para se fazer ouvir:

– O que é que está acontecendo aqui?

Todos se calaram.

– Que confusão é essa? Por que a senhorita não está no seu estande?

– Porque esse brucutu – respondi apontando o dedo para o marrento — tentou me agredir e eu não sou de engolir desaforos e dei mesmo na cara dele.

– Venha aqui fora, por favor? – pediu Valmir com uma cara muito séria.

– Pois não.

– Você agrediu um cliente?

– Que cliente? O cara não queria comprar nada. Aliás, queria sim. Queria ME comprar. Você...

– Eu perguntei se você agrediu o cliente.

– Me defendi das agressões dele. O cara me insultou! Você queria que eu fizesse o quê?

– Saísse dessa com jogo de cintura, desconversasse, oferecesse um chocolate, sei lá. Agredir um cliente e fazer um escândalo desses no meu estande, não. Sinto muito, mas tenho que despedi-la.

– O quê? O cara me chama de garota de programa, tenta me agredir fisicamente e sou despedida por me defender?

Ele acenou que sim com a cabeça. Eu o encarei com os olhos chispando de raiva.

– E o meu salário?

– Você ainda quer receber pelo barraco que armou? Está falando sério?

– Eu ocupei meu dia aqui e quero receber por isso.

– Você assinou alguma coisa onde diz que, se a contratada trabalhar meio-período e armar um escândalo dentro do ambiente de trabalho dela, a contratada, ainda assim, vai receber o ordenado? Assinou?

– Não.

– Então, pelo amor de Deus, não ocupe mais meu tempo. Devolva a roupa de trabalho e volte para sua casa.

– Espere sentado, meu bem. Essa roupa medonha aqui, você nunca mais vai ver na vida.

Minha raiva era tão grande que agarrei minha bolsa e saí, quase correndo, para o ponto de ônibus mais longe possível do supermercado.

Vinte e Um

Eu ando pelo mundo e meus amigos, cadê?
Minha alegria, meu cansaço
Meu amor, cadê você?
Eu acordei não tem ninguém ao lado.
"Esquadros", Adriana Calcanhoto

Depois de 45 minutos de puro horror, finalmente cheguei em casa. Assim como todos os passageiros do ônibus, o porteiro do meu prédio também me olhou de cima a baixo sem saber se ria ou se sentia pena de mim. Passei por ele sem maiores explicações – mesmo porque, qual a explicação para essa roupa ridícula de coelhinha? – e assim que abri a porta do meu quarto, me joguei na cama e chorei descontroladamente. Por que eu era tão azarada? O que havia de errado comigo? Não acreditava no que tinha acabado de passar. Sentia-me tão humilhada que a vontade que tinha era de afundar a cara no travesseiro e nunca mais sair na rua.

Quando consegui me recompor, a primeira pessoa em que pensei foi Edu. Olhei para meu celular em cima da cama e um desejo de ligar e ouvir a voz dele dizendo que tudo daria certo pra mim explodiu em meu peito. Porém, não sei dizer se por orgulho, vergonha ou o quê, mas algo me impediu de estender o braço e apertar a teclinha verde. Liguei para Clara, mas ela não atendeu. Em seguida chegou uma mensagem dela dizendo: "Estou no olho do furacão. Meus chefes estão me deixando doida. Não consigo conversar contigo hoje. Até de noite. Bjs."

Optei por ficar na cama olhando aquele aparelho mágico, pensando em como ele tinha o poder de, ora me fazer feliz, ora me deixar triste. E que tudo era apenas uma questão de ponto de vista. Em outros tempos, eu estaria gargalhando daquele episódio em uma mesa de bar rodeada de amigos. No meu atual momento, me sentia uma miserável. *Não é para tanto, Mariana.* As horas se passaram. O dia virou noite e quando eu ia começar mais uma sessão de autopiedade, chorando até ficar desidratada, ouvi a porta de casa se abrir.

– Oi – cumprimentei.

– Oi, Mari. Me ajude aqui? – pediu Clara, que carregava umas três sacolas e uma pasta.

– O que é isso?

– Trouxe o computador. Tenho que fazer uma planilha que meu chefe número dois me pediu para amanhã cedo.

– De novo? Anteontem você ficou trabalhando até tarde. Eles te pagam essas horas extras?

– Não me pagam, mas eu tenho que fazer. É o meu trabalho.

– E o seu descanso? – perguntei já sabendo a resposta. – Isso não está certo.

– É que você não entende. O mundo corporativo aqui é diferente. É normal as pessoas continuarem a trabalhar mesmo depois que saem do escritório.

Havia muito tempo que vinha notando a frequência com que Clara trazia trabalho para casa. Assim como notei também o horário que ela saía do escritório. Conversei com ela sobre isso algumas vezes, mas ela sempre se colocava na defensiva alegando que as coisas no escritório estavam puxadas, que ela secretariava três executivos e que todos queriam mil coisas ao mesmo tempo. O fato é que ela estava, cada dia, mais distante. Nunca mais assistimos à novela juntas, nem saímos para caminhar pelo bairro, nem na missa nós fomos mais. Aos domingos, ela dormia praticamente até o meio-dia e passava a tarde no sofá assistindo tevê.

– Certo – respondi dando de ombros. – E como foi seu dia?

– Corrido. Eu comi um lanche no ônibus, para otimizar o tempo. Você já jantou?

– Já – menti. Fiquei esperando ela me perguntar como foi o meu dia, como eu estava, como foi o meu "primeiro dia de trabalho temporário", mas ela pareceu não se lembrar disso.

– Ai, que bom! Então, eu vou para o quarto terminar essa planilha. Depois a gente conversa mais.

– Tudo bem.

Retornei para o meu quarto arrasada com a indiferença de Clara. Eu só tinha a ela nessa cidade gigantesca e agora percebi que até isso eu estava perdendo. Angustiada, fechei os olhos e me vi no alto de um prédio. Via a cidade toda aos meus pés, pulsando em seu ritmo de vai e vem. As pessoas andavam pelas calçadas, os carros deslizavam pelas avenidas, os prédios, as casas, os parques... Tudo se encaixava no que era São Paulo. Eu, no entanto, me sentia fora de esquadro. Não possuía um emprego, nem cargo, nem rotina, nem amigos para encontrar depois do trabalho, nem trabalho para trazer para casa, nem porcaria nenhuma. Só tinha o meu quarto, meu computador e essa angústia contínua no peito.

O que eu poderia fazer? *Ai, minha Nossa Senhora das Desesperadas, me dê uma luz! Só isso por hoje. Uma luz.* Abri o computador e passei um tempo navegando por sites variados. Então, a luz veio. Algum ser bondoso que devia gostar pra caramba de mim, acendeu um aviso luminoso no meu cérebro com os dizeres: "Pesquise sobre blogs", "Blogs é a onda do momento. Tente surfá-la". Decidi ouvir esse serzinho, que também era conhecido como sexto sentido, e criei um blog para extravasar minhas neuras. Gastei algumas boas horas tentando descobrir como os nerds faziam essas coisas. Tipo, melhor plataforma, códigos disso e daquilo, *layout*, etc. Li vários blogs e assisti a vários vídeos com dicas de como montar um e fui mergulhando nesse novo mundo, com galões de adrenalinas correndo em minhas veias, ao mesmo tempo em que ideias maravilhosas iam surgindo.

Pela primeira vez em dias, eu me senti bem e com uma esperança boa dentro do peito. Fui dormir às 3h59 da madrugada. Clara não saiu do seu quarto, mas em compensação eu era a proprietária do blog *A bolsa da Mari* e já tinha meu primeiro post! Na verdade, tirei uma foto em preto e branco de mim mesma deitada na cama olhando para o celular e escrevi essa frase:

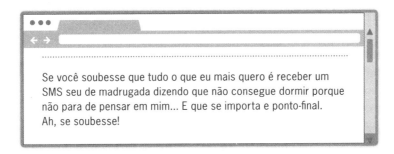

Acho que essa podia ser uma boa forma de manter a minha sanidade no lugar, pensei antes de fechar os olhos.

Vinte e Dois

Hoje à noite tudo pode acontecer
Quem olhar nos olhos vê bares e sedução
Num canto escuro pequenos goles de solidão.
"Todas as noites", Capital Inicial

No meio da manhã do dia seguinte, fui acordada com o telefone tocando longe. Era um toque insistente e chato que me tirou de um sonho bom com o Edu. Por alguns segundos, tentei adivinhar quem poderia ser. As possibilidades eram: mamãe, Clara e Edu. Ah, engano também era uma. Edu estava descartado porque não era essa a música que tocava quando ele me ligava. Sobraram Clara, mamãe ou engano. Como não estava a fim de conversar com nenhum dos três, fechei os olhos e tentei retornar ao sonho bom em que estava antes de ser interrompida. Ultimamente, vinha sonhando muito com Edu. Eram sonhos tão reais e fortes que mais se pareciam com uma realidade paralela onde eu gostaria muito de viver. *Que merda!*, xinguei em pensamento, irritada com o toque incessante do telefone. Bem, seja lá quem fosse, era insistente. Fiz um esforço sobrenatural para sair da cama e me arrastei até a bolsa, rezando para que o celular estivesse ali... E estava.

– Alô! – resmunguei.

– Oi, filha.

Bingo!

– Oi, mãe.

– Está tudo bem com você? Aqui está tudo bem. Seu pai, sua irmã, todos estamos bem. Não precisa nem perguntar, pois já respondi, viu? Também não temos novidades e só liguei para saber se você está bem e se já conseguiu emprego.

– As coisas aqui estão bem.

– Este mês não tenho como te mandar nenhum dinheiro. Não sobrou nada e, ainda por cima, meu pagamento está atrasado, o que vai ser um transtorno total. Vou pagar minhas contas todas com atraso e com juros. Não sei o que fazer...

– Mãe...

– Você sabe como me incomoda pagar contas atrasadas e sem falar que podem cortar o telefone e...

– Mãe, pare de falar! – ordenei nervosa.

– Mari, por que você gritou, filha?

– Você não para de falar, o que está acontecendo?

– Não está acontecendo nada. Só estou falando rápido para a ligação não sair cara demais. E, se você não tem nenhuma novidade, vou desligar. Quando conseguir emprego, me avisa, tá?

– É sério isso?

– É interurbano, filha.

– Então, por que não usa o computador? Mandar e-mail e falar pelo chat não custa nada.

– É que por telefone é mais rápido, mas eu vou tentar. Alguma novidade de emprego?

– Não.

– Bem, então, quando tiver novidades você me liga. Fique com Deus e se cuida.

Gente...!, pensei, completamente bestificada com a rapidez com que minha mãe falou e desligou o telefone.

Joguei o aparelho debaixo do travesseiro e voltei a dormir. Só que assim que eu encontrei a posição perfeita, meu celular tocou novamente.

– O que você esqueceu de contar, mãe? – perguntei ajeitando minha máscara de dormir, determinada a não sair da cama por nada deste mundo.

– Por favor, poderia falar com Mariana Louveira?

– Sou eu – afirmei ao perceber que se tratava de outra pessoa.

– Mariana, meu nome é Aline e sou de uma empresa de recrutamento e seleção. Gostaria de conversar com você a respeito de uma vaga de produtora de eventos para a zona sul de São Paulo. Você tem interesse?

Levantei minha máscara e esfreguei os olhos.

– Tenho – respondi no automático.

– Podemos marcar um horário para esta tarde?

– Pode ser. Que horário?

– Às 13h30 está bom pra você?

Consultei o relógio: 10h20. Ai, meu Deus! Será que ia dar tempo de tomar banho, depilar as pernas, lavar cabelo, fazer escova, maquiagem, me vestir e chegar lá no horário? Sentei-me na cama em estado de alerta pensando na logística toda e, por fim, respondi:

– Sim, está ótimo.

– Está combinado, então. Poderia tomar nota do endereço?

– Só um minuto que vou pegar caneta e papel para anotar.

Olhei em volta do quarto em busca de uma caneta, mas não encontrei nada até que vi minha bolsa. Com certeza deveria ter uma caneta dentro dela. Peguei-a de cima da bancada, voltei a me sentar na cama e comecei a vasculhar. Vasculhei mais um pouquinho até que me irritei e virei tudo em cima da cama. Caiu de dentro da bolsa: minha carteira, um *nécessaire* transparente com maquiagens, mp3, máquina fotográfica, óculos de sol, moedeira, protetor solar, um estojo com apetrechos para fazer as unhas, molho de chaves, um bloquinho da Jolie muito fofo (que ainda não usei), escova de cabelo; uma bolsinha contendo escova, pasta dental, absorvente e alguns remédios; um perfume reserva, guarda-chuva, um molhador de dedos (pra que diabos eu carrego esse treco?!), um pacote de lenços umedecidos, lenços de papel... Olha só, achei o creme hidratante para as mãos que estava procurando outro dia...

– Mariana, você está aí?

– Estou sim, Aline. Só não encontrei ainda a caneta – contei sem graça olhando aquele mar de coisas espalhadas em cima da cama e, acredite, não havia uma mísera caneta.

De repente, bati os olhos num lápis preto de olho, conferi a marca e, quase chorando, me vi abrindo o zíper do *nécessaire*. Era um MAC e eu estava prestes a cometer um crime.

– Pode falar – pedi, posicionando-me em frente ao espelho, pronta para tomar nota do endereço. – Às 13h30, estarei aí. Obrigada.

Meio zonza de sono e nada animada para mais uma entrevista entediante, recoloquei todas as coisas dentro da bolsa e fui para o banheiro tomar um banho. Enquanto tirava a roupa, decidi que não depilaria as pernas (usaria o terninho preto), também desisti de lavar os cabelos (era melhor prendê-lo num rabo de cavalo com um pouco de gel que ficaria ótimo!). Fiz uma *make* rápida e básica, me enfiei dentro da roupa, quinze minutos depois estava me olhando no espelho... Prontíssima! Minha consciência pigarreou e disse que, finalmente, estava me tornando mais humilde, mais humana, mais prática.

Eu a ignorei completamente e culpei minha pouca fé nos entrevistadores dessa cidade pela falta de empenho no meu visual. Mas até que eu não estava tão mal assim. Poderia ter caprichado na *make*? Poderia. Poderia ter escolhido acessórios mais estilosos? Poderia. Mas acontecia que assim estava bom. Não ia dar em nada mesmo. Pra que gastar minha base TimeWise Matte da Mary Kay? Pra que eu ia perder minutos transferindo a tralha toda da bolsa preta para a bolsa azul com laranja? Daria uma levantada no visual, é verdade. Mas não me animei para tanto. Iria básica mesmo e fosse o que Deus quisesse.

Desta forma, segui para o ponto de ônibus preparadíssima para um chá de espera, quando o ônibus que ia para o centro estava dobrando a esquina.

Comecei a correr feito uma louca, acenando com a mão pedindo para que ele parasse. O motorista parou, só que uns cinquenta metros depois do ponto, o que me obrigou a correr ainda mais para alcançá-lo.

Era uma cena surreal e senti-me humilhada. Acho que eles faziam de propósito. Não havia outra explicação. O que custava parar no lugar certo? Ele me viu acenando, não viu? Não tinha ninguém no ponto esperando, por que não parou antes para que eu não precisasse correr tanto? E quando cheguei toda esbaforida para subir, ele pisou no acelerador, tipo fazendo pressão, e me olhava com uma cara irônica, rindo por dentro. Ai, que ódio!

Já acomodada no fundo do ônibus, depois de ter xingado o motorista com todos os palavrões que conhecia em pensamento, me recompus e segui com minha tecla "tô nem aí" acionada. Coloquei meu celular para tocar alguma música clássica (era o que vinha escutando ultimamente) e segui viagem. Em certo momento até me esqueci para onde estava indo. Cinquenta minutos depois estava me apresentando para a recepcionista da agência de recrutamento:

– Boa tarde. Tenho horário com Aline. Eu me chamo Mariana Louveira.

– Só um minuto que vou anunciá-la – pediu educadamente.

Esperei olhando para o nada, me sentindo desanimada e com vontade de voltar para casa. A dos meus pais, não o apê que dividia com Clara em Perdizes. Cerrei os olhos e visualizei todos nós sentados na pequena mesa da sala de jantar fazendo graça dos dotes culinários da minha mãe. Até de Marisa eu sentia falta.

– Pode entrar na segunda sala à esquerda – avisou a recepcionista, trazendo-me de volta à realidade.

Caminhei para a sala indicada com os olhos rasos d'água. Caramba, o que estava acontecendo comigo? Será que foi a humilhação que passei ontem no supermercado que me deixou frágil assim? Ou será que estava sentindo falta de ficar jogando conversa fora com a Clara? Ou era Edu? Bem, Edu eu sabia que não era porque o lado que ele ocupava em meu coração vivia sangrando tanto que até já tinha me acostumado. Parei em frente à porta indicada e respirei fundo, afastando aquele vendaval de pensamentos da minha cabeça.

– Olá, posso entrar?

– Sim, sim. Por favor, entre.

– Com licença.

– Você é a Mariana, não é isso?

– Isso.

– Olá, Mariana! Muito prazer, eu sou a Aline – cumprimentou a simpática senhora com um beijinho no rosto. – Foi fácil de chegar aqui?

– Sim. Já conheço bem esta rua.

Tive simpatia instantânea por Aline com seu olhar maternal. Ela me deu um sorriso largo e eu fui invadida por uma vontade de abraçá-la bem forte e ficar ali quietinha, sentindo o calor do seu abraço cheirando *Anais Anais*.

– Sente-se aqui, por favor – convidou ela, puxando a cadeira e me guiando com uma de suas mãos em minhas costas. – Aceita um cafezinho?

– Aceito – respondi, completamente comovida com a atenção carinhosa que Aline estava tendo comigo.

Definitivamente, eu estava carente de gente, de abraços e de atenção.

– Que bom que você veio e que conseguiu chegar no horário – comentou com outro sorriso. – Como lhe disse ao telefone, tenho uma vaga de produtora de eventos em um hotel que fica na Vila Olímpia. É uma das bandeiras de uma grande rede internacional de hotéis que acabou de se instalar no bairro. Acredito que você tem o perfil para esta vaga.

– Parece interessante.

– Aqui está seu café. – Ela me estendeu uma xícara de porcelana com flores lilases. Aquele gesto me tocou a alma. – Me conte um pouco de você, querida – pediu com doçura.

– Eu... – Tomei um gole do meu café, que estava docinho do jeito que eu gostava. Como ela adivinhou? – Bem, eu moro em São Paulo há pouco tempo. Vim do interior em busca de novos desafios, mas até agora não tive muita sorte.

– E de onde você veio?

– Sou de Presidente Prudente.

– Uma bela cidade.

– É sim, obrigada. Você a conhece?

– Conheço. Sempre que meu marido e eu vamos a Campo Grande visitar minha filha, nós passamos por Presidente Prudente. É parada obrigatória para almoçar.

– Ah, que legal! E você costuma almoçar em algum lugar específico? – perguntei demonstrando interesse.

– Numa dessas churrascarias de caminhoneiros mesmo. A comida de lá é deliciosa.

– Ah!

– Mas me conte um pouco da sua experiência profissional, o que você já fez, onde trabalhou.

– Ai, Aline. – Suspirei fundo. – Não tenho muito que contar. Trabalhei em um hotel e em uma clínica odontológica como recepcionista e depois como vendedora em uma loja de biquínis. Desde que cheguei a São Paulo, eu tenho feito uma entrevista atrás da outra. – À medida que ia falando, sentia um nó na garganta. Não podia chorar na frente dela. Olhei para cima e pisquei várias vezes tentando conter as lágrimas. Será que o rímel que passei era à prova d'água?

– Participei de tantos processos e ninguém ligou para agradecer ou dar uma satisfação, sabe? – Fiz uma pausa para respirar fundo e tentar me controlar. – Não sou burra, nem incompetente. Sou inexperiente, é diferente. Só preciso de uma chance para mostrar meu potencial – finalizei com os olhos rasos d'água.

– Claro que você não é burra, minha filha. – De repente, ela me consolou alisando minha mão, que estava apoiada em cima da mesa e eu me senti um pouco mais calma. – Você aceita um copo de água? – ofereceu docilmente.

– Aceito sim, obrigada. Aqui é tão diferente de Prudente. As empresas querem alguém jovem, experiente, que fala não sei quantos idiomas, que tenha todas as pós-graduações e MBAs que existem na sua área. Poxa vida, como vou conseguir emprego diante de tantas exigências? E como vou fazer todas essas especializações sem dinheiro?

– O mercado de trabalho de São Paulo é diferente do de muitas cidades e até mesmo de algumas capitais. É mais competitivo, as empresas exigem mais, ao mesmo tempo em que querem sempre os melhores profissionais. Por outro lado, os salários são melhores, os pacotes de benefícios são mais atraentes, o profissional tem oportunidades internas, como ir para o exterior, programa de carreira... Coisas que não são tão comuns nas empresas do interior. Mas, me diga, em que áreas você tem buscado emprego?

– Ah, de tudo: recepcionista, secretária, assistente, vendedora, agente, gerente. O que eu vejo que posso fazer, eu me candidato.

– Talvez seja isso, está faltando foco. Você precisa descobrir o que você quer e o que gosta de fazer. Atirar para todos os lados pode ser uma péssima estratégia.

– É. Pode ser por isso que ainda não consegui nada. Quando o dinheiro vai acabando a gente se desespera mesmo.

– Você tem interesse na área de eventos?

– Tenho, claro. Modéstia à parte, sou uma ótima organizadora de eventos – contei com orgulho e com a segurança de quem domina o assunto.

– Você trabalhou com eventos antes?

– Organizei alguns – respondi, torcendo para que ela não me pedisse pra dizer quais foram. Festas de aniversário, meu casamento e almoços entre amigas são considerados eventos, certo?

– Ótimo. Mas vamos voltar para a vaga com que estou trabalhando – avisou. E eu soltei o ar que, inconscientemente, estava segurando. – Meu cliente quer alguém sem experiência na área. Ele quer moldar essa pessoa para trabalhar ao seu modo, entende? – confessou em voz baixa, como se fosse uma informação secreta. – Claro, o candidato precisa ter alguns pré-requisitos como: ensino superior completo, domínio do pacote Office, saber e gostar de lidar com pessoas, habilidade para resolver problemas, desenvoltura e ter habilitação para dirigir. Acredito que você se encaixa nesses pré-requisitos. Vamos realizar alguns testes, fazer a entrevista formal e depois nós a encaminharemos para ser entrevistada pelo cliente.

– Seria maravilhoso se desse certo – comentei mais para mim mesma do que para ela.

– Calma que você vai conseguir. Tem que ter autoconfiança. Não sou eu que vou te aplicar os testes. Venha comigo, pois vou te apresentar para a Carol. Você estará em boas mãos.

– Obrigada, Aline.

– Querida, não há de quê. Espero que tudo dê certo para você. Ah! Adorei seu terninho. Muito elegante.

– Obrigada – agradeci com um sorriso escancarado.

Fiz os testes psicológicos e a entrevista, mas confesso que não me empenhei para agradar ou impressionar ninguém. Nem dei as respostas pré-elaboradas pelos blogueiros. Simplesmente respondi com sinceridade e sem queimar muito fosfato.

Mais tarde, já em casa, tentei me distrair na televisão sem prestar atenção em nada específico e, ao mesmo tempo, checando de dez em dez minutos se Edu entrou no chat. Ele não entrava havia dias e isso me deixava tão ansiosa. Por que ele sumiu? Não tinha me ligado mais, não mandava e-mails, não entrava no Skype. Era tão angustiante ficar sem saber por que ele não dava notícias.

– Oiiii! Resolvi aparecer – anunciou Clara chegando em casa, milagrosamente, mais cedo.

– Oi, posso ajudá-la? Quem é você? Moradora nova? Acho que errou de porta, não? – destilei meu humor ácido.

– Eu sei que estou sumida, que tenho chegado muito tarde e saindo muito cedo. Me desculpa, amiga. É que tenho tanto trabalho que você não faz ideia. Meus chefes têm me sugado tanto.

– Acho que faço – cortei-a para que ela não começasse com suas ladainhas de super-atolada-no-trabalho-que-não-tenho-tempo-nem-de-fazer-xixi, meu-trabalho-me-consome-mas-eu-adoro-mesmo-assim, etc., etc.

– Me conta, como têm sido suas buscas? Algo promissor em vista?

– Um mico e uma entrevista. É tudo o que temos para esta semana.

– Mico? Como assim?

Contei para Clara toda a confusão do mercado, passando por cima da quantidade exata de chocolate que eu consumi e me concentrei pra valer no ataque do fisiculturista marrento e na conversa humilhante que travei com Valmir.

Tudo bem que eu exagerei em algumas coisas, como na parte em que Marrento quase me acertou o punho no olho e, por pouco, não fiquei cega. Confesso que dourei demais a pílula, mas fiquei tão feliz de ter a atenção e o tempo de Clara só pra mim que eu mesma me autoperdoei pelas mentirinhas a mais.

– E essa roupa nova, é nova? – perguntei, mudando o foco da nossa conversa.

– É. Gostou? – Ela deu uma voltinha exibindo um vestido cinza de corte reto abaixo dos joelhos com um cinto fininho preto, preso acima da cintura, e um scarpin altíssimo, também preto, ma-ra-vi-lho-so!

– Você está linda! – elogiei com sinceridade. – Muito bom gosto.

– Me inspirei em você. Quando vi este vestido na vitrine, decidi que precisava comprá-lo e assim o fiz. Comprei tudo o que estava no manequim: o vestido, o cinto, o colar, a bolsa e o sapato. Ou você acha que eu conseguiria montar. Como é mesmo o nome que você dá para figurino?

– Look.

– Isso. Ou você acha que eu iria montar esse "look" sozinha?

– Se tivesse me chamado, eu iria com o maior prazer. A gente não sai mais para se divertir.

– Eu comprei na hora do meu almoço, numa lojinha que tem perto do escritório – justificou-se. – Eu reconheço que estou trabalhando demais. Prometo que vou me esforçar para chegar em casa mais cedo, tá? Se você fizesse ideia de como é meu dia... Eu mal tenho tempo para ir ao banheiro.

– Melhor que estar desempregada, não acha? – alfinetei propositalmente.

– Ok. Entendi. Vou parar de reclamar de barriga cheia.

– É bom mesmo.

– Estou sentindo uma carinha triste aí ou é só impressão?

– Tô entediada com a total falta de sorte e triste porque Edu sumiu. Acho que ele me esqueceu, sabe? Meu coração está partido.

– Sessão *drama queen*?

– Não é sessão *drama queen*. Estou desabafando só.

– Mari, Edu é louco por você. Ainda vou ser madrinha desse casamento. Ai, esse salto está me matando – reclamou tirando os sapatos e os largando no tapete da sala.

– É sério. Ele sumiu. Não responde mais e-mails, ficou de me ajudar com meu currículo e até agora nem notícias. Além de não atender o celular, não entrar no chat... Acho que conheceu outra garota – comentei enquanto pegava um pé do scarpin e o calçava.

– Edu? Definitivamente, não. Com certeza ele deve estar envolvido com alguma coisa de trabalho que está tomando todo o tempo dele.

Adorava a Clara. Ela era companheira, amiga fiel e para todas as horas, mas me irritava um pouco essa coisa de ter uma explicação para tudo e, principalmente, de defender Eduardo em todas as situações. Nesse exato instante eu gostaria muito de falar mal de Edu, dizer que ele não prestava, que era um cafajeste e que, provavelmente, devia ter conhecido não só uma, mas umas cinco meninas e não sabia ao certo com quem ia sair naquela noite.

Não contasse com Clara para falar mal dos homens.

– Não sei o que fazer. Não quero bancar a ex-namorada chata que fica enchendo a caixa dele de e-mails, mandando mil mensagens para o celular, mas, por outro lado, dói não saber nada, nem ouvir a voz dele.

– Ah, não fica assim. Olha só, tive uma grande ideia. Vamos tomar um banho e nos arrumar para sair! – anunciou num floreio de braços.

Eu deveria ter saltado do sofá e ir correndo para o meu mural de looks escolher uma combinação baladinha ou algo assim. No entanto, fiquei olhando pra Clara sem o menor ânimo.

– Não estou nem um pouco a fim.

– Mas está fazendo uma noite linda, eu recebi meu adiantamento e estou com muita vontade de tomar umas. Vamos?

– Não.

– Por favor?

– Tá bom, tá bom. Eu vou.

– Como você muda de ideia rápido, não?

A balada que indicaram para Clara estava lotada. Avistamos um lugarzinho dando sopa perto das mesas de sinuca e, abrindo um pouco de espaço a cotoveladas, nos acomodamos perto do bar. Clara queria saber mais detalhes do meu emprego temporário frustrado enquanto bebericávamos nossos drinques.

– Por que você não quer me mostrar a roupa de coelha? Eu quero ver.

– Nem pensar. Eu vou queimar aquela coisa horrorosa assim que tiver oportunidade e depois dar um jeito de apagar esse episódio da minha memória – respondi dando outro gole, esperando que a bebida fizesse logo seu efeito mágico em mim.

– Fatos assim a gente não pode esquecer, temos que dar risada, fazer desse incidente uma comédia. Essa é a mágica da vida.

– Certo, Freud.

– Não vou te dar sossego até ver essa fantasia. Gente, as meninas do escritório iam amar essa história.

Fechei a cara ao ouvir a intimidade na voz de Clara dizendo "as meninas do escritório" como se elas fossem mais amigas dela que eu.

– Se você não quer que "as meninas do escritório" saibam que você usa calcinha tipo vovó, é melhor nunca contar a elas o meu episódio do supermercado – rebati com os olhos semicerrados.

– Ai, Mari! Não precisa apelar. Só estava brincando. Credo!

Devo admitir, me senti culpada ao vislumbrar sua raiva diante da minha ameaça infantil. Clara tinha verdadeiro pavor de que a humanidade soubesse que ela usava calcinhas de algodão gigantescas que se pareciam com coadores de café.

– Desculpa. Peguei pesado. Eu só não quero ficar falando daquele dia medonho. É legal o bar, né? Quer jogar sinuca?

– Não. Mas quero ir ao banheiro. Vamos?

– Melhor ficar segurando o lugar. Se sairmos daqui, passaremos o restante da noite em pé.

– Então, eu já volto.

Enquanto Clara tentava atravessar o salão apinhado de gente para chegar ao banheiro, eu observava tudo ao meu redor. A música agradável me fez viajar para os tempos em que saía para dançar com Edu. Ele, na verdade, não gostava de dançar. Era tímido demais para isso. Mas, às vezes, para me agradar (depois de eu muito insistir), saíamos para dançar. Edu não tinha ritmo, dançava todas as músicas do mesmo jeito, com as pernas duras e mexendo os braços à frente do peito. E quando ele cansava de exibir todos os seus passos, me puxava para perto dele, me envolvia pela cintura e me beijava a boca. Era disso que ele gostava. De ficar abraçado a mim, nos movendo no ritmo da música, nos beijando, conversando ao pé do ouvido e... *Deus, quanta saudade!*, pensei engolindo em seco para não chorar.

Chamei o garçom e pedi outra bebida para ter com que me distrair e não pensar mais em Edu. Não queria chorar, queria rir, me divertir um pouco só para variar. Assim que tirei Edu do pensamento, avistei Clara no que parecia ser um papo animado com um carinha a alguns metros de onde eu estava. Ele estava de costas para mim, mesmo assim apliquei minha análise básica de um futuro candidato ao coração de minha amiga (altura, look, estilo do sapato, corte de cabelo, drinque que está bebendo, etc.) e o aprovei em segundos. Certo. Até que ele se virou e olhei seu rosto. Porra, que cara feio!

Tudo bem, sejamos honestas. Ele tinha um conjunto bonito, corpo legal, se vestia bem, não era careca (ponto a favor), mas não era um "Oh, meu Deus, que homem é esse!". O olhar de manteiga derretida de Clara me chamou mais atenção que o feioso e murchei automaticamente, me tocando de que havia perdido minha companhia pelo resto da noite. Resolvi ir até eles.

– Lembra-se do nosso combinado? De que hoje é uma noite de garotas? – perguntei no ouvido de Clara.

Ela riu e me apresentou o rapaz.

– Marcos, essa é Mariana, minha amiga e companheira de apartamento.

– Oi, tudo bem? – Me aproximei para dar um beijo no rosto dele e fui invadida por seu perfume: *Acqua di Giò* - o mesmo do Edu.

Meu estômago se comprimiu todo e eu me afastei o quanto pude de Marcos. Ai, que merda! O cheiro do Edu naquele feioso? Como assim? O aroma maravilhoso não combinava com esse cara! Algo estava errado, fora de esquadro. Esse tipo de coisa deveria ser proibida por alguma lei federal. Perfume deveria ser algo exclusivo e personalizado. Quando me recuperei do choque e ia dizer alguma coisa, Marcos voltou sua atenção para Clara que, visivelmente, estava toda interessada no feioso perfumado. Não me restava outra saída a não ser deixá-los sozinhos.

– Estou lá na área da sinuca, tá?

– Já estou indo lá, Mari – disse Clara, mesmo sabendo que não iria tão cedo.

Escolhi uma banqueta alta, do balcão do bar e me sentei para olhar as pessoas jogando e se divertindo. Permaneci ali por muito tempo até que alguém me arrancou de meus devaneios:

– Oi, *eche lugarrr eshtá* vago?

– Como? – perguntei sem entender.

– *Vochê* é sempre *achim* ou *eshtá fantachiada* de *goshtósa*?

Fitei o sujeito baixinho e rechonchudo sem entender bulhufas.

– Desculpe, mas não entendi.

– *Nocha!* Não sabia que a boneca andava.

– E eu não sabia que gambá falava! Você está fedendo a álcool, sabia?

– *Colé, gatchinha! Shei* que tá aí *deseshperada* para *ganharrr uinss beixinhos*. O problema é que sua boca *eshtá* muito *lonche* da minha, *morô!*

Que cara mais mala!

– Só está longe da sua por uma questão de higiene, meu bem! Vem cá, você não se enxerga, não? Dá o fora!

De repente, o rosto dele, apesar de estar tomado de suor, se iluminou.

– Suspende *aish fritaishsh*, que o filé já chegou! – ele gritou para o garçom, atraindo a atenção da metade do bar.

Por um momento eu não consegui falar, tamanha a vergonha que estava sentindo. Olhei por cima dos ombros dele tentando avistar Clara, mas não consegui localizá-la no meio de tanta gente.

Como é que eu ia sair dessa? Como?

– E que filé! – exclamou o bêbado sem noção com um olhar de peixe morto.

Eu quero minha cama, quis uivar. Queria ser engolida por um buraco que me transportasse até a segurança do meu quarto agora mesmo!

– Tá a fim de ir pra um *lugarrr maish* tranquilo? Bater um papo, tomar uma bebida...

Fiz menção de levantar, mas ele segurou meu braço com suas mãos pequenas e gorduchas.

– Pôôôô, gata! Péra *aê*. *Vamú trocarrr umaishshs ideiashshs*. Deixa eu *falarrr umaish paradaish*. – E sinalizou para que eu chegasse mais perto. – Você é a lua de um luau. Quando te *vecho* só digo: uauuuu uauuuu!

Por que comigo, minha Santa das Pagadoras de Mico? Por quê?

– Se enxerga, seu idiota!

– Meu *eshpelho* tá lá na sua casa, gata. Que cê acha da *xente* ir pra lá?

– Por favor, vai procurar outra garota. Não estou a fim de papo, nem de ir pra canto nenhum com você.

– *Vamú pularrr esha parrte* de se *fazerrr* de difícil. *Vamú* pro que interessa. Eu e *vochê*.

– Meu, você é um porre. Sai daqui!

– Algum problema? Esse rapaz está te incomodando, meu bem? – perguntou um rapaz que chegou do nada e me ofereceu um copo de uma bebida qualquer.

Eu o fitei transtornada demais com minha falta de sorte. Ele piscou pra mim, ainda estendendo a bebida.

– Oi. – Levei alguns segundos para entender que meu salvador havia chegado, sem cavalo branco, obviamente. – É, ele está incomodando, sim. Está aqui me falando um monte de porcaria.

– *Aeh, merrrmão*, só tô trocando *umaish ideiaish* com a gata.

– Então, dá o fora, que a moça está acompanhada.

– Por que *você num falô* que tinha namorado? – indagou ele me dando um leve empurrão no ombro. – Foi mal, bro. Vou *nesha*, valeu! – E saiu cambaleando, derramando uísque na roupa toda.

– Desculpe. Vi que você estava em apuros e achei que precisaria de uma ajuda. Me chamo André.

– Obrigada. Me livrou de um mala sem alça, bêbado e inconveniente. Não que eu não conseguisse me livrar dele sozinha – completei apressada –, mas obrigada pela ajuda mesmo assim.

Agradeci meio sem jeito e um pouco irritada porque eu queria me divertir, espairecer, rir, esquecer um pouco a minha realidade, mas até agora... Neca!

– Estava te olhando de longe, quando ele se aproximou. E logo pensei: "Ih, acho que perdi a chance". Mas aí, vi que você não estava confortável e que ele estava bêbado... Então, decidi ajudar – anunciou sorrindo.

– Fez bem.

– Mas e seu nome? Eu já me apresentei. – Ele sorriu. – A bebida é para você.

– Ah, obrigada, mas vou parar por aqui. Já esgotei minha cota de álcool por hoje – menti. Na verdade, queria beber todas. Só não o fiz por dois motivos: a) Tinha sérios problemas quando bebia demais e b) Não podia gastar dinheiro à toa.

Além disso, sei lá o que ele estava me oferecendo. Li uma reportagem que tinha gente que aplicava o "boa-noite, Cinderela" oferecendo bebida para as meninas nas baladas. Eu é que não ia aceitar. Nunca se sabe.

E, por mais que minha carência de me sentir "cinderela" fosse grande, não era nesse contexto.

– Me chamo Mariana.

– Lindo nome – elogiou.

André era bonitinho, simpático, me salvou de um bêbado chato, mas não rolava. Não estava a fim de conversar com carinha nenhum e como diria isso sem ser indelicada? Afinal, ele foi gentil comigo.

– Obrigada.

Foi tudo o que consegui dizer.

– Você está sozinha? Quero dizer, seu namorado não vai surgir do nada e me dar um soco no nariz, não é?

– Não. – Ri com vontade. – Não estou sozinha, estou com uma amiga, que está por aí conversando com um carinha. E não, meu namorado não vai surgir do nada para te bater. Você acabou de expulsá-lo, lembra?

– Hein? O carioca era seu namorado? – perguntou sem entender nada.

– Não, claro que não – respondi rindo com vontade. – Estava brincando.

– Ah, então não existe um namorado?

– Existe um ex-namorado que ainda manda no meu coração.

– Opa! Essas duas letrinhas antes da palavra "namorado" são bem animadoras.

– Pois, então, trate de desanimar. Essas duas letrinhas têm um significado enorme para mim.

– Oiii, tudo bem por aqui? – Clara, apareceu com um sorriso de orelha a orelha e de mãos dadas com Marcos. Obviamente que já rolou muito beijo na boca entre esses dois.

Tinha batom até no nariz do feioso que estava com aquela cara tipo não-acredito-que-essa-areia-toda-entrou-no-meu-caminhãozinho.

– Tudo certo – respondi. – Esse é André, meu salvador.

Clara me olhou com um esgar, sem entender nada.

– Depois eu te conto toda a história.

– Ok. Bem, nós pensamos em ir pra casa. A nossa – completou Clara, fuzilada sumariamente pelo meu olhar. – Tá a fim de ir também ou vai ficar um pouco mais?

– Nós? – perguntei sem acreditar que ela ia mesmo levar o feioso para nossa casa.

– É. Nós. – E me brindou com um sorriso amarelo como quem dizia: "Por favor, sem julgamentos".

– Claro. Eu vou também, isto é, se não for bancar a vela.

– Imagina, de forma alguma! – garantiu Marcos, pela primeira vez.

– Ok. Então vamos. André – disse, virando-me para ele –, obrigada novamente. Foi um prazer conhecê-lo.

– O prazer foi meu. Se precisar de algum "socorro" – ele pegou a carteira do bolso de trás da calça jeans e me estendeu um cartão de visita – é só me ligar.

– Prometo que ficarei bem longe das encrencas – respondi, pegando o cartão da mão dele.

– Espero que não tenha tanta sorte – exortou André com um sorriso torto.

Vinte e Três

Toda vez que toca o telefone eu penso que é você
Toda noite de insônia eu penso em te escrever
Pra dizer que teu silêncio me agride.
"Perfeita simetria", Engenheiro do Hawaii

Consegui chegar até a segunda-feira à noite sem ligar para Edu. Tudo bem. Eu poderia ter ligado, mas me bateu certo orgulho e eu pensava "se ele não ligava, eu também não ligaria" e assim atravessei o fim de semana. Coisa que não foi nada fácil de manter, considerando que Clara sumiu desde sexta me deixando sozinha com meus dramas e meu blog. O lado bom, é que decidi brincar com algumas roupas e fiz postagens de "look do dia". Mesmo que eu não estivesse de fato usando o tal look. Mas quem iria saber?

Também postei uma foto dos meus olhos borrados com esse texto:

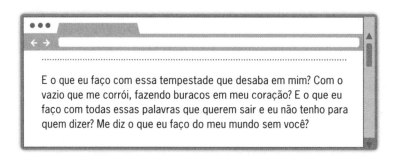

Depois que publiquei, me arrependi. E se alguém olhasse? E se alguém criticasse? E se ninguém gostasse? E se me chamassem de ridícula?

Ah, que se danasse! Era melhor pôr para fora essa angústia do que remoê-la um pouco por noite.

No meio da tarde chegaram duas surpresas. Tinha dois seguidores! E um novo e-mail.

De: thelmalouveira@yahoo.com
Para: mariana.louveira@gmail.com
Assunto: Nosso primeiro e-mail

Oi, filha! Tudo bem, me rendi. Vamos falar por e-
-mail. Só que eu não gosto não. Não tem calor humano. Não ouço o som da sua voz, mas, sem dúvida, é
bem mais barato.
Sem novidades por aqui. E aí?
Beijos da mãe que te ama,

Thelma.

Até por e-mail mamãe era econômica. Meu Deus! Mesmo assim, respondi toda feliz, falei do meu blog e pedi para ela me seguir. Logo em seguida, mandei um para Clara só para provocar.

De: mariana.louveira@gmail.com
Para: j.c1979@hotmail.com
Assunto: A Clara foi abduzida ou está apaixonada?

Claaaaara!
Cadê você? Passou o fim de semana todo trancada no
quarto com o Chicletão. Você ainda não sabe, mas Marcos tem esse apelido. Bem oportuno, não acha? O cara
grudou em você sexta e só foi desgrudar no domingo
à noite. Sua periquita deve estar muito feliz, amiga!
Vem cá, você já o promoveu a namorado ou ainda é um
"paquera"? Ele é legal? Beija bem? Você beijou o nariz dele na balada aquele dia? Esqueci de perguntar
como seu batom foi parar lá. Está apaixonada por ele?
Será que podemos marcar um horário para conversar?
Pelo amor de Deus, estou moooorta de curiosidade.
Ah! Criei um blog e já tenho 2 seguidores!!! Daqui uns
dias fico famosa. Clica aí no link e me diga se gostou.
Beijos,

Mari – a abandonada.

A resposta veio em seguida:

De: j.c1979@hotmail.com

Para: mariana.louveira@gmail.com

Assunto: Re.: A Clara NÃO foi abduzida e TALVEZ esteja apaixonada!

Mari,

Vou responder rapidinho porque meu dia hoje está *over*. Não tenho agenda nem para um cafezinho. Preciso montar uma apresentação para meu chefe de marketing e, ao mesmo tempo, elaborar a pauta da reunião do time de vendas... Como explico para eles que sou uma só e que é quase impossível fazer duas coisas ao mesmo tempo para entregá-las na mesma hora?!

Se eu não enlouquecer hoje é porque sou feita de aço. Ah, sim! Tenho que parar de reclamar.

E que história é essa de blog? Não consegui ver direito, só passei os olhos...

Agora, vamos falar sério, você pretende investir seus esforços nesse ramo? Não seria melhor investir seu tempo em uma recolocação profissional? Quem sabe um *coaching* ou um *outplacement*. Pense nisso. E nossa conversa sobre você organizar o seu recomeço? Deu em nada?

Sei lá, é só minha opinião. Mas se você está gostando, *go ahead*.

Vou tentar chegar cedo para te contar do Marcos que, a propósito, vai jantar em casa amanhã à noite. =D

Bjs

Clara.

Revirei os olhos para aquelas palavras em inglês e resolvi deixar pra lá. Abri o Word para escrever rascunhos de novas postagens, mas a coisa não fluiu como antes. Sentia-me vazia. Suspirei e olhei o relógio. Já eram quase 17h30 da tarde. Gastei mais da metade do meu dia na frente desse computador, deixando a procura por emprego de lado e me ocupando com outras coisas.

Onde está o glamour que eu imaginei que seria morar em São Paulo?, perguntei me sentindo exausta e entediada. *Um dia tudo isso será passado, Mariana. Não há tempestade que dure para sempre.* Minha consciência tentou me animar, mas nem assim eu me senti melhor.

Quando estava tomando banho, ouvi Clara chegando em casa e eu tratei de abandonar a hidratação pela metade porque estava louca para conversar com alguém.

– Que bom que você chegou cedo! – exclamei assim que saí do banheiro enrolada na minha toalha da Barbie. Clara estava deitada no sofá, olhando para o nada com cara de "oi-estou-amando-sabia?!".

– Oi! – Suspirou. – Precisamos conversar.

– É, estou vendo que sim. Vou me vestir, quer vir para o meu quarto?

– Vai lá. Te espero aqui.

– Vai falando enquanto me visto – pedi.

O bom de morar num apartamento minúsculo era isso, as pessoas se falavam, mesmo quando cada uma estava em um cômodo diferente da casa.

– Ele é maravilhoso. Acho que estou apaixonada – confessou em alto e bom som.

– Disso eu tenho certeza. Vejo que o feioso é competente e esperto. Já que ele não pode contar com o fator beleza na hora da conquista, pelo jeito, usa de outros atributos.

– Ai, Mari. Beleza não é tudo, sabia? Além do mais, ele não é feio!

– Não. Claro que não – ironizei. Não ia nem perder meu tempo debatendo o assunto "beleza" com uma mulher apaixonada.

– É tão bom sentir o que estou sentindo. Sabe aquela felicidade que te domina, que contagia o dia inteiro e faz você enxergar tudo com outros olhos? Nada me estressa, nada tira meu bom humor. É só pensar nele que tudo se ilumina. Se bobear, vejo até borboletas voando à minha volta, tamanha é a felicidade que estou sentindo – exagerou com uma voz melosa.

– Hum, que poética! – brinquei, já de volta à sala, sentando-me no tapete de frente para Clara.

– Vamos pedir uma pizza e tomar cerveja? – sugeriu empolgada.

– Tá ganhando bem, hein, perua?! Pedir pizza em plena segunda-feira é só para quem pode.

– Quero comemorar esta fase. Meu trabalho está maravilhoso, apesar de cansativo e conheci um cara legal. Estou tão feliz! – vibrou. – Juro que não imaginava que as coisas dariam certo para mim. Está tudo tão bom que mereço comemorar.

– Eu topo a pizza, mas cerveja não é a minha praia. Pode ser um vinho? Tem uma garrafa aí, quer?

– Fechado. Vou pedir a pizza.

Assim que Clara desligou o telefone, eu implorei:

– Agora, pelo amor de Deus, conte-me tudo! Quantos anos, onde mora, casado, solteiro, viúvo, tem mau hálito, tamanho do... Não, eu não quero saber o tamanho do documento do seu namorado.

Clara riu com seu semblante sonhador.

– Ele tem 33 anos.

– Uau! Temos um homem maduro aqui. Ponto para ele.

– Ah, para de graça, Mari! Então, continuando, é solteiro, publicitário, trabalha em um escritório com mais quatro sócios e é *freelancer* também. Mora sozinho, tem casa própria.

– Hum, isso é bom. Mais um ponto para ele.

– Acabou de sair de um relacionamento que durou cinco anos.

– Estava bom demais para ser verdade! Retiro o ponto que acabei de dar a ele.

– Por que não é bom?

– Homens que engatam um relacionamento logo após um rompimento carregam lembranças da ex o tempo todo. Muito provável que vai ficar te comparando com a outra, falando coisas do tipo: "Com ela era diferente." – imitei a voz de Marcos. – "Minha ex sabia fazer uma massagem nas costas maravilhosa; fulana não tinha TPM, nem dores de cabeça o tempo todo; fulana sabia fazer um assado com batatas dos deuses; fulana isso, fulana aquilo..." Sem falar que normalmente eles querem dar uma "pausa" de relacionamentos sérios, querem sair por aí comendo até sombra de poste.

– Ai, Mari, deixa de ser palhaça! – pediu rindo muito. – Nada disso. Ele nem tocou no nome da ex e eu não fiquei perguntando também.

– E por que eles terminaram?

– Não perguntei.

– Não? – guinchei quase histérica. – E você não gostaria de saber?

– Sei lá, não quero parecer intrometida demais. Um dia, se esse assunto rolar com naturalidade, eu pergunto.

– Nossa, eu não sou assim. Se não pergunto logo, fico me corroendo por dentro de tanta curiosidade. Eu preciso saber exatamente tudo sobre a ex: idade, peso, humor, se tinha TPM ou não, qual perfume usava, marca de roupa preferida, se dormia de boca aberta... Tudo.

– Eu não tenho essa curiosidade toda. Confesso que não tenho o menor interesse em saber da vida das ex dos meus namorados. O importante é que Marcos está comigo. Ex é passado e é lá que ela deve ficar.

– Certo. Bem, depois de um final de semana de esbórnia total, vem a pergunta que não quer calar: ele te ligou hoje?

– Ligou! – Clara vibrou de alegria. – E também me adicionou no Facebook, me segue no Twitter, conversamos pelo chat e mandou um cartão virtual muito lindo me desejando uma boa semana. Meu queixo caiu.

– Nossa! Ligou no dia seguinte, mandou cartão e te adicionou nas redes sociais. Isso é que eu chamo de estar realmente a fim de você. A maioria some depois do primeiro encontro.

– Ai, nem me fale nisso. Uma das secretárias que trabalha comigo, a Melissa, está saindo com um carinha há mais de oito meses e ainda não sabe se é namoro, se o cara só quer transar, curtir ou algo mais sério. É uma situação muito chata porque ela está apaixonadíssima e não faz a menor ideia do que ele sente por ela.

– Muito fácil de descobrir – disse dando um pulo e me colocando em pé.

Fui até meu quarto e voltei com um exemplar da minha revista feminina preferida.

– Aqui. Entregue para sua amiga e peça para ela fazer o teste.

– *DEZ SINAIS DE QUE ELE ESTÁ CAIDINHO POR VOCÊ.* – Clara leu em voz alta. – *Ele te compra flores aleatoriamente?, Ele já a apresentou para a família?, Os amigos dele ficam felizes quando você está perto?* Ai, Mari. Isso aqui é perda de tempo. O cara não está a fim dela, só que vai explicar isso para Melissa?

– Se fosse comigo, eu já tinha dado um ultimato, ou me assume ou cai fora.

– Ela deu vários. Aí o cara some, desaparece do mapa.

– Deixando bem claro quais são suas verdadeiras intenções – completei indignada.

– Pois é. Só que ela não aguenta ficar sozinha, sente saudades e liga para ele e aí volta tudo de novo.

– Péssimo.

– Ainda bem que Marcos tem se mostrado o oposto. Eu não suporto esse tipo de joguinhos, sabia?! Sou muito tradicional para essas coisas.

Feioso daquele jeito e ainda conseguiu fisgar uma gata feito Clara, é óbvio que ele não vai fazer jogo!, não consegui evitar o pensamento. *Mariana!* Ok. Foi sem querer.

– Me conta, o que ele escreveu no cartão?

A pizza chegou e, enquanto comíamos, Clara contou do cartão meloso que recebeu de Marcos. Ele revelou que foi incrível o final de semana com ela, que não conseguia tirá-la da cabeça, como ele a achava linda, inteligente, madura e blábláblá. Certo. Fiquei com certa inveja. Mas uma inveja boa, se é que esse tipo de inveja existe. Eu também queria que Edu mandasse cartões assim, que me ligasse, que se importasse, merda!

– Que cara é essa? – perguntou Clara, percebendo minha angústia.

– É Edu que continua sumido.

– Você deveria ligar novamente.

Me servi de outro pedaço de pizza. Se não tinha namorado para me mandar cartões melosos, pelo menos tinha uma boa e calórica pizza para acalmar as borboletas do meu estômago. E um bom vinho para me deixar falsamente alegre por algumas horas.

– Sei lá. Acho que dancei, sabia?

– Que dançou o quê! Então, eu não o vi lá na rodoviária de Prudente se despedindo de você? Ele te olhava com paixão, Mari. Isso é mais que uma declaração de amor. Ele estava se declarando de corpo e alma para você. Pedindo com os olhos para ficar com ele. Nossa! Até me arrepio quando lembro...

– Se queria que eu ficasse, deveria ter pedido com a boca. Eu entenderia melhor.

– Ele pensou em você, não nele.

– Essa já não cola mais, sabe. Sou muito objetiva. Comigo é tudo no branco e preto. Se ele queria que eu ficasse era só abrir o raio da boca e falar, que eu ficaria.

– Mari, de uma coisa eu tenho certeza: Edu te ama. Mas acho que ele está inseguro.

– Como assim, inseguro?

– Lembra que você confessou que gostava mais das suas ex-amigas do que dele? Queria ser rica e da alta sociedade como elas e viu uma oportunidade de ser a mais nova integrante do clube da futilidade?

– Ai. Que má!

– Desculpe meu jeito delicado de ser. Bem, enfim, continuando... Por outro lado, ele gostava de você de verdade antes de romper contigo. Depois você teve aquela conversa, muito nobre de sua parte, reconheceu que tinha virado uma patricinha metida a besta e estava arrependida de seus atos.

– E daí?

– Então, deve ser difícil para ele confiar em seus sentimentos novamente. Talvez, seja a razão pela qual insiste tanto para que você fique aqui, que aproveite essa fase, que amadureça e evolua como pessoa.

– Será que é isso?

Faz algum sentido, concordei em pensamento enquanto mastigava. E Clara não falaria por falar, ela gostava de mim e estava sendo sincera.

– Mas ele pode agir assim falando comigo e não ignorando meus e-mails, meus telefonemas, sumindo.

– Isso é verdade. Quer saber, toma, liga pra ele – ordenou, entregando-me seu telefone celular.

– Já sei – disse, acovardando-me. – Liga para o seu amigo Gustavo, aquele que eu joguei bebida na cara achando que era o Edu. Que vergonha! – Balancei a cabeça por me lembrar daquela noite fatídica. – E pergunta sobre a cidade, se ele tem saído, se tem visto fulano, cicrano, beltrano, Edu... Essas coisas.

– Gustavo vai saber que eu liguei só para perguntar do Edu. Os homens não são tão fáceis de ludibriar.

– Ah, então liga e diz que sou eu que quero saber e ponto-final. Faz isso por mim? – implorei de joelhos no tapete da sala.

– Tá bom. Vamos lá – concordou, pegando o celular e procurando pelo nome na agenda de contatos. Discou e esperou dez segundos:

– Alô, Gustavo? É Clara. Como vai você? Estou bem. Com saudades de todos aí, mas bem. Jááá. Estou trabalhando num escritório como secretária-executiva... Estou adorando... Pois é, logo eu. Ano que vem vou recomeçar meu curso e aí, quem sabe, eu volto para minha área. Se bem que estou me identificando muito com secretariado.

– Anda, pergunta logo – sussurrei para Clara.

– E você, está namorando, tem saído? É mesmo? Poxa, que legal! E quem é ela? Eu conheço?

Dei uma cutucada na perna de Clara gesticulando com a boca para ela perguntar de uma vez. Ela me lançou um olhar repreensivo.

– Hum, acho que não sei quem é... Olha só você, namorando sério. Parabéns pelo namoro! Vou torcer para que dê certo. Viu, Mariana quer saber se você tem visto o Eduardo. Lembra do ex-namorado dela? Isso. Ele mesmo. Você o tem visto nas baladas? Sei... Hum-hum... – Houve uma longa pausa com Clara ouvindo e balançando a cabeça, como se concordasse com o que ele estava dizendo. – Vou contar pra ela, que está aqui do meu lado te mandando um beijo – disse Clara, usando de toda sua educação. – Boa sorte com sua nova namorada. Vê se agora toma juízo e para de ficar galinhando por aí... É, você mesmo. Ok. Beijos. Liga de vez em quando, né?! Hum, tá bom. Tchau, Gus.

– E aí? Conta logo! – ordenei quando ela desligou o celular.

– Bom...

Merda, lá vinha notícia ruim.

– Gustavo disse que tem visto Edu quase todo final de semana nos barzinhos, no Aruba, na Zeppelin – respirou fundo antes de continuar. – Sempre com os mesmos amigos e curtindo. Eles têm um amigo em comum que comentou que Edu tem aproveitado bem a vida de solteiro. Agora, o que isso quer dizer, eu não sei.

De repente, meu coração parou de pulsar. O ar me faltou. Fique estática sem saber o que pensar, o que sentir, o que fazer e entornei todo o vinho de uma só vez.

– Ele está curtindo a vida – afirmei numa voz pesada.

– Não há nada de errado nisso. Nós também saímos para nos divertir, não foi?

– Só que eu não estou *curtindo* a vida. Estou curtindo uma fossa desgraçada. Estou me afundando em saudades e vontade de estar com ele. Bem diferente de "curtir a vida" como Edu tem feito nas baladas de Prudente.

– Quem garante que ele também não está? Deve estar extravasando de outra forma: saindo com os amigos. Não significa que não goste de você, que não sinta saudade...

– Ah, por favor! Eu sou loira, mas não sou tão burra assim! – exclamei indignada e irritada com a psicologia barata de Clara. – Ele está curtindo a vida e me esquecendo. Agora eu entendo porque ele foi tão insistente me pedindo para eu aproveitar, para sair. Ele quer que eu siga com a minha vida. Edu está seguindo com a dele. Gustavo só não foi mais claro para não me magoar.

Meus olhos se encheram d'água e um nó surgiu na minha garganta.

– Que merda, Clara! Que merda! Eu amo esse cara. E ele nem aí pra mim.

Ela suspirou pesado e esse foi o som mais triste que já ouvi de Clara.

– É difícil acreditar nisso, mas se Edu estiver mesmo seguindo a vida dele, você precisa fazer o mesmo.

– O que vou fazer agora?

– Doença de amor se cura com outro, não é isso que diz a canção?

– Pelo amor de Deus, nem consigo pensar em outro cara.

– E aquele rapaz do bar? Ele pareceu interessado em você, além de ser muito bonito. Olhos verdes, cílios negros e encorpados. E que corpo era aquele? Meu Deus, de passar mal!

– Você notou os cílios do cara no escuro do bar? Que olho, hein?

Ela deu de ombros.

– Sair com alguém para conversar, ir ao cinema, vai fazer bem pra sua autoestima. Você é bonita, solteira.

– Esqueça, Clara. Não vou conseguir olhar para ninguém.

Permaneci um bom tempo deitada no tapete da sala, olhando o teto enquanto Clara, pacientemente, me consolava.

– Vou para o meu quarto – avisei, minutos mais tarde. Precisava ficar sozinha urgente.

– Não quer conversar mais?

– Não. Preciso pensar no que fazer da minha vida – falei com os olhos marejados, prontos para iniciar mais uma sessão de choro.

– Ok. Se quiser conversar mais é só me chamar. Vou ajeitar essa bagunça, tomar um banho e dormir. Amanhã tenho que chegar cedo no escritório.

– Obrigada por estar comigo nesse momento – agradeci com sinceridade. – Se quiser, deixe que arrumo a louça amanhã. Afinal, não tenho nada para fazer mesmo.

– Não se preocupe. Vá para o seu quarto e trate de ficar bem. Eu adoro você, e amigas são para isso mesmo. Igual casamento, na alegria e na tristeza.

Vinte e Quatro

E se virá
Será quando menos se esperar
Da onde ninguém imagina
"A cura", Lulu Santos

Na manhã do dia seguinte, fui acordada com meu celular tocando "Single Ladies", da Beyoncé, no último volume. Atendi no automático.

– Alô, Mariana?

– Sim.

– É Aline. Como vai você, minha filha? – A voz de Aline me encheu de uma sensação boa e eu abri os olhos para me concentrar na conversa.

– Tudo bem. Não me diga que tem boas notícias para dar?

– Tenho sim. Marquei entrevista com meu cliente para amanhã cedo. Passei um e-mail com todos os detalhes.

– Jura? Nossa, obrigada mesmo. Nem sei como te agradecer.

– Imagina. O mérito é todo seu. Você se saiu muito bem nos testes psicológicos e na entrevista comportamental. Carol gostou muito de você e diz que você tem um talento que precisa ser lapidado. E olha que Carol é uma profissional bastante exigente – disse em tom de segredo. – Tenha confiança que você vai conseguir.

– Obrigada! – agradeci feliz.

– Boa sorte. E quando sair de lá, me ligue, ok?

– Combinado.

Assim que desliguei o telefone toda a realidade da noite anterior voltou e eu afundei a cabeça no travesseiro.

E como se não estivesse me sentindo miserável o bastante, às seis horas em ponto, Clara chegou em casa com Marcos a tiracolo.

Porém, para minha surpresa, a noite foi muito divertida. Então, eu entendi perfeitamente porque Clara não deu a mínima se ele era feio ou bonito. Marcos se mostrou simpático, divertido e agradável de estar por perto. E isso, em alguns casos, valia muito mais que beleza sem conteúdo.

No dia seguinte, lá fui eu para minha entrevista. Desta vez eu levei bem mais que dez minutos para me arrumar. Mais de uma hora, para ser exata. Caprichei na maquiagem, tomei vergonha na cara e depilei as canelas, e troquei de bolsa. Antes de sair de casa, postei o "look do dia" no meu blog – agora sim usando de fato o tal look, e, para minha surpresa, havia dez seguidoras no blog.

Meu Deus! Isso era mágico. Quem eram essas meninas? Por que me seguiam? Como me descobriram? Uma delas, inclusive, perguntou onde eu comprei a bolsa coral com tachinhas. Uma outra disse que adorou meu último texto. *Que máximo!*, pensei, me sentindo, de repente, muito animada. Não estava tão sozinha nessa selva de pedra, afinal! Cheguei no hotel dez minutos antes do horário e fiquei esperando pela entrevistadora na recepção.

Uma garota com o nome de Camila, superdescolada e muito bem-vestida veio até mim e se apresentou. Tivemos uma conversa ótima, bem diferente de todas as entrevistas de que participei. Aliás, de entrevista não tinha nada. Nós conversamos sobre moda, ela era superatualizada com as novas tendências, com os desfiles, disse, inclusive, que costumava ir a todas as edições da São Paulo Fashion Week (morri de inveja), conhecia um bando de lojas bacanas e me deu alguns endereços para eu conferir. Falamos também dos eventos que costumavam acontecer no hotel, de gostos pessoais, música, maquiagem e... homens!

Pareceu mais com um papo de velhas amigas. Depois ela me encaminhou para outra pessoa chamada Jeanne, que era a gerente da área de vendas.

Jeanne se mostrou mais formal que Camila. Uma mulher na faixa dos 40, bonita e elegante. Ela me falou um pouco mais sobre a rede de hotéis e sobre a área de vendas. Fez várias perguntas sobre minha vida profissional e também pessoal. No princípio, a conversa estava se direcionando para as tradicionais entrevistas. Depois, mais relaxada, Jeanne mudou o rumo das perguntas e no final estávamos falando do meu mural de looks e de como ele me ajudava na hora de se arrumar para sair. Combinamos, inclusive, de eu ir até sua casa no sábado de manhã para olhar seu guarda-roupa e, juntas, compormos um mural de looks para ela.

– Eu sou uma negação na hora de fazer combinações. Tenho que comprar tudo combinando, do jeito que foi colocado no manequim. Não dou conta de comprar roupas separadas.

– Se quiser, um dia, eu posso ir contigo fazer compras e te auxilio na escolha das peças.

– Você está falando sério?

– Estou. Tenho tempo livre de sobra pra isso.

– Essa roupa que você está usando, você que combinou?

– Sim.

– Eu amei as cores. Essa saia é linda!

– Chama saia tulipa e é perfeita para trabalhar. Quando estiver cansada de terninho, dá para usar sem erro.

– Ai, eu quero que você vá comigo, sim – pediu com os olhos brilhando. – Preciso mesmo renovar meu guarda-roupa.

Gente, ou Jeanne era uma maluca de pedra ou ela me amou. Tomara que fosse a segunda opção! Saí da entrevista pedindo à Santa das Desempregadas que me desse essa oportunidade. Eu amei o clima do hotel, adorei Camila e Jeanne. Senti-me superprestigiada por Jeanne me convidar para ir com ela comprar roupas. *Por favor, por favor, por favor!*, roguei em pensamento. Seria maravilhoso trabalhar com elas.

Na volta para casa, decidi de última hora dar uma voltinha no Shopping Iguatemi, já que havia muito não ia a um, e também para comemorar o aparente fim da maré de azar que estava atravessando. Acho que ver gente, ver coisas me fariam bem. A impressão que tinha era de que estava mofada de tanto que ficava em casa. Ai, sai pra lá baixo astral! Sacudi os cabelos, caminhando pela entrada principal do shopping, tratando de só pensar em coisas boas. Distraidamente caminhava pelos corredores reparando em tudo, escolhendo o que eu compraria se tivesse dinheiro, montando looks na minha imaginação e, quando menos esperava, me deparei com ela. Era a Dolce & Gabbana. A loja dos meus desejos mais extravagantes bem na minha frente.

E, por tudo o que era mais sagrado, a Dolce estava em liquidação! Eu precisava ir até lá e dar uma espiadinha. Por que, afinal, era disso que se tratava São Paulo, não é? Consumo, artigos de luxo, poder... Essas coisas. E, talvez, eu pudesse provar um vestido ou outro. Assim, sem compromisso, claro! Determinada, avancei uns cinco passos rumo ao templo da ostentação com o coração batendo a mil, quando parei de supetão na entrada da loja e identifiquei algo em seu interior: eu já tinha visto aqueles cabelos em algum lugar. Conhecia aqueles trejeitos de braços. O relógio Michael Kors dourado não me era nada estranho (se bem que todo mundo tinha um relógio desses). Mas a perna esquerda apoiada no salto do sapato, combinando com a mão direita apoiada na cintura? Só conhecia uma pessoa no mundo que adorava aquela pose.

Clarice.

Ah, merda! Isso não poderia estar acontecendo. Depois de dias de lágrimas e falta de sorte, depois de receber um telefonema animador, depois de fazer uma entrevista fantástica e de possibilidades à vista era o que eu recebia do Universo? Francamente. No entanto, mesmo ouvindo minha consciência gritando para eu me mandar dali, eu não consegui mover um dedinho sequer. Estava hipnotizada olhando para os trejeitos de Clarice, para seu cabelo fantástico, seu look incrível e todas essas coisas me jogaram para um passado que eu estava tentando esquecer.

– Olá, boa tarde. Posso ajudar com alguma coisa? – cumprimentou uma sorridente vendedora, denunciando para toda a loja a minha presença no recinto.

– Oi – respondi baixinho, tentando não ser ouvida por Clarice, que estava de bate-papo com uma garota. – Eu entrei na loja errada.

– Não quer ver nossas peças? Estão com ótimos preços. Venha comigo que eu vou te mostrar.

Fala baixo, porra!

– Obrigada – quase sussurrei. – Eu já vou indo.

Um segundo antes de eu girar os calcanhares, a voz de Clarice ricocheteou na loja inteira e eu congelei no umbral da porta da loja.

– Mariana! Não acreditooooo! – exclamou com cara de quem viu assombração. – O que você está fazendo aqui?

Ahmeudeus! Isso era bem pior que as trevas descendo por sobre a terra.

– Clarice! Nossa, que coincidência! – exclamei com a voz dois tons acima do habitual.

Ela me encarou por longos segundos, sem ainda acreditar que era eu quem estava ali, bem diante de seus olhos.

– Põe coincidência nisso! Tipo, sei que você está morando em São Paulo, mas te encontrar na Dolce... – Ela revirou seus olhos para cima sem concluir a frase. – E o que você veio comprar?

– Nada específico. Eu estava dando uma voltinha e...

– Eu vim de Prudente só para fazer umas comprinhas para o inverno – ela me cortou, como sempre fazia com as pessoas. – Como pode ver, estou levando metade da loja.

– É, estou vendo.

– Vamos tomar um café? Temos tantas coisas para conversar.

Temos?

– Café? Hum... – Acabei de lembrar que só tinha o dinheiro da passagem, que meu cartão de débito estava bloqueado por falta de fundos e o pouco dinheiro que ainda me restava não devia ser usado para tomar café. – Obrigada pelo convite, mas tenho um compromisso agora – desconversei me preparando para me mandar dali.

– Mas você não ia fazer umas comprinhas?

– Não. Só queria ver a tonalidade desse vestido mais de perto. Ele é incrível! – disfarcei, tocando um dos vestidos expostos na arara ao meu lado.

– Então prove – incentivou Clarice. – É a sua cara. O preço está ótimo, quase de graça.

Hum-hum, sei. O "quase de graça" de Clarice devia ser um número com mais de três dígitos.

– Não quero provar agora, estou atrasada mesmo. Além do mais, você provavelmente ainda tem muita loja para visitar.

– Nada no mundo é mais importante do que esse café com você, querida. Vamos a uma cafeteria colocar a conversa em dia – determinou me puxando pelo braço porta afora.

Era isso que era tão irritante em Clarice. Você não conseguia vencer uma.

– Me conte tudo. Exatamente tudo é o que quero saber – Clarice perguntou, quando já estávamos sentadas em uma cafeteria chique.

Encarei-a com uma expressão vazia durante um momento. Céus, como vou me livrar de Clarice?

– Não tenho nada para contar. – Dei de ombros.

– Como não tem? – exclamou, arregalando seus lindos olhos verdes, muito bem maquiados, de tanto espanto. Em seguida estendeu o braço para pegar o açúcar e eu notei que ela havia feito uma nova tatuagem; o símbolo do infinito perto do punho.

– Nada além do que você já sabe. E se quisesse mesmo saber, teria me ligado há uns... – Parei para fazer uma conta nos dedos. – Dez meses atrás.

– Hum. – Tomou um gole de café primeiro. – Agora até que deram uma trégua. Mas até há pouco tempo o assunto do momento ainda era você, acredita?

– Como assim? – guinchei nervosa só de imaginar que Prudente ainda falava de mim.

– É que ninguém sabe ao certo por que Eduardo não se casou com você. Dizem as más-línguas, e eu estou fora disso – acrescentou rápido demais –, que foi porque ele descobriu que você não é... – Clarice pigarreou em busca das palavras certas.

– Que foi que Eduardo descobriu? – indaguei com uma leve irritação na voz.

– Que você não é, digamos, abonada como todos pensavam que era. Mas isso é o que fala a boca pequena. Você me conhece. Não sou de olhar a classe social das pessoas.

O quê?

Ri com muita vontade. Gargalhei com a falta de assunto de certas pessoas daquela cidade. Ah, como eram ridículos!

– Do que você está rindo?

Eu a encarei ainda sorrindo. Meu Deus, como pude um dia admirar uma pessoa vazia como essa?

– Não é mentira e você sabe muito bem qual é a minha realidade. E também não foi por esse motivo que Eduardo e eu não nos casamos – informei sem dar muitas explicações. Não era obrigada a explicar nada da minha vida para Clarice. Não mais.

– Aceita mais um café? – Ela chamou o garçom.

Reconhecia bem aquele hiato proposital de Clarice. Ela sempre fazia isso quando queria sair de uma situação sem perder a classe.

– Não, obrigada. – Comecei a ficar apavorada com o valor final da conta. Não tinha dinheiro para pagar um café, que dirá dois.

Será que eles aceitavam Bilhete Único como forma de pagamento?

– Adoro o café desta cafeteria. Você, certamente, vive aqui tomando cafezinhos com suas novas amigas – comentou, mais para si mesma do que para mim e eu não me dei o trabalho de responder.

Mordi o lábio, lembrando que Edu contou que Clarice tinha falado umas coisas de mim. Queria tanto esclarecer essa história, ao mesmo tempo, dar esse gostinho para ela seria pedir demais para o meu orgulho.

– Clarice, eu vou indo. Realmente estou atrasada – informei decidida a sair de perto dela. Essa garota me fazia tão mal que me custava horrores ficar ali fingindo simpatia quando, na verdade, eu queria jogar uma cadeira na cara dela.

– Obrigada pelo café. Foi ótimo...

– Você não vai a lugar algum sem antes me contar por que Edu terminou contigo – ordenou com seu ar autoritária.

– Já disse. Não tenho nada para te contar. Se você realmente se preocupasse comigo, se fosse de fato minha amiga, teria me ligado quando tudo aconteceu, mas não me ligou e não deu a mínima. Portanto, me espanta essa curiosidade logo agora – retruquei.

– Não liguei por respeito. Não sabia o que estava acontecendo e você também não ligou. – Pra variar, ela tentou reverter o jogo.

– Sua falsidade ainda me choca, sabe, Clarice. Meu Deus, como pude um dia admirar uma pessoa tão superficial como você? – repliquei com raiva, mas ela nem se abalou.

– Ah, mas isso já passou, não é? Você agora está aqui, vivendo sua nova vida, com novos amigos, talvez até um novo amor. Pelo que vejo está feliz.

– É estou feliz sim – menti.

– Então, vamos esquecer tudo o que passou, Mari – sugeriu, batendo de leve no meu braço e me retraí tensa. – A vida continua pra todo mundo.

Ela sorveu mais um gole de café e, em seguida, acrescentou:

– Eduardo também está seguindo com a vida dele e está muito bem assim. No final das contas, todos acabaram bem.

Ah, merda! Eu sabia que esse assunto chegaria. Foi pra *isso* que ela me arrastou até aqui.

– É, eu sei. A gente se fala de vez em quando.

– Então você, provavelmente, sabe que ele e Lívia... – Ela manteve a xícara parada a centímetros da boca, fazendo suas famosas pausas carregadas de suspense. – Estão se conhecendo melhor – mencionou recuperando sua naturalidade. Em seguida, tomou o último gole de café, depositando a xícara no pires.

– Acho que Edu comentou alguma coisa a esse respeito sim – tornei a mentir, tentando manter o controle da minha voz.

Por dentro estava gritando: *Como assim, Edu e Lívia?*

– A Lí sempre foi louca por ele, você sabe – teceu cheia de veneno. – E não é que eles formam um casal perfeito?

– Na verdade, eu nunca soube dessa paixão platônica da Lívia pelo Edu – respondi mantendo a pose de inabalável.

Por tudo o que estava sentindo, prestes a voar na jugular daquela víbora e por essa resposta tão fria e controlada, eu merecia o Oscar de melhor atriz do ano.

Ah, merecia!

– Lívia só estava esperando o momento chegar, sabe como é? E ela está radiante, feliz da vida – contou com certa satisfação no olhar. – E eles formam um casal superfofo. Agora que a família dela se reergueu, eles combinam até nisso: na classe social. Se é que você me entende.

Senti uns nós bloqueando minha garganta e o ar começou a ficar pesado. Precisava ir embora agora.

– Bem, o papo está ótimo, mas preciso ir. Vamos pedir a conta? – anunciei levantando a mão para chamar o garçom.

– Mas já? – lamentou-se com um ar de vitoriosa. – Vamos marcar alguma balada para amanhã? Vou ficar aqui mais alguns dias curtindo a capital. Poderia ir à sua casa te visitar...

– Não – retruquei enfática. – Você não pode ir à minha casa. Sou pobre, lembra? E você não se mistura com pessoas feito eu, não é? Então, não perca mais seu tempo fingindo que gosta de mim, que eu também não vou mais perder o meu fingindo que este papo está agradável. Te admirei um dia, mas a vida me mostrou a grande egoísta que você é. Graças a Deus que eu não sou uma de vocês.

— Nossa! Você está alterada ou é impressão minha?

Vaca. Filha da puta!, quis uivar de ódio.

— Só impressão sua. — Sorri um sorriso fingido, sabia-se lá Deus como.

Tremendo de nervosismo, ameacei puxar minha carteira de dentro da bolsa, mas ela se adiantou e avisou que quem convidava é quem pagava.

— O café é por minha conta, querida.

Eu, obviamente, aceitei sem reclamar e sem dizer uma palavra, levantei-me e saí da mesa, deixando-a sozinha com seu sorriso de gato de Alice. Assim que me vi do lado de fora do shopping, não consegui evitar que a tristeza tomasse conta de mim. Fui andando pela avenida Faria Lima em direção ao ponto de ônibus com um só pensamento na cabeça: Edu e Lívia juntos. Estava explicado. Tudo estava explicado agora.

Por que ele não me ligava e não me escrevia mais? Porque estava com Lívia. Por que ele não entrava mais no chat para conversar comigo? Porque estava com Lívia. Por que ele pedia para eu aproveitar minha vida aqui em São Paulo? Porque ele estava aproveitando a porra da vida dele com a maldita da Lívia! Ai! Era mais doloroso do que eu imaginei que seria. O ônibus até que não demorou muito para chegar ao ponto, mas o trajeto até em casa foi demorado, fazendo aumentar ainda mais minha angústia. Percebi que eu estava chorando quando levantei do meu banco para saltar no meu ponto e ouvi uma garotinha perguntando:

— Mamãe, será que alguém que ela conhece morreu?

Ao chegar em casa, me joguei na minha cama e fiquei deitada sem saber o que pensar nem o que fazer com aquela dor insuportável que se alojou em meu peito. Meu corpo tremia violentamente e eu explodi em lágrimas me sentindo tão arrasada quanto no dia em que Edu terminou comigo. Era como se eu tivesse perdido tudo pela segunda vez.

— O que eu vou fazer agora? O quê?

Permaneci deitada na cama por um tempo que eu não soube medir, paralisada de tanto sofrimento e desapontamento, até que meu celular tocou dentro da bolsa.

— Alô.

— Mariana, minha filha, é Aline.

— Oi, Aline — cumprimentei sem ânimo algum.

— Como foi a entrevista? Você ficou de me ligar.

— Me desculpa. Tive um contratempo e acabei de chegar em casa. Achei que você já havia saído do escritório e, por isso, não liguei — menti.

Com essa história toda de ter encontrado Clarice, esqueci completamente de dar um retorno para Aline.

– Tudo bem, não tem problema. Tenho boas notícias pra te dar.
– É mesmo? – tentei forçar uma voz alegre, que não saiu.
– Você foi selecionada para a vaga de Executiva de Vendas! Parabéns!
– Como?
– Você foi escolhida. Eu não te falei que você conseguiria? Pode comemorar que você está empregada!

Clara só voltou para casa no domingo à noite arrastando meio metro de culpa por ter passado dois dias inteiros na casa de Marcos.

– Mariana, você está em casa? – perguntou fechando a porta com a chave. – Uau! Que cheirinho bom.
– Mari? – insistiu mais uma vez.

Estava no meu quarto deitada, sem forças para responder. Ouvi-a depositando suas coisas no sofá, em seguida foi ao banheiro. De lá ela soltou mais um "uau" baixinho. Fez xixi, deu descarga e lavou as mãos. Seus passos agora estavam vindo em direção ao meu quarto.

– Ué, não me ouviu te chamar? – perguntou assim que abriu a porta.
– Ouvi – resmunguei.
– Está tudo bem? – Sentou-se na cama, ao meu lado.
– É, acho que sim.
– Quem limpou a casa?
– Eu.
– Vou perguntar de novo. Quem veio aqui limpar a casa? – indagou pausadamente como se eu fosse uma criancinha de 2 anos de idade.
– Eu.
– Você entendeu o que eu falei?
– Entendi. Eu limpei a casa, lavei o banheiro, a louça, lavei e passei toda a roupa e tirei o pó dos móveis. Ah, e limpei as janelas também.
– Você está se sentindo bem?
– Não.
– Foi o que deduzi. O que aconteceu para te dar a louca e sair limpando tudo por aqui?
– Eu só achei que a casa precisava mesmo de uma faxina. Você anda sempre ocupada e eu estou o dia inteiro em casa... – De repente, um soluço enorme me escapou. – Sabe, não me custa nada.

– Mari! – O semblante de Clara se tornou pesado de tanta preocupação.
– Ah, Mari. Venha cá.

Ela me envolveu em um abraço e eu enterrei a cabeça em seu ombro e recomecei a chorar.

– Edu está namorando com Lívia – choraminguei. – Isso é tão doloroso de aceitar.

– Quem te contou essa mentira mais absurda?

– Encontrei com Clarice sexta-feira no Shopping Iguatemi, ela me arrastou para um café e acabou contando que Edu e Lívia formam um casal muito fofo.

– Clarice, aquela sua "amiga" lá de Prudente? – Fez o sinal de aspas com os dedos.

– Ex-amiga – corrigi.

– Nossa, e você a encontrou aqui em São Paulo? Que mundo pequeno!

– Pois é.

– Só que eu não acredito que Edu esteja saindo com essa moça. Ele ama você.

– Ama nada. E você me iludiu dizendo todas aquelas coisas, me fez acreditar que ele gostava de mim e que queria voltar comigo. E, no entanto, está namorando com a Lívia, uma fútil que não tem nada a ver com ele – desabafei, carregada de amargura.

– Será que ela não falou só para te provocar? Não conheço essa Clarice. Ela seria capaz de fazer algo assim com você?

– Não sei de mais nada, mas raciocina comigo: Edu, de repente, ficou estranho, insiste que eu viva minha vida aqui em São Paulo, que ele tem novos projetos. – Fui enumerando nos dedos. – Parou de me ligar, me escreve bem pouco e, quando faz, é para falar de emprego; sumiu do chat, a última vez que falei com ele tem umas três semanas e, juntando tudo o que o Gustavo contou por telefone aquele dia, tudo se encaixa... Ele está saindo com a Lívia. Seria mais digno se ele jogasse limpo e contasse tudo, não acha?

– Reconheço que o que você falou faz algum sentido – concordou pensativa.

– Você concorda? – perguntei espantada, pois Clara tinha sempre uma justificativa para as atitudes de Edu.

– O que você falou faz sentido sim.

– E sabe o que é pior? Eles não têm nada a ver um com o outro. Como eu poderia te explicar? – Vasculhei a mente em busca de algo simples que traduzisse, em poucas palavras, o que queria dizer. – Tipo feijão com macarrão. Não combina, sabe?

– Cinema sem pipoca – exemplificou.

– Rio de Janeiro sem o mar.

– William Bonner casado com outra mulher sem ser a Fátima Bernardes.

– É isso mesmo! Você pegou o espírito da coisa.

Um silêncio mortal baixou e Clara apenas me consolava, acariciando meu braço.

– Vem, levante! Vamos tomar um café que vai te fazer bem.

– Tá. – Segui-a até a cozinha e me sentei à mesa.

– Você não prefere ligar para Edu e esclarecer essa história? – perguntou Clara depois que me serviu uma xícara de café instantâneo.

– Não. Seria ridículo da minha parte ligar pra ele e cobrar satisfações. Nem somos mais namorados.

Tomei um gole e fiz uma careta.

– Está horrível, né? Quer saber, vamos ao shopping!

– Não estou a fim – respondi em meio a fungadas.

O rosto dela se iluminou.

– Vamos ao shopping tomar um café decente na Nespresso!

– Nããão – resmunguei, assoando o nariz num lenço de papel.

Clara esfregou meu braço com a mão, me consolando. Ficamos as duas sentadas à mesa olhando para o nada, tentando nos conformar com essa "perda", como se estivéssemos em um velório. De repente, os olhos de Clara brilharam.

– Vamos ao shopping tomar um café na Nespresso e tcharam!: ver a vitrine da Louis Vuitton! Que tal essa, hã?

Certo. Clara pegou pesado. Mas não respondi de imediato.

Por um breve momento considerei a proposta, só que nem a Louis Vuitton me animou.

– O quê? Eu falei Louis Vuitton, você ouviu direito?

– Obrigada, amiga. Prefiro ficar em casa com o Bon Jovi.

– Ah, para, vai! Ficar aqui ouvindo a música de vocês mil vezes no modo repeat não vai adiantar nada. Vamos, vai?

– Desculpe, mas eu não quero ir a nenhum shopping. Só de pensar em sair da cama e me vestir, me deixa exausta.

– Então, amiga, é definitivo? Edu acabou pra você?

– Tudo indica que sim. Ele está tocando a vida dele, não está? Vou ter que tocar a minha também.

– Eu sei que é difícil pra caramba, mas, se você quer aceitar essa história mal contada e esquecer Edu, também precisa fazer alguma coisa. E não é ficar em casa chorando, escrevendo blog ou limpando as janelas.

Por um tempo, olhei para a caneca com o café praticamente intacto, depois respirei fundo e disse:

– Sabe, eu passei esse final de semana aqui limpando a casa, chorando, sofrendo e pensando um bocado sobre minha história com Edu. Decidi que vou transformar essa dor em um momento decisivo na minha vida. Vou me concentrar no meu trabalho, planejar minha carreira, me tornar alguém de sucesso.

– É uma ótima forma de recomeçar. Concentre-se em conseguir um emprego e tudo vai se ajeitar.

– Eu já tenho um emprego. Começo a trabalhar amanhã.

– O quê?! – exclamou entusiasmada. – Não é temporário não, né?

– Não, não. É emprego de verdade e dos bons.

– Meu Deus! E por que não me falou antes? Onde você vai trabalhar? Quando isso aconteceu? Onde eu estava?

Ri, pela primeira vez nos últimos dias, da empolgação de Clara.

– Adivinha? Três chances: a) Você estava com Edward Cullen, de *Crepúsculo*, em uma ilha paradisíaca caçando corsas; b) Você estava no Sea World reivindicando os direitos da baleia que matou sua treinadora; c) Você estava com Marcos praticando uma nova posição sexual.

– Ah, desculpa. Você estava precisando tanto de mim e eu lá namorando.

– Não esquenta. Pelo menos você está bem e eu fico feliz por te ver assim.

– Me conta, onde você vai trabalhar? – Clara interrompeu meus devaneios.

– Em um hotel como produtora de eventos. Ainda não sei muita coisa, acho que amanhã vou ter mais detalhes.

– Ah, Mari! Parabéns! – E me abraçou forte. – Isso é ótimo, não é?

– Parece até um presente do Universo para compensar a parte sentimental que anda péssima. – Fechei os olhos, respirando fundo. – Agora começa uma nova fase. Se ela vai ser boa ou ruim, não sei. Mas, de uma coisa tenho certeza, seja lá o que for, eu vou conseguir.

– Eu tenho certeza de que vai.

Era incrível o que um bom papo e o conforto doméstico fez com meu espírito. Depois de uma hora de conversa e uma xícara de café insosso estava me sentindo bem melhor.

Vinte e Cinco

São só palavras, texto, ensaio e cena
A cada ato enceno a diferença
Do que é amor ficou o seu retrato
A peça que interpreta o improviso insensato
Essa saudade eu sei de cor.

"Os barcos", Legião Urbana

Três meses depois – três meses de pura ralação, de treinamento intenso, visitas constantes aos meus clientes e imergindo no mundo da hotelaria de uma forma geral – eu estava esperando por Clara em um restaurante japonês para comemorar minha efetivação.

A noite do início de julho estava fria, mas para algumas garotas presentes, parecia que estávamos no início de dezembro. Era um festival de pernas e bracinhos de fora que não tinha mais fim. *Não sei como não congelam nesses microvestidos!*, pensei enquanto olhava o salão do restaurante, procurando com o que me ocupar.

Clara, pra variar, estava atrasada. Tinha acabado de ligar dizendo que estava terminando um "planilhazinha" de cinco páginas e que em meia hora estaria aqui. Pelo visto, eu iria esperar, muito mais que trinta minutos, sozinha nesse frio de rachar. Como forma de passar o tempo, abri meu smartphone corporativo e chequei meus e-mails, respondendo alguns. Que praticidade ter e-mails corporativos no smartphone e responder em qualquer lugar! Houve um tempo, não muito distante, em que a pessoa tinha que estar em casa ou no trabalho preso a um computador para verificar seus e-mails. Se tivesse que sair e aquele e-mail tão esperado ainda não tivesse chegado, passaria horas de ansiedade, se corroendo por dentro, fazendo tudo às pressas só para voltar para casa e ver se a mensagem chegou. Hoje não. Podíamos acessar nossas contas de qualquer lugar.

Aproveitei também para dar uma espiadinha básica no meu blog: 32 seguidoras. "Mari, eu simplesmente AMO suas frases e textos. São tão reais. Tão eu no momento que estou vivendo", contou uma leitora chamada

Priscila. Outra seguidora, chamada Natália, me pediu dicas de um look para uma festa de 15 anos da prima. "Por favor, me ajuda com uma dica. Não sei o que vestir." *Gente, isso era incrível! Uma garota que eu não conhecia estava pedindo para que eu a ajudasse com a roupa para a festa de 15 anos da prima?* Meu ego chegou a erguer a cabeça de sua almofada e me sorriu satisfeito. Respirei fundo e também sorri. Isso que era ser prestigiada!

Passei meu endereço de e-mail para Natália e pedi para que me escrevesse que eu a ajudaria com muito prazer. Na verdade eu gostava de ajudar as pessoas. Jeanne, minha chefe, era eternamente grata por eu ter ido com ela ao shopping renovar o guarda-roupa e, também, por ter feito um mural de looks para sua semana de trabalho. Além de gostar de moda, eu sentia alegria em ajudar quando me pediam. Mesmo quando se tratava de garotas desconhecidas, como essa tal de Natália.

A única pessoa que não se mostrava maravilhada com meu blog era a Clara. Ela achava que o blog tirava meu foco, o que não era verdade. Tudo bem. Reconhecia que durante o dia, às vezes, eu parava uma atividade ou outra para ler e responder os comentários que recebia nas minhas postagens. Mas, pelo amor de Deus, eu era feita de carne, osso e curiosidade. Impossível passar um dia inteiro sem saber se estavam comentando e curtindo o que eu publicava. E para que os nerds criaram os fantásticos smartphones afinal, se não fosse para a gente dar uma parada naquele relatório de vendas chato e dar uma respirada no mundo virtual?

– Oi, desculpa mesmo. Se não terminasse a planilha, meu chefe passaria o final de semana todinho me enchendo a paciência. – Clara chegou se justificando. – O que você está tomando?

– Um saquê.

– Também quero. Estou congelando.

– Vou pedir um para você. – Chamei o garçom. – E, tirando esse problema, está tudo bem no trabalho?

– Está. Eu adoro trabalhar lá. Cada dia é um aprendizado gigantesco.

– Do jeito que você trabalha e se dedica a essa empresa, vai acabar virando sócia.

– Obrigada – Clara agradeceu ao garçom que, rapidamente, voltou com a garrafa e um copo para saquê. – Quem dera me tornar uma sócia, mas é algo impossível de acontecer um dia.

– Não me espantaria se um dia acontecesse.

Ela deu de ombros.

– Ei, não viemos aqui para falar do meu trabalho. Aliás, parabéns mais uma vez pela sua efetivação. Estou muito feliz por você, Mari. De verdade.

– Obrigada.

– Ei, o que há? Não está feliz?

– Nada. Quer dizer, só o de sempre.

– Edu.

– Sim. Queria tanto estar dividindo esse momento com ele. Contar que estou me saindo bem, que sou uma Executiva de Vendas. – Sorri me sentindo orgulhosa. – Minha mãe ficou toda boba quando eu disse que sou uma "executiva" e, lógico, já contou para todo mundo. Eles não fazem ideia que o *glamour* só está no título do cargo, não é?

– Ah, Mari! Não fique assim. Você está indo tão bem.

– Eu sei. É só a saudade que hoje está demais.

Clara sorriu um sorriso triste e se calou. Percebi que seu silêncio estava cheio de compreensão.

– Você precisa sair mais, conhecer outras pessoas.

– De novo essa conversa? Já disse que não quero conhecer ninguém. Estou aqui, forte e guerreira, não estou? Estou me ocupando, trabalhando sem parar, me distraindo com o blog... Não posso parar, Clara. Uma hora essa dor vai passar.

– Com relação ao seu blog, posso te falar uma coisa?

Segurei o ímpeto de virar os olhos.

– Pode.

– Eu tenho observado que você tem passado suas horas de descanso escrevendo ou sei lá o que você tanto faz no computador...

– É a minha maneira de extravasar, Clara. Eu sei que o certo seria sair, conhecer gente ou fazer outras coisas. Eu sei. Só que não estou a fim e esse blog tem sido a minha válvula de escape.

– Existem outras maneiras. Sair com pessoas do seu trabalho, sair comigo e com o Marcos. Se você quiser eu posso te apresentar ao pessoal do Clube do Vinho. – Desta vez não consegui. Revirei os olhos fazendo uma careta ao ouvir o Clube Chato do Vinho, em que eu não via a menor graça. – Tudo bem. Não está mais aqui quem falou.

– É que você não entende. Ter blog é viciante. Eu me divirto fazendo postagens, interagindo com meus seguidores. É o blog que me salva de mim mesma.

– Como assim?

– Se não fosse ele, eu estaria me empanturrando de chocolate, assistindo comédias românticas e sentindo a maior autopiedade do planeta. Se não fosse o medo mortal de engordar e não entrar em nenhum jeans decente, pode apostar que eu já teria assaltado a seção de doces do mercado. Então, por favor, não me julgue.

– Eu entendi, Mari.

– Ótimo! – Acenei para o garçom com um suspiro. – Então, não vamos falar mais do meu blog, certo?

– Se você prefere assim.

Terminamos nosso jantar de comemoração falando de assuntos aleatórios e de uma possibilidade de ir a Prudente no próximo feriado; Afinal, já estava empregada e tinha um bom salário para fazer algumas extravagâncias. Quer dizer, mais ou menos. Ainda tinha a dívida enorme com o cartão de crédito para pagar e, pra ser sincera, não tive coragem de ir ao banco para renegociar. Mas pretendia ir muito em breve. Quando estávamos entrando no nosso prédio, um carro parou e alguém disse numa voz cantada:

– Oi, gata! Quer passar o final de semana na minha casa?

Era Marcos. Murchei ao constatar que Clara iria me trocar por algumas sessões de filmes e sexo (mais sexo que filme, provavelmente). Não deu outra. Clara arrumou uma mochila básica – sem ter que se preocupar em levar escova de dente, xampu e os demais itens de higiene pessoal, porque a danada já era dona de um espaço no armário do banheiro de Marcos só para as coisas dela – e se mandou toda feliz com as possibilidades de um final de semana promissor.

Depois que eles saíram, abri uma garrafa de vinho, coloquei uma lista de músicas intitulada Suicidas, contendo Boyce Avenue, Michael Bublé e outros que nos faziam chorar até dizer chega, para tocar e fiquei deitada no sofá pensando em Edu. Não que eu precisasse me preparar para isso, tipo abrir garrafa de vinho, ouvir músicas tristes, estar sozinha. Eu pensava nele o tempo inteiro. Sonhava com ele sonhos reais e tão ricos em detalhes que quando eu acordava, levava minutos para tentar entender onde estava e o que estava acontecendo. Sempre que sonhava com Edu, eu me sentia inundada por um sentimento maravilhoso. Como se estivesse na minha casa num dia de muita chuva tomando uma caneca de chá. Era aconchegante e reconfortante.

O pós-sonho que não era bom. Quando a degustação de felicidade acabava, era como se eu levasse um chute no estômago. Doida para ter notícias dele, corri para o computador e passei alguns minutos fuçando as redes sociais. Não encontrei nada. Ah Deus! Por onde Edu andava? Será que ele estava mesmo com Lívia? Será que eu deveria conhecer outros caras, como Clara vivia me sugerindo? Doença de amor realmente se curava com outro?

"Só uns beijos, uma noite de sexo para elevar a autoestima", ouvi a voz de Clara ecoando em meus ouvidos. Acontecia que quando eu me arriscava em me imaginar na cama com outro cara, na hora, o cara que eu pensava era Edu. *Merda!*, xinguei em pensamento, reabastecendo minha taça com o restante do vinho. Então, pra não me entupir com chocolate, recorri ao meu escape atual: uma postagem em meu blog:

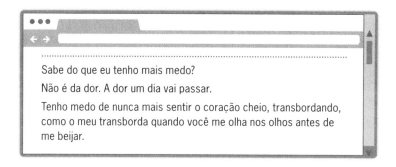

Sabe do que eu tenho mais medo?
Não é da dor. A dor um dia vai passar.
Tenho medo de nunca mais sentir o coração cheio, transbordando, como o meu transborda quando você me olha nos olhos antes de me beijar.

Desconsolada porque a garrafa de vinho acabou e eu não desmaiei no tapete como imaginei que aconteceria, me arrastei para o chuveiro e tomei uma ducha quente para relaxar. Voltei pra cama, me aninhei em posição fetal e esperei pelo sono. Como ele também não veio e eu estava cansada de ficar deitada, fui pra sala assistir algo na televisão. Estava passando *Antes de amanhecer.*

– O que é isso, Sr. Destino? Piadinha de mau gosto? – perguntei para a tela da tevê. Edu e eu amávamos essa trilogia. Já assistimos inúmeras vezes juntos aos dois primeiros filmes. Lembrei-me de que fizemos inúmeros planos de, um dia, fazermos juntos o roteiro de viagem da trilogia, mas nunca deu certo.

O filme terminou logo depois antes da meia-noite (outra ironia) e eu fui dormir mais triste do que já estava.

De repente, já era domingo à noite e eu havia sobrevivido a mais um final de semana, mas, ao contrário de me sentir aliviada por ter com o que me ocupar por cinco dias inteiros, eu me vi tomada por um vazio e pela certeza de que não ia conseguir esquecer Edu tão facilmente.

Vinte e Seis

Ainda leva uma cara pra gente poder dar risada
Assim caminha a humanidade. Com passos de formiga
E sem vontade.

"Assim caminha a humanidade", Lulu Santos

De: thelmalouveira@yahoo.com
Para: mariana.louveira@gmail.com
Assunto: Você é muito talentosa, filha!

Oi, filha querida! Tudo bem com você?

Nós estamos adorando seu blog. Sempre que dá, eu leio para o seu pai. Marisa entra todos os dias para ver se tem novidades. A tia Albertina também tem acompanhando tudo o que você escreve. Ela tem contado para todas as amigas, e a notícia está se espalhando feito pólvora. Até a Cidinha pede para ver o que você publica!

Alguma previsão de vir nos visitar?

Ah! Temos novidades. A Marisa está ajudando uma arquiteta que é cliente do escritório onde eu trabalho. Não é um emprego, mesmo porque ela não pode trabalhar. Só tem 15 anos! É mais uma forma de aprender alguma coisa, ver se gosta dessa área e se encaminhar na vida. Passar a tarde com aquela turma de malucos não estava fazendo bem a ela.

Beijos da mãe que te ama,

Thelma.

P.S.: Seu pai manda beijos. Marisa não disse nada porque está muito empolgada com o novo "emprego", mas eu mando por ela.

Respondi o e-mail enquanto tomava meu café preto extra forte na minha mesa de trabalho. Aproveitei que cheguei cedo por causa do rodízio, e que não tinha quase ninguém no escritório, para verificar meu blog. Uau! 38 seguidoras e quatro comentários no post sobre moda corporativa. Confesso que fiz essa postagem inspirada em algumas mulheres sem muita noção com quem cruzava nas minhas visitas aos clientes.

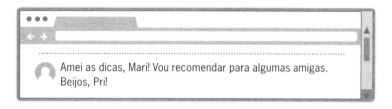

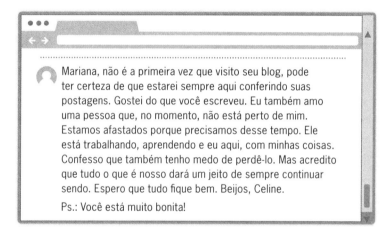

Respondi ao comentário dela dizendo para ficar à vontade e me visitar sempre. Em seguida chegou um e-mail de Natália, minha seguidora que pediu uma ajudinha para montar o look para a festa de 15 anos da prima. Ela mandou foto com seu vestido de festa e agradeceu muito pela minha ajuda. Contou-me também que é amiga de Priscila e disse que elas têm divulgado meu blog entre as amigas da faculdade.

"O que é bom, a gente divulga!", escreveu ela no final da mensagem. Meu astral levantou. E motivada pela mensagem carinhosa de Natália, eu respondi ao seu e-mail com um tom de intimidade de quem já tinha virado amiga. Depois pensei em fazer uma postagem rápida com o look do dia.

Estava me preparando, retocando o batom, checando a luz ideal que muito me favorecia quando Jeanne adentrou o recinto num terninho cinza-chumbo tão chique que me senti usando trapos.

– Bom dia, Mari! Como vai?

– Oi. Bom dia! Está linda!

– Obrigada! Sabe, tenho uma *personal stylist* que tem um bom gosto para fazer combinações – comentou com uma piscadela. – Mari, você tem compromisso para hoje à noite?

– Não. Por quê?

– Ótimo! Quero que você me acompanhe a um jantar com um cliente em potencial. Ele se chama Laerte e é o diretor de compras de uma grande companhia no segmento de *commodities.*

– Ok. Que horas?

– Está agendado para as 19 horas em um restaurante de Moema.

Maravilha, pensei aliviada por não ter que passar a noite em casa sozinha e entediada.

Assim que Jeanne saiu, percebi que precisava adiantar todos os relatórios pendentes se quisesse mesmo estar pronta para sair no horário combinado. O post do look do dia teria que ficar para depois.

O que me restava, portanto, era arregaçar as mangas e me concentrar no trabalho. Tinha dois relatórios de clientes para entregar para Jeanne e uma reunião no meio da tarde com a Zélia, a secretária do presidente de uma empresa-cliente em potencial. Era minha segunda reunião com ela e, de cara, eu senti que não ia ser moleza. Soube, pelos fofoqueiros de plantão, que um executivo de contas de uma rede hoteleira concorrente estava tentando fechar exclusividade com eles. E o pior de tudo: fizeram questão de me contar que o tal executivo era um cara charmoso e que a Zélia ficava toda derretida cada vez que ele ia à empresa. Com um suspiro, tentei imaginar o meu concorrente levando Zélia para almoçar em restaurantes que impressionavam enquanto eu só possuía verba para brindes e, no máximo, um expresso em uma cafeteria mais ou menos.

Sem perder o otimismo, eu parti para a reunião levando meu melhor brinde: uma caixa de trufas importadas – que eu pedi para embalarem sem eu nem ver a cor, caso contrário não responderia por minha gulodice. No final da reunião, Zélia agradeceu a pequena e singela lembrança e contou:

– Mariana, estamos em negociação com outra rede de hotéis que não posso revelar. A tarifa que eles estão me oferecendo é ótima, além de estarem presentes em todos os continentes e nas principais cidades do mundo.

– Somos a maior rede de hotéis desse segmento, Zélia. Para onde seus funcionários precisarem ir, pode ter certeza de que teremos um hotel para se hospedarem com qualidade, conforto, higiene e com a melhor infraestrutura disponível. Pode ter certeza de que seus funcionários não vão usar lençóis reaproveitados, como soube que algumas redes grandes costumam fazer para economizar. Convenhamos, uma economia barata e bem porca. – Acho que ela ficou surpresa com minha revelação bombástica porque em seguida disse:

– Pense com carinho na tarifa e me faça uma nova proposta.

Essa conta já é minha!

– Farei isso, Zélia, e amanhã mesmo estará na sua caixa de entrada.

Voltei saltitando para o escritório, sorrindo com ares de vitoriosa para os motoristas estressados na pista ao lado. Podia não ser um executivo charmoso, galanteador de secretárias, mas eu tinha minhas armas, afinal. Num piscar de olhos, tudo me parecia possível. Vou ganhar mais um cliente – e que cliente –, meu bônus no final do ano será mais gordo que a barriga do Papai Noel. Talvez, no final do ano, eu faça uma viagem para o exterior e...
Mariana, a conta do cartão de crédito. Certo. A conta.

Como prometi, encontrei com Jeanne no horário combinado e fomos em carros separados para o restaurante em Moema. E foi somente após uma hora e meia de conversa, sorrisos, duas garrafas de vinho que, finalmente, se vislumbrou a possibilidade de um negócio. Fizemos os pedidos dos pratos principais enquanto Jeanne fazia grandes progressos com Laerte prometendo tarifas competitivas e uma viagem Famtour para as secretárias da corporação para conhecerem uma unidade de um destino atrativo no Nordeste. O garçom apareceu para retirar os pratos, depois que todos estavam, aparentemente, saciados. E como sempre acontecia quando ia a um restaurante com Jeanne, ela empurrava a comida de um lado para o outro, sem comer quase nada.

– Havia algo de errado com seu jantar, senhora? – perguntou o garçom.

– Não. Estava tudo ótimo. Eu só estou sem fome.

Jeanne, na verdade, estava de dieta, querendo perder os últimos cinco quilos da sua última gravidez e estava certa que fechar a boca ia resolver o seu problema.

– Gostariam de pedir sobremesa?

– Eu não quero, mas aceito um café – ouvi, para meu desespero, Laerte responder.

– Eu te acompanho. Um café pra mim também, por favor.

Eu queria um tiramisù, quase gritei de desespero por algumas colheradas de calorias. Porém, em vez disso, respondi:

– Pra mim também.

Depois que Jeanne pagou a conta, cada um se despediu e foi para o seu carro. Antes de dar a partida, achei melhor mandar uma mensagem de texto para Clara que estava voltando para casa. Abri a bolsa e não achei meu celular. Procurei dentro do carro; também não estava. Onde eu deixei? Onde eu o usei pela última vez?

No restaurante.

A primeira coisa que percebi quando entrei no restaurante era que a mesa onde jantamos havia menos de dez minutos estava limpa e arrumada para os próximos clientes. E, à medida que meus olhos varriam o ambiente atrás do meu "precioso" portal para o mundo virtual e detentor de todos os meus contatos, concluí que alguém o havia pegado. Virei-me em busca de alguém para obter informações e dei de cara com um rosto familiar segurando justamente o meu aparelhinho mágico.

– Oi. Eu esqueci o meu telefone aqui, que é esse que você está segurando.

O rapaz me olhou com curiosidade e um sorriso torto se plantou em seus lábios.

– Metida em apuros outra vez?

– Como?

– Não se lembra de mim? Sou o André e te salvei de um bêbado chato em uma balada da Vila Madalena.

– Ah, sim! Claro. – Sorri nervosa. – André. Oi!

– Oi. Aqui seu celular.

– Obrigada – agradeci agarrando firmemente meu brinquedinho preferido.

– Este é o último lugar em que eu esperaria encontrar você.

– Você esteve me procurando?

– Digamos que eu fiquei esperando sua ligação e, quando me toquei de que você não ligaria, resolvi arriscar aquele bar da Vila Madalena. Fui lá duas vezes, mas não tive muita sorte.

– Você foi lá só para ver se me encontrava? – indaguei sem acreditar.

Meu ego, que tinha passado dias de hibernação total, chegou a abrir os olhos e piscar com satisfação.

– Sim.

– Nossa!

– Quando eu desejo muito uma coisa, eu costumo ser bastante persistente.

Olhei para André e seus olhos verdes se encontraram com os meus. Senti um leve tremor bem dentro de mim.

O que é isso, Mariana!, me reprimi.

– Eu não sou uma coisa.

O que ele pensava que eu era?

– Uma coisa muito preciosa, é o que eu quis dizer.

– Bem, tenho meu celular de volta. Já vou indo. Preciso agradecer ao dono do restaurante ou o responsável por ter guardado meu celular.

– De nada.

– Você trabalha aqui?

– Sou o dono, na verdade. André Di Bianchi – respondeu com um pequeno sorriso.

– É mesmo?

– O garçom me avisou que a cliente havia esquecido o telefone na mesa e eu estava indo entregar quando você entrou.

– Foi muito gentil da sua parte. Obrigada.

– Ele também me contou que vocês não pediram sobremesa. Algo errado com nosso cardápio?

– Por Deus, não! Eles optaram por pular e foram direto para o café, o que eu achei um desperdício. Pareciam deliciosas.

– De qual você gostou mais?

– Do *tiramisù*. Eu amo essa sobremesa.

– Também é a minha preferida. E a que eu faço é um espetáculo à parte.

– Você que faz? Você sabe fazer sobremesas?

Ele estava falando sério? Meu Deus! Eu mal sabia fazer gelatina!

– Sou chef de cozinha.

– Puxa, isso é muito legal!

– E, então, vai querer provar um *tiramisù*?

– Claro!

Deus, eu estou no paraíso e ainda não me dei conta!, pensava enquanto saboreava a última colherada de *tiramisù*. Na verdade, eu queria passar o dedo pela taça e lamber o restinho que eu não consegui tirar com a colher, mas achei que ficaria deselegante demais.

– Definitivamente essa é a melhor sobremesa que eu já provei em toda a minha vida.

– Obrigado. Aceita um café para arrematar?

– Acho que não. Obrigada. Na verdade, eu preciso voltar para casa. É tarde e amanhã eu acordo cedo para trabalhar.

– Com o quê você trabalha?

– Sou executiva de contas de uma rede de hotéis.

– E você tem um cartão para deixar comigo? Você sabe, sempre me pedem indicações de hotéis aqui no restaurante – pediu com um meio-sorriso.

– Aqui está – disse entregando meu cartão de visitas. – Bem, obrigada pela sobremesa. Quanto eu te devo?

– Me deve um jantar. Venha jantar comigo no fim de semana.

– Nossa! Você é mesmo persistente.

Logo que disse isso, eu senti meu rosto corar, mas André apenas sorriu em resposta.

Ahmeudeus! Como sairia dessa?

– Eu não sei. Vamos combinar assim, eu ligo no fim de semana. Pode ser?

– Não. Nada disso – negou. – Eu te ligo. Agora eu tenho seu telefone.

Sorri em resposta e, mentalmente, fiz planos de não atender quando ele me ligasse.

– Eu já vou indo. Obrigada pela gentileza de ter guardado o telefone e pela sobremesa.

– Eu te acompanho até o carro.

Depois que saí, dirigindo pela avenida, eu pensei em Edu, e uma vontade de ouvir sua voz me dominou.

Será que deveria ligar para ele?

Liga, respondeu a voz da minha consciência.

Hum, pensando bem, melhor não ligar. Assim, ele ia pensar que eu me esqueci dele, como ele, aparentemente, se esqueceu de mim.

Ah, foda-se o orgulho!

Peguei o telefone e selecionei seu contato na minha lista antes que algum outro pensamento me fizesse mudar de ideia.

– Alô?

– Edu? – falei, mesmo sabendo que foi para ele que eu liguei. Mesmo conhecendo sua voz melhor que a minha própria.

– Oi, Mari! Que surpresa boa. Como vai?

– Estou ótima. – E, de repente, estava me sentindo ótima mesmo. – Agora que estou empregada as coisas melhoraram.

– Eu soube e fiquei muito feliz por você. Parabéns! Eu sabia que iria conseguir.

Um sentimento frio tomou conta de mim. Ele soube que eu estava trabalhando e não me ligou para, sei lá, dar os parabéns, pelo menos?

– Quem te contou?

– Sua irmã. Encontrei com ela outro dia no escritório de uma arquiteta e na hora eu pensei, isso sim é uma boa notícia.

Reduzi a marcha e mudei de pista. Na verdade, queria parar no acostamento, reclinar o banco do carro e ficar saboreando cada nota da voz de Edu, mas, provavelmente, seria assaltada.

– Demorou, mas eu consegui.

– Ela me contou que é em uma rede de hotéis, não é?

– Isso. Trabalho na área de vendas e estou me saindo muito bem.

– Que ótimo! Você tem mesmo perfil para essa área. Fico muito feliz por você. Me conte mais – pediu e senti um leve tom de empolgação em sua voz que me fez passar os cinco minutos seguintes detalhando todos os meus últimos três meses.

– Mas, e você? – perguntei depois que encerramos o assunto "emprego". – Você sumiu!

– Nossa, as coisas aqui estão uma loucura.

– Em que sentido? – Mordi o lábio inferior. Um peso se instalou no meu peito e eu me preparei para ouvir "é meu romance com a Lívia que está uma loucura".

– Comecei uma pós-graduação em Neonatologia e, além disso, estamos ampliando o consultório do meu pai para que eu possa atender lá também. E ainda tenho os plantões nos hospitais. Faltam horas nos meus dias. Não me sobra tempo pra quase nada.

O peso se dissipou e eu voltei a respirar.

– Ouvindo assim, parece mesmo que você está vivendo uma loucura.

– Não parece; eu estou.

– Falando em loucura... – De repente, eu tive vontade de fazer uma. – Estou planejando de ir aí no próximo feriado. Você vai estar na cidade ou está pensando em viajar?

Ele hesitou em responder e, no breve silêncio que se fez, eu deduzi que essa não a melhor notícia do dia para Edu.

– Venha sim. Seus pais devem estar com muita saudade de você.

– E eu estou deles. – *Não diga "e de você"! Não diga!*

– Ah, Mari! Fiquei feliz pela sua ligação e mais ainda por saber que tudo está dando certo na sua vida aí em São Paulo.

– Também estou feliz por ter falado contigo. Já estava com saudades.

– Bem, tenho que desligar. Estou no hospital e está meio agitado aqui.

– Certo.

– Se vier pra Prudente, dá um toque que, se der, a gente se encontra.

Murchei até virar uma uva passa. *Se der? Se der?* Ai, Deus!

– Ok. Se eu for, eu te ligo. Boa noite, Edu.

– Boa noite, Mari.

Eu amo você!, quis falar, mas Edu já havia desligado. Fiz o restante do caminho ouvindo Lifehouse, saboreando cada letra triste e melancólica, como se elas tivessem sido escritas especialmente para mim. Ai, droga! Em vez de ter ficado feliz por ter falado com Edu, fiquei deprimida e com o coração apertado.

Quando cheguei em casa naquela noite, quase de madrugada, me sentia cansada e muito infeliz. De repente, ir para Prudente já não me parecia um sonho dourado com final feliz à la Hollywood. Assim que fechei a porta, ouvi Clara perguntar:

– Mari, é você?

– Sou.

– Está tudo bem? – ela perguntou sem sair do quarto.

– Está. Você está sozinha?

– Estou.

Fui até o quarto e entro. Clara estava lendo uma revista sobre vinhos.

– Oi!

– Demorou pra chegar. Já estava ficando preocupada – repreendeu-me.

– Eu sei. Eu realmente ia te mandar uma mensagem, mas as coisas foram acontecendo, e, depois, eu acabei esquecendo completamente de te avisar que chegaria tarde. Enfim, tenho duas novidades.

– Conta – pediu, fechando de imediato a revista.

– Hoje eu fui jantar com minha chefe e um cliente em potencial em um restaurante superbacana, descolado e com uma comida deliciosa.

– Hum. Ótimo. E qual é a novidade?

– O restaurante é do André. Lembra-se dele? André Di Bianchi.

– Não faço a menor ideia.

– O cara que me salvou do bêbado sem noção no dia em que você conheceu o Marcos.

– Ah! Sim, claro. – Clara suspirou. – O bonitão dos olhos verdes com cílios encorpados. E aí?

– Bem, eu só o encontrei porque esqueci meu telefone na mesa e quando voltei para buscar dei de cara com ele.

– Uau! Isso é muita coincidência. Rolou um clima?

– Claro que não! – repreendi. – Nós conversamos um pouco, ele me ofereceu uma sobremesa, porque nem minha chefe nem o cliente quiseram comer doces. Você tem que ir com o Marcos jantar no restaurante do André só para provar do *tiramisù* que ele faz.

– Ele faz?

– É. Ele é chef de cozinha, meu bem. Não é chique isso?

– Nossa! Imagina que máximo namorar esse cara? Ele cozinha, ele é dono de restaurante, tem cílios encorpados... Meu Deus, e você nem aí pra ele!

– Então – continuei, cortando as indiretas da Clara –, a segunda novidade é que conversei com Edu.

– É mesmo? Ele te ligou?

– Não. Eu liguei.

– E aí, o que vocês falaram? Ele está mesmo com a Lívia?

– Sabe que não perguntei – respondi me tocando do detalhe.

Merda. E agora, como faço para saber se é verdade ou não?

– Então, falaram sobre o quê?

– O básico. Ele quis saber tudo do meu emprego, depois perguntei dele. Disse que anda superocupado, fazendo pós em alguma coisa que já nem me lembro mais, continua com os plantões e envolvido em outras coisas de trabalho.

– Viu? Acho que ele não está com essa Lívia. Tudo mentira daquela víbora.

– Não sei – comentei, sentindo um leve alívio, mas, em seguida, esmaguei o sentimento por que me lembrei da parte amarga da conversa. – Eu contei toda animada do nosso plano de ir a Prudente no próximo feriado, mas ele nem ligou muito. Disse que se eu for e, se der, a gente se encontra.

– Nossa! Ele falou assim, "se der, a gente se encontra"?

– Falou. Achei que ele diria: "Puxa, que legal! Venham sim. Estou morrendo de saudades", essas coisas.

– Que balde de água fria ele te jogou.

– Ah! – Suspirei pesado. – Já não sei o que fazer com Edu, com esse impasse e com todo esse sentimento dentro de mim. Tá foda, cara.

– Se der certo, você vai mesmo para Prudente?

– Não sei. Eu meio que desanimei, sabe?

– O Marcos também não sabe se vai. Está tentando negociar uma folga. Vamos ver.

– Se ele não for, você não vai?

– Só se você for. Eu não vou sozinha.

– Meus pais me matam se eu não for. Minha mãe não para de me perguntar por e-mail. Só que eu fico me imaginando em Prudente, tão perto de Edu e sem poder vê-lo.

– Quem sabe vocês se encontram para tomar um café.

– Eu acho que se ele quisesse mesmo me ver, não importando o tanto que ele estará ocupado, ele daria um jeito.

Clara me lançou um meio-sorriso.

– Então, você não vai?

– Estou com saudades da minha família, mas, sinceramente, não sei se quero passar por isso.

– Eu entendo.

– O que eu faço com Edu?

– Você sabe minha opinião. Eu tenho certeza de que Edu gosta de você e que não está com a Lívia, mas, ao mesmo tempo, não consigo entender essa postura dele.

– Eu também não.

– Talvez ele só esteja dando um tempo para si. Você sabe como os homens ficam quando saem de uma relação longa e séria como foi a de vocês. De repente, ele só está focado em outras coisas, deixando a poeira baixar. Ou não.

– Esse "ou não" é que muda tudo.

– E o André, não pediu seu telefone?

– Pediu. Disse que me liga no fim de semana para me convidar para jantar.

– Que ótimo, Mari! E você vai, não vai? – indagou ansiosa por minha resposta.

– Na verdade, eu estava pensando em não atender se ele me ligar.

– O quê? Nem pense! Mari, olhe só. Me escute. Ele te pareceu um cara legal? – Fiz que sim com a cabeça. – Então, por que não? Dê uma chance. De repente, é isso que o Universo está tentando te dizer.

– Eu não sei.

Passamos mais meia hora conversando sobre o modo torto que o Universo tem de nos mandar indiretas. Clara tentou me convencer a dar uma chance a André, nem que fosse para ser somente amigo, e eu fiquei sem saber o que pensar. Na verdade, não gostava de iludir ninguém. Sei que André estava interessado e não era na minha amizade.

Um pouco antes de dormir, sem ainda saber o que fazer com essas questões, abri o blog para ver a quantas andava. Tinha 38 seguidoras e um novo e-mail:

De: Nat _ Penteado1984@hotmail.com
Para: mariana.louveira@gmail.com
Assunto: Convite

Oi, Mari!

Já tem programa para o sábado de manhã? Eu e a Priscila vamos almoçar e depois dar um rolê no bairro da Liberdade. Está a fim de ir com a gente?

A gente tem te achado muito tristinha... rs

Me diz se topa.

Beijos,

Naty.

Respondi que iria sim e antes de dormir eu conversei seriamente com a Santa das Ex-Namoradas Que Sofrem de Amor Mal Resolvido:

Acho que está na hora de ir em frente, minha Santa. Ir em frente sem Edu. Se der, me abençoe com dias bons.

Vinte e Sete

E eu ainda gosto dela
Mas ela já não gosta tanto assim
A porta ainda está aberta
Mas da janela já não entra luz.
"Ainda gosto dela", Skank

Na manhã de sábado, eu acordei com a melodia alegre e estridente da Beyoncé, me arrancando dos braços do Morfeu. Era minha mãe perguntando, se eu iria mesmo passar o próximo feriado em Presidente Prudente.

– Vou tentar, mãe. Depende muito se a Clara vai conseguir ir junto. Não quero dirigir sozinha.

– Vem de ônibus, oras!

– É pode ser. Bem, vamos ver. Se eu não conseguir ir nesse, tem mais dois feriados grandes, em novembro. Não vai faltar oportunidade.

Depois que desliguei, como se estivesse no piloto automático, arrumei meu quarto, coloquei roupa para lavar e limpei a cozinha até brilhar. Quando acabei, resolvi banir Edu para a gavetinha quase nunca aberta do meu cérebro e fui me vestir para o encontro com as meninas.

Assim que terminei de me arrumar, me sentia viva e cheia de expectativas. Fazia tanto tempo que eu não saía para um programa de meninas que nem me lembrava mais do quanto era animado. Ajeitei a alça da minha regata verde-água, que estava usando com um shortinho de brim branco e minhas sandálias de salto quadrado. Deus, como amava roupas novas! Como adorava vestir um look novinho e me sentir arrasando. Toda mulher merecia passar por isso e se sentir diva. Pode apostar que nem existiria TPM se tivéssemos looks novos toda semana.

Antes de fechar a porta do quarto, olhei para Edu, no porta-retrato ao lado da minha cama e pensei: *Eu só estou vivendo, Edu. Como você mesmo me pediu para fazer.* E parti sem olhar para trás. Cheguei ao restaurante e elas já estavam sentadas à mesa tomando refrigerantes. Acenaram assim que me viram entrar.

Natália, com quem eu troquei e-mails, tinha 23 anos, era estudante de Ciências da Computação, leitora compulsiva, tinha um blog com dicas de leitura e fazia resenhas de todos os livros que lia. Já Priscila tinha 22 anos, era estudante de *Design* Gráfico e trabalhava numa agência de publicidade. As duas se conheceram na faculdade e eram amigas havia mais de dois anos.

– Oi, meninas! – cumprimentei, aproximando-me delas. – Sou a Mariana.

– Oi, Mari! – disseram e se levantaram ao mesmo tempo.

– Que bom que você veio. Estávamos loucas para te conhecer. – Priscila me cumprimentou com um beijinho no rosto, seguida por Naty.

– Eu adorei o convite. Vocês sempre fazem isso, convidar uma estranha para almoçar?

– Você não é uma estranha para nós. Gostamos tanto da maneira que você escreve que parece que você já é nossa amiga há um tempão.

– Nossa, nem sei o que dizer. Isso tudo é muito surreal pra mim.

– Sente-se. Nós pedimos refrigerantes e uma entradinha para te esperar, mas não comemos nada. Já almoçou aqui? – perguntou Priscila ajeitando os cabelos pretos atrás da orelha.

– Ainda não. Me parece tudo muito gostoso e calórico.

– Esse lugar é famoso por ter de tudo um pouco. Comida mexicana, indiana, japonesa... Tem para todos os gostos.

Enquanto eu olhava o cardápio, tentando me decidir entre tacos ou nachos, Natália e Priscila me contaram parte de suas vidas, as coisas que mais gostavam no meu blog e o que as outras alunas da faculdade comentavam sobre as minhas postagens. As preferidas, segundo elas, eram sobre roupas, maquiagem e acessórios.

– Mas já está nesse nível? Gente da sua faculdade comentando o que eu posto? Incrível! – vibrei impressionada em saber como as notícias se espalhavam hoje em dia.

O assunto sobre looks se estendeu até terminar a primeira rodada de mi-nitortinhas de shitake e, naturalmente, uma vez esgotado um assunto, partia-se para o próximo. Antes, porém, pedimos sucos e mais alguns acompanhamentos.

Assim que o garçom saiu com os pedidos, Natália me olhou nos olhos – sondando como estava o meu humor, supus – antes de me perguntar:

– Por que você escreve frases e textos tão tristes, Mari?

– Hum. É que aconteceu algo raro e extraordinário comigo: eu amo um cara que não quer mais saber de mim. Aposto que vocês nunca ouviram falar disso antes – esclareci fazendo graça.

– Foi o que imaginamos, não é, Pri? Puxa, que coisa chata. É seu ex-namorado?

– Ex-noivo, na verdade. Ele terminou comigo no dia do nosso casamento.

– Meu Deus! – exclamou Naty, arregalando os olhos. – E você ainda gosta dele?

– Amo – confessei sem pestanejar. – Amo muito.

– Por que ele fez isso contigo?

Então, contei mais ou menos por cima a minha tragédia com Edu e também iniciei um discurso sobre como minha vida andava cinza sem ele por perto. Essa era a razão principal das frases lamuriosas e tristes que andava postando no blog.

– Imagino como deve ter sido horrível pra você, Mari.

– E foi mesmo, Natália. Mas essa parte já passou, eu superei. Infelizmente, eu precisei errar bastante para aprender que existem coisas mais importantes do que aquilo que a gente acha que é essencial para nossa vida.

– Isso é verdade. Já fiz muita besteira achando que estava certa – contou Priscila, revirando os olhos.

– Sabe, quando eu era adolescente minha avó costumava dizer: "Ah, se eu soubesse o que eu sei hoje quando tinha os meus 16". Ela dizia isso sempre que eu fazia alguma burrada ou quando eu me achava a adulta-sabe-tudo. – Riu sozinha. – Na época, eu não entendia o que ela queria me dizer e ficava irritada. Hoje eu sei que ela falava de maturidade. E maturidade a gente só adquire errando, tropeçando, fazendo burrada. Como eu fiz.

– Mari, não se lamente pelos seus erros. Todo mundo erra. Eu não conheço nenhum adulto que nasceu maduro e sábio.

– Eu também não – concordei em resposta.

– Então, o importante é saber que você aprendeu com seus erros. O resto é passado e não tem mais jeito.

– Posso dar minha opinião?

– Sim, Priscila.

– Nenhum cara vale esse sofrimento. Você é uma garota bonita, tem um emprego legal, está morando nessa cidade cheia de possibilidades. Não tenho nada com a sua vida, mas depois de tudo o que você contou, acho que você deveria deixar seu passado pra lá e também seguir em frente.

– É o que a minha amiga Clara me fala todos os dias. E acreditem, eu estou tentando – disse com um meio-sorriso.

– E nesse meio tempo você não conheceu nenhum cara? – quis saber Natália.

– Não. Quer dizer, não conheci ninguém especificamente, mas tem um cara que está me assediando e ficou de me ligar hoje para me convidar para jantar. Só que eu não estou a fim.

– Por que não? Ele é feio?

– Não, pelo contrário. É lindão. Do tipo cabelos pretos, olhos verdes, sabe?

– E qual o problema dele, então?

– Nenhum, eu acho. O problema sou eu – admiti, olhando disfarçadamente para o celular. Mesmo que eu tenha planejado não atender o telefone quando André ligasse, uma pontada de decepção se alojou em mim por ver que já eram quase três da tarde e ele não ligou como disse que faria. Será que eu era tão pouco atraente assim? *Menos, Mariana.*

– Quem sabe você não faz uma viagem para espairecer e se divertir. Já pensou nisso? – exortou Priscila.

– Estou pensando em ir passar o feriado em Presidente Prudente.

– Nem pensar! – exclamou Natália com um esgar. – Você precisa ir para lugares agitados, descolados, com praia e gente bonita. Voltar para a cidade do seu ex-namorado seria se torturar ainda mais.

– Também acho, Mari. Você só iria se angustiar e sofrer sabendo que ele está na cidade e não deu certo de vê-lo – Priscila aconselhou.

– Já foi a Buenos Aires? – Natália perguntou folheando o cardápio. – É uma cidade bacana para sair à noite, passear de dia, fazer comprinhas. Você iria amar. Eu fui com minha mãe e minha irmã, nós nos divertimos à beça.

– Hum, Buenos Aires deve ser uma delícia. Pena que eu estou sem grana, senão iria contigo, Mari – contou Priscila.

– Pena mesmo – me lamentei. – Até que não é má ideia essa de viajar para outro lugar. Eu já tinha pensado em fazer uma viagem, só que mais para o final do ano, mas não sei. Vou pensar melhor.

Os nossos pedidos chegaram, o meu *muffin* de gorgonzola com damasco deitado em uma saladinha com molho agridoce, e as panquecas com ovos mexidos e bacon das meninas. Olhei desanimada para meu bolinho sem graça e desejei atacar as panquecas com queijo derretido pingando no prato delas. Nem estava de dieta, droga!

Com um suspiro, mordisquei uma folha de alface enquanto Priscila e Natália confabulavam mil ideias para meu próximo feriado em lugares divertidos onde eu nem me lembraria da existência de Edu. *Será?*, pensei bebendo do meu suco verde. Será que estava pronta para cortar esse elo invisível que me mantinha fiel a Edu?

Após uma esbórnia alimentar e uma conversa animada, tudo o que eu desejava era dormir feito uma jiboia. Agradeci o convite para bater perna na Liberdade e me mandei para casa pensando na ideia de viajar sozinha para algum lugar e exorcizar Edu de meus pensamentos. Poderia ser para Salvador ou para Buenos Aires, desde que eu encontrasse com um moreno alto, de peito largo e musculoso, que fosse simpático e me divertisse por quatro dias seguidos. Ah, e que, ao sorrir, formassem covinhas em suas bochechas. Esse homem seria perfeito. Minha cara-metade. Talvez eu estivesse protelando a decisão de esquecer Edu por pensar que nunca mais conheceria alguém tão lindo e bacana como ele.

Será?

Despertei dos meus devaneios com o moreno bonitão assim que entrei na garagem do meu prédio. A quem eu queria enganar com ilusões ridículas de que ia encontrar um deus grego disponível, doido para namorar sério, andando na mesma calçada que eu? Além do mais, esse biótipo desenhado pela minha fantasia nada mais era que o próprio Edu. Abri a porta de entrada com um suspiro cansado, e me deparei com uma senhora carregada de sacolas de supermercado.

– Boa tarde – cumprimentei.

– Boa tarde.

– A senhora gostaria de uma ajuda?

– Ah, se não for se incomodar.

Peguei algumas sacolas dos braços finos e enrugados dela e apertei o botão do elevador.

– Qual é o seu andar?

– 14º.

– O mesmo que o meu – exclamei admirada. – Moro há quase dez meses neste prédio e nunca vi a senhora.

– É que saio bem pouco. Só para ir ao mercado ou ao médico.

– A senhora mora sozinha?

– Moro – afirmou com uma voz que me soou triste.

– Mas tem algum parente por perto, não tem? – perguntei me sentindo preocupada com aquela senhora de idade morando sozinha, sem ninguém para lhe ajudar. Me parecia tão frágil.

– Tenho meus filhos. Eles me visitam com regularidade.

– Ótimo – respondi, me sentindo aliviada.

Ao entrar em seu apartamento, idêntico ao que Clara e eu morávamos, observei as paredes repletas de quadros e aquarelas coloridas e brilhantes.

– Pelo jeito, a senhora é uma apreciadora de artes.

– É o que eu fazia para ocupar meu tempo. Hoje mal diferencio as cores por causa da catarata.

– É uma pena! As telas são muito bonitas – elogiei.

– Ora, obrigada. – Ela fez uma pausa para descansar e, em seguida, colocou as sacolas em cima da mesa. – Como você se chama, minha filha?

– Mariana. E a senhora?

– Eva. Eu me chamo Eva.

Quando eu estava para me virar e sair, Eva puxou de dentro de uma das sacolas de mercado uma caixa de bombom e me ofereceu um.

– Hoje, é isso que eu faço para ocupar o meu tempo. – E tornou a sorrir tristemente. – Você aceita um?

Ahmeudeus! Eu não quero acabar velhinha e solitária, que só tem caixas de chocolates como companhia, pensei apavorada ao sair do apartamento de Eva com um bombom nas mãos.

Vinte e Oito

Por que você me esquece e some?
E se eu me interessar por alguém?
E se ela, de repente, me ganha?
"Sozinho", Caetano Veloso

Talvez tenha sido pela conversa animada sobre relacionamentos e todo o incentivo por parte de Priscila e Natália para que eu incorporasse o lema de Johnnie Walker e seguisse caminhando. Poderia ser também por ter ficado muito impressionada com a vida solitária de Eva e por me sentir imensamente triste depois que saí de seu apartamento. Talvez fosse porque eu, finalmente, joguei a toalha e me dei conta de que Edu não me amava e que não teríamos um futuro juntos, como imaginei que teríamos. Na verdade, não sei definir por que eu atendi o telefone quando ele tocou. Concordei em jantar com André na noite de segunda-feira, embora ele tivesse esperado até as 16 horas de domingo para fazer o convite e, por pouco, eu não adquiri o hábito de roer as unhas. Obviamente que eu não lhe contei nada disso quando me sentei à mesa do restaurante e encarei seus olhos verdes.

– Fico muito feliz por ter aceito meu convite – ele disse em uma voz baixa e grave.

Sorri e desviei meu olhar do dele para admirar o restaurante. As paredes brancas eram de tijolos largos, estilo provençal, e continham muitos quadros e espelhos de diferentes molduras. Ao fundo se via a adega climatizada, construída em madeira escura. Mesas quadradas e algumas redondas se espalhavam pelo salão em formato de L. Vazio do jeito que estava parecia ser bem maior do que naquele dia em que vim jantar com a Jeanne.

– Você não precisava ter aberto o restaurante no dia da sua folga, André. A gente podia ter ido a outro lugar – comentei, me sentindo intimidada com o cenário e com toda a gentileza que ele tinha derramado sobre mim desde a hora em que cheguei.

– Eu quero cozinhar para você. – Ele sorriu e me encarou.

Ai, Deus! Isso não vai dar certo, pensei, sentindo o meu rosto corar. *Por que ele tem que me olhar assim o tempo todo?*

– Me acompanha num vinho?

– Te acompanho sim.

– Algum preferido?

– Não – respondi, aliviada por vê-lo se levantar. – Na verdade, não entendo muito de vinhos. Quando quero tirar onda ou me exibir para alguém, pego dicas na internet.

André riu com satisfação.

– Se eu já gostava de você, agora, sabendo da sua franqueza e espontaneidade, gosto mais ainda. Vem comigo, vamos escolher uma garrafa na adega.

Ele me guiou até o fundo do restaurante e em seguida, abriu a porta de vidro de correr da adega, dando-me passagem. Um ar frio tocou meu rosto assim que parei de frente para as inúmeras garrafas de vinho. Minha pele ficou arrepiada e ele percebeu.

– Aqui é um pouquinho frio mesmo. Quer meu casaco?

– Não. Obrigada. – Minha resposta curta, cortada, denunciou todo o meu nervosismo.

– Posso sugerir?

– Claro! Você é quem manda.

– Sugiro este, *Septima Obra*, um Cabernet Sauvignon argentino levemente encorpado que vai ficar perfeito com o risoto que estou preparando – contou, me mostrando a garrafa.

– Risoto? Hum, adoro. É um dos meus pratos favoritos.

– Verdade? Fico mais aliviado em saber. Estava indeciso na escolha do prato e resolvi arriscar.

– E é risoto de quê? – perguntei antes que ele me encarasse novamente e me deixasse toda vermelha.

– De *funghi porcini* e shitake.

– Parece ser delicioso.

André abriu o vinho e nos serviu em grandes taças de cristal. Brindamos àquele momento e eu tratei de dar um generoso gole para me acalmar. O vinho desceu muito bem. Era encorpado e delicioso, além de estar na temperatura certa.

Depois ele me convidou para ir até a cozinha. Enquanto conversávamos, ele se concentrava nos últimos preparos do risoto com naturalidade, destreza e muita afinidade com as panelas, ingredientes e acessórios. Percebi que estava totalmente à vontade e seguro naquele ambiente. Já eu, nem tanto. A sensação de que estava fazendo algo errado era tão grande que parecia que ia me sufocar.

Por alguns segundos, enquanto André me contava sua rotina no restaurante junto com seus pais e irmãos, eu o observei em segredo. Ele era muito bonito, porém, não era alto. Devia ter 1,77 metro no máximo. Pele morena, cabelos castanho-escuros num corte espetado, olhos verdes rodeados dos famosos cílios encorpados, que Clara tanto admirava, e narigudo, como todo bom italiano. Olhei discretamente para seus lábios e tentei imaginar como seria beijar outra boca que não a de Edu.

– Está pensando em quê?

– Eu?

– É, você. Acabei de falar e você ficou aí me olhando. Algo errado comigo?

Sorri tímida e me amaldiçoei por ter sido pega no flagra e, por isso, bebi de um gole do vinho para ganhar tempo. André sorriu de volta, enquanto esperava eu falar.

– Em nada. Eu só estava te ouvindo – disfarcei, e me virei para olhar em volta, mas sentia que seus olhos estavam grudados em mim.

– Pra que serve isso? – indaguei, pegando a primeira coisa que encontrei.

– Para flambar alimentos. É um maçarico.

Apertei o botão vermelho sem querer e, automaticamente, uma labareda de fogo se projetou. Com um susto eu saltei para trás. No segundo seguinte, André estava ao meu lado.

– Está tudo bem?

– Uau! Isso é um perigo.

– Desculpe. Alguém o deixou destravado.

André pegou o maçarico das minhas mãos e senti um arrepio quando seus dedos tocaram em minha pele. *O que é isso?*, me perguntei. Tudo bem, estava havia um ano e quatro meses sem beijar alguém, sem tocar em um homem. Transar, então, só em sonho. Mas sonhos não contam, não é? Ah, Deus! Será que perdi a prática?

– Pronta para provar minha especialidade? – perguntou, mudando o assunto e dissipando a tensão do momento.

– Prontíssima. O cheiro está maravilhoso.

– É o *porcini*.

– Quem?

Ele riu da minha ignorância gastronômica.

– *Porcini* é um *funghi* silvestre ou, se preferir, pode chamá-lo *Boletus edulis* que ele não fica bravo. Ele tem este aroma marcante e o sabor é maravilhoso – explicou enquanto puxava a cadeira para eu me sentar. Em seguida, reabasteceu nossas taças com mais vinho.

– Obrigada – agradeci por seu cavalheirismo.

Rapidamente, ele foi até a cozinha e voltou com dois pratos e colocou um deles na minha frente. Fechei os olhos e aspirei o aroma do risoto, imaginando o quanto devia estar delicioso. Ao abrir meus olhos, me deparei com André me observando com curiosidade, provando de sua bebida.

– O que foi?

– Eu só estava te olhando.

Novamente eu corei e olhei para meu prato. Por algum motivo, eu não conseguia olhá-lo nos olhos. *Pelo amor de Deus, Mariana, não vá bancar a tímida agora. Ele é só um cara. E você está solteira.* Certo.

– Não vai provar?

– Claro! Estou ansiosíssima.

Dei a primeira garfada com calma, saboreando lentamente e o que senti foi uma infusão de sabores inexplicáveis que mexiam com meus três sentidos: visão, que estava contemplando um lindo ambiente e um fotogênico prato muito bem decorado; olfato, pelo aroma indescritível e marcante que estava sentindo naquela fumacinha que subia do risoto; e paladar, que degustava uma preciosa iguaria.

– André... Hum... Meu Deus, está maravilhoso! É, de longe, o melhor risoto que provei até hoje.

– Ufa! – Ele soltou um suspiro. – Passei no teste!

– Até parece. Muito bom mesmo. Parabéns, você cozinha divinamente bem!

– Obrigado. Fico feliz em receber um elogio seu.

Jantamos conversando sobre nossas origens. Contei da minha família, de como era minha vida em Prudente. Ele falou da dele. Da época em que estudou culinária na Itália, das suas aventuras como piloto de *rally* e de sua paixão pelo restaurante. Quando vi, os nossos pratos estavam vazios, assim como a segunda garrafa de vinho.

– Está preparada para a sobremesa?

– Sempre – assegurei. – A essa altura eu estava mais relaxada. E não era por causa do vinho. Durante o jantar, André se comportou muito bem, como um verdadeiro cavalheiro. Com uns dois ou três olhares mais demorados, mas, mesmo assim, sem partir para o ataque.

– Vai repetir o *tiramisù* ou quer provar de outra sobremesa.

– Acho que vou repetir o *tiramisù*. É tão delicioso que não quero perder essa oportunidade.

– Se quiser, podemos repetir este jantar todas as segundas e, deste modo, terá sempre uma nova oportunidade de prová-lo.

Quase engasguei com o vinho.

– O que você quer dizer com isso?

– Exatamente o que estou dizendo. Eu não me cansaria de jantar com você.

Havia uma espécie de promessa em suas palavras e eu me encolhi.

– André, olha... – Respirei fundo. – Isso não é um encontro.

– Não? E é o quê? – perguntou sem se deixar intimidar pela minha sinceridade.

– Estamos aqui jantando como amigos.

– E estou me referindo a um encontro de amigos mesmo – devolveu, me cortando com um sorriso largo. – Até mesmo aos amigos devemos impressionar, sabia?

– Sei.

– Volto em um segundo. – Ele foi até a cozinha.

Voltei a respirar quando me vi sozinha. Pensei em Edu, no que ele estava fazendo naquele exato momento. Será que estava com a Lívia? Será que pensava em mim? *Minha Nossa Senhora das que Estão há Muito Tempo Sem Beijar, o que eu faço?* "Só uns beijos, e uma noite de sexo para elevar a autoestima", a voz de Clara ecoou em minha cabeça. Será que eu devo? Ai!

– Demorei? – indagou, repousando dois pratos de sobremesa na mesa.

– Nem um pouco.

– Muito bem, aí está seu *tiramisù*. Espero que esteja tão bom quanto o da última vez.

– Tenho certeza de que está. – E com isso eu ataquei meu doce sem demora. André, por sua vez, apenas me observava. Depois que terminei e depositei a colher sobre a mesa, eu perguntei:

– Não vai comer o seu?

– Vou, mas antes, me conte de você. Como está seu coração e aquele seu ex-namorado?

Suspirei sem saber o que responder.

Quero falar de Edu? Ou não quero? *Vamos, Mariana, decida-se!*

– O que você acha de abrirmos outra garrafa de vinho? – me ouvi perguntando.

Seus lábios se contraíram em um breve sorriso antes de responder:

– Claro. Vou pegar um especial para sobremesa.

Na segunda taça do vinho adocicado eu notei que não foi uma boa ideia a minha de sugerir outra garrafa. Sentia-me tonta e acabava de me lembrar de que tinha que voltar para casa dirigindo e que amanhã eu trabalho. Ah, merda! O que estou fazendo?

– Quais são seus planos para o feriado? – perguntou ele, mordiscando seu doce com calma.

– Estou pensando em viajar, mas ainda não sei exatamente para onde. Na verdade, queria mesmo visitar meus pais, porém, acredito que não seja uma boa ideia.

– Por que, Mariana?

– Porque é complicado. É uma cidade que me traz muitas lembranças.

– Fiz uma pausa. – Você já tentou esquecer alguém mesmo quando seu coração diz para não fazer isso?

– Já.

– E conseguiu?

– Não.

– E como você faz? – quis saber, doida para ouvir uma fórmula mágica. Sem perceber, entornei o restante da bebida da minha taça.

– Não sei. Simplesmente vou vivendo os dias, os momentos. Tento deixar o passado lá no lugar dele, sem ficar revirando-o demais. Está tentando se esquecer das duas letrinhas que têm um significado enorme para você?

Eu sorri por ele ter se lembrado do jeito que falei com ele naquela noite desastrosa no bar da Vila Madalena.

– Digamos que sim – respondi e fiquei esperando uma resposta idiota do tipo: "se precisar de ajuda, estou à disposição".

André, no entanto, apenas sorriu em resposta como quem não queria adentrar naquele assunto, e eu me calei. Estiquei a mão para pegar a garrafa de água, porém, ele se antecipou ao meu gesto e nossos dedos se encostaram muito brevemente. Como da vez anterior, senti uma corrente elétrica percorrendo meu corpo.

– Preciso ir ao toalete – anunciei, me colocando em pé.

Deus! Acho que bebi demais. Minha cabeça rodava e precisei me agarrar ao encosto da cadeira para não cair.

– Tudo bem?

– Sim. Eu só vou ao toalete.

– É por aqui.

Andei trôpega até a porta que me foi indicada, adentrei e me sentei no vaso, respirando fundo. Não tinha noção de que estava mal. O jantar, os olhares de André, a conversa e todo o clima me fizeram beber além do normal. E agora? Como faria para voltar para casa. *Merda!* Tentei me posicionar em frente à pia para lavar o rosto, mas minhas pernas não respondiam aos comandos do meu cérebro. Minha cabeça rodava, meu olhar estava turvo e uma ânsia de vômito me subia até o sabor amargo da bílis chegar à minha boca. *Controle-se, Mariana. Controle-se.*

Inspirei e expirei forte várias vezes. A ânsia foi se dissipando, mas minha cabeça estava rodando como se eu estivesse em um brinquedo maluco de um parque de diversões. Segundos depois, mais calma, consegui me colocar em pé e lavei o rosto. A água gelada me fez bem, me dando um novo ânimo e voltei para o salão do restaurante determinada a ir embora.

– André, acho que já vou indo. Está tão tarde e amanhã eu trabalho logo cedo.

– Sente-se um pouco, Mariana, e beba água. Percebi que você não está bem. Adivinhei?

– Acho que bebi além do habitual – informei, pegando a taça com água. – Você tem namorada? – me ouvi perguntando para, em seguida, me arrepender de ter aberto a maldita da minha boca.

– Não.

Um silêncio confortável se fez enquanto bebia da minha água gelada. André apenas me observava com um semblante sereno. Ele não demonstrava estar ansioso, nem angustiado, tampouco aparentava estar perdido. Bem ao contrário de mim, que estava num constante drama interno.

Ao terminar a bebida, me levantei anunciando que precisava ir. Dei um passo para trás para pegar meu casaco e minhas pernas amoleceram. Tudo aconteceu muito depressa: de repente, estava caindo e, em seguida, eu o vi me puxando com força para junto de seu peito. Eu inspirei do seu perfume e, mentalmente, agradeci por não ser o *Acqua di Giò* do Edu.

– Acho que você não está em condições de dirigir – murmurou ele bem perto do meu rosto.

Eu encarei toda a profundeza de seu olhar, analisando uma crescente vontade que estava se formando dentro de mim. Nossas bocas estavam a centímetros de distância, minha respiração estava pesada e entrecortada. André também respirava com dificuldade.

– Acho que não – confirmei, sem tirar os meus olhos dos dele.

Seus braços estavam em volta da minha cintura, me segurando firme junto ao seu corpo forte, enquanto seus olhos começaram a examinar meu rosto. Quando pousaram em meus lábios, eu senti uma necessidade de ser beijada.

Tudo o que eu pensava e desejava era sentir a boca de André na minha. Fechei os olhos e fiquei esperando que ele me beijasse e que saciasse aquela vontade involuntária que queimava feito fogo dentro de mim.

Beije-me, André, beije-me antes que eu me arrependa.

Vinte e Nove

É só isso, não tem mais jeito
Acabou, boa sorte.
Não tenho o que dizer. São só palavras
E o que eu sinto não mudará.
"Boa sorte", Vanessa da Mata

Ajeitei o travesseiro macio e expirei satisfeita. *Hum, como era bom dormir!* Sentia-me tão confortável e quentinha nessa cama grande, aconchegante e espaçosa... O quê? *Ahmeudeus!*

Abri os olhos assustada. A minha cama de solteiro não era nada espaçosa. Então, onde eu estava? Olhei consternada para o amplo quarto com uma decoração masculina em tons de cinza e preto. A cabeceira de couro da cama era de uma imponência, os lençóis, limpos e macios, combinavam de forma harmoniosa com todo o ambiente. Lembranças fragmentadas da noite anterior foram invadindo minha mente, e eu me encolhi de medo. *Não acredito que dormi na casa e na cama do André. O que será que aconteceu entre nós?*

Procurei forçar a mente para me lembrar de alguma coisa. O jantar... Vinho, muito vinho. Os olhares de André. Ah, meu pai! A boca dele a centímetros da minha e eu querendo que ele me beijasse. E as lembranças acabaram aí. Não me recordava de mais nada. Houve beijo? Houve algo a mais? O que houve? Droga! Por que eu tinha amnésia alcoólica?

Como viemos parar aqui? Por quê? O que aconteceu para acabarmos na cama dele? Olhei para dentro do lençol. Estava vestindo uma camiseta preta da banda AC/DC, minha calcinha e mais nada. Será que nós transamos? Ai, não! Seja lá o que tenha acontecido, eu precisava ir embora agora. Se eu correr, talvez nem chegasse tão atrasada no hotel.

No mesmo instante em que decidi me levantar, a porta se abriu e André adentrou carregando uma bandeja com um café da manhã caprichado.

– Bom dia, Mariana. Dormiu bem? – ele me perguntou com um sorriso iluminado, repousando a bandeja no colchão.

– Oi – disse, sem coragem de encará-lo.

Ele se acomodou ao meu lado, me fitando com olhos que hoje estavam num tom de verde mais escuro que o habitual. Seus cabelos molhados caíam pela testa, deixando-o com uma aparência adorável e eu reprimi uma vontade de lhe tocar o rosto.

– Eu não me lembro de como viemos para sua casa – confessei envergonhada.

– Não? – exclamou com um tom de voz que soava surpresa e decepção ao mesmo tempo.

– Lembro-me de várias coisas, claro – completei enquanto seu sorriso se desfazia. – Mas não de tudo.

– Está com fome?

– Estou com mais dor de cabeça que fome – respondi, ainda desconfortável por não saber o que exatamente aconteceu entre nós.

André me ofereceu um copo com suco de laranja, abriu a gaveta do criado-mudo ao lado da cama e pegou um comprimido.

– Aqui. – Ele me ofereceu o remédio, que aceitei sem pestanejar.

– Que horas são? Onde está meu carro? Ah, Deus! Clara deve estar maluca atrás de mim. Eu nunca dormi fora de casa, nem deixei de avisá-la, caso me atrasasse. Ela deve estar desesperada.

– Calma – ele pediu, acariciando meu braço. – Eu tomei a liberdade de pegar seu celular e ligar para ela. – E, então, ele abriu um sorriso largo que me desarmou.

– Obrigada por ter se lembrado de avisar minha amiga.

Ainda sorrindo, segurou minha mão, me encarou firme e disse:

– Tome café comigo e depois eu te levo até o restaurante. Seu carro ficou lá no estacionamento.

– Eu preciso ir ao banheiro antes.

– Claro. – Ele se afastou um pouco para que eu pudesse me levantar, mas não me movi de imediato.

– O que foi?

– É que eu estou só de camiseta e... – Olhei para quarto gigantesco. – não sei onde fica o seu banheiro.

– Você também não se lembra de onde fica o banheiro? – espantou-se.

– Não. Por quê? Eu deveria?

André me encarou novamente e eu não soube ler o que ele quis dizer através de seu olhar intenso. Então, ele inclinou a cabeça para o lado e disse:

– O banheiro é ali.

Em seguida, levantou e saiu do quarto.

Soltei a respiração e afundei a cabeça no travesseiro assim que me vi sozinha. Droga! Por que eu não conseguia me lembrar do que tinha acontecido ontem à noite? Mas ficar aqui me reprimindo não ia resolver meu problema, não é? Levantei-me da cama e comecei a procurar pelas minhas roupas. No meio da busca, André retornou ao quarto e me encontrou de pernas de fora e com os cabelos desgrenhados.

– Está procurando pelas suas coisas? Aqui estão elas. – Ele me entregou a saia, a camisa e o casaco cheirando a amaciante de roupas.

– Você lavou?

– Foi preciso – ele contou com um sorriso irônico.

Ah, Deus! Que homem é esse?

– Não me diga que eu...

– Ainda bem que foi no banheiro e que não precisei limpar o chão.

– Que vergonha!

– Acontece. Vou deixar você se vestir e depois tomamos café.

– Obrigada – agradeci e em seguida me calei, fitando o semblante dele. Queria saber o que estava sentindo, o que estava pensando e quando pensei em perguntar, ele se virou e deixou o quarto.

Tratei de me vestir depressa. Ajeitei meu cabelo da melhor maneira possível e quando voltei ao aposento ele estava vazio. A cama desarrumada, era a única a destoar da perfeição que era o quarto do André. Fiquei alguns segundos pensando em tudo, meu estômago se comprimiu e achei melhor sair à procura dele.

– André?

– Estou aqui na sala.

Caminhei em direção à sua voz e o encontrei arrumando as coisas da bandeja sobre a mesa de vidro da sala de jantar.

– A dor de cabeça passou?

– Um pouco.

– Venha, sente-se aqui para comer alguma coisa. Você não pode sair de estômago vazio.

Eu obedeci e peguei um pão de queijo.

– Café?

– Sim, por favor. – Estendi minha xícara. – André, eu sei que a pergunta vai soar estranha, mas eu preciso saber. Aconteceu alguma coisa entre a gente ontem à noite? – perguntei sem poder mais suportar a falta de informação.

– Depende do que você chama de "alguma coisa". Aconteceram várias coisas.

– Você sabe do que estou falando. Como eu fui parar na sua cama usando uma camiseta que não é minha?

Ele ergueu as sobrancelhas, sua testa se enrugou e seu olhar era intenso.

Ah, se eu não amasse tanto Edu, eu me atiraria sobre ele agora mesmo.

– Você estava sem condições de dirigir. Eu te trouxe para minha casa. – Ele fez uma pausa e adoçou meu café com uma colher de açúcar. – Você passou mal e sujou sua roupa. Eu te despi e te emprestei uma camiseta minha. Foi isso. Você não se lembra mesmo?

– Não. Eu tenho amnésia alcoólica. Raramente bebo assim, mas já aconteceu antes. Quer dizer, não fui parar na cama de ninguém. Eu só não consegui me lembrar do que tinha acontecido.

– Eu entendi.

Ele comprimiu os lábios ao me entregar a xícara com o café.

– Desculpe se te dei trabalho.

– Não me deu trabalho algum. Faria tudo de novo. – Ele me encarou daquele jeito. – Tudo de novo. Agora beba seu café.

Terminamos o desjejum com conversas amenas e longas pausas. Apesar de André se esforçar para me deixar à vontade, estava péssima e com uma vergonha enorme por ter perdido o controle. Até onde eu conseguia me lembrar, estava louca para que ele me beijasse. Lembro-me de vê-lo me devorar com os olhos, de sentir minha pulsação aumentar... Agora, sóbria, não sentia mais nada. Só vergonha e dor de cabeça. Ao me deixar no estacionamento onde se encontrava meu carro, André, antes de se despedir, me disse:

– Adoraria jantar contigo novamente, Mariana.

– Hum, tem certeza? Olha o risco que seu banheiro está correndo – brinquei para aliviar o clima tenso.

– Eu não me importo – respondeu docemente. – Só que dessa vez, com apenas uma garrafa de vinho para que você não tenha amnésia alcoólica novamente.

Eu corei e baixei os olhos.

– Eu te ligo e, mais para o final da semana, a gente combina – avisei sem muita convicção.

– Não. Eu te ligo. – E me beijou o rosto de forma carinhosa. – Tenha uma boa semana, Mariana.

Dirigi de Moema à Vila Olímpia com a cabeça fervendo de pensamentos tortos e perguntas sem respostas. Simplesmente não conseguia acreditar que isso tinha acontecido comigo de novo. Eu tinha jurado de pé junto que nunca mais iria beber além do que meu corpo conseguia suportar, não tinha? Beber e perder a memória era tão ridículo que eu acho que nunca mais queria ver André de novo na vida. *Que situação mais desagradável, meu pai!*, pensei, me reprimindo pela enésima vez.

Clara me ligou quando estava chegando ao escritório para se certificar de que eu estava realmente viva e combinamos de chegar cedo em casa para conversar sobre minha noite com André. Ao longo do expediente, lutei para me concentrar em minhas tarefas e propostas até onde pude, mas a dor de cabeça e a ressaca não ajudaram na minha produção. Pedi a Jeanne que me liberasse umas duas horas mais cedo e voltei para casa.

Enquanto dirigia de volta para o apartamento, a pergunta que reverberava em minha cabeça era: André me beijou quando eu estava em seus braços ou não? Qualquer homem beijaria uma mulher que estivesse em seus braços, de olhos fechados, com a boca a centímetros da dele e alcoolizada. Ou será que André não se aproveitaria de uma dama em condições tão miseráveis? Por mais que eu pensasse no ocorrido, não conseguia juntar dois mais dois. O maldito véu negro na minha mente não deixava todos os acontecimentos da noite anterior virem à tona.

— Boa tarde, Mariana. Tem entrega aqui para senhora – avisou-me Carlos, o porteiro do prédio quando eu estava parada na frente do elevador.

— Desculpe minha falta de educação, Carlos. Eu entrei tão atordoada que nem te vi. Boa tarde. O que tem aí para mim?

Ele me estendeu um ramalhete de flores do campo com gérberas de várias cores.

— Pra mim? – Agarrei o ramalhete me perguntando quem será que tinha me enviado flores tão lindas. Abri rapidamente o cartão que veio junto e li sem verbalizar:

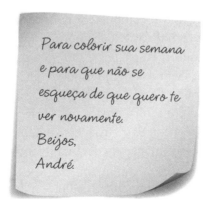

Para colorir sua semana e para que não se esqueça de que quero te ver novamente.
Beijos,
André.

Ai. Meu. Deus!

– Obrigada, Carlos – agradeci, sem conter um sorriso de satisfação e um leve desapontamento.

Por um segundo eu desejei que fosse de Edu.

Com o coração aos pulos, subi para o apartamento e, uma vez lá, me joguei com gosto na cama e saí do quarto quando Clara chegou em casa do trabalho, horas mais tarde.

Curiosa e ansiosa, ela me arrastou para o sofá e me metralhou com perguntas. Depois de contar tudo, até onde minha mente me permitiu, ela indagou:

– Mas e seu coração, o que ele diz disso tudo?

– Não sei. André, definitivamente, é um cara maravilhoso, mas...

– Um cara maravilhoso que está caidinho por você. Deus, Mari, o que você está esperando?

Eu sabia muito bem o que eu estava esperando e acho que Clara também sabia, porque ela não demorou a dizer:

– Ou você vai para Prudente e se resolve de vez com Edu ou se rende aos assédios e ao charme de André. Até quando você vai ficar esperando por ele? Até quando você vai deixar de conhecer alguém bacana e que pode dar certo por medo de perder quem, aparentemente, não te quer. Sinceramente, eu acho Edu um cara legal, sei do seu amor por ele, acredito que ele também sinta algo por você, mas já deu, né? Se ele não se decidiu até agora, bem provável que não se decidirá mais.

Fui incapaz de argumentar com Clara. Nem eu tinha mais argumentos para minha espera por Edu, que já estava se tornando eterna. E quando me flagrei sozinha em meu quarto, olhando para a tela do computador, eu comecei a acreditar nela. Se Edu não me procurou nesse tempo todo que estava em São Paulo era porque ele não me queria mais. Era difícil de aceitar, mas acho que nosso fim havia chegado. Eu já não existia para ele.

– Acabou – disse para a escuridão.

Com um suspiro, abri o computador para ver meus e-mails pessoais e o blog. Eu tinha 40 seguidoras e cinco novos e-mails. O primeiro era da minha mãe contando que, se eu não fosse a Prudente no próximo feriado em novembro, eles queriam vir me visitar. Respondi que não iria e que adoraria recebê-los aqui em casa. O segundo era da Natália me convidando para um *happy hour* com a Priscila e a Juli – uma amiga delas que também queria me conhecer, e os outros três eram os spams inconvenientes de sempre. O único que respondi foi o da Naty, marcando de nos encontrarmos na quinta-feira depois do trabalho.

Depois tirei uma foto do ramalhete de flores que recebi e fiz uma nova postagem:

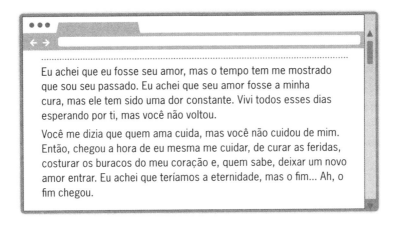

Chorei enquanto escrevia porque essa era a minha despedida solitária de Edu. Algo se partiu dentro de mim e tudo o que restou foi um vazio. Uma tristeza infinita, mas, por outro lado, me sentia livre porque a decisão estava tomada.

Pensei em André, e em todas as emoções que senti quando estava consciente e jantando com ele.

Oh, Deus! Será?

Tornei a ligar o computador e comecei a examinar alguns sites de viagens. Pesquisei alguns destinos, preços de passagens, passeios e opiniões a respeito dos pontos turísticos. À medida que ia pesquisando, um ânimo tímido foi crescendo em mim e quando descobri o que eu faria no último feriado de novembro, uma coisa estranha aconteceu. Pensei novamente em André e desejei ouvir sua voz.

– Oi – falei, assim que ele atendeu minha ligação. – Pode falar um minutinho?

– Claro! Você está bem?

– Estou. E obrigada pelas flores. São lindas.

– Me alegro em saber que gostou. Como passou o dia?

– Com muita dor de cabeça, ressaca e uma vergonha indescritível.

– Vergonha de quê?

– De você, do papelão que fiz. Que vexame!

– Ah, Mariana! Já passou, não fique pensando nisso.

– O que me mata nesse *blackout*, é não saber o que falei, o que fizemos, o que aconteceu depois que você me pegou quando eu quase caí.

– Já passou. Está tudo bem e fico feliz por receber sua ligação. – Surgiu uma pausa, que André logo tratou de abreviar: – E sua amiga, está mais tranquila?

– Sim. Conversamos muito depois que chegamos em casa. Ela é tudo o que tenho aqui em São Paulo, por isso me preocupo tanto.

– Mariana – André disse em uma voz baixa e grave –, eu não paro de pensar em você. Quer sair comigo? Dessa vez sem vinho. Quem sabe em um cinema...

Cinema? Não!, pensei assustada, mas não verbalizei. Guardei comigo.

– André, eu adoraria. Só que antes de começarmos qualquer coisa, eu vou viajar. Vou fazer uma viagem de despedida, de desapego. Deixar um passado que preciso esquecer para trás, para depois dar meu próximo passo. Você entende?

– Eu te entendo. E para onde você vai?

– Para Buenos Aires.

– Quando?

– Estou planejando em ir no feriado de 20 de novembro, o último do mês. Vou passar quatro dias lá e quando eu voltar, eu te ligo.

Depois que desliguei o telefone, voltei para o blog e já tinha um comentário no novo post:

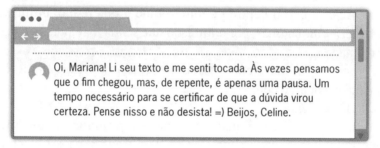

Oi, Mariana! Li seu texto e me senti tocada. Às vezes pensamos que o fim chegou, mas, de repente, é apenas uma pausa. Um tempo necessário para se certificar de que a dúvida virou certeza. Pense nisso e não desista! =) Beijos, Celine.

Respondi ao comentário dela:

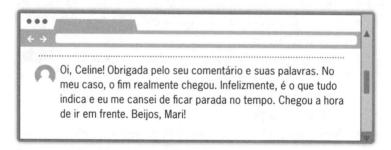

Oi, Celine! Obrigada pelo seu comentário e suas palavras. No meu caso, o fim realmente chegou. Infelizmente, é o que tudo indica e eu me cansei de ficar parada no tempo. Chegou a hora de ir em frente. Beijos, Mari!

Quando eu já estava desligando o computador, vi uma nova resposta:

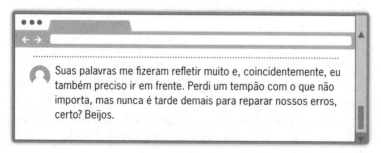

Suas palavras me fizeram refletir muito e, coincidentemente, eu também preciso ir em frente. Perdi um tempão com o que não importa, mas nunca é tarde demais para reparar nossos erros, certo? Beijos.

Trinta

Acredite é hora de vencer
Essa força vem de dentro de você
Você pode até tocar o céu se crer.
"Conquistando o impossível", Luan Santana

Passei o resto da semana tentando apagar as lembranças e dúvidas da minha noite de bebedeira com André e, ao mesmo tempo, reeducando meus pensamentos e coração a não pensar e nem sentir mais nada por Edu.

– Eu não conseguiria esquecer alguém sozinha. Já te disse que doença de amor só se cura com outro – declarou Clara enquanto me arrastava para uma sessão de compras no shopping. Por incrível que parecesse, não estava empolgada para gastar, mas ajudei minha amiga de bom grado, escolhendo alguns biquínis para o seu feriado em Salvador. – Não quer vir com a gente? – perguntou ela enquanto analisava no espelho um modelo tomara que caia.

– Eu não. Imagina se vou atrapalhá-los em uma viagem de muito sexo, acarajé e axé – recusei. Embora uma viagem para Salvador me soasse atraente, eu queria mesmo era afogar minhas mágoas e lamber todas as minhas feridas em Buenos Aires sozinha. Além disso, meus pais vêm para cá com a Marisa.

Tentei não ficar deprimida, nem rabugenta, tampouco mal-humorada – porque ninguém no trabalho, muito menos meus amigos, mereciam receber sentimentos negativos só porque me sentia um caco por dentro. Tentei manter o queixo aprumado, descontando minhas dores apenas nos posts do blog enquanto atravessava meus dias.

E foi dessa forma que o tempo voou, entre os preparativos da minha viagem e a visita dos meus familiares, sem nenhuma notícia de qualquer membro do Clube Masculino da Vida de Mariana. Meu pai, óbvio, não me escrevia nem me ligava – ele era um membro café com leite. André vinha mantendo firme sua promessa de só me procurar quando eu retornasse de Buenos Aires – apesar de ele ter aberto uma exceção para receber minha família para jantar em seu restaurante. E o último membro do clube, Eduardo, contrariou minhas expectativas e adivinhe? Não me ligou. Embora eu mesma, já houvesse me decidido que acabou e que vou tocar a vida, mas um fiozinho de esperança ainda achava que, de repente, ele poderia me ligar para perguntar como andavam as coisas.

Eu sei. Era uma eterna otimista que sempre se decepcionava com as pessoas.

Quando dei por mim era véspera de feriado da Proclamação da República e meus pais e Marisa chegariam no final daquela tarde. E, para agitar ainda mais a loucura que estava o meu dia, tinha avaliação de desempenho com minha chefe às 16 horas. Desnecessário dizer que mal dormi à noite, tamanha preocupação e nervosismo.

Ah, Deus! Eu nem fazia ideia de que éramos "avaliados" no final do ano. Se soubesse disso, teria me esforçado mais, pegado mais trabalho, não tinha feito tanto corpo mole com as secretárias mais duronas e agarrado mais dois ou três contratos à força. E se eu não fosse bem-avaliada, o que aconteceria comigo? Será que ela ia me demitir? Ah, não! Eu estava com a boca seca e com o coração batendo mais rápido do que o normal quando a secretária de Jeanne me ligou pedindo para comparecer à sua sala. *Coragem, Mariana!*, exortou a voz da minha consciência.

– Muito bem – começou ela depois de três minutos de conversas triviais. – Me acompanha num café?

Por essa eu não esperava. Apesar de termos certa intimidade por causa das minhas dicas de moda, dos almoços de trabalho que sempre fazíamos juntas, Jeanne conservava uma postura reservada, sem aberturas para gracinhas e era muito direta no que pedia a seus funcionários. Porém, ela não era durona, tampouco fazia o estilo general, mas impunha respeito. E nunca a vi convidando seus funcionários para tomarem um café. Seria esse um bom pressentimento?

– Acompanho sim – respondi, confiante.

Ela pediu para a secretária providenciar café e água e rapidamente voltou-se para mim.

– Mariana, você está conosco há pouco mais de seis meses, não é?

– Sim.

– Gostaria que soubesse que apostei alto quando te chamei para o time de vendas. Você veio crua, sem experiência, sem conhecimento na área. Mas vi uma vontade muito grande em seus olhos que me fez apostar em você. Fui questionada por muitos gerentes, e até mesmo por clientes, ainda assim não mudei minha decisão. E hoje eu estou muito feliz e extremamente satisfeita em dizer que você é a melhor executiva de vendas que eu tenho na minha equipe.

O quê? Soltei a respiração com um alívio enorme e escancarei um sorriso.

– Obrigada – respondi com meus olhos cheios de lágrimas.

– Você tem surpreendido não só a mim, mas aos clientes e à comissão executiva do hotel. Você aprende muito rápido, tem uma desenvoltura natural para lidar com as pessoas. O que muitos levam anos para adquirir, você faz com muita naturalidade e espontaneidade. Tem carisma, sabe conquistar e cativar os clientes como há muito tempo não via em uma profissional.

– Obrigada, Jeanne – tornei a agradecer. As palavras me faltavam, tamanha a minha surpresa.

– Em seis meses você atingiu suas metas, superou as expectativas e alcançou, praticamente sozinha, os resultados estabelecidos para o segundo semestre do ano. Graças a você atingimos nosso objetivo.

– É mesmo? Nossa, não fazia ideia desses números.

– Acho que o que falta para você é um curso de inglês e de espanhol. Se você investir nesses dois cursos, muitas portas se abrirão aqui na rede mesmo.

– Sim, penso em voltar a estudar no ano que vem. Obrigada pela dica.

– Para o próximo ano, vou inscrevê-la em alguns treinamentos que a rede oferece e pretendo, com o tempo, deixar contigo só as maiores contas, para que tenha tempo para outras frentes... Quem sabe um período de imersão na nossa matriz dos Estados Unidos? Mas para isso, você precisa começar um curso de inglês urgente. De qualquer forma, falaremos deste ponto mais adiante. Vamos com calma.

Uma sensação de prestígio me inundou. *Devo estar sonhando*, pensei, ainda sem acreditar no que estava ouvindo.

– Eu te avalio como a melhor executiva do time. E por ter alcançado as metas, atingido os objetivos e superado as expectativas, você receberá 25% de aumento salarial, mais um bônus de três salários por atingir os objetivos da área de vendas, além da participação nos lucros, o que está previsto no seu contrato de trabalho. Parabéns, Mariana, pelo seu extraordinário desempenho!

Eu nem sabia o que dizer. Estava paralisada de tanta alegria. Ficaria estranho se eu começasse a dançar de felicidade?

– Obrigada pela confiança que depositou em mim, Jeanne. Você foi a única pessoa que me deu uma oportunidade nessa cidade. Te devo um favor para o resto da vida. Nossa! Estou tão feliz!

Depois que Jeanne terminou sua conversa comigo, voltei para minha mesa, flutuando, com o sorriso escancarado no rosto, querendo gritar, dançar e ligar para todo mundo que eu conhecia para dar a boa notícia: 25% de aumento salarial, bônus de três salários... E nem me esforcei muito! A primeira pessoa para quem liguei foi a Clara, que quis pegar o primeiro avião de volta para São Paulo só para me dar aquele abraço, mas eu a lembrei a tempo de que ela estava em Salvador para curtir o feriado com Marcos.

– Estamos muito felizes por você, amiga! Sei o tanto que você penou atrás de emprego. Durmam com essa, seus entrevistadores de merda! – exclamou ela, para em seguida cairmos na gargalhada.

– Ai, Mari, que pena que não estamos aí para comemorarmos com você.

– Comemoramos quando vocês voltarem de viagem.

– Você quer dizer, quando você voltar de viagem, né? Quando voltarmos de Salvador você já terá embarcado para Buenos Aires.

– Vamos combinar assim, você e Marcos tomam uns drinques malucos aí em Salvador enquanto eu tomo uma garrafa de vinho com meus pais hoje à noite no Di Bianchi.

– Hum, vê se não vai beber muito, hein? Vai que André resolva te convidar para ir à casa dele novamente – provocou ela, me arrancando novas gargalhadas. – Pelo amor de Deus, nada de amnésia alcóolica!

– Sem chances, meu bem. Estou fechada para balanço.

Liguei também para meus pais, que falaram comigo calmamente pelo telefone. Eu estava ligando do escritório para o celular de mamãe, então, não havia razões para ligar o cronômetro. Emocionada, mamãe chorou. Papai quase pediu para o motorista do ônibus levantar voo da estrada, pois queria chegar logo para me dar um abraço.

Depois liguei para Aline – a recrutadora que me encaminhou para entrevista com a Jeanne –, e para Priscila, que estava com Natália e Juli. Todas ficaram felizes por mim. Quando, por fim, desliguei o telefone, fiquei olhando para a foto de Edu, controlando a imensa vontade de ligar para ele. Porém, em vez disso, catei a bolsa e fui para a rodoviária esperar a chegada dos meus familiares.

Dirigi pelas ruas com calma, apesar de estar num estado de euforia incontrolável. Minha vontade era de gritar, abraçar pessoas, dançar... Liguei o rádio do carro justo quando estava tocando "The Best", da Tina Turner. Uau! Estava me sentindo o máximo! Essa avaliação significava que eu venci. Venci na cidade grande!

O ônibus atrasou uns 40 minutos. Fiz hora em uma livraria e saí de lá com várias revistas. Pretendia atualizar minha leitura em Buenos Aires e, assim, dar muitas dicas às minhas leitoras queridas.

– Filha! – exclamou papai, descendo as escadas do ônibus assim que me viu parada na plataforma.

Acenei com a mão direita e esperei sua chegada para abraçá-lo.

– Estou tão feliz por você. Parabéns! – Ele me abraçou forte.

– Obrigada, paizinho.

– Você está diferente – comentou, segurando-me nos ombros e procurando pela minha mudança.

– Só cortei um pouco o cabelo e mudei a cor.

– Oh, filha, você é nosso orgulho! – alegrou-se mamãe, chegando logo em seguida, juntamente com Marisa. – Quando mudou o cabelo?

– Ah, foi logo depois que fui efetivada. Foi para comemorar a nova fase – expliquei a troca do tom loiro para um castanho-acobreado. – Oi, Marisa! Nossa, como você está bonita! – elogiei, admirando bestificada a aparência da minha irmã mais nova.

– Gostou? Também dei uma mudada – contou, um pouco tímida.

Mudada não, transformada. Marisa estava linda, com os cabelos limpos e escovados, e não sujos e ensebados como era havia pouco tempo. Estava usando roupas joviais e de bom gosto, e não o uniforme dos esquisitos. Seu rosto estava suave e corado, já não mais o pálido com o lápis preto de sempre.

Eu e minha irmã éramos extremos opostos, por isso a minha surpresa. De qualquer forma, gostei do que vi e tratei de falar isso várias vezes durante o trajeto até em casa.

Como morava relativamente próximo à rodoviária da Barra Funda, o caminho até em casa foi rápido. Mas fiz questão de mostrar um pouco do bairro para eles. Depois seguimos para minha casa e ficamos lá até o horário de ir jantar no restaurante do André.

– Quem é esse André? – quis saber papai.

– É um amigo meu que fez questão de recebê-los para jantar no restaurante dele.

– Ih, não é coisa chique, é? – perguntou papai, ressabiado.

– Não, pai. Não tem nada chique no restaurante do André. Fique tranquilo.

– Se me dão licença, eu preciso ir ao banheiro – anunciou ele se levantando.

– Fique à vontade, pai. A casa é pequena, mas é de vocês.

– O apartamento de vocês é uma gracinha – elogiou Marisa olhando tudo em volta. – Souberam ocupar os cômodos de modo funcional e com bom gosto. Adorei essa parede cheia de quadros. De quem foi a ideia?

– Minha. Ficou genial, não ficou?

– Muito. Adoro essa composição de moldura, gravuras e frases. Está se usando muito.

Olhei para minha mãe com um esgar. Nem parecia que era a Marisa, minha irmã adolescente ex-emo, falando de decoração?!

– É, a gente tentou deixá-lo com a nossa cara. Ainda faltam alguns retoques. Clara quer colocar papel de parede no quarto dela.

– E Clara? Poxa, que pena que ela não está aqui.

– Clara está bem, deixou abraços para todos. Está namorando firme o Marcos, um cara bacana e que está completamente apaixonado por ela.

– Oh, graças a Deus. Só boas notícias – vibrou mamãe. – Fico muito feliz em saber que vocês duas vieram para a cidade grande e que venceram.

– Foi duro, mas nós estamos conseguindo.

– Apesar de que em seu blog as coisas não são tão coloridas assim – Marisa comentou sentando-se no sofá.

– Filha! – repreendeu mamãe.

Um incômodo silêncio se abateu sobre nós, durante o qual, tinha certeza, muitas perguntas sobre Edu estavam atravessando a cabeça das duas. Dei graças a Deus por meu pai estar no banheiro no momento. Não queria falar das minhas dores de cotovelo na frente dele. Assim como não queria dar explicações para o seu desaparecimento cruel, nem contar o quanto estava sofrendo e, principalmente, não iniciar o assunto "Edu" e dar abertura para as fofocas de Prudente. Eu já havia decidido que não queria saber de nada. Queria viajar somente com as dores que tinha. Novos sofrimentos estavam fora de cogitação.

– Tudo bem, mãe. Eu só não quero falar disso agora. Vamos nos arrumar para o jantar?

Trinta e Um

Desejo que você tenha a quem amar
E quando estiver bem cansado
Ainda, exista amor pra recomeçar
Pra recomeçar.
"Amor pra recomeçar", Frejat

Se existia uma palavra que poderia traduzir o André durante o jantar, era gentileza. Ele me recebeu com um abraço, não fez menção ao nosso encontro desastrado e se derramou em atenção, principalmente com meus pais. Fez questão de mostrar cada cantinho do restaurante, nos ofereceu o melhor vinho da casa (que eu bebi com parcimônia), preparou um ravióli recheado de queijo burrata levemente defumado, servido com azeite de ervas e nos acompanhou sentado à mesa e conversando com interesse e educação que lhe eram peculiares.

Durante o jantar, ele explicou, a pedido de minha mãe (a quem ela queria enganar?) como fez aquele delicioso prato. A massa derretia na boca de tão leve e delicada que era. Meus pais e Marisa se fartaram. Acho que nunca haviam comido tão bem antes. E, para agradar ainda mais, ele serviu *tiramisù* como sobremesa para todos nós. Tudo estava indo em perfeita harmonia até que todo mundo resolveu ir ao banheiro e eu fiquei sozinha na mesa com André.

– Estava tudo uma delícia – agradeci só para iniciar algum assunto e não ficar aquele silêncio mortal entre nós. – O ravióli estava divino. Aliás, eu me pergunto se tem alguma coisa que você prepara que não fique maravilhoso.

André suspirou.

– Eu sabia que você gostava do seu ex, mas não imaginei que o amasse tanto.

Sorri, trêmula e surpresa com a afirmação dele.

– Do que você está falando?

– Eu li seu blog.

– O quê? Como assim? Como você achou o meu blog?

– Se acha tudo no Google hoje em dia. – Ele me encarou com um olhar triste. – Todos os textos que escreveu são por causa dele, não são?

Ahmeudeus! Ele leu aquele monte de porcaria!

– Eu não sei o que aconteceu entre vocês, mas uma coisa eu posso te garantir: esse cara não sabe o que está perdendo. – E, de súbito, saiu da mesa com um ar arrasado, me deixando sozinha sentindo um insólito formigamento por dentro que me encheu de tristeza e angústia.

Ah, como detestava fazer alguém sofrer. Mas o que eu poderia fazer? O que ele sentia por mim, afinal, para se incomodar com as frases escritas em meu blog? Paixão fulminante que não devia ser. Não me dando por vencida, fui atrás dele na cozinha:

– André, eu ainda amo muito o Edu, não vou negar. É um sentimento que me domina, mas que tem me feito muito mal. Não sei explicar e não sei se você entende...

– Entendo sim. Eu também tenho algo mal resolvido. Um sentimento que, de vez em quando, aflora e me deixa saudoso com vontade de largar tudo e ir atrás do que o meu coração pede. – Ele fitou o chão, parecendo estar encabulado. – Me desculpe por ter saído da mesa daquele jeito. Pode parecer infantil, mas é que senti ciúmes. Também não vou negar, estou muito atraído por você.

Corei.

– Eu gosto de você, só que se disser que estou atraída, estaria mentindo – expliquei. – Eu decidi esquecer o Eduardo. Na verdade, eu preciso esquecer. Nossa história terminou há muito tempo, eu que demorei para admitir. Agora eu vou recomeçar uma nova fase. Vida nova! Acho que por isso, estou tão ansiosa para ir a Buenos Aires.

– Fico feliz por te ver tão determinada. Agora vamos voltar lá para mesa que seus pais devem estar pensando coisa errada da gente.

– Vamos.

Voltamos a nos reunir com meus familiares, que estavam conversando algo sobre o restaurante. Esclareceram curiosidades com André e logo que terminamos o café, papai pediu para irmos embora, pois estava cansado da viagem.

– Obrigada pelo jantar. Estava maravilhoso – agradeci pela última vez antes de me despedir.

André me olhou daquele jeito desconcertante e dei graças a Deus por estar sozinha com ele. Meus pais e Marisa caminhavam na direção do carro.

– Bem, divirta-se em Buenos Aires e exorcize tudo o que você puder exorcizar. Aproveitei seus dias e saiba que estarei aqui se precisar de alguma coisa. Tipo, ser salva de bêbados chatos.

Ri com vontade do jeito dele.

– Obrigada. Só não quero te deixar esperançoso.

– Não estou. – Ele sorriu me encarando.

E se...?! Será que devo? Ai, meu Deus!

– Não topa ir para Buenos Aires? Como amigo, claro!

– Você está falando sério?

Céus, onde estava com a cabeça?!

– Foi um convite estúpido, né? Esquece.

– Não, não foi. Eu só preciso me programar pra isso. Vou conversar com meus irmãos, ver se eles podem me substituir no restaurante. Nossa! Gostei disso! – Ele sorriu parecendo estar satisfeito com o meu convite. – Amanhã eu te ligo.

E me pegando de surpresa, ele me envolveu em um abraço forte enquanto acariciava minha cintura com as mãos. Depois me afastou e olhou fundo em meus olhos.

De repente, um lampejo de memória explodiu em minha mente: me vi naquela mesma posição, naquele mesmo lugar, encarando o olhar de André para logo em seguida nos beijarmos feito dois sedentos.

Oh, Deus! Será que nos beijamos assim naquele dia?

– Nos falamos amanhã, Mariana. – Ele me beijou a face. – Boa noite.

Meio tonta e completamente perdida em pensamentos, entrei no carro e dei partida, rumando para casa. O que foi aquela lembrança? Eu e André ficamos juntos?

Merda! Por que eu não conseguia me lembrar de mais nada?

– Ai, filha, esse rapaz é um encanto – elogiou mamãe, quebrando o silêncio do interior do carro.

– Muito educado mesmo – emendou papai.

– Gostaram dele? Ai, que bom! Estava tão aflita – confessei.

– Por que estava aflita? – indagou mamãe. – Não vem dizer que vocês...

– Ih, mãe! Não viaja. O André é meu amigo.

– Só amigo mesmo? Ficaram tanto tempo na cozinha dele fazendo o quê?

– Nossa, mãe, como você é indiscreta! Sou adulta, independente e solteira – respondi rindo. – Mesmo que estivesse rolando algo entre André e eu, isso não é pergunta que se faça!

– Essa sua repreensão só me deixa ainda mais desconfiada – devolveu ela, ainda no mesmo tom de brincadeira.

– Eu sou mais o Edu – opinou Marisa. – Muito mais bonito que esse cozinheiro. Se bem que o André é bastante simpático. Só o nariz dele que atrapalha. Caraca! Que narigão! – exclamou, rindo bocados.

Eu não achei muita graça e não fiz nenhum comentário engraçado, tampouco defendi o nariz de André. Meus pensamentos ainda estavam na cena que vi em minha mente. Aquele beijo. Ah, céus! Será que rolou mesmo? E agora, se ele for para Buenos Aires, como será que ia ser? Ah, que se danassem as neuras! Seja o que Deus quiser.

– Hein, Mari?

– O quê? – Droga! Viajei nos pensamentos de novo!

– Disse que eu adorei o André. Por que você não namora com ele? Você está sozinha mesmo.

Encarei minha mãe, que estava sentada no banco do passageiro, ao meu lado.

– Porque essas coisas não acontecem desta forma. Ainda não esqueci o Eduardo – confessei com uma voz pesada. – Além disso, eu e André nos conhecemos há pouco tempo e nem sei se nossa amizade evoluiria para um romance. Além do mais, não estou com a menor pressa em arrumar um namorado.

– Se depender dele, vai evoluir sim. Ele te dava cada olhada.

O quê?

– Ai, gente! Vamos parar com esse assunto – pedi, me sentindo desconfortável.

– Eu gosto do Eduardo. Rapaz simples, com boas intenções, trabalhador e é médico! Cozinheiro não me parece uma profissão recomendada a um homem.

– Papai, deixe de preconceitos – reclamou Marisa. – Saiba que existem muitos homens cozinhando por aí e ganhando muito bem. Verdadeiros chefs de cozinha. Alguns têm até programa na tevê.

– Eu não sei não. Já dizia minha avó: "homem que cozinha, fica com a mão um pouco levinha".

– Cruz credo, Zé. Quanto preconceito! André é um amor de pessoa e cozinha maravilhosamente bem. Eu voto nele.

– Vota nele para quê? – quis saber.

– Para ser seu namorado – respondeu com espantosa naturalidade, como se o assunto fosse algo corriqueiro.

– Eu voto em Edu. – Marisa entrou na brincadeira.

– Eu também – apoiou papai.

– Eeeeeh, Edu venceu! – comemorou Marisa.

– E eu não sabia que vocês tinham aberto uma eleição para eleger um namorado para mim.

– É que você está há mais de um ano sozinha, sofrendo pelo Edu, que pelo visto não está muito interessado...

– Quem disse isso? – guinchou Marisa, não deixando mamãe concluir sua frase.

– Ué, se ele estivesse interessado na sua irmã, já tinha ido atrás dela.

– Eu também não sei por que ele ainda está em Prudente, mas que ele ama a Mari, ah, isso ele ama.

O quê?

– Você acha? – Quase bati no carro da frente. – Por que você diz isso?

– Por várias razões.

– Tipo? – emendei curiosa.

– Bem, porque sempre que nos encontramos, ele me pergunta de você, quer saber tudo, porque ele está sozinho até hoje...

– Edu está sozinho? Ele terminou com a Lívia?

– Quem é Lívia? – perguntou mamãe.

– A garota que ele está ou estava namorando.

– Edu estava namorando? Nossa, não fazia ideia! – mamãe exclamou, surpresa.

– Até onde sei, ele não namorou ninguém desde que você foi embora – assegurou Marisa com uma voz calma.

Não?, queria gritar, queria soltar fogos, queria abraçar minha irmã por essa notícia maravilhosa que ela acabou de me dar.

– Conta mais? – implorei, pisando fundo no acelerador. – O que mais você sabe sobre Edu? Com que frequência vocês se falam? Conte, conte! – pedi eufórica.

– Mari, vá mais devagar, filha – pediu meu pai, com os olhos arregalados.

Nem eu percebi que estava correndo. Reduzi a velocidade e mudei de pista, para pegar a saída para o meu bairro.

– Desculpe, pai. – Olhei para Marisa pelo retrovisor. – E então, o que você sabe?

– Não sei muita coisa. A arquiteta para quem eu trabalho ainda está executando a obra da clínica do pai dele. Estão ampliando para fazer mais salas e, de vez em quando, Edu vai lá dar uma olhada na obra. Ele sempre faz questão de conversar comigo – comentou com orgulho. – Sei que ele está sozinho porque eu perguntei.

– Como você perguntou?

– Ué, perguntando: "E você, já esqueceu minha irmã e partiu pra outra?".

– Você falou assim? E o que ele disse?

– Disse que não.

– Que não me esqueceu ou que não partiu para outra?

– Só disse que não.

Ai. Meu. Deus.

– E ele pergunta de mim?

– Sim. Quer saber como você está, se eu tenho notícias suas... Na última vez que nos falamos, eu disse que estava vindo para São Paulo passar o feriado contigo.

– E aí?

– Ele achou que você iria para Prudente.

– É que quando nos falamos por telefone, eu disse que iria, mas ele não se mostrou tão animado quanto eu achei que ficaria. Daí desisti e mudei o meu destino para Buenos Aires.

– Eu contei que você vai pra lá.

– Contou? E o que ele disse?

– Perguntou se você iria sozinha ou com a Clara. Disse que iria sozinha. Mas você não quer saber como está ficando a clínica dele? – perguntou ela, de repente.

– Não. – Vi o olhar decepcionado de Marisa pelo espelho. – Quer dizer, eu quero sim. Quero saber como você está se saindo no trabalho, se está gostando... Mas é que estou tão surpresa. Eu achava que Edu estava namorando e que nem se importava mais. Ele te disse outras coisas?

– Marisa pare de dar esperanças à Mariana. Ela já decidiu esquecer Eduardo e é melhor que continue assim – interveio mamãe. – Mari, Edu está vivendo a vida dele e você está aqui em São Paulo. Mesmo que voltassem, não daria certo por causa da distância.

– Nem é tão longe assim – observou papai. – Lembra que nós namoramos, mesmo você cursando faculdade em Marília? E olha só onde viemos parar.

– Zé, pare você também!

– Gosto de Eduardo e ficaria feliz em vê-los juntos novamente.

– Ah, paizinho, eu sei que você gostaria e eu também. Mas acho que Edu está vivendo a vida dele mesmo. Melhor eu seguir com a minha e com meus planos de esquecê-lo de vez.

– Eu não acho nada disso – discordou Marisa.

– A Mari está certa – apressou-se mamãe. – É melhor continuar com seu trabalho. Quando tirar Eduardo do coração, vai enxergar André com outros olhos.

– Basta, mamãe! – pedi, brincando. – Sei que André está cheio de segundas intenções para o meu lado, não precisa colocar mais lenha na fogueira. Acontece que eu não sinto nada por ele e eu gostaria de encerrar o assunto, ok?

Obviamente que o assunto não foi encerrado aquela noite nem nos dias que se seguiram. De vez em quando, alguém trazia o assunto à tona novamente. Alguém que começa com "Thel" e termina com "ma", mais especificamente. Porém, estava me sentindo tão feliz pelas revelações de Marisa, pelo passeio em família, que encarei tudo com bom humor e leveza.

No sábado, levei todos para conhecer o Mercado Municipal e suas iguarias. Almoçamos o famoso sanduíche de mortadela e seguimos para conhecer outros pontos turísticos da cidade. Nossa última parada foi no Teatro Municipal, um lugar que eu adorava. À noite optamos por ficar em casa e pedimos uma pizza para o jantar. E no domingo à tarde, eles pegaram o ônibus de volta a Presidente Prudente.

Ao me despedir deles, fiquei com um nó no peito. Pela primeira vez em anos, nos divertimos e confraternizamos como uma família unida. Sem brigas, sem estresses, sem a neura de ver quanto custava porque o dinheiro era curto. Foi tudo perfeito. Marisa, por estar mudada, também colaborou com o clima alegre do feriado.

Vendo-os despachar as malas, percebi que tudo mudava, que não havia fase ruim e difícil que durasse para sempre. Marisa, de pirralha rebelde, estava se transformando em uma jovem bonita e cheia de planos. E meus pais, que passaram boa parte da vida contando trocados, agora estavam em uma situação mais confortável, porém, com a mesma cumplicidade e união dos tempos de outrora. De fato, concluí que ainda tinha uns bocados para enfrentar antes de sequer chegar perto do que eles conquistaram em termos de felicidade e serenidade. Todavia, pela primeira vez, observando meu pai ajudando minha mãe a subir os degraus do veículo, eu senti que também chegaria lá. Com ou sem Edu. Com um novo amor ou sozinha. Não importava quem estaria do meu lado, e sim, o que eu estivesse cultivando em meu coração.

Os dias seguintes se passaram entre arrumações de mala, novas pesquisas na internet sobre passeios e opiniões de lugares para comer, comprar, etc., e com parte dos meus sentimentos renovados. Senti como se um grande fardo tivesse sido removido dos meus ombros. O que minha irmã contou sobre Edu não mudou nada para mim. Quer dizer, me permiti sonhar de vez em quando, mas diante da indiferença contínua de Edu, tratava de eliminar todos os meus devaneios pela raiz. Aos poucos, a ideia de que poderia viver sem ele ia se solidificando em mim. Porém, acima disso tudo, descobri que uma pessoa muito importante precisava urgente de atenção: eu mesma! Queria me curtir, me autoconhecer, me dar agrados e me fazer feliz. O resto, eu havia decidido deixar para o Sr. Destino cuidar. Chega de me preocupar com o futuro. Queria mesmo era viver meu presente.

André me ligou três dias depois do nosso jantar avisando que ia para Buenos Aires comigo, mas não no mesmo dia que eu. Por causa do restaurante, ele só conseguiria ir no domingo de manhã. Fiquei aliviada e, ao mesmo tempo, triste ao saber que ele iria passar apenas dois dias comigo. E assim como acontecia quando pensava em Edu, cortava pela raiz todos os pensamentos e dúvidas em relação ao André. Não estava com pressa de nada. O que tiver que ser, será.

Na véspera do meu embarque, falei com Natália e Priscila pelo chat para me despedir e elas fizeram questão de me levar ao aeroporto no dia seguinte. Achei até bom porque, além de ver minhas amigas, conversar e tomar um café com elas, economizaria no táxi. Antes de dormir, entrei no blog, que tinha 45 novas seguidoras e dois comentários sobre o último post: o da despedida de Edu. Animada com as boas vibrações dos últimos dias, tirei uma *selfie* com minha mala e postei:

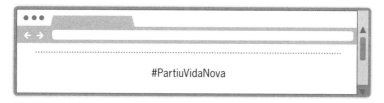

Parte Três

Trinta e Dois

Este es un día especial
Quiero creer en otra oportunidad
Dimos un salto mortal y hoy vuelvo a ver
Un faro en la oscuridad.
"Día Especial", Shakira

Definitivamente eu estava me divertindo muito sozinha. Esse era meu segundo dia em Buenos Aires e já me sentia apaixonada pela cidade. A começar pelo hotel, que era fantástico – com uma fachada neoclássica e piso de mármore que era um verdadeiro luxo. Estava em um quarto espaçoso, bem decorado e com uma vista linda para o bairro da Recoleta. Francamente. Era tudo tão luxuoso, imponente e cheio de atrativos que eu ainda não acreditava a bagatela que estava pagando pela diária daquele hotel. Além disso, todo mundo era gentil. Me davam *"buenos días"*, *"buenas tardes"* e *"buenas noches"* o tempo todo. E quando eu dizia "gracias, amigo" eles respondiam sorrindo, coisa que no Brasil, eu receberia resmungos abafados em troca.

E as cafeterias, doces e guloseimas? Só vindo aqui e provando para entender. Deus, devo ter engordado uns dois quilos ou mais. Isso porque eu ainda nem tinha saído do bairro da Recoleta. Tinha tanta coisa para se ver aqui. Desde museus diversos ao famoso cemitério – onde passei a tarde de ontem andando por vielas e fotografando os mausoléus suntuosos. Por mais estranho que isso pudesse parecer, eu amei! Visitei também pracinhas com feiras de artesanato, uma galeria de arte e fui a uma das mais belas livrarias que existia no mundo – tudo bem. Ainda não conhecia o "mundo". Mas era o que diziam!

A cidade era tão linda e empolgante que várias vezes me peguei com um desejo imenso de dividir todas as minhas sensações com Edu. Claro, me odiei por ser tão previsível! Porém, em todas as vezes, tratava de me lembrar do real motivo da minha viagem, respirava fundo e deixava o telefone de lado.

Então, como um sinal divino – ou talvez, foi só a intuição eficiente da Clara –, comecei a receber mensagens dela assim que desembarcou em São Paulo e pôs seus pés bronzeados pelo sol da Bahia em casa. Através das maravilhas do mundo tecnológico, passei a dividir meus passeios e comentários sobre tudo com minha amiga por mensagens e vídeos. Ontem mesmo, no cemitério da Recoleta, visitamos o túmulo da Evita Perón juntas. Ela no celular, e eu filmando tudo para que ela não perdesse nenhum detalhe.

"Qual a sua programação de hoje?", perguntou Clara por mensagem de celular, me fazendo companhia logo cedo. Tomei um gole do meu café, terminei minha *factura* recheada de doce de leite – Deus, porque os brasileiros não faziam *facturas* no Brasil também?! – e respondi: "Depois do café, vou passear pela Calle Florida – uma rua conhecida por suas lojas e galerias. E à noite eu vou assistir a um show de tango. Vai me acompanhar virtualmente em mais essa jornada?", digitei rapidamente. Quando menos esperava, um garçom, em trajes elegantes, apareceu do nada e reabasteceu meu prato com mais um tanto de mini*facturas* e encheu minha xícara com café. Como eu ia voltar a ser uma pessoa normal depois de tanta bajulação era o que eu ainda não sabia.

Antes mesmo do garçom dar meia-volta, meu celular avisou da nova mensagem de Clara: "Não poderia faltar uma sessão de compras na sua viagem, não é mesmo? Infelizmente eu não posso. Vou almoçar com o Marcos". Olhei contrariada para a mensagem da minha amiga e ignorei. Desde que cheguei que estava me preparando para o momento "Comprinhas de Viagem". As garotas consumistas do meu interior, que por muito tempo estiveram adormecidas na escuridão de tempos difíceis, agora saltitavam alegremente dentro de mim com suas bolsinhas em punho, me esperando para começar de uma vez por todas com a gastança.

Vamos combinar, eu merecia, não merecia? Pagava minhas contas em dia, não devia nada a ninguém (nem para o cartão de crédito, pois paguei a conta antes de viajar com meu bônus de final de ano), trabalhava honestamente... Além do mais, me prometi fazer uns agrados. Foi com esse espírito que abandonei o prato de doces pela metade e saí caminhando para queimar as muitas calorias conquistadas pela larga avenida da cidade.

Não tinha andado nem a metade da primeira quadra quando entrei em uma farmácia. Li em um blog de viagens para mulheres que toda garota (que adora umas comprinhas básicas) que vem a capital portenha deve visitar uma das inúmeras farmácias daqui. "É de enlouquecer!" – dizia a blogueira.

Não é que ela estava certa? Comprei metade da linha Neutrogena, muita maquiagem, alguns esmaltes e outros produtinhos tão baratos, mas tão baratos que foi impossível resistir. Com certeza foi um bom investimento. Um tipo de economia a médio prazo, pois não ia precisar comprar nada daquilo nos próximos meses. Analisando por esse ângulo, não estava sendo impulsiva nem nada disso.

Minha consciência me olhou de lado e eu não me deixei intimidar. Segui adiante com minhas sacolas cheias de coisas só para mim. À medida que ia caminhando, ficava ainda mais eufórica com tudo que via. Queria entrar em todas as lojas, ver de perto, pegar, provar e comprar.

– Gente, é a Zara! – exclamei para ninguém, parando de supetão no meio da rua para admirar a extensa fachada.

Puxa, visitar lojas no exterior era tão empolgante! Era uma *vibe* diferente, entende? Eu sabia que tinha Zara no Brasil e já cansei de comprar lá, mas parecia que não tinha a mesma energia. E se aqui tivesse um produto exclusivo? Algo fantástico que ainda não foi lançado em outros países? Percebe a oportunidade?

Realizada e feliz, depois de garantir uma bolsa e uma sandália de uma linha exclusiva para a Argentina (a vendedora me garantiu), segui com minhas sacolas para a loja mais próxima, uma de cosméticos, a fim de comprar presentinhos de Natal para as minhas amigas.

Isso era tão divertido! Girei o pescoço admirando o estilo *clean* moderno do estabelecimento. Meu Deus, que loja incrível! Admirei as prateleiras, completamente fascinada. Loja de cosméticos para mim tinha o mesmo significado que loja de brinquedos para uma criança. Por onde deveria começar? Pelos esfoliantes? Ou será que seria melhor pelos hidratantes? *Ahmeudeus!* Eles tinham uma linha exclusiva para banho: óleos, sabonetes, sais, gel e velas aromáticas! Achei que ia ter um ataque!

Esse creme com efeito luminoso eu ia levar para a Natália. Esse sabonete líquido e esse em barra... Ah, não! Dois sabonetes não. Pouco criativo! *Vou trocar o de barra por uma manteiga corporal de baunilha.* O nome era estranho, mas o perfume, incrível. Priscila ia adorar. Para Clara, escolhi alguns produtos da linha Passion, já que ela andava apaixonada demais. Peguei também um kit de hidratante chamado Simply Life, na esperança de simplificar a vida agitada da minha chefinha Jeanne. E em poucos minutos minha cestinha encheu.

Rapidamente apareceu uma vendedora sorridente que guardou a primeira cesta e me deu outra, um pouco maior, e me hipnotizou para que voltasse às prateleiras. Queria comprar algo bem legal para mamãe e Marisa. Para mamãe estava fácil, compraria um creme de mãos e uma colônia refrescante para combinar com o calor de Prudente. Mas para Marisa... O que eu compraria? Agora que ela não era mais uma emo-grunge-rebelde, eu não sabia quais seus gostos atuais. Então, como mágica, avistei uma prateleira repleta de frascos e potes em tom pink, do outro lado. Mesmo sem saber do que se tratava, marchei determinada em comprar algo bem bacana para minha irmã. Atenta, percebi que, no corredor vizinho, outra garota teve a mesma ideia e estava indo na mesma direção. Apertei o passo. Ela também. Corri discretamente. Ela também. Quase pulei na frente da prateleira. Ela também!

– Eu vi primeiro – avisei, ofegante.

– Eu vi bem antes de você – avisou ela em português, desafiando-me com sobrancelhas arqueadas e muito malfeitas.

Eu encarei seu olhar prepotente e decidi que dali eu não saía sem os frascos pink, seja lá qual fosse o conteúdo deles. Audaciosa, ela esticou suas mãos em direção à prateleira.

– Nem pense nisso – ralhei entre os dentes. – Todos esses frascos são meus. Inclusive a bolsinha de lantejoulas prateada.

– Se enxerga, garota! Olhe a sua idade. Esta é uma linha *teen*. E a *teen* aqui sou eu.

– Quanta petulância! Eu vou levar a linha *teen* e você não tem nada a ver com isso.

– Mããããnheeee! – berrou ela em resposta.

– Ah, quer dizer que quando a coisa aperta você chama a mamãezinha? – debochei. Ela me lançou um olhar de reprovação.

– Oi, filha! – respondeu a mãe, em forma de perua, aproximando-se.

– Essa moça está me impedindo de pegar o hidratante de que eu gostei.

– Eu? – Fiz uma cara de assustada. – Imagina, meu bem. Só quero pegar os produtos da prateleira e ir embora.

– E eu também.

– Mas o que você quer afinal, filhinha? – perguntou a mãe perua, analisando as unhas roxas.

– Eu gostei da linha completa. É *teen*, sabe? Para a minha idade.

– Senhora? Oi, me chamo Mariana. – Estendi a mão para ela, que retribuiu o meu cumprimento. – Preciso comprar esses produtos para minha irmã mais nova. Ela me encomendou exatamente esses daí, entende?

– Eu também preciso – desafiou a garota e eu reprimi uma vontade de mandá-la à merda. Meu Deus, que garota mais petulante!

Tudo bem. Eu era adulta e deveria entender os caprichos de uma adolescente mimada, mas naquele dia eu não estava a fim de perder nada. Chega de perder na vida. Meu lema agora era ganhar.

– Será que não tem para todas? Vou chamar a vendedora – informou a mãe, com a sensatez e a maturidade que eu deveria apresentar.

– ¡*Hola*! – cumprimentou a sorridente vendedora assim que se aproximou. – ¿*En que puedo ayudar*?

– Você entende português, certo?

– *Sí, sí*.

– Então, poderia trazer outra linha completa dessa rosa aqui?

– *Solo tenemos esta. És la última y está en promoción*.

– Promoção? – É melhor do que eu pensava. – Então, é minha! Pode embrulhar para presente que vou levar.

– *Perdóname, no le entiendo.*

– Embrulhe para presente que vou levar! – Tentei me fazer entender. – Presente. Compreendes? – repeti pausadamente para que não ficasse dúvidas.

Àquela altura, todo o espanhol que aprendi se evaporou.

– Eu quero, mãe. Por favor, compre-a para mim? – implorou a garota com os olhos marejados d'água.

Mas que falsa!, quis uivar de raiva.

– Mariana, vamos fazer um acordo? Escolha qualquer linha. Olhe só quantas opções. Deixe esta para minha Estela. Não vê como ela gostou e *é teen*!

– Eu quero comprar para minha irmã. Ela também é *teen* – rebati sem esmorecer.

– Então, temos um problema aqui – devolveu em um tom de voz acima do normal.

Olhei para a vendedora, que seguia esperando para qual das duas clientes ela embrulharia os produtos, mas ela não tomou partido de ninguém. Enquanto isso, as demais clientes tentavam em vão disfarçar que não estavam assistindo à cena que se formou diante dos frascos da linha Dance Girls. Regredi minha idade mental para uns dez anos e assegurei:

– Eu vou levar isso! – Em seguida, tentei pegar os produtos da prateleira e terminar logo com aquela palhaçada.

– Não toque neles! – bradou a garota histericamente.

– Sua filha está me deixando embaraçada! – alertei, em voz baixa, me abanando com o calor repentino daquela disputa.

– *¿Usted esta embarazada?* – intrometeu-se a atendente com ares de preocupação.

– Sim. Olha só para essa situação – confirmei, tentando trazer a vendedora para o meu lado.

– *Por favor, calmese. No debe ponerse nerviosa. Espere un rato que voy por un vaso de água.*

Ai, meu Deus, eu sabia que tudo aquilo era meio embaraçoso. Mas eu era filha da Thelma Louveira. Quando entrava em uma disputa, só saía dela com a vitória nas mãos! Essa porcaria dessa linha pode ter cheiro de desinfetante que eu nem ligava. Queria-a mesmo assim. Virei-me para os frascos pink rotulados com Dance Girls em letras douradas, enquanto olhava para eles, senti uma emoção, um sentimento fraternal e pensei: Marisa, você nem sabe o esforço que estou fazendo para te levar um presente. Mas você merece!

– Então, senhora, como vamos resolver? – perguntei para a mãe, que eu supunha, tentava acalmar os ânimos da *teen* rebelde.

– *Por favor, beba el água. Seguro que se sentirá mejor.* – A vendedora chegou, oferecendo-me um copo de água e eu sorri agradecida. Estava mesmo com sede.

Num minuto que me distraí bebendo a água, a mãe perua e a filha *teen*-mimada pegaram todos os produtos das prateleiras colocaram tudo em suas cestas.

– Não acredito! – exclamei, assim que terminei de engolir.

– *Señora, por favor, calmese. No debe ponerse nerviosa. Siéntese en esta silla.*

– Ai, cadeira não! – reclamei, com as mãos na cintura, sem entender por que a vendedora queria me ver sentada.

Esta vendedora está me bajulando demais. Trazendo água e cadeira. O que será que ela quer?

– *¿Está con dolor en las caderas?*

– Eu acho que... – Não fazia a menor ideia do que ela tinha me perguntado. – Não. Eu só estou cansada – informei, me preparando para mais um round com mãe e filha.

– *Entonces, creo que tengo una linea especial para usted. Ya vuelvo.*

Fitei, sem compreender, a vendedora que saiu com certa pressa.

– Senhora, não está certo isso, não é? – comecei. – Você pegaram tudo e eu que também quero, fico como?

– Se vire, meu bem. Vamos, Estela – disse a mãe perua se afastando com ares de vitória e me deixando sem reação.

Enquanto elas saíam felizes com suas sacolas, eu tomei mais um gole de água ouvindo, em minha mente, o som da minha ficha caindo em câmera lenta.

De repente, me senti ridícula!

Marisa não precisava daquela linha pink idiota. Ela ficaria feliz com qualquer coisa que eu levasse. Com tristeza, fitei minhas sacolas de compras anteriores, já arrependida da esbórnia cometida com meu cartão de crédito. Poxa! Acabei de pagar uma dívida de meses e já estava chutando o balde? O que aprendi nesses meses de dureza não me serviriam de nada?

O que deu em mim para surtar desse jeito?

Ora, não podia dizer que virei uma muquirana de um dia para o outro, mas perder o controle e acabar em dívidas novamente, nunca mais.

É isso aí, Mariana!, vibrou minha consciência me aplaudindo em pé.

Determinada, comecei a recolocar aquele monte de coisas das minhas cestas de volta à prateleira, fazendo outros planos para ocupar o meu dia.

– *¿Le gusta?* – perguntou a vendedora que voltou com uma dezena de frascos e potes. – *Esta crema és muy buena para las estrias.*

– Obrigada, mas eu nem tenho estrias e também desisti de levar esses outros aqui.

– *Pero, es muy importante evitar las estrias desde el inicio.*

– Início do quê? – perguntei com um esgar.

– *Del embarazo* – respondeu ela, passando a mão pela própria barriga.

– Do que você está falando? – insisti, fitando a vendedora que seguia ao meu lado segurando o frasco de hidratante e sorrindo de forma gentil.

– Ela está falando que você está grávida – explicou uma moça que, aparentemente, estava ouvindo nossa conversa.

– Grávida? Eu? Não! Por Deus, de onde ela tirou isso? – perguntei chocada.

– Acho que houve uma confusão por causa de palavras. Ouvi você dizendo que estava se sentindo embaraçada e ela entendeu que você está grávida – a moça simpática me explicou. E em seguida, se virou para a vendedora e disse:

– *¿Perdóname, como te llamas?*

– Bianca.

– *Bianca, mucho gusto. Lo que pasó és que la señorita se sintió avergonzada por la situación con la otra chica. Ella no esta embarazada. Embarazada en portugués significa avergonzada. ¿Compreendes?*

Com muita educação e simpatia, a moça esclareceu, para mim e para a Bianca, o mal-entendido e acabou que rimos um bocado de toda aquela situação surreal que causei no interior da loja.

Voltei para o hotel carregando apenas uma lembrancinha singela para cada uma de minhas amigas e com um sorriso escancarado por ter vencido um dos meus maiores monstros internos: o do consumismo desenfreado.

Novamente a sensação de que um grande fardo fora tirado de meus ombros se instalou no ar. Minha vida, de fato, estava se renovando. Sentia-me poderosa, sexy e feliz (por que não?). Definitivamente, eu era dona do meu mundo.

Trinta e Três

El amor tal vez
Es un mal común
Y así como ves
Estoy viva aún
Será cuestión de suerte?
"Las de la intuición", Shakira

Virei a esquina e entrei na quadra do hotel com mil planos para minha tarde. Havia coisas que eu queria fazer sozinha, como explorar o bairro de Palermo sem pressa. André chegaria no dia seguinte e tudo dali para frente seria uma grande incógnita para mim. Poderia ser divertido, leve e sem outras pretensões que não fosse a de dois amigos curtindo uma viagem, como também poderia ser quente, repleto de olhares intensos e de tensão sexual estalando no ar. Ao me lembrar de André, tentei visualizar um momento selvagem de paixão no meu quarto. Forcei a mente e me empenhei com vontade, mas tudo que vi foi minha própria imagem relaxando com prazer na enorme banheira de espuma do meu quarto de hotel. Mudei o foco, afinal, uma hora ou outra ia me relacionar novamente com um homem. Tentei visualizar André nu. *AimeuDeus!* André despido devia ser algo sublime. Fechei os olhos ao passar pela porta giratória do hotel, saboreando aquela imagem como se fosse uma menina levada. Ainda sorrindo com minhas peripécias, pedi a chave do quarto ao recepcionista que me entregou avisando em um português bem falado:

– Tem uma pessoa aguardando por você no bar do mezanino.

– Uma pessoa? Quem?

– É um rapaz. Ele chegou há algumas horas e disse que iria aguardar o seu retorno.

Nossa! Será que André adiantou o voo e chegou um dia antes do programado?, pensei instigada.

Subi os dois lances da suntuosa escada de mármore tratando de afastar da minha mente as imagens de segundos atrás – André estava despido e eu o devorava com os olhos. Quando entrei no bar e o avistei sentado em uma banqueta olhando para a tela do seu celular, parei de supetão e por pouco não tropecei no último degrau. Mal tive tempo de me recuperar do choque.

Era Edu!

Ele levantou os olhos e me avistou ali parada com a maior cara de pastel, segurando minhas sacolas de compras, como se eu tivesse visto uma assombração. Edu abriu aquele sorriso que eu tanto adorava, enquanto seus olhos estudavam os meus por alguns instantes, me deixando sem reação. Avancei, cautelosa. Juro que por essa eu não esperava.

– Edu? – Ele se levantou e veio caminhando em minha direção. – Meu Deus! O que você está fazendo aqui?

– Esperando por você – contou com uma voz baixa.

Ele sorriu e parou a uma distância razoável de mim.

– Como você sabia que eu viria para cá? Como descobriu o hotel onde estou hospedada? E por que está esperando por mim? Não estou entendendo... Meu Deus! O que você está fazendo aqui?

– Calma. Uma pergunta de cada vez.

– Sério! Não estou entendendo... Aconteceu algo com meus pais, é isso? – indaguei, apreensiva.

– Não, eles estão bem. Fique tranquila que não aconteceu nada com sua família. Vim por você, para conversarmos sobre nós.

O quê?

Sorri abobada com aquela surpresa. Confesso que estava completamente chocada e meio perdida. Não deveria estar dando pulos de alegria?

– E essas flores são para quem? – perguntei olhando o pequeno buquê de flores coloridas que Edu desajeitadamente segurava.

– Pra você.

– Edu – comecei, pegando as flores com carinho –, o que você está fazendo aqui? Por que veio até Buenos Aires, afinal?

– Para tentar, para consertar meus erros, para te mostrar o quanto me arrependi por ter te evitado durante os últimos meses e, se ainda estiver em tempo, para reverter minha ausência.

Desejei urgentemente um tête-à-tête com o Sr. Destino. Que brincadeira era aquela? Quem ele pensava que era para ficar brincando com meus sentimentos e com minha psique daquela forma tão irônica? Já não estava tudo resolvido? Confusa, não percebi que havia me afastado de Edu e ido até a parede de vidro ao fundo do bar. Estava em pé contemplando a vista com uma tempestade de pensamentos desabando sobre minha cabeça. Senti que ele se aproximou e parou a um passo ou dois de mim.

– Você não faz ideia do quanto eu sofri por sua causa.

– Eu faço.

– Não, você não faz – rebati um tanto ríspida. – Você não estava ao meu lado para saber.

– Sempre estive ao seu lado, mesmo quando você não se dava conta.

Virei-me e o encarei sem entender.

– Mari, sei que você tem todas as razões do mundo para não me querer e nem falar comigo. Peço apenas que me dê a oportunidade de me explicar, assim como te dei no passado. Por favor?

Recuando, ele me encarou com expectativa, como se não esperasse por outra resposta se não o meu "sim".

– Ok. Acho justo – ponderei me recordando do dia em que me dei conta de por que Edu havia terminado comigo e que implorei para conversar pessoalmente com ele. Ele meu deu a chance que eu pedi. Era a hora de retribuir.

Antes de começar a se explicar, Edu me direcionou para uma mesa mais afastada. Mesmo com o bar completamente vazio, percebi que ele não queria ser incomodado por ninguém.

Porém, para cumprir seu papel, o barman se aproximou da mesa e perguntou se queríamos bebidas. Agradecemos. Não havia espaço para bebidas. Somente para nós dois, explicações e palavras. Confesso que estava ansiosa para entender o sumiço e a frieza de Edu nos últimos meses. Guardava comigo aquele bilhete que ele me deu no dia da minha partida de Presidente Prudente. E sempre que eu o lia pensava em como ele não refletia o comportamento atual de Edu.

– Bem, já que você viajou centenas de quilômetros para conversar comigo... – comecei, tentando controlar meu nervosismo.

– Você está tão linda – elogiou com uma voz doce. E quando ele espocou aquele sorriso arrasador para mim, fui obrigada a me recordar de todas as noites que chorei e sofri igual a uma doente em estado terminal. Recuei minhas mãos e as guardei no colo. Bem longe das dele. Edu era um perigo. Se eu não me cuidasse, em mais cinco minutos de sorrisos tortos estaria me jogando em seus braços, sedenta por seus beijos.

Sim, eu ainda o amava. Sim, ainda doía ter sentido na pele a sua indiferença. Por isso, eu não poderia ser tão previsível.

– Pode falar, Edu. Sou toda ouvidos.

– Bem. – Ele baixou os olhos como quem procurava por onde começar. – Quando te vi na rodoviária no dia do seu embarque para São Paulo, eu tive a certeza de que poderíamos ter uma segunda chance. Ainda não sabia como e quando, mas sabia que ela seria possível se você realmente aprendesse com seus erros. No início, fiz questão de te dar apoio, procurei ficar perto, fazia o possível para te motivar na busca por emprego e para enfrentar as dificuldades.

Ele fez uma pausa me encarando. Optei por não dizer nada e ele prosseguiu:

– Por várias vezes controlei o impulso de ir te ver. Sentia uma vontade enorme de estar contigo, mas achava que qualquer impulso da minha parte acabaria te atrapalhando e, então, me segurava. Escrevi alguns e-mails, falando dos meus sentimentos por você e nunca os enviei. Ao mesmo tempo em que eu gostaria que soubesse que continuava te esperando, tinha medo de que pudesse te influenciar a não permanecer em São Paulo. E não era isso que eu queria. Quando ele parou para tomar novo fôlego, percebi que eu não havia proferido uma palavra. Ele também sentia minha falta e mesmo assim não demostrou nada?

Quis gritar "por que você fez isso comigo? Com a gente?". Estava abalada demais para tanto.

– Um dia você me falou que queria voltar para Prudente porque sentia muito a minha falta. Fiquei apreensivo porque não tinha nem três ou quatro meses que você estava em São Paulo e já queria desistir por minha causa. Estava convicto que seria importante para você passar pela experiência de morar sozinha e percebi que manter contato contigo estava alimentando sua vontade de voltar para Prudente. Foi quando decidi me afastar, antes que você jogasse tudo para o alto e realmente voltasse para a casa dos seus pais e para perto de mim. Eu me afastei de você, Mari, para que não desistisse e também por que queria saber se você estava disposta mesmo a mudar, a amadurecer e passar por tudo o que passou. Se voltasse para Prudente, muito provavelmente, continuaria com a mesma vida que levava e não era o que eu desejava para nós.

Edu fez uma nova pausa, esperando, talvez, que dessa vez eu dissesse algo. Meus olhos estavam arregalados. Minha feição era de choque, decepção, surpresa e mais um monte de sentimentos que não sabia definir muito bem. Abri a boca para dizer alguma coisa, mas por alguma razão, não saiu nada.

– Passei os últimos meses pensando em você, torcendo para que conseguisse um emprego, para que amadurecesse e evoluísse como pessoa. Posso ter agido por meios tortos, mas fico muito feliz e orgulhoso por suas conquistas, por ter se tornado uma pessoa melhor, por ter se aproximado mais da sua família, por estar empregada e tendo sucesso na sua carreira. Me perdoe pelo sofrimento que te causei. Eu sabia da sua saudade, do quanto você sentiu minha falta, da sua vontade de ir para Prudente no feriado para me ver... Ah, como eu me arrependi de não dizer: "Venha, *princess*, que eu vou estar te esperando". Mas eu também não sou perfeito, Mari, e faço algumas bobagens de vez em quando.

– Como você sabia disso tudo?

– Me perdoa? – pediu sem me responder. – Não foi por indiferença, nem por frieza, muito menos por falta de interesse. Foi por amor a você. Foi por querer muito o seu bem, por te amar tanto que me afastei. Mesmo que você não me queira mais, ainda assim, ficarei feliz em ter feito a coisa certa. Ver você madura, praticamente outra mulher, me traz a certeza de que valeu a pena ter passado pelo que eu e você passamos.

Ele tinha argumentos. Bons argumentos. Ou, talvez, péssimos argumentos, se pensássemos melhor. Eu o encarei, zonza com tanta informação. Havia algo em seus olhos, algo que me dizia que aquilo não eram explicações bonitas para me agradar. Era algo... real. Ele também sofreu. Eu não sabia o que pensar. Estava dividida.

Edu suspirou, depois reclinou no assento da cadeira. Aliviado, talvez, por ter tido a oportunidade de dizer tudo o que precisava.

– Então, quer dizer que você veio a Buenos Aires só por minha causa?

Confesso que meu ego deu um salto triplo de tanta satisfação. Meu Deus, que homem faria isso por uma mulher? *André*, respondeu minha consciência. *E Edu*, eu devolvi, mal acreditando que era ele mesmo que estava sentando do outro lado da mesa.

– E iria a qualquer país em guerra do Oriente Médio se fosse preciso.

– Poderia ter me ligado e falado por telefone. Meu número continua o mesmo.

– Mas aí eu não estaria olhando em seus olhos.

– E por que só agora? Por que não fez isso antes? Por que me fez sofrer tanto com sua ausência?

– Poucos dias atrás, senti muito medo de te perder. Você estava determinada a me esquecer por causa do meu afastamento, foi aí que eu caí na real e vi que era hora de recuperar o tempo perdido.

– Foi Marisa quem te falou da minha viagem?

– Sim, foi sua irmã que me contou que você estava de viagem marcada, me contou o hotel. Depois que ela voltou de São Paulo, me passou todas as informações.

– Nossa, tudo isso é uma loucura.

Certo. Eu não fiquei exatamente feliz e extasiada por ouvir que ele me fez sofrer de propósito. Sim, admitia que o que Edu fez foi melhor para meu amadurecimento pessoal. Hoje me sentia mais dona de mim do que quando cheguei a São Paulo com minha bagagens, uns trocados e muita imaturidade a ser vencida. De fato, precisava passar por todas as dificuldades para ser quem hoje me tornei. E se ele tivesse cedido aos meus pedidos, talvez, não estaria onde estou. Olhando por esse ângulo, seus argumentos eram bons e nobres.

– Você não disse se me perdoa ou se entendeu meus motivos.

– E quanto à Lívia, o que vocês tiveram?

– Lívia? Nunca mais vi aquela garota. O que tem ela?

– Clarice me contou que vocês estavam saindo. Achei que foi por ela que tinha se afastado de mim.

– Clarice é uma pessoa mal-amada que gosta de fazer intrigas. Percebi no dia em que me contou um monte de besteiras sobre você, por um momento eu quase acreditei, depois percebi que ela só é feliz semeando discórdia entre as pessoas. Nunca nem cheguei perto a Lívia, nem de nenhuma outra garota desde que nós terminamos.

– Então era mentira?

– Mari, eu amo você! – confessou olhando tão fundo em meus olhos que me senti nua. – Se houver algo que possa fazer para apagar toda a dor que te causei, diga que eu faço.

Fiquei olhando para ele sem ter muita certeza do que dizer, do que pensar. Parecia que eu estava vivendo um sonho. Mais um dos meus inúmeros sonhos reais e tão ricos em detalhes com Edu. Em todos eles o final era sempre o mesmo: eu escancarava um sorriso e chorava de tanta felicidade.

Só que dessa vez eu não estava sonhando. Mas também não estava chorando de felicidade. *Ah, Deus! Ah, Deus!* Não era para eu estar dizendo que eu o amava e que não importava o que tivesse acontecido, que poderíamos recomeçar do zero e deixar todo o sofrimento no passado? E por que eu não disse? Dei um sorriso triste.

– Eu não sei o que te dizer – confessei, por fim. – Estou confusa com todas essas informações que nem sei por onde começar. Acho que preciso pensar em tudo isso.

Edu me pareceu tão derrotado que cheguei a sentir uma pontada de culpa no peito.

– Que tal jantar comigo esta noite?

– Você está hospedado aqui no hotel?

– Não. Não tinha mais vaga. Estou em outro, a duas quadras daqui.

Ele afastou o cabelo do rosto – e de repente, me pareceu cansado e tão ansioso quanto eu.

– Posso te pegar às 6 horas?

– Sim, as 6 me parece bom.

– Até mais tarde, então.

Observei Edu se levantar e sair do bar com passos lentos. Um lado do meu coração berrava para que eu me levantasse e corresse para seus braços. Porém, preferi ouvir o outro lado, que estava em silêncio. Então, quando me vi sozinha em meu quarto, saquei o celular de dentro da bolsa e liguei para Clara:

– Você não vai acreditar no que acabou de acontecer comigo? – despejei assim que ela atendeu.

– Você comprou todo o estoque das lojas de Buenos Aires.

Sem me conter, entreguei de uma vez:

– O Edu está aqui.

– Quem? – guinchou ela do outro lado da linha.

– Eduardo Garcia, conhece? Ele está aqui. Veio me pedir perdão por ter desaparecido do mapa e pediu para voltar.

– Não acredito! E aí?

– E aí que conversamos. Ou melhor, ele falou e eu ouvi. E às 18 horas ele vem me buscar para jantarmos.

– Vocês voltaram?

– Não. Ainda não. Quer dizer, não sei se vamos voltar. Eu não sei de nada. Estou perdida e confusa... Ai, amiga! Juro que por essa eu não esperava!

– Como assim? Você ama esse cara, não ama?

– Amo. Mas sabe, eu não estou soltando fogos de artifícios, nem pulando de alegria. Estou com um pé atrás e completamente perdida.

– Por causa do André?

Engoli em seco.

– Meu Deus! O André chega amanhã. Eu me esqueci completamente disso.

– Você tem que avisá-lo, Mari. Não vai fazer o cara viajar até aí à toa!

– E se não for à toa?

– Quer enganar quem, amiga?

Trinta e Quatro

And I will love you baby always
And I'll be there forever and a day always.
"Always", Bon Jovi

Passei o resto da tarde pensando, pensando e pensando. Roí as unhas (Deus, isso foi horrível!), andei de um lado para o outro no pequeno, mas agradável, quarto de hotel, comi quatro barras de chocolate, separei rapidamente o que vestir e tomei banho.

Tudo o que eu mais desejei nos últimos meses estava finalmente acontecendo. Eu só não entendia o porquê de tanta angústia.

"Eu acho que é porque você já estava determinada a esquecê-lo", arriscou Clara por mensagem.

"Pensei nisso também, mas não é por aí. Sinto que o buraco é mais embaixo", respondi.

"Bem, talvez você queira ser conquistada por Edu novamente."

"Continue", pedi querendo me convencer.

"O amor precisa ser conquistado. E eu acho que você, mais que ninguém, merece ser reconquistada. Deixe Edu mostrar a que veio."

"Preciso falar com André agora."

"Tem certeza?"

"Absoluta. Beijos."

Num ímpeto, liguei para André e expliquei rapidamente o que estava acontecendo. Esperei que ele falasse alguma coisa, mas como ele permaneceu calado, prossegui mais tranquila:

– Foi uma surpresa. Quando eu voltei do passeio ele estava me esperando no meu hotel. Nem sei como ele me encontrou aqui. – Fiz uma pausa para respirar. Falar com André estava sendo mais difícil do que imaginei. – Muito embora eu tivesse personalidade forte, dizer não ou desagradar alguém nunca foi uma fortaleza para mim. – Edu e eu conversamos longamente sobre tudo o que aconteceu. Ele explicou suas razões, abriu seu coração... Eu o compreendi. Sabe, Edu não é um cafajeste. Ele não estava me punindo, nem curtindo a vida de solteiro. Ele...

– Mariana, não precisa me explicar.
– Eu estou dividida, André – confessei.

Ele suspirou pesadamente. Podia visualizar seus olhos fitando algo, a testa levemente enrugada, enquanto segurava o telefone junto ao ouvido.

– E você conversou sobre *tudo* o que aconteceu? – perguntou.
– Sobre tudo o que aconteceu entre mim e ele sim.
– Então vocês voltaram – ele constatou.
– Não. Ainda não... Não sei se vamos voltar.

Outro silêncio. Sabia que ele estava desapontado e que eu tinha acabado com todas as suas expectativas. Confesso que, lá no meu íntimo, eu também estava desapontada. Uma pequena parte de mim estava animada com a possibilidade de passar alguns dias com André em uma cidade estrangeira. Por outro lado, não seria justo envolvê-lo em minhas confusões sentimentais.

– André, eu nunca escondi o quanto eu amo Eduardo e acho que também não alimentei você com falsas esperanças. Quando te convidei para vir a Buenos Aires foi para curtirmos um feriado como amigos. Nunca imaginei que Edu viria atrás de mim, arrependido, derrubando todas as minhas decisões assim tão facilmente.

– Decisões... – disse ele abruptamente. – Tomamos tantas decisões ao longo da vida. Algumas importantes, outra banais. Se ao menos soubéssemos do que estamos abrindo mão ao fazer uma escolha...

– Por que está me dizendo isso?
– Porque já estive como você, vivendo um desses momentos cruciais da vida e completamente perdido, sem saber o que fazer.
– Por que será que temos tanto medo de fazer escolhas?
– Você está feliz?
– Estaria mentindo se dissesse que não?
– Sim, estaria.
– Seria fácil correr para os braços do Edu. Não entendo por que ainda estou aqui. Acho que estou vivendo um desses momentos cruciais da vida. – Apesar da brincadeira, meu peito estava apertado. – Eu não sei o que fazer, André.
– Tenho certeza de que saberá quando chegar a hora apropriada. Seu coração vai te dizer.
– E você?
– Estarei aqui... Ou aí. Basta me dizer.
– Tudo bem. Obrigada, André.

Ainda pensava sobre tudo enquanto terminava de me maquiar. Não lembrava de me sentir tão nervosa antes. Nem do dia no meu casamento eu estava assim. Algo me dizia que aquela seria uma noite marcante na minha vida. Só não tinha certeza se o final seria feliz ou não.

Alisei meu vestido preto, de comprimento um pouco acima dos joelhos, que combinava perfeitamente com sandálias meia-pata em tom nude e algumas bijuterias. Ajeitei os cabelos, agora cortados pouco abaixo dos ombros, passei meu batom vermelho do poder e me senti sexy e poderosa. Talvez eu quisesse só mostrar o que Edu perdeu nos últimos meses. Talvez eu quisesse provocar, deixá-lo louco por mim. Ou, talvez, eu estivesse me sentindo uma diva e bem comigo mesma. Analisei novamente minha imagem de mulher fatal... Ai, droga! Não seria melhor um jeans básico? Não estava apelativo demais?

No entanto, não tive tempo de mudar de roupa porque o recepcionista telefonou avisando que Edu havia chegado.

Oh minha Nossa Senhora das Garotas Indecisas, me ajude!, implorei antes de fechar a porta e deixar o quarto.

Entrei no elevador tentando acalmar a respiração. Olhei discretamente minha imagem refletida no espelho e fiquei satisfeita. Pelo menos por fora eu estava bem. Ao abrir a porta pantográfica, meu coração deu um salto. Edu me aguardava, de banho tomado, vestindo uma camisa preta de botão com jeans escuro. Parei por um átimo de segundo para admirar a figura do homem que eu tanto amava. O cabelo estava perfeitamente desarrumado, como de costume. Os olhos castanhos me encarando com ansiedade. *Ah, Deus! Como pode ser tão lindo?*, pensei, provando daquele velho arrepio que eu sentia toda vez que o via, que me varreu de cima a baixo.

– Mari – ele me cumprimentou, segurando minhas mãos. Ficamos tão próximos que seu perfume (aquele cheiro de que eu tanto gostava) tomou conta dos meus sentidos, me deixando zonza. – Você está linda!

Deus, o que estava acontecendo comigo? Tinha um homem lindo e arrependido, pronto para me agarrar, e eu estava sem reação.

– Obrigada – agradeci.

Edu também não tomou iniciativa e ficamos nos olhando sem saber o que fazer.

– Podemos ir – avisei com a voz um pouco trêmula. Edu largou minhas mãos, parecendo estar desapontado.

– Claro. Prefere ir de táxi ou a pé?

– Já sabe onde iremos jantar?

– Sim. Como está cedo, podemos ir caminhando até o restaurante. O que acha? Está um começo de noite muito agradável.

– Perfeito. A noite está muito agradável mesmo!

Desse modo, deixamos o hotel, eu ao lado dele. Nossas mãos soltas ao lado do corpo vez ou outra se esbarravam. Pela primeira vez, eu não sabia como agir na presença de Edu.

Durante o trajeto, no entanto, começamos a conversar amenidades e o clima tenso foi se dissipando. Ele contou como andavam as coisas na sua clínica e do quanto estava satisfeito com o trabalho de Marisa na obra que ela estava assessorando. Contou as novidades da sua família, da pós-graduação e dos plantões.

– Agora quero que me conte tudo o que aconteceu neste ano com você – pediu, quando já estávamos devidamente acomodados e jantando a comida mais deliciosa que experimentei em anos.

– Tudo, tudo? – perguntei, cogitando a hipótese de pular a parte "André" da minha recente história.

Ao me lembrar do André, meu coração se apertou.

– É muita coisa, Edu. Diga especificamente o que você quer saber – disfarcei.

O garçom se aproximou com a garrafa de vinho e, depois de nos servir, Edu perguntou:

– Vamos brindar? – sugeriu.

– Vamos. – Peguei minha taça.

– A nós! E que possamos fazer desta noite uma nova oportunidade para nossas vidas!

Brindamos e, antes de saborear o vinho, ele me encarou daquele seu jeito.

– Me fale do seu emprego no hotel. Você está feliz com ele, não está?

– Nossa, e como estou! Acho que me encontrei profissionalmente, Edu. Adoro meu trabalho, o clima do hotel, meus colegas, minha chefe... É tudo tão empolgante e desafiador que toda segunda-feira eu acordo animada. Sou uma executiva, sabia? – contei com meus olhos brilhando. Edu sorriu. – Se bem que eu ralo pra caramba. Há poucos dias, fui avaliada pela minha chefe como a melhor funcionária da equipe. Você acredita?!

– Eu acredito, Mari. Você é muito competente no que faz, além de ser muito talentosa e dedicada. O reconhecimento por parte da sua chefe é a prova disso. Parabéns! Você conseguiu!

– Obrigada.

– E o seu blog, você não me falou ainda dele.

O quê?

– Como você sabe que eu tenho um blog? – espantei-me.

Edu me olhou com cara de menino arteiro e eu franzi a testa, esperando sua resposta.

– Mari, você sabe que não sei omitir informações por muito tempo, não sabe?

– Continue.

– Lembra que eu te disse que estava perto de você, mesmo sem você saber?

– Lembro sim.

– Bom... Muito prazer, Celine – ele revelou, com um sorriso amarelo.

– Como?

– A Celine, que faz comentários nos textos que você escreve, sabe? Então... sou eu – ele confessou, bastante sério.

Ahmeudeus!

– Você? Como assim? Por quê?

– Porque eu precisava manter algum contato com você e essa foi a única maneira que encontrei. Logo que sua irmã me contou que você havia criado um blog, passei a acompanhar tudo o que você publicava. Dessa forma, pude acompanhar sua evolução, seus desabafos. E foi depois que li seu último texto, dizendo que iria me esquecer e começar uma vida nova, que acordei do meu estado de inércia e acomodação e vim te encontrar aqui.

Fitei-o, confusa.

– Não sei o que dizer, Edu. Nem sei explicar como estou me sentindo. Você lia toda a minha dor e saudade nos meus textos e mesmo assim ficou indiferente? Como pôde ser tão frio?

– Mari – ele pegou minhas mãos, segurando-as firme –, eu também sentia o mesmo que você: dor, insegurança, saudade, angústia. Porém, confesso que também fiquei um pouco obcecado com meu trabalho. Peguei mais plantões do que podia dar conta, comecei a pós, ainda estou terminando a residência, depois veio a obra na clínica do meu pai... Quando me sobravam algumas horas para falar com você em paz, sem sermos interrompidos, eu me questionava se eu também estava pronto para recomeçarmos. Se você estava mesmo pronta.

– Eu sofri muito, você se dá conta disso? – perguntei chateada. De súbito, uma atitude infantil apoderou-se de mim: queria me levantar e ir embora sozinha para o hotel e mandar Edu às favas.

Percebendo minha raiva, ele pediu:

– Por favor, não me entenda errado. Não fique com raiva de mim. Eu também senti muito a sua falta, e hoje percebo claramente o quanto eu te fiz sofrer.

– Mas a iniciativa de acabar com todo o sofrimento estava em suas mãos! – revirei os olhos chateada e bufei. – Simplesmente não consigo acreditar que você fez isso.

– Se pudesse voltar no tempo e fazer tudo diferente... Me perdoa, Mari?

Fiquei impotente diante do pedido cheio de arrependimento de Edu. Quem era eu para julgá-lo, afinal? Fiz coisa pior no passado, não fiz?

Ficamos calados, perdidos em pensamentos quando, então, começou a tocar uma velha conhecida canção: Always, do Bon Jovi, a nossa música. A mesma que tocava em meu celular quando ele me ligava.

– Você ainda se lembra dessa música? – perguntou numa voz baixa.

Corando ligeiramente e tentando aparentar a raiva que eu deveria estar sentindo, respondi:

– Lembro.

– Eu queria estar ao seu lado, queria te ouvir, dizer que ficasse calma porque tudo terminaria bem. Só que, em vez de estar ao seu lado, de dizer pessoalmente que tudo terminaria bem, eu me deixei levar pelo resto. O resto que não era mais importante que você. Eu errei.

– Você leu tudo o que escrevi no blog? – questionei, dando-me conta dos textos que escrevi a respeito dos meus sentimentos por ele.

– Li.

Fitei o assoalho, sentindo vergonha da minha exposição.

– Ei. – Ele puxou meu rosto com os dedos em meu queixo. – Você sente vergonha de mim? Você se sente constrangida por me falar dos seus sentimentos? – Fez-se um silêncio enquanto eu encarava seu olhar. – Mari, sou eu. Tudo o que você escrevia eu entendia perfeitamente, só não tinha tempo, nem criatividade, para criar um blog e escrever meus pensamentos.

– Ah, Edu!

– Você escreve muito bem. São textos lindos e as coisas de moda que você publica também são de muito bom gosto. Pra variar, você é incrível.

Ah, meu Deus! Como sou mole com os elogios.

– Eu não levo o menor jeito para escrever. Aquilo é um monte de frase boba que escrevia para não ficar com aquele eterno nó na garganta.

– Eu não acho nada disso.

– Você me enganou direitinho! – exclamei, mais relaxada.

– Bem, eu fui sincero em todos os meus comentários. Só omiti meu nome por razões óbvias.

– Por que esse nome? Por que não Thaty, Cibele ou Maria? De onde você tirou Celine? – perguntei, curiosa.

– Por causa do filme, não lembra?

– *Antes do amanhecer*?

Céus! Claro! Nosso filme preferido.

– Sim.

De repente, eu me lembrei de algo muito importante.

– Você já assistiu ao terceiro filme da trilogia, *Antes da meia-noite*?

– Não. E você?

– Também não. Quando saiu no cinema fiquei louca para ir.

– E por que não foi?

– Achei que estarei te traindo se eu fosse.

– Se quiser, podemos resolver esse problema em breve.

Eu sorri assentindo.

Então, Edu acenou para o garçom e falou com ele em um espanhol tão fluente que me deixou impressionada.

– O que você falou com ele?

– Perguntei se poderia repetir a música. – Edu me fitou com um ar de quem ia aprontar alguma.

– O que você vai fazer?

– Vou dançar com você.

– Dançar aqui? – Olhei em volta. Não havia pista de dança. Só um pequeno espaço entre a mesa do lado.

– Sim, aqui.

– Você não gosta de dançar.

– Mas você gosta.

Edu se levantou, contornou a mesa e parou ao meu lado, estendendo sua mão. Eu o fitei, ainda indecisa se deveria pagar aquele mico ou não.

Que se danassem os outros, não?

A velha balada romântica, minha ex-companheira de noites de insônia, começou novamente e Edu me puxou pela cintura. Juntei-me a ele e dançamos num ritmo lento. Fechei os olhos para sentir o momento, o calor do corpo de Edu e a nossa canção.

No meio da música, Edu me chamou.

– Mari?

Olhei dentro dos seus olhos.

– Você quer namorar comigo?

Certo. Eu tinha apenas uma opção: aceitar de uma vez e pôr fim àquele suplício. Edu estava se derramando em gentilezas, carinho e cavalheirismo. Seus olhares me imploravam por um sim ou um sinal dizendo que ele poderia avançar. Suas mãos, por várias vezes pararam no ar, querendo acariciar meu rosto.

Acontece, no entanto, que eu não fiz nada. Dancei a música com ele e foi bom. Ele não me cobrou resposta, nem voltou ao assunto, para meu alívio. Desse modo, terminamos o jantar e deixamos o restaurante em busca de um bom café, coisa que não levou nem dois minutos, porque logo na esquina tinha uma cafeteria bem charmosa.

Quando as bebidas chegaram, conversamos mais sobre meu amadurecimento e sobre os meses que estava vivendo com Clara em São Paulo. Quanto mais falava de mim, mais me dava conta da minha evolução pessoal. Era assombroso e incrível, pois, só agora, falando sobre o assunto, que eu havia parado para analisar meu novo eu. Fui vivendo meus dias, batalhando meu espaço e, sem perceber, me tornando uma nova Mariana. Uma Mariana bem melhor que a de um ano antes.

Depois de ter pagado a conta, Edu jogou seus braços em volta dos meus ombros e, assim, caminhamos em direção ao hotel sem pressa. A noite estava quente; a cidade, tranquila. Enquanto isso, falávamos do nosso passado:

– Lembra o dia em que nos conhecemos?

– Lembro.

– Você nem olhava pra mim. Só ficava lá com a cara grudada no quadro-negro.

– Lógico que eu te olhava.

– Olhava nada.

– Eu olhava sim, só que sem dar bandeira. Você era a garota mais linda do cursinho.

– Ah, Edu! – Me derreti toda. – Eu achava que você nem reparava em mim.

– É que eu era um cara discreto. Eu via quando você chegava, quando saía da sala, com quem conversava, sabia quais caras estavam a fim de você. Observava tudo.

– Olha só! Namoramos por tanto tempo e só agora que eu soube disso – exclamei surpresa com a revelação. – E eu achava que você se fazia de difícil.

– Eu era muito tímido – explicou.

– Qual a melhor lembrança que você tem de nós dois?

– A melhor ou a que mais me marcou?

– Tanto faz.

– Foi naquele dia que meus pais viajaram para o Canadá e passamos um fim de semana inteiro na minha casa assistindo a filmes, namorando e comendo pizza.

– Eu me lembro desse fim de semana. Meu pai foi lá me buscar no domingo à noite, depois de dois dias fora de casa.

– E levei bronca porque abri a porta só de calção, lembra? "Cadê o respeito com a minha filha? Vá vestir uma cueca agora, seu moleque. O que vocês andaram fazendo aqui sozinhos?" – Edu imitou a voz de papai.

Gargalhei com gosto.

– Lembro-me da sua cara de assustado, quando papai mandou você vestir a cueca. Achei que depois daquele dia você iria sumir e nunca mais me daria notícias.

– Pô, foi duro encarar seu pai de novo.

– Ele gosta muito de você.

– Também gosto muito dele. Aliás, de todos da sua família. Admiro muito a garra e a união de vocês.

Suas palavras simples me comoveram e por pouco eu não o abracei.

Confesso que estava gostando do passeio, de estar com Edu, de conversar coisas sobre nós dois, de sentir que ele me desejava com todas as forças, mas estava faltando algo. A centelha que colocasse fogo na fogueira.

Ao chegarmos em frente ao meu hotel, exclamei mais uma vez:

– Como é bonito aqui.

– É bonito mesmo. Já vim a Buenos Aires algumas vezes, mas essa é a melhor de todas.

– E por quê? – perguntei.

– Porque você está comigo. Porque estamos juntos novamente e não existe melhor lugar no mundo do que este. Se eu morresse agora, morreria feliz.

Eu o encarei, perdida em suas palavras. Seu rosto, tão perfeito e iluminado pelas luzes bruxuleantes da cidade, me remeteu a um passado em que eu faria qualquer coisa para estar com ele. Então, sem que eu pudesse reagir, Edu me puxou pela cintura para me beijar. Desarmada, me deixei envolver pela sua boca macia e pelos seus braços fortes. O beijo do Edu me levou de volta para as portas de um paraíso que eu conhecia, e que eu achava que nunca mais voltaria a visitar. Mas antes que eu entrasse completamente naquele lugar fantástico, e em que desejei tanto e por tantas vezes estar, busquei forças não sei de onde e interrompi aquele beijo perfeito.

– O que foi? – ele perguntou, surpreso.

Ficamos ali parados, encarando um ao outro, enquanto eu escolhia as melhores palavras para traduzir a angústia que havia em mim.

– Até alguns dias atrás, tudo o que eu queria que acontecesse é o que está acontecendo agora. Mas as coisas já não são mais como eram, Edu.

– Você quer dizer que eu cheguei tarde demais?

– Sinceramente? Eu não sei.

– Não entendi, Mari. O que você quer dizer?

– Durante toda a noite, fiquei esperando algo que me empurrasse para seus braços... Algo que ainda não veio.

Edu me encarou, incrédulo. Com cautela, ele se aproximou. Suas mãos pousaram em meus ombros.

– Eu amo você.

Suspirei pesadamente.

– Tudo o que vem fácil, vai fácil. Eu não estava te esperando mais, Edu. Entende?

– Sim – disse, dando dois passos para trás e passando as mãos pelos cabelos. – Eu entendo.

– Eu vim nesta viagem para recuperar minha autoestima, para dar um novo começo à minha vida. – E reunindo toda a minha coragem, eu contei – Amanhã chega um amigo meu, o André. Nós combinamos de terminar a viagem juntos.

– Amigo? – perguntou com espanto.

– Sim, um amigo – me limitei a explicar. – Ele chega amanhã. Ou não. Depende de mim. Ele está esperando uma resposta. Desculpe se você viajou tantos quilômetros à toa...

– À toa? – ele me cortou, segurando firme minhas mãos e me olhando de um jeito sério. – Não, não foi em vão. Eu amo você, Mariana. Viajei toda essa distância para te dizer que tudo o que eu mais quero é te reconquistar. Só te peço uma chance.

– Mas eu preciso falar com o André. Ele está esperando uma resposta.

– Você está apaixonada por esse cara?

– Não. Mas também... Eu estava tão decidida a te esquecer – disse num suspiro pesado. – Estava muito certa de que curtir esta viagem uns dias com André era a melhor coisa que poderia fazer por mim depois de meses de lágrimas e de noites de insônia. Mas agora você aparece, fala um monte de coisas, me deixando completamente perdida.

– Você não vai me dar uma segunda chance, não é? – ele perguntou com um sorriso triste. – Está indecisa entre seus novos planos e o que sente por mim.

– Eu entendi as razões para o seu afastamento. Só que você não faz ideia do quanto eu sofri por sua causa – falei abrindo os braços e com os olhos cheios d'água. – Edu, desculpe... Estou muito confusa – falei, com a cabeça atordoada.

– Acho que vou para meu hotel – ele disse, em tom desolado.

– Edu, espere! Não saia assim, magoado. Me diga que você vai ficar bem.

Ele acenou positivamente com a cabeça.

– Tem certeza? – eu perguntei.

Acenou novamente, virando em seguida. Eu ainda fiquei parada, vendo-o partir na escuridão da noite, me sentindo completamente desolada.

Duas horas depois, eu estava no meu quarto, revivendo meus últimos meses. Percebi o muito que eu já havia conquistado: uma família unida, bons amigos, um emprego promissor... Só faltava mesmo o amor, para coroar com pompa e circunstância meu final feliz. Passeei pelas páginas do meu blog. Reli as postagens. Todas elas foram escritas para Edu. O blog era minha válvula de escape. Uma espécie de ouvido onde eu contava o tamanho da minha saudade, os meus sentimentos, as minhas frustrações. E ele leu tudo aquilo. Edu foi um dos que me ouvia e me dizia que tudo ficaria bem. Ele estava comigo.

Com atenção, li novamente todos os comentários de Celine, ou melhor, de Edu e... *AhmeuDeus!* Ele dizia que me amava, que sentia minha falta. Não enxerguei na época, obviamente, porque pensava que era uma garota falando do seu namorado. Só que era Edu falando de mim. *Ah, Edu!*

Conferi as horas no celular: 22h50. *Espero que ele não esteja dormindo,* pensei enquanto discava o número de André.

– Alô, Mariana?

– Eu o amo, André. Entende o que quero dizer? Sempre foi e sempre será Edu. Não sei o que aconteceu entre nós, não sei o que você sente por mim, mas eu sei o que sinto. É um sentimento muito forte e poderoso, sem o qual eu não saberia viver – despejei entre lágrimas.

– O que você está esperando que ainda não está com ele, Mariana?

– Queria te dizer isso. Não quero que fique chateado comigo.

– Não estou chateado. E para que não fique com uma eterna dúvida, não rolou nada entre nós naquela noite. Eu apenas cuidei de você, tá? – ele falou, com voz amigável.

– Obrigada! Espero que você um dia também possa sentir o mesmo que eu.

Eu pude perceber que ele estava sorrindo.

– Eu já sinto e, realmente, o amor é um sentimento poderoso.

– Por mim?

– Não. Por alguém que um dia irá me encontrar novamente. Tenho muita fé no futuro.

Soltei a respiração, aliviada.

– Obrigada, André. Espero que possamos ser amigos.

– Podemos sim. E vai ficar tudo bem, Mariana. Agora, vá cuidar do seu coração.

Trinta e Cinco

Underneath your clothes. There's an endless story
There's the man I chose. There's my territory
And all the things I deserve for being such a
good girl, honey
"Underneath Your Clothes", Shakira

Naquela mesma noite, mesmo com as pernas bambas e as mãos trêmulas, consegui, de algum jeito, enfiar todas as minhas coisas de volta na mala. Esperei uma eternidade pelo recepcionista para que ele fechasse minha conta enquanto ligava novamente para o celular de Edu. Pelo jeito, desligado... Por onde ele andava? Em que hotel estaria? Ele disse que estava hospedado a duas quadras do meu hotel... Mas em qual? Havia milhares de hotéis naquela cidade. Resolvi pedir ajuda ao concierge, que gentilmente anotou os endereços de dois hotéis próximos, e me joguei no primeiro táxi que passou.

– Para o Scala Hotel, por favor – pedi, fazendo um sinal com a cabeça para o motorista, que colocava a bagagem no carro.

E pensei em Edu, desolada com a proporção daquela situação. Horas antes, eu estava em seus braços, e agora não sabia se ele ainda estava disposto a me reconquistar. O que eu fiz? Por que duvidei?

Céus!

– *Llegamos* – o motorista avisou, no que me pareceu um minuto ou dois.

– Volto em um instante, espere aqui por favor – pedi ao taxista, já saltando do carro.

Corri para a recepção do simpático hotel, que estava completamente vazia àquela hora da noite.

– Por favor, Eduardo Garcia está hospedado aqui? – perguntei em português mesmo. Não tinha cabeça para tentar falar em espanhol.

– *Un momentito* – pediu uma ruiva, enquanto teclava no computador.
– *No. No hay ningún Eduardo con apellido Garcia acá...*

Balancei a cabeça em agradecimento e saí correndo de volta ao táxi sem terminar de ouvir o que ela estava falando. E daí que ela me achasse antipática? Eu precisava encontrar Edu e não podia perder nem um segundo.

– Para o outro hotel, por favor – disse ao motorista assim que entrei no carro e fechei a porta. – É muito *lejos* daqui? – abusei no espanhol.

– *No, és cerca*

– Rápido, por favor.

– *Ahorita mismo!* – Sem perder tempo, ele partiu em arrancada. Em minutos, ele estacionava em frente ao Centuria Plaza.

– Boa noite! Por favor, o senhor Eduardo Garcia está hospedado aqui? – perguntei esbaforida, assim que alcancei o balcão.

A recepcionista, uma morena de olhos verdes, sorriu em resposta.

– Sim, ele estava – respondeu-me em um bom português.

– Estava?!

– Sim, acabou de sair.

– Mas ele volta ou foi embora de vez?

– Olha, ele acabou de fazer o *check-out* e saiu do hotel com as bagagens.

– Mas faz tempo?

Ela consultou a tela do computador, depois as horas em seu relógio de pulso.

– Faz mais ou menos uns vinte minutos.

Virei-me para a suntuosa recepção sem saber o que pensar. Edu tinha ido embora. Não podia acreditar que ele não tinha me esperado.

Sozinha na calçada, fiquei olhando a rua envolta pelas luzes dos prédios e dos postes. O motorista do táxi lia um jornal, indiferente, enquanto me aguardava. Tirei o telefone do bolso e tentei mais uma vez. *Por favor, Edu, atende!*, pensei desesperada. Caixa postal.

Por onde você anda, Edu? Por onde você anda?

Com um suspiro, guardei o celular no bolso pensando em onde ele poderia estar. Uma dor parecia furar meu peito. O olhar de Edu ao pousar as mãos em meus ombros, horas antes em frente ao meu hotel... A maneira como ele me abraçava... Sua risada em meus ouvidos...

Ai, nunca na vida me senti tão só.

Aeroporto, Mariana. Vá para o aeroporto, ouvi a voz da minha consciência.

E, antes que pudesse mudar de ideia, entrei no táxi pedindo que ele me levasse o mais rápido possível ao aeroporto de Ezeiza. O motorista devia ter percebido minha ansiedade, pois pisou fundo e foi fazendo ultrapassagens arriscadas, mudando de faixa, entre outras manobras que pudesse ganhar tempo.

Sentada no banco de trás, observando a cidade passar voando pela janela, eu implorava à Nossa Senhora das Desesperadas que me desse mais uma chance. Fechei os olhos e, quando voltei a abri-los, vi que estávamos estacionados na área de embarque. Respirando fundo, paguei a corrida, apanhei minha bagagem e, sentindo um misto de esperança e remorso, corri em direção aos balcões de *check-in* das companhias aéreas brasileiras.

Depois de dez minutos implorando para a atendente dizer se Edu havia ou não embarcado, perdi a compostura:

– É um caso de vida ou morte, sabia? Não sou terrorista, não sou paparazzi, só quero saber se ele embarcou na droga do avião! – vociferei, irritada.

– Infelizmente, não podemos passar esse tipo de informação, senhorita. – a atendente me respondeu, tentando não perder a calma.

– Ah, pelo amor de Deus! O que custa a você?

– Não podemos abrir a lista dos passageiros.

– Mas eu não quero saber da lista dos passageiros! Eu só quero saber se Eduardo Garcia tem reserva, se comprou ou embarcou no próximo voo para o Brasil.

Ela sorriu em resposta e encarou meu olhar de raiva.

– Próximo da fila, por favor.

Fiquei ali imóvel atrapalhando o andamento das coisas. Não tinha forças para sair do lugar. Minhas possibilidades de voltar a ser feliz com o cara que eu amava tinham sido desperdiçadas. Não conseguia lidar com aquilo. Simplesmente não conseguia.

Rapidamente, lágrimas brotaram em meus olhos.

– Poderia, por favor... – pediu alguém empurrando um carrinho cheio de malas – ...dar licença que preciso fazer meu *check-in*?

– Desculpe, ainda estou sendo atendida – rebati com raiva.

– Não, não está. A atendente já chamou o próximo da fila, minha senhora. E o próximo sou eu. Já são 2 horas da manhã, e se eu não fizer o *check-in* agora para esse último voo, eu perco essa droga de avião, e o próximo voo para o Brasil é só amanhã ao meio-dia – a pessoa falou, irritada e agressiva.

De repente, em meio ao burburinho de vozes, reconheci uma voz bradando alto.

– Mariaaaaaana!

Trêmula, me virei e busquei a fonte da voz que gritava meu nome. *Ah, Céus! Será que é verdade? Por favor que seja!*

Como não conseguia enxergar além da multidão, com o coração saindo pela boca, fui ziguezagueando pelas filas, arrastando minha mala com as energias que me restavam, até vencer a aglomeração e sair em frente à cafeteria. Congelei feito um boneco de neve, ainda segurando minhas malas, quando vi Edu se aproximar de mim. Abri e fechei a boca. Pensamentos explodiram na minha cabeça como fogos de artifícios.

– Eu fui no seu hotel te procurar! – ele disse, por fim. – Disseram que você tinha feito o *check-out* e saído para o aeroporto!

Deixei as lágrimas rolarem em um misto de choro e de risadas nervosas.

– E eu fui ao seu hotel e me disseram o mesmo! – falei, surpresa!

– Você foi? Mas, então... – Edu disse.

Eu o encarei rapidamente, e vi na minha frente o homem com quem eu passaria o resto da minha vida. O pai dos filhos que teríamos. A pessoa ao lado de quem eu envelheceria. Ele não havia desistido de mim. Como pude duvidar? Como eu duvidei dos meus sentimentos?

Um silêncio cheio de expectativas se criou entre nós. Algumas pessoas nos observavam, mas tudo o que existia naquele momento no universo éramos nós dois. Os olhos de Edu soltaram fagulhas minúsculas, como sempre acontecia quando ele tinha uma nova ideia e ele sorriu.

Ah, aquele olhar!

Borboletas, que por muito tempo ficaram adormecidas em meu estômago, deram uma revoada de duas voltas, e eu abri meu melhor sorriso em resposta.

Edu se aproximou, segurou meu rosto com as mãos e me examinou por um momento. Todo o meu ser implorava por seu beijo.

– Mariana Louveira, o que você acha de um recomeço aqui em Buenos Aires?

– Até o final do feriado? – perguntei ansiosa.

– Ou por uma semana. Ou por uma vida inteira. Você escolhe quando começamos e quando paramos.

– Eu... – murmurei contra os lábios quentes dele – ...mal posso esperar para começar uma vida nova com você!

Edu colocou as mãos em meu pescoço, ao mesmo tempo em que o envolvi com meus braços, puxando-o para bem junto de mim, e nos beijamos no meio de diversas pessoas que chegavam e partiam, sem perceber o quanto transbordávamos de tanto amor.

Definitivamente, eu estava vivendo meu final feliz.

Este livro foi composto com tipografia Electra e impresso
em papel Off-White 70 g/m² na Gráfica EGB.